歐瑞莎傳奇首部曲

血與骨的孩子

Children of Blood and Bone

托米・阿德耶米 Tomi Adeyemi

獻給爸爸媽媽——你們為了給我這個機會而犧牲了一切

&

獻給傑克森——你遠比我自己更早相信我和這個故事

魔乩氏族

伊庫氏族

魔乩能力：生與死

魔乩頭銜：招魂師

信奉的神祇：奧雅

艾米氏族

魔乩能力：思想、精神與夢境

魔乩頭銜：心靈師

信奉的神祇：奧瑞

奧米氏族

魔乩能力：水

魔乩頭銜：喚浪師

信奉的神祇：葉瑪亞

伊納氏族

魔乩能力：火

魔乩頭銜：導火師

信奉的神祇：桑戈

阿菲菲氏族

魔乩能力：風

魔乩頭銜：呼風師

信奉的神祇：阿亞奧

艾耶氏族

魔乩能力：鐵與土

魔乩頭銜：塑地師＋焊鑄師

信奉的神祇：奧岡

伊莫雷氏族

魔乩能力：光與影

魔乩頭銜：光影師

信奉的神祇：奧朱瑪雷

伊瓦桑氏族

魔乩能力：健康與疾病

魔乩頭銜：療癒師＋致病師

信奉的神祇：巴巴盧阿耶

阿里蘭氏族

魔乩能力：時間

魔乩頭銜：先知

信奉的神祇：奧朗米拉

伊蘭克氏族

魔乩能力：動物

魔乩頭銜：馴獸師

信奉的神祇：奧克索希

我盡量不去想她。

但我想著她的時候，我想到稻米。

媽媽還活著的時候，小屋裡總是瀰漫著加羅夫米飯的香氣。

我想起她如夏日陽光般閃閃發亮的黝黑肌膚，她的微笑讓爸爸容光煥發。她的白髮蓬鬆捲曲，就像一頂會呼吸、會茁壯成長的狂野王冠。

我聽到她晚上會跟我說的神話。他們在公園裡玩阿格邦遊戲時，札因的笑聲。士兵用鏈子纏住她脖子時，爸爸的哭聲。他們把她拖進暗夜時，她的尖叫聲。如熔岩般從她口中噴湧而出的咒語。使她走火入魔的死亡魔法。

我想起她的屍體掛在那棵樹上的模樣。

我想起奪走她的那個國王。

第一章　瑟爾莉

選我。

我差點尖叫出來。我把指甲掐進我長杖的馬魯拉橡木裡，用力擠壓，逼自己別扭來扭去。汗珠沿我的背脊流下，我不確定這是因為黎明的熱氣，還是因為我的心臟怦怦跳。我已經好幾個月沒被選上。

希望今天不會又來一次。

我把一綹雪白頭髮撥到耳後，盡量坐穩。和往常一樣，阿格巴婆婆讓這個選擇過程焦躁不安，她花了很多時間盯著每個女孩，使得我們忍不住蠕動身子。

她全神貫注，眉頭緊蹙，這加深了她剃光的腦袋上的皺紋。阿格巴婆婆有著深棕色皮膚，穿著素色長袍，看起來就跟村裡其他長者一樣。你永遠猜不到她這個年紀的女人還能如此致命。

「咳咳。」耶米在小屋前側清清喉嚨，做出不算微妙的提醒：她已經通過了這場測試。她一邊轉動手工雕製的長杖，一邊對我們冷笑，急著想看看她要在畢業比賽中擊敗我們當中哪個人。大多數的女孩都不敢面對耶米，但我今天渴望跟她對打。我一直有在練習，也做好了準備。

我知道我能贏。

「瑟爾莉。」

阿格巴婆婆飽經風霜的嗓音打破了寂靜。其他十五名沒被選上的女孩集體喘了一口氣。我的名字在小屋的蘆葦牆上彈跳，直到我意識到阿格巴婆婆叫了我。

「真的嗎？」

阿格巴婆婆咂咂嘴。「我是可以選別人——」

「不！」我急忙站起，迅速鞠躬。「謝謝妳，婆婆。我準備好了。」

我穿過人群時，一張張棕色臉龐讓開。我每走一步，都專心觀察我的赤腳如何拖過腳下的蘆葦地板，測試我贏得這場比賽、最終畢業所需的摩擦力。

我來到充當擂臺的黑色墊子時，耶米率先鞠躬。她等我也行鞠躬禮，但她的目光只點燃了我心中的火焰。她的站姿毫無敬意，也顯然不打算來一場君子之爭。她認為我的地位比她低，因為我只是個聖童。

她認為我會輸。

「**鞠躬**，瑟爾莉。」雖然阿格巴婆婆的口氣充滿警告意味，但我就是沒辦法行禮。離耶米這麼近，我唯一看到的就是她烏黑的頭髮，還有那一身椰子般的棕色肌膚，比我的膚色淺得多。她的膚色呈現出從未在陽光下勞動過一天的歐瑞莎族人的柔和棕色，這是一種特權生活，由她素未謀面的父親暗中提供的金錢資助。某個貴族羞愧地把他的私生女放逐到我們村子裡。

我將肩膀向後拱，把胸部向前挺，在該彎曲的時候卻挺直身子。在眾多披著雪白頭髮的聖童當中，耶米的容貌脫穎而出。我們這些聖童一次又一次被迫向她這種模樣的人低頭。

「瑟爾莉，別逼我再說一次。」

「可是婆婆——」

「鞠躬，不然就離開擂臺！妳在浪費大家的時間。」

我別無選擇，只能咬緊牙關，低頭鞠躬，耶米那令人難以忍受的賊笑放得更開。「低頭並不難吧？」耶米為了刺激我而再次行個禮。「妳既然要輸，就該輸得驕傲。」

女孩們發出輕柔的咯笑聲，但阿格巴婆婆揮個手，她們立刻安靜下來。我瞪她們一眼，然後把注意力集中在我的對手身上。

等我打贏的時候，看到時候是誰笑。

「就位。」

我們退到墊子的邊緣，把各自的長杖從地上踢起來。耶米瞇起眼睛，收起冷笑，換上殺手本能。

我們互瞪，等候信號。我正在擔心阿格巴婆婆會讓這一刻永遠持續下去的時候，她終於發出吶喊。

「開始！」

我也立刻被迫採取守勢。

我還來不及想到出擊，耶米就以獵豹的速度轉身。她在上一秒將棍棒高舉過頭，在下一秒揮向我的頸部。雖然我身後的女孩們發出倒抽氣聲，但我沒愣住。

耶米也許動作很快，但我能比她更快。

她的長杖接近時，我盡可能彎曲背部，閃避她的攻擊。耶米追擊時，我仍然弓著身子，這一次以塊頭比她大兩倍的女孩的力量猛擊她的武器。

我閃到一邊，滾過墊子，她的棍子打中墊子的蘆葦。我試著站穩腳跟時，耶米仰起身子，準備再次出擊。

「瑟爾莉。」阿格巴婆婆警告，但我不需要她幫忙。我以流暢的動作翻身站起，將棍棒往上一伸，擋住了耶米的下一次攻擊。

雙杖互擊，發出震耳巨響，蘆葦牆為之顫抖。我的棍子還在震動時，耶米轉身攻向我的膝部。

我用前腿撐地跳起，並擺動雙臂以獲得助力，在半空中旋轉。我躍過她伸出的長杖時，看到第一個機會——我有機會轉守為攻。

「喝！」我吆喝一聲，利用跳躍的慣性出擊。**這一擊一定要**——

耶米揮棍擊中我的長杖，我的攻勢還沒開始就被化解。

「耐心點，瑟爾莉，」阿格巴婆婆喊道：「現在還不是妳出手的時候。觀察，反應。等妳的對手先出擊。」

我很想呻吟，但還是點個頭，握著長杖後退。**妳遲早會有機會**，我對自己做出指示，**等妳的機會到來**——

「沒錯，瑟爾。」耶米的嗓音極輕，只有我聽得見。「聽阿格巴婆婆的話，當一隻聽話的小小蛆蟲。」

又來了。

又是那個字。

那有辱人格的惡劣誹謗。

她毫不在意地低聲說出，裹在她那傲慢的笑容裡。

我來不及阻止自己，已經將長杖向前刺出，離耶米的腹部只有毫髮之遙。我願意晚點為此挨阿格巴婆婆的一頓惡揍，現在能看到耶米眼裡的恐懼就值回票價。

「喂！」耶米雖然轉向阿格巴婆婆，希望對方干涉，但她沒時間抱怨。我以令她瞪大眼睛的飛快速度轉動長杖，再次發動攻勢。

「這不是今天的訓練內容！」耶米尖叫跳躍，避開我對她膝部的攻擊。「婆婆——」

「妳的仗都要丟給她幫妳打？」我發笑。「得了吧，耶米。妳既然要輸，就該**輸得驕傲！**」

耶米眼中閃過怒火，就像一頭準備突襲的牛角獅。她以復仇姿態握緊棍子。

真正的戰鬥現在開始。

我們的長杖連番互擊，小屋牆壁為之共振。我們見招拆招，尋找能做出關鍵一擊的機會。我看到一個機會的時候——

「啊！」我踉蹌後退，彎下腰，喘著粗氣，覺得想吐。有那麼一刻，我擔心耶米打斷了我的肋骨，但腹部的疼痛平息了這份恐懼。

「暫停——」

「不！」我以沙啞嗓音打斷阿格巴婆婆。我用長杖撐地站直，強迫空氣進入肺臟。「我沒事。」

我還沒完。

「瑟爾莉——」婆婆開口，但耶米沒等她說完。她怒氣沖沖地朝我衝來，她的長杖離我的頭部只有一指寬。她舉臂準備出擊時，我轉身避開了她的攻擊範圍。她正要轉動之前，我猛然轉身，用棍子重擊了她的胸骨。

「啊！」耶米倒抽一口氣。她被我打得後退，臉部因疼痛和震驚而扭曲。在阿格巴婆婆舉行的比武中，從來沒有人打中過她。這是她第一次嘗到挨棍子的滋味。

她還來不及反應前，我轉身將長杖刺向她的腹部。我正要做出最後一擊時，覆蓋小屋入口的赤褐色門簾突然飛開。

比希跑進門口，一頭白髮飄於身後。她注視著阿格巴婆婆，小小的胸腔上下起伏。

「怎麼了？」婆婆問。

比希眼眶泛淚。「對不起，」她嗚咽道：「我睡著了，我——我沒——」

「有話快說，孩子！」

「他們來了！」比希終於驚呼：「他們來了，就快到了！」

有那麼一刻，我無法呼吸。我猜每個人都沒辦法呼吸。恐懼麻痺了我們渾身每一寸。

接著，求生的意志接管了我們的身體。

「動作快，」阿格巴婆婆嘶吼：「我們沒有多少時間！」

我拉耶米站起。她還在喘氣，但現在沒時間確保她沒事。我抓起她的長杖，匆忙催促其他人。

每個人都忙著隱藏真相，小屋裡一片混亂。幾尺長的明亮織物在空中飛舞，軍隊般的蘆葦假人紛紛豎起。同時發生了這麼多事，我們沒辦法確定能否及時隱藏一切。我唯一能做的就是專注於我的任務：把每一支長杖推到擂臺的地墊底下，以免被人看到。

我完成後，耶米把一支木針塞進我的手裡。覆蓋小屋入口的門簾再次打開時，我正要跑去我的工作崗位。

「瑟爾莉！」阿格巴婆婆咆哮。

我僵住。小屋裡每個人都看著我。我還來不及說話，阿格巴婆婆已經拍了我的後腦勺，只有她有辦法讓我痛得背脊冒汗。

「待在妳的崗位，」她責備：「妳需要多多練習。」

「阿格巴婆婆，我……」

我的脈搏加快時，她俯身過來，眼睛裡閃爍著真相。

演戲……

為了幫我們爭取時間。

「對不起，阿格巴婆婆。請原諒我。」

「回妳的崗位去。」

我強忍微笑，低頭道歉，順便掃視進來的衛兵們。和歐瑞莎大多數的士兵一樣，這兩人當中較矮的那人膚色與耶米相似，棕色就像破舊的皮革，頭上是濃密的黑髮。雖然我們只是年輕女孩，但他的手一直擱在劍柄上。他的手握得更緊，彷彿我們當中任何一人隨時可能出手。

另一名衛兵站得直挺挺，態度莊重嚴肅，膚色比他的夥伴深得多。他站在入口附近，眼睛盯著地面。也許他算是比較有良心，懂得為他們接下來要做的事感到羞恥。

兩人的鐵胸甲上都炫耀著薩蘭國王的皇家徽章。瞥見徽章上的華麗雪豹，我就覺得胃袋糾結，這讓我想到派他們前來的君主。

我假裝悶悶不樂地繼續在我的蘆葦假人身上忙碌，其實我安心得差點雙腿癱軟。剛剛充當競技場的場地，現在看起來就像裁縫店。明亮的部落布料裝飾在每個女孩面前的假人身上，布塊經過剪裁，按照阿格巴婆婆的獨特紋路固定。我們默默縫製著多年來一直在縫製的同款襯衫的下襬，等候衛兵們離開。

阿格巴婆婆在一排排女孩當中來回走動，檢查學徒們的工作。我雖然很緊張，但看她刻意讓衛兵乾等，對這兩個不速之客不理不睬，我還是忍不住咧嘴笑。

「有沒有什麼是我能幫你們的？」她終於問。

「該繳稅了，」膚色較深的衛兵吆喝道：「付錢。」

阿格巴婆婆臉色一沉，就像夜晚的熱氣。「我上星期繳過了。」

「我們要收的不是貿易稅。」另一名衛兵掃視所有長著白髮的聖童。「蛆蟲稅金上漲了。而因為妳有這麼多蛆蟲，所以妳的也上漲了。」

原來如此。我緊緊握住假人身上的布料，握得拳頭疼痛。國王監視聖童還不夠，他還要折磨任何試著幫助我們的人。

我咬緊下巴，試著把衛兵的話語排拒在腦袋外面，但他說出的「蛆蟲」一詞實在傷人。我們明明永遠無法成為我們原本該成為的魔乩，但他們不在乎。在他們眼裡，我們還是蛆蟲。

他們只看到蛆蟲。

阿格巴婆婆的嘴唇抿成一條線。她不可能付得出那種錢。「你們上個月已經漲過聖童稅了，」她爭論：「上上個月也是。」

膚色較淡的衛兵上前，手伸向佩劍，準備在她做出反抗跡象時出手。「那麼，也許妳不該跟蛆蟲一起混。」

「也許你們該停止搶奪我們的財產。」

我還來不及阻止自己，這些話已經從我嘴裡吐出。現場一片寂靜。阿格巴婆婆僵住，以黑眸哀求我閉嘴。

「聖童賺不了更多錢。你們覺得我們從哪裡生得出這些新的稅金？」我問：「你們不能一再漲稅。如果你們不斷漲稅，我們根本付不出來！」

衛兵悠哉走來，姿態讓我很想拿棍子敲他。只要打得準，我能將他撂倒在地；只要刺得準，我能打扁他的喉嚨。

我這才意識到，衛兵使用的不是普通的劍。黑刃在劍鞘中閃閃發亮，一種比黃金更珍貴的金屬。

破魔石……

薩蘭國王在「大掃蕩」前鍛造的合金武器。功用是削弱我們的魔法，並燒穿我們的肉體。

他們在媽媽脖子上套上的黑鏈也是同樣材質。

強大的魔乩能抗拒它的影響力，但這種稀有金屬對我們大多數人來說都有弱化的效果。雖然我沒有要壓制的魔力，但衛兵來到我面前時，破魔劍還是隔空刺痛了我的皮膚。

「妳最好把嘴巴閉上，小丫頭。」

他說得對，我是該把嘴巴閉上。閉上嘴，吞下怒火。活下去。

但他離我這麼近的時候，我真的很想把縫紉針插進他那珠子般的棕眼裡。也許我該閉嘴。

但也許他該死。

「**你**該——」

阿格巴婆婆用力把我推到一邊，我摔倒在地。

「這裡，」她打岔，拿起一把硬幣。「拿去吧。」

「婆婆，不要——」

她轉身瞪我，我嚇得不敢動。我閉上嘴，爬起來，繼續在我的假人身上忙碌。

衛兵數算放在他手掌上的銅片，硬幣叮噹作響。他數完後，咕噥一聲。「不夠。」

「不夠也得夠，」阿格巴婆婆的嗓音裡透出絕望。「我只有這麼多。這是我所有的錢。」

恨意在我的皮膚下沸騰，尖銳又熾熱。這是錯的。阿格巴婆婆不該這樣苦苦哀求。我抬起視線，看到衛兵的目光。我不該這麼做。我還來不及轉身或掩飾我的反感之前，他抓住了我的頭髮。

「啊！」穿顱之痛令我大叫。在那一瞬間，衛兵將我面朝下摔倒在地，令我呼吸困難。

「妳也許沒錢，」衛兵用膝蓋壓住我的背。「但妳確實有很多蛆蟲。」他粗暴地抓住我的大腿。「我先從這隻開始。」

我大口喘氣時，皮膚變得炙熱，我握緊雙手以掩飾顫抖。我想尖叫，想打斷他身上每一根骨頭，但我每一秒都在枯萎。他的觸摸抹去了我的一切，我努力試圖成為的一切。

這一刻，我又變回那個小女孩，無助地看著媽媽被士兵拖走。

「夠了。」阿格巴婆婆把衛兵推開，把我拉到她胸前，像保護幼崽的牛角獅一樣咬牙低吼。「你拿到了我的錢幣，這是你唯一能得到的。快離開。」

衛兵因她的膽大而怒火沸騰。他伸手想拔劍，但被另一名衛兵攔住。

「算了吧。我們得在黃昏前收完整個村的錢。」膚色較深的衛兵雖然嗓音很輕，但下巴緊繃。也許他在我們臉上看到某個母親或姊妹，讓他想到他想保護的人。

另一名士兵完全不動，我不知道他打算做什麼。他終於鬆開了手中的劍，轉而用惡毒眼神代替刀劍。「教這些蛆蟲懂得聽話，」他警告阿格巴婆婆。「否則我會代勞。」

他的目光轉向我；雖然我的身體汗流浹背，但體內凍結。衛兵把我上下打量一番，警告我他能奪走什麼。

儘管試試，我想這樣罵出口，但嘴巴乾得說不出話。我們靜靜站著，直到衛兵離開，他們的金屬鞋底的跺腳聲逐漸遠去。

阿格巴婆婆的力量驟然消失，就像被風吹熄的蠟燭。她抓住一個假人來撐住身子，我認識的那位致命戰士變成了一個虛弱的年老陌生人。

「婆婆……」

我上前想扶她，但她拍開我的手。「**Ode！**」**蠢蛋**，她用約魯巴語責罵我，這是在大掃蕩後被禁止的魔乩語言。我已經好久沒聽到我們的語言，我花了一些時間才想起這個詞彙的意思。

「看在諸神的份上，妳究竟有什麼毛病？」

小屋裡每個人再次盯著我，就連小小的比希也是。可是阿格巴婆婆怎麼可以罵我？那些不守規矩的衛兵明明是搶匪，怎麼變成是我的錯？

「我是想保護妳。」

「保護我？」阿格巴婆婆重複這幾個字。「妳明明知道妳那張嘴改變不了什麼。妳差點把我們全害死！」

我整個人一愣，被她的嚴厲話語嚇了一跳。我從沒見過她這麼失望的眼神。

「如果我不能反抗他們，那我們在這裡訓練做什麼？」我聲音沙啞，但強忍淚水。「如果我們不能保護自己，訓練還有什麼意義？如果不能保護妳，我們訓練又有何用？」

「看在諸神的份上，**動動腦子**，瑟爾莉。不要只想著自己！如果妳傷害了那些人，誰來保護妳父親？衛兵來尋求鮮血的時候，誰來保護札因的安全？」

我張嘴想反駁，卻無話可說。她說得對。我就算打倒幾個衛兵，也沒辦法對抗一整支軍隊。他們遲早會找到我。

他們遲早會毀了我愛的人。

「阿格巴婆婆？」比希的聲音變得跟老鼠一樣小。她緊緊抓住耶米的皺褶褲，眼裡充滿淚水。「他們為什麼恨我們？」

們，而是妳們原本註定成為什麼樣的人。」

婆婆的身軀出現一種疲憊感。她向比希張開懷抱。「我的孩子，他們恨的不是妳們，而是妳們原本註定成為什麼樣的人。」

比希把自己埋在婆婆的長袍布料裡，啜泣聲為之模糊。她哭泣的時候，阿格巴婆婆環顧房間，看到其他女孩忍住的眼淚。

「瑟爾莉問我們為什麼在這裡，這是個好問題。我們經常談論妳們必須**如何**戰鬥，卻從不討論為何戰鬥。」婆婆把比希放下，示意耶米給她拿張凳子。「妳們必須記住，世界原本並不總是這樣。曾經有一段時間，每個人都站在同一邊。」

阿格巴婆婆坐在椅子上的時候，女孩們聚在一起，等著聆聽。每一天，婆婆的課程都以一個故事或寓言做結尾，一個來自另一個時代的教導。我通常會擠到最前面，去細細品味每一個字。但今天，我待在最外圍，慚愧得不敢靠近。

阿格巴婆婆緩慢而有條不紊地揉搓雙手。儘管今天發生了這些事，但她的唇邊仍掛著淡淡的微笑，只有一個故事才能喚起的笑容。我無法抗拒，終究走近，擠開幾個女孩。這是我們的故事，我們的歷史。

國王試圖與我們的死者一同埋葬的真相。

「起初，歐瑞莎盛行著稀有而神聖的魔乩。十個氏族中的每一個都受到諸神的恩賜，並被賦予了能管控這片土地的不同力量。有些魔乩能控制水，有些能控制火。有些魔乩會讀心術，有些甚至能窺見未來！」

雖然我們都聽過這個故事——來自阿格巴婆婆，或我們不再擁有的父母——但再次聽到它，都會從它的話語中感受到驚奇。阿格巴婆婆描述魔乩具有治癒的天賦和引發疾病的能力時，我們的眼睛為之發亮。她談到馴服野獸的魔乩，還有將光明與黑暗掌控於指掌之間的魔乩時，我們向前傾身。

「每個魔乩生來就有白髮，這是受到神明觸摸的標誌。他們用自身天賦來照顧歐瑞莎的人民，並在全國受到尊敬。但不是每個人都受到上天恩賜。」阿格巴婆婆示意周圍。「正因如此，每一次有新的魔乩誕生，整個省份就會歡呼雀躍，一看到他們的白髮就歡天喜地。被選中的孩子在十三歲之前無法施展魔法，因此他們在力量顯現之前被稱作『伊巴威』，意思是『神聖者』。」

比希抬起下巴，綻放微笑，想起了我們的「聖童」頭銜的由來。阿格巴婆婆伸手拉扯比希的一綹白髮，這是我們被教導要隱藏的標記。

「魔乩在歐瑞莎各處崛起，成為第一批國王和王后。在那時候，每個人都享有和平，但這種和平並沒有持續下去。當權者開始濫用自身魔法，而做為懲罰，諸神剝奪了他們的天賦。魔力從他們的血液中流失時，他們的白髮消失了，這象徵著他們的罪孽。經過幾個世代，人們對魔乩的愛變成了恐懼。恐懼變成了憎恨。憎恨變成了暴力，人們想把魔乩趕盡殺絕。」

在阿格巴婆婆的話語回音中，氣氛變得陰暗下來。我們都知道接下來會聽見什麼；那個我們從不提起的夜晚，我們永遠無法忘記的夜晚。

「在那天晚上之前，魔乩原本得以倖存，因為他們使用了自身力量來保護自己。但在十一年前，魔法消失了。只有諸神知道為什麼。」阿格巴婆婆閉上眼睛，長嘆一聲。「魔法原本還在**呼吸**，卻在隔天消亡。」

只有諸神知道為什麼？

為了不冒犯阿格巴婆婆，我咬住舌頭。她說起這段歷史的方式，就像所有經歷過大掃蕩的那些成年人：聽天由命，彷彿諸神奪走魔法是為了懲罰我們，又或許祂們只是改變了心意。

但我在內心深處知道真相。看到伊巴丹鎮的魔乩被鎖鏈纏身的那一刻，我就知道真相。諸神已經隨著我們的魔法一同死亡。

祂們再也不會回來。

「在那命定之日，薩蘭國王毫不猶豫，」阿格巴婆婆說下去：「他趁魔乩虛弱時下手。」

我閉上眼睛，強忍著即將掉落的眼淚。他們拉扯媽媽脖子上的鏈子，鮮血滴入泥土。

大掃蕩的無聲回憶充滿了蘆葦小屋，悲痛氣氛浸透了空氣。

那天晚上，我們每個人都失去了身為魔乩的家庭成員。

阿格巴婆婆嘆口氣，站起來，凝聚了我們都熟悉的力量。她看著房間裡的每個女孩，就像將軍檢查部隊。

「我把棍法傳授給任何想學的女孩，因為在這個世界上，一定會有想傷害妳的男人。但我一開始是為聖童、為所有罹難魔乩的孩子進行這項訓練。雖然妳們成為魔乩的能力已經消失，但針對妳們的仇恨和暴力仍然存在。這就是為什麼我們在這裡，為什麼我們訓練。」

婆婆猛然甩手，取出自己的伸縮杖，把它砸在地板上。「妳們的對手攜刀帶劍，那我為什麼傳授妳們棍法？」

我們的嗓音呼應了阿格巴婆婆要我們一次又一次重複的口號。「棍棒能避戰而不致傷，致傷而不致殘，致殘而不致命——棍棒不會毀滅對手。」

「我教妳們成為花園裡的戰士，如此一來，妳們就永遠不會成為戰爭中的園丁。我給妳們戰鬥的力量，但妳們都必須學會自制的力量。」婆婆轉向我，挺起胸膛。「妳們必須保護那些無法自衛的人。這就是棍術之道。」

女孩們點頭，但我只能盯著地板。又一次，我差點毀了一切。又一次，我令人失望了。

「好了，」阿格巴婆婆嘆道：「今天這樣就夠了。收拾東西吧。我們明天再繼續。」

女孩們魚貫而出，慶幸能逃離此地。我也要離開時，被阿格巴婆婆用皺巴巴的手抓住肩膀。

「婆婆——」

「安靜。」她下令。最後一批離去的女孩們對我投來同情的眼神。她們揉揉屁股，可能在計算我的屁股要挨幾棍。

無視練習內容要二十棍……頂嘴要五十棍……差點害死大家要一百棍……

不。一百棍也太客氣了。

我屏住呼吸，為疼痛做好準備。挨揍很快就會結束，我告訴自己，**一轉眼就結束**——

「坐下，瑟爾莉。」

阿格巴婆婆遞給我一杯茶，然後給自己倒了一杯。杯子的溫度暖和了我的手，甜美的香味飄進我的鼻腔。

我皺眉。「妳有沒有下毒？」

阿格巴婆婆嘴角抽搐了一下，但她用嚴肅的臉龐掩飾了笑意。我用喝茶的動作來隱藏自己的笑意，品嘗濺上舌頭的蜂蜜。我轉動手中的杯子，撫摸嵌於杯緣的薰衣草珠。媽媽也有過這樣的杯子——珠子是銀色的，為了致敬奧雅，掌管生與死的女神。

有那麼一瞬間，那道回憶讓我暫時忘了阿格巴婆婆的失望，但隨著茶香消退，內疚的酸味重新歸來。她不該經歷這種事，不該為了我這種聖童。

「對不起。」我摳摳杯緣的珠子，避免抬頭。「我知道……我知道我讓妳的日子不好過。」

跟耶米一樣，阿格巴婆婆也是「無魔者」——沒有魔法資質的歐瑞莎人。在大掃蕩之前，我們相信是諸神選擇誰是天生的聖童、誰不是，但現在魔法消失了，我不明白這種區分為什麼很重要。

阿格巴婆婆沒有聖童特有的白髮，能融入其他歐瑞莎人，避開衛兵的折磨。她要不是和我們來往，衛兵可能根本不會找她麻煩。

我有點希望她會拋棄我們，讓她自己免於受苦。以她的裁縫技巧，她可能會成為一名商人，得到她應得的金錢，而不是被洗劫得身無分文。

「妳知道嗎？其實妳開始越來越像她。」阿格巴婆婆啜飲一口茶，綻放笑容。「妳在罵人的時候，妳跟她相似得令人恐懼。妳繼承了她的怒火。」

我張開嘴；阿格巴婆婆不喜歡談論我們失去的那些人。

我們當中很少人喜歡這麼做。

我用另一口茶掩飾了心中驚訝，點個頭。「我知道。」

我不記得它是什麼時候發生的，但爸爸的轉變乃無可否認。他不再看我的眼睛，因為他如果看著我，就會看到他被殺害的妻子。

「很好。」阿格巴婆婆的微笑轉為皺眉。「妳在大掃蕩期間還只是個孩子。我擔心妳會忘掉。」

「我就算想忘也忘不了。」因為媽媽那時候的臉龐就像太陽。

那是我試著記得的臉龐。

而不是頸部滴著血的屍體。

「我知道妳為她而戰。」阿格巴婆婆用手撫過我的白髮。「可是國王殘暴無情，瑟爾莉。他寧願屠殺整個王國，也不願容忍聖童的異議。既然對手缺乏榮譽之心，妳就必須以不同的方式戰鬥，更聰明的方式。」

「其中有沒有包括用棍子暴打那些混蛋？」

阿格巴婆婆咯咯笑，桃花心木色的眼睛周圍的皮膚皺起。「總之，答應我妳會小心。答應我妳會慎選戰鬥的時機。」

我抓住阿格巴婆婆的手，低下頭，深深地彎下腰，以表示敬意。「我保證，婆婆。我不會再次讓妳失望。」

「很好，因為我有個東西，我不希望因為給妳看而感到後悔。」

阿格巴婆婆把手伸進長袍裡，抽出一根光滑的黑棍。她將它用力一甩。我嚇得往後跳，因為桿子伸展成一根閃閃發亮的金屬長杖。

「我的天啊。」我驚呼，很想抓住這個傑作。黑色金屬的每一寸都覆蓋著古老的符號，每一個刻痕讓人想起阿格巴婆婆傳授過的教導。就像被蜂蜜吸引的蜜蜂，我的目光首先找到「阿克芬納」——十字交叉的雙劍，戰爭之劍。**勇氣未必總是咆哮**，她那天說過。**勇氣未必總是閃耀**。接著，我的目光飄向雙劍旁邊的「阿克瑪」——忍耐與寬容之心。在那天……我相當確定我那天有挨揍。

每個符號都讓我想起某個教訓、故事和智慧。我看著婆婆，等她說話。這是禮物？還是她要用它來揍我？

「拿去。」她把光滑的金屬放在我手裡。我立刻感受到它的力量。裡頭有鐵襯……重量足以打碎顱骨。

「妳真的要給我？」

婆婆點頭。「妳今天像戰士一樣戰鬥。妳有資格畢業。」

我起身轉動長杖，驚嘆於它的威力。金屬像刀一樣劃破空氣，比我雕製過的任何橡木杖都更致命。

「妳還記不記得，我在剛開始訓練時跟妳說過什麼？」

我點頭，模仿阿格巴婆婆的疲憊嗓音：「**『如果要和衛兵打架，就最好學會如何取勝。』**」

雖然她巴了我的腦袋，但她爽朗的笑聲在蘆葦牆上迴盪。我把長杖遞給她，她把它砸在地上，武器縮短成一根金屬棍。

「妳知道如何取勝，」她說：「但確保妳知道什麼時候該戰鬥。」

阿格巴婆婆把手杖放回我的手掌時，驕傲、榮譽和痛苦在我胸中盤旋。我不確定自己開口會說什麼，所以我雙手摟住她的腰，聞著熟悉的氣味——剛洗過的織物，還有甜茶的芬芳。

雖然阿格巴婆婆一開始僵硬，但她還是緊緊抱住我，讓我不再感到痛苦。她稍微後退，還想說些什麼，但小屋的門簾再次掀開。

我抓住金屬棍，準備伸展武器，直到我認出站在入口處的哥哥札因。他體格魁梧，渾身肌肉緊繃，蘆葦小屋跟他相比立刻看似縮小。肌腱在他黝黑的皮膚上隆起。汗水從他的黑髮順著額頭滑落。他盯著我的眼睛，一股尖銳的壓力夾住了我的心臟。

「爸爸出事了。」

第二章 瑟爾莉

這是我最不想聽見的幾個字。

爸爸出事了表示結束了。

爸爸出事了表示他受了傷，或甚至——

不。我們跑過商業區的木製地板時，我停止了思緒。**他沒事的**，我向自己保證。**不管是什麼，他都會活下去**。

伊洛林村隨著太陽一同甦醒，這個海上村莊逐漸充滿生機。海浪拍打著讓這個村落漂於海面的木柱，使我們的腳沾上一層薄霧。就像一隻被海網抓住的蜘蛛，這個村莊坐落在八根木腳上，彼此在中心相連。我們正在跑向中心處，讓我們更接近爸爸的中心處。

「小心點。」我從旁飛奔而過時，一名無魔女子喊道，頂在她黑頭髮上的一籃芭蕉差點翻倒。如果她意識到我的世界正在分崩離析，也許她會願意寬恕我。

「發生什麼事？」我喘道。

「我也不知道，」札因匆忙道：「努杜魯來參加阿格邦練習，說爸爸有麻煩了。我當時正要回家，但耶米跟我說妳跟衛兵起了衝突？」

老天，該不會就是去過阿格巴婆婆小屋的那個衛兵？我們穿過聚在木製走道上的女商人和工匠時，恐懼悄悄進入我的意識。襲擊我的那名衛兵很可能去找我的爸爸。然後他會去——

「瑟爾莉！」札因尖聲大叫，表示這不是他第一次試著引起我的注意。「妳為什麼丟下他？今天輪到妳留在家！」

「今天是畢業比賽！我如果錯過——」

「該死的，瑟爾！」札因的咆哮聲引起其他村民側目。「妳是認真的嗎？妳為了愚蠢的棍子而丟下爸爸？」

「它不是棍子，而是武器，」我反駁：「而且我沒丟下他。爸爸睡過頭了，他需要休息。而且我這星期每天都有留下——」

「因為我上星期每天都有留下！」札因躍過一個爬行的孩子，落地時肌肉顫動。一名無魔女孩在他跑過時對他微笑，希望一個充滿挑逗意味的笑容能中斷他的步伐。即使是現在，村民們也像尋找回家路的磁鐵一樣被札因吸引。我不需要推開任何擋路的人，因為只要看到我的白髮，人們就會避開我，彷彿我是有傳染性的瘟疫。

「再過兩個月就是歐瑞莎運動大會，」札因說下去：「妳知不知道贏得那種獎金對我們有多少幫助？我在練習的時候，**妳**必須陪伴爸爸。這很難理解嗎？媽的。」

札因在村中心的水上市場前匆忙停步。在開闊的大海上，村民們在各自的圓形椰子船上跟攤販們討價還價，四周環繞著一條長方形的人行道。在每日交易開始之前，我們可以跑過夜橋，回到我們在漁民區的家。但今天市場提早開市，橋也不見蹤影。我們得繞遠路。

身為運動員的札因拔腿就跑，沿市場周圍的人行道衝刺，回去爸爸身邊。我正要跟上他，但看到椰子船時，我停下腳步。

商人和漁民以物易物，用新鮮水果換取當天最好的漁獲。時機好的時候，交易充滿善意，每個人願意拿少一點，給別人多一點。但今天每個人都在爭吵，要求銅幣和銀幣，而不是承諾和鮮魚。

稅金……

衛兵那張惡毒的臉龐充斥我的腦海，他殘留的手勁燒傷了我的大腿。他那道眼神促使我做出行動。我跳進第一艘船上。

「瑟爾莉，小心點！」卡娜喊道，保護她珍貴的水果。我跳上一艘滿載藍月魚的木駁船，這個村的園丁調整了自己的頭巾，皺著眉頭。

「抱歉！」

我連番道歉，像一隻紅鼻青蛙一樣從一條船跳到另一條船上。我終於踏上漁民區的甲板，享受著雙腳撞擊木板的感覺。雖然札因在我身後，但我還是繼續前進。我必須先回到爸爸身邊。如果狀況很糟，札因會需要來自我的警告。

如果爸爸死了……

想到這裡，我的雙腿沉重如鉛。他不可能死了。現在天亮了一半，我們需要乘船出海。等我們撒網的時候，最好的捕魚時間將已經結束。如果爸爸死了，誰會因為這件事而責罵我？

我想像他在我出門之前的樣子，在我們的小屋裡昏睡。他即使睡著了，看起來也很疲憊，彷彿睡再久也沒辦法好好休息。我原本希望他在我回來之前不會醒來，但我顯然太天真了。他就算在靜止不動的時候，也必須處理他心中的痛苦和遺憾。

至於我……

我和我的愚蠢錯誤。

看到聚在我家外面的人群，我匆忙停步。人們擋住我面前的大海，指向我看不見的某個東西，大喊大叫。在我推擠而入之前，札因已經穿過人群。清出一條道路後，我的心臟停止跳動。

在差不多半公里外的海上，有個人在水裡掙扎，他黝黑的雙手絕望地抽打著。強大的波浪沖擊著那個可憐人的頭部，每一次都幾乎將他滅頂。男子大聲呼救，呼吸困難，聲音微弱。我一聽就認出他的聲音。

我父親的聲音。

兩個漁民向他划船而去，在椰子船上拚命划槳。但是海浪的力量把他們推了回來。他們絕對來不及救他。

「糟糕。」水流把爸爸拉到水下時，我驚恐地呼喊。雖然我等著他浮出水面，但他沒浮出惡浪。我們太遲了。

爸爸死了。

這個事實像棍子一樣擊中我的胸口。我的腦袋。我的心。

剎那間，空氣從我的世界中消失了，我忘了如何呼吸。

但我勉強站著的時候，札因開始行動。我發出尖叫，因為他跳進水中，以雙鰭鯊般的力量劃破海浪。

我從沒見過札因這麼拚命游泳的模樣。他在片刻間就超越了那些船隻。幾秒後，他到達了爸爸沉沒的區域，潛入水中。

拜託。我的胸口用力緊縮，我幾乎感覺肋骨裂開。但札因再次出現時，他的手裡沒東西。沒有人。

沒有爸爸。

札因喘著粗氣，再次下潛，這一次更用力踢水。看不到他的這幾秒鐘漫長得宛如永恆。**諸神慈悲……**

我可能會失去他們倆。

「拜託，」我再次低語，凝視著札因和爸爸消失其中的海浪。「**回來。**」

我以前也呢喃過這幾個字。

小時候，我看過爸爸把札因拖出湖底，把他從困住他的海藻中扯出來。他用力按壓札因脆弱的胸膛，但急救無效，直到媽媽動用魔法。她冒了一切危險，違反了魔乩戒律，召喚出她血液中的禁忌之力。她將她的咒語如細線般編織進札因體內，用死靈魔法將他帶回人間。

我每天都希望媽媽還活著，尤其在這一刻。我希望流過她體內的魔法也能流過我的身體。

我希望我能保住札因和爸爸的命。

「拜託。」我雖然抱持信念，但還是閉上眼睛祈禱，就像那天一樣。只要天上還有一位天神，我需要祂現在垂聽我的聲音。

「拜託！」淚水從我的睫毛滲出，希望在我的胸中枯萎。「帶他們回來。拜託，奧雅，不要把他們也帶走——」

「**喝！**」

札因衝出水面時，我猛然睜眼，看到他一隻手臂摟著爸爸的胸膛。爸爸咳嗽時似乎吐出一公升的水，但他真的回來了。

他還活著。

我屈膝跪地，差點倒在木製走道上。

諸神在上……

現在還不到中午，我就已經差點失去了兩個人。

⋇

六分鐘。

爸爸在海上掙扎了六分鐘。

他與海浪抗爭了六分鐘，他的肺臟缺氧了六分鐘。

我們坐在空蕩蕩的小屋裡的時候，我無法忘記這個數字。看爸爸顫抖的樣子，我相信那六分鐘讓他少了十年的壽命。

這種事不該發生。現在還這麼早，我不希望一整天就這麼毀掉。我這時候應該在外面和爸爸一起整理早上的漁獲。札因應該剛結束阿格邦練習，回來家裡幫忙。

但札因這時候只是看著爸爸，雙臂交叉，氣得不願看我一眼。現在我唯一的朋友只有奈菈，牠是一頭對我忠誠的雌獅，小時候受傷後由我撫養長大。如今的牠不再是幼崽，而是比我還高的坐騎，此刻四腳著地，試著觸碰札因的頸部。兩隻鋸齒狀的犄角從牠的耳後伸出，差點刺穿小屋的蘆葦牆。我伸出手，奈菈本能地低下牠巨大的腦袋，小心翼翼地避免我被牠下巴上的尖牙傷到。我抓撓牠的鼻子，牠發出咕嚕聲。至少牠沒在生我的氣。

「發生了什麼事，爸爸？」

札因的粗啞嗓音劃破寂靜。我們等候答覆，但爸爸臉上依然一片空白。看他茫然地盯著地板，我覺得心痛。

「爸爸？」札因彎下腰，看著他的眼睛。「你還記得發生了什麼事嗎？」

爸爸把身上的毯子拉得更緊。「我得抓魚。」

「可是你不該一個人去！」我驚呼。

看爸爸一臉畏縮，札因瞪著我，要我放輕語氣。「你的記憶空白只會越來越嚴重，」我換種說法：「你為什麼不能等我回家再說？」

「我沒時間。」爸爸搖頭。「衛兵來了，說我得繳錢。」

「什麼？」札因皺眉。「為什麼？我上星期才付過。」

「是聖童稅。」我抓著我褲子的垂褶面料，一想到被那個衛兵碰過就覺得噁心。「他們也找過阿格巴婆婆。伊洛林村裡每個聖童家大概都沒被放過。」

札因把拳頭按在額頭上，彷彿能砸穿自己的顱骨。他很想相信遵照君主訂下的規矩就能保障我們的安全，但這只是空想，因為這些規矩是植根於仇恨。

先前出現過的罪惡感再次浮現，不斷擠壓，直到沉入我的胸腔。我如果不是聖童，他們就不會受苦。媽媽如果不是魔乩，就能活到今天。

我拉扯自己的頭髮，不小心從頭皮上扯下幾綹。我有點想把頭髮剪光光，但即使沒了這頭白髮，我的魔乩血脈也照樣會詛咒我們這一家。國王的監獄裡都是我們這種人，這個王國把我們這種人變成勞工。歐瑞莎人試圖擺脫我們這種人，取締我們的血統，彷彿白髮和死靈魔法是社會汙點。

媽媽說過，在最初的時候，白髮是天地之力的象徵。它擁有美麗、美德和愛，這意味著我們受到了上天的祝福。但後來一切都變了，魔法變得令人厭惡。我們的血脈變得令人憎恨。

這是我不得不接受的殘忍行為，但每當我看到札因或爸爸遭受這種痛苦，就會感到更深一層的心痛。爸爸還在咳出鹽水的時候，我們已經不得不考慮如何維持生計。

「旗魚怎麼樣？」札因問：「我們可以付給他們旗魚。」

我走到小屋的後側，打開鐵製的小冰箱。冰冷的海水中躺著我們昨天辛苦抓來的紅尾旗魚，牠閃閃發亮的鱗片預示著新鮮美味。這種魚在瓦里海中難得一見，非常值錢，所以我們捨不得吃。但如果衛兵願意收下——

「他們拒絕我們用魚繳稅，」爸爸抱怨：「我需要銅幣、銀幣。」他揉揉太陽穴，彷彿這麼做能讓全世界消失。「他們告訴我，如果籌不出錢，他們就會把瑟爾莉送去苦力團。」

我感覺渾身發涼。我猛然轉身，無法隱藏心中恐懼。苦力團是由國王的軍隊管理，是這個王國的勞動力，遍布於歐瑞莎各地。如果有人繳不出稅款，就必須為國王工作，直到償清債務。淪為苦力的人將無休止地勞作，建造宮殿，修路，開採煤礦……

這套制度原本給歐瑞莎帶來很多好處，但在大掃蕩後成了國家批准的死刑判決，成了抓人的藉口，雖然國王抓人從不需要理由。因為所有聖童都在大掃蕩後成為孤兒，所以我們根本負擔不起國王的高額徵稅。每次增稅其實就是為了對付我們。**媽的**。我努力壓抑內心恐懼。我如果被送進苦力團，就永遠出不來。進去的人沒一個逃出來。雖說勞動只應該持續到還清一開始的債務為止，但隨著稅收不斷增加，債務也會增加。被送去當苦力的聖童挨餓，挨打，被當成牛隻般運送，被迫工作，直到身體崩潰。

我把手伸進冰冷的海水裡，讓我的神經平靜下來。我不能讓爸爸和札因知道我真的很害怕，否則這只會讓我們的情況變得更糟。但我的手指開始顫抖，我不知道這是因為寒冷還是我心裡的恐懼。這種事怎麼會發生？事情是從什麼時候走到這一步？

「不。」我喃喃自語。

我問錯了問題。

我該問的，不是事情是從什麼時候走到這一步，而是我為什麼會覺得事情會好轉。

我看著編織於小屋網窗的一朵黑色馬蹄蓮，這是我和媽媽之間唯一的聯繫。我們還住在伊巴丹鎮的時候，她會把馬蹄蓮放在那個家的窗子上，以紀念她的母親，魔乩是以這種方式紀念死者。

我看著這朵花時，常常會想起媽媽在吸入它的肉桂芬芳時嘴角露出的燦爛笑容。今天，我在它枯萎的葉子上，只看到黑色的破魔石項鍊，它取代了她一直戴在脖子上的黃金護符。

雖然這已經是十一年前的回憶，現在卻比我自己的視線還清晰。

事情就是在那個晚上惡化。那個晚上，薩蘭國王把我的族人吊死在世人面前，向今天和明天的魔乩宣戰。那個晚上，魔法消亡。

那個晚上，我們失去了一切。

爸爸打個冷顫，我跑到他身邊，一隻手貼在他的背上，讓他保持直立。他的眼裡沒有憤怒，只有挫敗。看他緊緊抓住破舊的毯子，我真希望我能看到我小時候認識的那個戰士。在大掃蕩之前，他就算手上只有一把剝皮刀，也能擊退三名全副武裝的男子。但他在那天晚上被毆打後，花了五個月的時間才恢復說話能力。

那個晚上，他們粉碎了他的心，重創了他的靈魂。要不是他醒來後發現媽媽的遺體被黑鏈束縛，也許他會康復。但他終究復原了。

只是跟以前再也不一樣。

「好吧。」札因嘆口氣，總是試著找到一線曙光。「我們上船去。如果現在出發——」

「沒用的，」我打岔：「你也看到市集是什麼模樣。每個人都在忙著籌措稅金。就算我們能抓到魚，人們也沒多餘的錢能買。」

「而且我們沒有船，」爸爸咕噥：「我今天早上失去了它。」

「什麼？」我沒意識到船不在外面。我轉向札因，等著聽他提出的新辦法，但他癱坐在蘆葦地板上。**我完了……**我靠在牆上，閉上眼睛。

沒有船，沒有錢。

苦力團我是去定了。

一陣凝重的沉默降臨在小屋裡，給我定下了刑期。**也許我會被分配去王宮**。如果到時候專門服侍被寵壞的貴族，也好過在卡拉巴爾礦坑裡咳出煤灰，或天知道苦力團會強迫聖童做什麼工作。據我所知，地下妓院還不算是苦力團可能給我的最糟待遇。

札因在角落挪動身子。我熟悉他的個性。他會提議代替我去受苦。但就在我準備抗議的時候，王宮讓我聯想到一個主意。

「勒茍斯怎麼樣？」我問。

「逃跑是沒用的。」

「不是逃跑。」我搖頭。「那裡的市集到處都是貴族。我可以把旗魚拿去那兒賣。」

他們還來不及對我的天才腦袋做出評論，我已經抓起羊皮紙，跑到旗魚旁邊。「我會帶三個月份的稅款回來，還有足夠的錢買艘新的船。」札因也能把精神集中在他的阿格邦比賽上。爸爸到時候終於能休息。**我能幫忙**。我不禁微笑。我終於能做些正確的事。

「妳不能去。」爸爸的疲憊嗓音劃開我的思緒。「聖童去那裡太危險。」

「比進苦力團更危險？」我問：「因為我如果不這麼做，就會被送去苦力團。」

「由我去勒茍斯。」札因爭論。

「不，想都別想。」我把包好的旗魚塞進背包。「你根本不會討價還價，鐵定會搞砸生意。」

「我也許賺比較少，但我能保護自己。」

「我也能。」我搖晃一下阿格巴婆婆給我的伸縮棍，然後把它丟進背包裡。

「爸爸，拜託。」札因把我趕開。「如果讓瑟爾去，她一定會做些蠢事。」

「如果由我去，我會帶我們從沒見過的大把金錢回來。」

爸爸陷入沉思，皺起眉頭。「交易應該由瑟爾莉負責——」

「**謝謝**你。」

「——可是札因，你管住她。」

「不行。」札因雙臂抱胸。「你需要我們其中一人留下，以防衛兵回來。」

「帶我去阿格巴婆婆那裡，」爸爸說：「我會躲在那裡，等你們回來。」

「可是爸爸——」

「你們如果再不出發，就趕不及在入夜前回來。」

札因閉上眼睛，吞下沮喪。他忙著把鞍座放在奈菈強壯的背上時，我扶爸爸站起。

「我可指望妳了。」爸爸輕聲道，輕得讓札因聽不見。

「我知道。」我把破舊的毯子繫在他瘦弱的身軀上。「我不會再搞砸了。」

第三章

亞瑪芮

「亞瑪芮，坐直！」

「看在蒼天的份上——」

「妳不能吃這麼多甜點。」

我放下插著椰子派的叉子，拱起肩膀，對母后在一分鐘內碎碎念的數量感到佩服。她坐在黃銅桌的首位，頭上戴著一頂金色頭巾，它在她柔和的銅色膚色上閃爍，似乎捕捉到房間裡所有的光線。

我調整自己頭上的深藍色頭巾，試著讓自己顯得高貴，也希望僕人沒把它包得那麼緊。我扭來扭去的時候，母后那雙琥珀眼眸掃視身穿華服的酋長們，尋找藏在羊群中的鬣狗。女性貴族們雖然擠出微笑，但我知道她們在我們背後竊竊私語。

「我聽說她被送進了西區——」

「她膚色那麼黑，不可能是國王的——」

「我的僕人發誓說指揮官懷了薩蘭的孩子——」

她們把祕密像閃閃發亮的鑽石一樣穿在身上，編織於奢華的布巴上衣和裹身裙。她們的謊言和百合花香水味，玷汙了我不再被允許吃下的甜蛋糕的蜜香。

「您怎麼看，亞瑪芮公主？」

我從天堂般的餡餅中猛然抬頭，發現隆克酋長滿懷期待地看著我。她的翡翠色纏衣在她桃花心木般的肌膚上閃耀，而她之所以選擇這種衣物，正是因為它被茶室牆壁的白色灰泥襯托得閃閃發光。

「抱歉？」

「關於造訪扎里亞。」她向前傾身，直到掛在她喉嚨上的大顆紅寶石擦過桌子。這顆花稍的珠寶時刻提醒人們：隆克酋長不是生下來就有資格坐在我們這張餐桌旁。她是花錢買到入場券。

「如果您入住我們的莊園，我們會深感榮幸。」她撫摸著那顆巨大的紅色寶石；注意到我的目光時，她的嘴唇彎曲。「我敢肯定，我們也能為您找到這樣的珠寶。」

「妳真客氣。」我在腦海裡思索從勒芶斯前往扎里亞的路線。扎里亞遠在歐拉辛博山脈另一頭，位於歐瑞莎的北端，緊鄰阿德屯基海。想像著參觀宮殿牆外的世界，我的脈搏加快。

「謝謝妳，」我終於開口：「我會很榮幸——」

「可惜亞瑪芮去不了，」母后打岔皺眉，但臉上一點也沒有難過的神色。「她正忙於學習，算術已經落後了。現在如果中斷，影響會太大。」

我胸中增長的興奮情緒立即消退。我用叉子戳戳盤子上沒吃的餡餅。母后很少允許我出宮。我本來就不該抱著這種期望。

「也許以後吧，」我輕聲說，希望這小小的放縱不會激起母后的怒火。「妳一定很喜歡住在那裡——前有海，後有山。」

「那裡就是一堆石頭和水而已。」隆克酋長的長女薩瑪菈皺起寬大的鼻頭。「完全比不上這座華麗的宮殿。」她朝母后露出微笑，但她轉身面對我時，臉上的甜美笑容消失了。「況且，扎里亞**到處都是**聖童。至少勒苟斯的蛆蟲還懂得待在貧民窟裡。」

聽到薩瑪菈的殘酷用字，我不禁繃緊身子，這番話似乎懸在我們頭頂的半空中。我回頭看賓妲是否也聽到了，但我認識最久的老友似乎不在場。她是我的侍女，跟我形影不離，也是上層宮殿唯一的聖童，因此總是引人注目。雖然賓妲用帽子蓋住白髮，但她還是跟其他人員隔離開來。

「我能如何效勞，公主殿下？」

我轉向另一邊，看到一個我不認識的僕人，是個栗色肌膚、眼睛又大又圓的女孩。她拿走我半空的杯子，換上另一個。我瞥了一眼琥珀色的茶水；賓妲如果在這裡，就會趁母后不注意的時候偷偷把一勺糖放進我的杯子裡。

「妳有沒有看到賓妲？」

女孩突然後退，嘴脣緊抿。

「怎麼了？」

女孩張嘴，但眼睛掃視桌邊的女人們。「殿下，賓妲被叫去王座廳了，在午宴即將開始前。」

我皺眉，歪起腦袋。父王找賓妲過去做什麼？宮殿裡有這麼多僕人，但他從來沒找過她。他其實很少召喚任何僕人。

「她有沒有說為什麼？」我問。

女孩搖頭，壓低嗓門，謹慎用字。「沒有，但她是由衛兵**護送**過去。」

一股酸味爬上我的舌頭，又苦又黑，順著喉嚨傳來。這座宮殿的衛兵才不提供護送服務。他們只會奪取。只會提出要求。

女孩看起來似乎很想再說什麼，但母后瞪她一眼，接著用冰冷的手在桌底下掐了我的膝蓋。

「別再跟僕人說話。」

我轉頭回來，低下頭，避開母后的視線。她瞇起眼睛，就像一隻狩獵中的紅胸火鷹，等著我再次令她蒙羞。雖然她很不高興，但我還是一直想著賓妲。父王知道我跟賓妲很親密——如果他找她有事，為什麼不透過我？

隨著疑問越來越多，我望向鑲板窗戶外面的皇家花園，無視周圍酋長們的空洞笑聲。宮殿的大門突然敞開。

我哥大步走進。

伊南昂首闊步，穿著帥氣的制服，準備第一次帶領巡邏隊穿越勒苭斯。他在其他侍衛當中顯得神采飛揚，頭上那頂裝飾精美的頭盔表明他最近晉升為隊長。我雖然心情不太好，但還是綻放微笑，希望我能成為他這個大日子的一部分。這是他想要的一切。他的夢想終於成真了。

「他很令人印象深刻吧？」薩瑪菈用淡褐色的眼眸盯著我哥，眼神流露一種可怕的情慾。「史上最年輕的隊長。他會成為傑出的國王。」

「他會的。」母后容光煥發，傾身靠向她很想要的未來媳婦。「雖然我真希望他的升職沒伴隨著充滿暴力的工作。沒人知道走投無路的蛆蟲會試圖對王儲做出什麼舉動。」

酋長們紛紛點頭，發表無用的意見，我默默啜飲茶水。她們輕描淡寫地談論我們的主題，彷彿在討論席捲了勒芶斯時尚界的鑲鑽頭巾。我轉身面對剛剛跟我談到賓妲的那名女僕。她雖然離我的桌子很遠，但她的手仍在緊張地顫抖……

「薩瑪菈。」母后的嗓音打斷了我的思緒，拉回了我的注意力。「我有沒有告訴妳，妳今天看起來多麼高貴？」

我咬住舌頭，喝完了剩下的茶。母后雖然嘴上說「高貴」，但「膚色更光亮」這幾個字其實藏在她的嘴唇後面，就像那些可以自豪地把自己的血統追溯到第一次戴上歐瑞莎王冠的那些王室成員的高貴酋長。

她們不是**平凡人**，不是在明納城的農田工作的農民，也不是勒芶斯這裡在烈日下販賣商品的商人。她們不像我這樣不幸，我是母后幾乎慚愧得不敢認的公主。

我從杯子後面偷看薩瑪菈，被她一身嶄新的柔和棕色膚色所震撼。就在幾次午餐前，她的膚色還跟她母親一樣是桃花心木的顏色。

「您過獎了，王后陛下。」薩瑪菈故作謙虛地低頭看自己的裙子，撫平不存在的皺褶。

「妳一定要跟亞瑪芮分享一下妳的美容祕訣。」母后把一隻冰冷的手放在我的肩上，用手指輕撫我黝黑的銅色肌膚。「她太常在花園裡閒逛，結果開始看起來像個農夫。」母后笑道，就算我每次外出時明明有一大堆僕人幫我撐陽傘，就算她在這場午餐開始前在我身上抹粉，還咒罵我的膚色會讓貴族們懷疑我是不是她跟僕人偷情生下來的。

「沒這個必要，母后。」我不禁畏縮，想起她上一次那堆化妝品混合物造成的刺痛和醋臭味。

「噢，我榮幸之至。」薩瑪菈眉開眼笑。

「我知道，可是——」

「亞瑪芮。」母后打斷我，臉上的笑容緊繃得能讓皮膚破裂。「她會很樂意接受妳幫忙，薩瑪菈，尤其在求愛季開始之前。」

我試圖吞下喉嚨裡的腫塊感，但這個舉動幾乎讓我窒息。這一刻，醋臭味變得極為強烈，我已經能感覺到皮膚上的灼熱感。

「別擔心。」薩瑪菈握著我的手，誤解了我的痛苦。「妳會愛上求愛季。那其實滿好玩的。」

我勉強一笑，想抽回我的手，但薩瑪菈加強手勁，彷彿拒絕放開我。她的金戒指壓在我的皮膚上，每一枚都鑲有一塊特殊的石頭。其中一枚戒指與細緻的鏈子相連，鏈子另一端是綴有君主徽印的手鐲：鑲有鑽石的雪豹圖案。

薩瑪菈自豪地戴著這枚手鐲。想必是來自母后的禮物。我忍不住讚嘆它有多美。上頭的鑽石比我那枚還多——

老天……

那枚手鐲已經不是我的了。不再是。

想起我那枚手鐲的下落，我不禁感到驚慌。我把它給了賓妲。

她原本不想收下，她擔心收下來自王室成員的禮物會有什麼代價。但是父王漲了聖童稅。如果她不賣掉我的手鐲換錢，她和她的家人就會流離失所。

他們想必發現了，我意識到。**他們一定把賓妲當成竊賊**。所以她被叫去王座廳。所以她被衛兵**護送**過去。

我從椅子上猛然起身，椅腳在瓷磚地板上發出刺耳的聲響。我能看到衛兵抓住賓妲纖細的雙手。

我能看到父王揮下佩劍。

「失陪。」我邊說邊後退。

「亞瑪芮，坐下。」

「母后，我——」

「亞瑪芮——」

「母后，拜託妳！」

太大聲了。

我剛說出口就知道自己說得太大聲。我尖銳的嗓音在茶室的牆壁上迴盪，讓現場所有的談話都安靜下來。

「抱——抱歉，」我結巴道：「我覺得不舒服。」

我匆匆走向門口時，所有眼睛都盯著我的背。我能感受到母后即將投來的怒火，但我現在沒時間應付她。門一關上，我拔腿就跑，拉起厚重的長袍。我衝過大廳，高跟拖鞋在瓷磚地板上咔噠作響。

我怎麼這麼笨？我責備自己，同時轉身避開一個僕人。那個女孩告訴我賓妲被叫去的時候，我就該離開。如果角色互換，賓妲也絕對不會浪費一秒鐘。

老天，我咒罵，經過門廳裡細長的紅色黑斑羚百合花瓶，以及王室祖先的諸多畫像，這些好幾代前的畫像一直盯著我看。**拜託妳可別出事**。

我抱著無聲的希望，繞過拐角，進入大廳。空氣充滿熱量，使呼吸變得更加困難。我在父親的王座廳前放慢腳步，心臟怦怦直跳，這是我最害怕的房間。這是他命令我和伊南對練的第一個地方。

我身上許多傷疤都是在這裡留下。

我抓住掛在黑色橡木門外的天鵝絨門簾，用布滿汗水的手抓住厚實的織物。**他可能不會聆聽**。我放棄了那枚手鐲。父王會懲罰我而不懲罰賓妲。

一陣恐懼從我的脊椎傳來，令我手指發麻。**我必須為了賓妲這麼做**。

「為了賓妲。」我大聲低語。

我認識最久的朋友。我**唯一的**朋友。

我必須保護她。

我深吸一口氣，擦去手上的汗水，細細品嘗最後的幾秒鐘。我的手指稍微碰到門簾後面閃閃發光的把手，這時候——

「什麼？」

父王的嗓音從緊閉的門裡傳來，就像一頭狂野猩獅的咆哮。我的心臟抵著胸骨狂跳。我以前聽過父王咆哮，但沒這麼大聲。**我來晚了？**

門打開了，我往後跳，一群衛兵和持扇僕從王座廳裡衝出來，就像逃亡的小偷。他們抓住了在大廳周圍徘徊的其餘貴族和僕人，將他們拉走，留下我一個人。

往前走。門開始關上時，我的腿不住顫抖。父王的心情已經很差。但我必須找到賓妲。她搞不好被困在裡頭。

我不能讓她獨自面對父王。

我向前衝去，在門關上前抓住。我把手指伸進門框，把門拉開一條縫，從縫裡窺視。

「什麼意思？」父王再次咆哮，唾沫飛上鬍鬚。他桃花心木色的皮膚下的血管跳動，跟他身上的紅色寬袖袍形成鮮明對比。

我把門稍微拉得更開，生怕看到賓妲的纖細身軀。但我看到艾貝里上將在王座前畏縮，他的光頭冒出汗珠，眼睛不敢看著父王。在他身旁，凱雅指揮官昂首而立，頭髮垂於頸部，編成一條閃閃發亮的緊致辮子。

「那些神器被沖上瓦里村的海岸，」凱雅解釋：「一個濱海的小村莊，它們的接近，激發了當地一些聖童的潛在能力。」

「潛在能力？」

凱雅嚥口水，淡棕色肌膚底下的肌肉緊繃。她給了艾貝里上將說話的機會，但對方保持沉默。

「那些聖童發生了變化。」凱雅皺眉道，彷彿這幾個字給她造成了疼痛。「陛下，那些神器喚醒了他們的力量。那些聖童變成了魔乩。」

我倒抽一口涼氣，但很快摀住嘴巴，抑制聲音。**魔乩？在歐瑞莎？過了這麼久？**

一股沉悶的恐懼湧上我的胸腔，我為了看得更清楚而把門打得更開，我的每一次呼吸都變得緊繃。**不可能**，我等著聽見父王這麼說。**這是**——

「不可能。」他終於開口，音量極輕。他握著黑色破魔佩劍的劍柄，指關節喀啦作響。

「事情真的發生了，陛下。我親眼目睹。他們的魔法雖然微弱，但確實存在。」

天啊……這對我們來說意味著什麼？王室會發生什麼變化？魔乩已經在計畫出擊？我們有沒有機會反擊？

我腦海中浮現大掃蕩前的父王：疑神疑鬼，咬牙切齒，頭髮總是花白。他命令我和伊南進入宮殿地下室，把劍放在我們手中，就算我們那時候年幼體弱得舉不動。

魔乩會來找你們，他當時警告我們。他每次強迫我們對練時，都說同樣的話。**他們來找你們的時候，你們必須做好準備**。

我打量父王蒼白的臉龐時，被痛苦的回憶刺痛了背脊。他的沉默比他的憤怒更可怕。艾貝里上將幾乎在發抖。

「那些魔乩現在在哪？」

「處理掉了。」

我的胃袋收緊，我屏住呼吸，逼自己別吐出午餐的茶。那些魔乩死了。被屠殺。丟進海底。

「神器呢？」父王追問，對魔乩的死亡毫不在意。他如果按照自己的方式行事，可能會「處理掉」其餘的魔乩。

「卷軸在我這裡。」凱雅從胸甲底下抽出一張老舊的羊皮紙。「我一發現它後，就處理了目擊者，直奔王宮。」

「太陽石呢？」

凱雅對艾貝里投以能刺破皮肉的尖銳眼神。他用力清清喉嚨，彷彿在發表消息前盡量拖延時間。

「我們趕到之前，那塊石頭已經從瓦里村被偷走了，陛下。但我們正在追查。我們最好的人手正在搜索。我相信我們很快就會找到。」

父王的怒火就像升騰於空氣中的熱氣一樣沸騰。

「我明明命令你銷毀它們，」他嘶吼：「事情**怎麼會**變成這樣？」

「小的盡力了，陛下！大掃蕩後，我努力了好幾個月，盡我所能摧毀它們，但那些神器被施了魔法。」艾貝里瞥向凱雅，但她直視前方。他再次清清嗓子，下巴底下的褶皺處出汗。

「我每次撕毀卷軸，它就會自動重新拼湊。我就算燒掉它，它也會從灰燼中重新成形。我叫最強壯的衛兵用釘錘破壞太陽石，它卻連一道刮痕也沒有！因為那些該死的神器就是不會壞，所以我把它們鎖在一個鐵箱裡，丟進班喬克海的中央。它們原本不可能被沖上岸！除非有魔——」

艾貝里差點說出「魔法」這兩個字。

「小的保證，陛下。我真的盡力了，但諸神似乎就是有其他計畫。」

諸神？我俯身向前。艾貝里的腦袋飛到九天之上了嗎？諸神並不存在。王宮裡每個人都知道。

我等父王對艾貝里的蠢話做出反應，但他依然面無表情。他從王座上站起，態度平靜，充滿算計。然後他像毒蛇一樣迅速出擊，掐住了艾貝里的喉嚨。

「告訴我，上將。」他把艾貝里整個人舉到半空中，加強手勁。「你比較害怕誰的計畫？諸神的？**還是我的？**」

我嚇得退縮，在艾貝里窒息時轉開視線。我討厭父王這一面，這是我努力不去看到的一面。

「小——小的保證，」艾貝里嘶喘道：「我一定會處理好。我保證！」

父王把他像腐爛水果一樣丟下。艾貝里喘著粗氣，揉揉頸部，瘀傷已經使他的銅色皮膚變黑。父王再次看著凱雅手裡的卷軸。

「展示給我看。」他下令。

凱雅對我視線外的某人做個手勢。靴子在瓷磚地板上喀啦作響。我就是在這時候看到她。

賓妲。

她被拖向前，那雙銀色大眼裡噙著淚水，我忍不住摀著胸口。她每天都小心翼翼繫著的帽子歪向一邊，露出一綹長長的白髮。有人用圍巾堵住了她的嘴，讓她無法喊叫。但她就算喊叫，又有誰會救她？她已經在衛兵的掌握之中。

快想辦法，我命令自己。**快**。但我的雙腿動彈不得。我甚至感覺不到我的手。

凱雅展開卷軸，緩緩向前走去，彷彿在接近一頭野獸，而不是一個多年來為我擦淚的貼心女孩，一個存下所有宮中伙食，好讓自己的家人能享用一頓美餐的僕人。

「舉起她的胳臂。」

被衛兵拉起一隻手腕時，賓妲搖頭，她低沉的哭聲穿過圍巾而來。賓妲雖然抗拒，但凱雅還是把卷軸塞進她的手裡。

賓妲的手爆發光芒。

強光覆蓋了王座廳——明亮的金光、閃亮的紫光、璀璨的藍光。光束傾瀉而下，弧動閃爍，從賓妲的手掌中噴湧而出，源源不斷。

「蒼天啊。」我忍不住驚呼，感到既驚恐又敬畏。

魔法。

在這裡。過了這麼多年……

父王關於魔法的古老警告在我腦海中浮現，那些描述戰鬥與火災、黑暗與疾病的故事。他常嘶聲道：**魔法是萬惡之源。魔法會毀了歐瑞莎**。

父王總是告訴我和伊南，魔法意味著我們的死亡，是威脅歐瑞莎存亡的危險武器。魔法存在的一天，我們的王國就會陷入戰火。

在大掃蕩後最黑暗的日子裡，魔法在我的想像力中占據了主導地位，就像一個無臉怪物。但在賓妲手上，魔法令人著迷，就像獨一無二的奇蹟。夏日陽光的喜悅融化成暮光。生命的本質和氣息——

父王迅速出手，快如閃電。

上一秒，賓妲還站著。

下一秒，父王的劍貫穿了她的胸口。

不！

我還沒來得及尖叫，就已經用手摀住了嘴，差點摔倒在地。嘔意湧上喉嚨，滾燙的淚水刺痛了雙眼。

這不可能是真的。整個世界開始旋轉。**這不是真的。賓妲很安全。她端著一條甜麵包在妳的房間裡等候**。

但我絕望的想法並沒有改變事實，無法讓死者復生。綁住賓妲嘴巴的圍巾滲出血。

緋紅血花在她淺藍色的連身裙上暈開。

她的屍體如鉛塊般重重倒地時，我忍住另一聲尖叫。

賓妲天真無邪的臉龐沾滿血，將她的白髮染成了紅色。血的銅臭味從門縫裡飄出來。我差點嘔吐。

父王扯下賓妲的圍裙，用它擦劍，姿態一派輕鬆。他不在乎她的血染紅了他的皇袍。

他沒看到她的血染紅了我的雙手。

我向後爬，被自己裙襬絆倒。我衝上大廳拐角處的樓梯間，每一步腿都在顫抖。我的視線變得模糊，我很想回到我的房間，但我只能勉強跑到一支花瓶前面。我抓住陶瓷瓶口，胃裡所有東西都往上衝。

膽汁造成嚴重刺痛，混合了胃酸和茶水而苦澀。我的身體癱軟時，第一聲啜泣從嘴裡掙脫出來。我緊抓胸口。

如果賓妲在這裡，她就會是來救我的人。她會牽著我的手，帶我回到我的房間，讓我坐在床上，擦去我的眼淚。她會想辦法讓我破碎的心再次變得完整。

我強忍另一次抽泣，摀住嘴，鹹鹹的淚水滲過指間。血腥味充滿我的鼻腔。我又想起父王挺劍刺向——

王座廳的門猛然打開。我嚇得跳起來，害怕是父王。但我看到一名剛剛抓住賓妲的衛兵從中離去。

他的手裡拿著卷軸。

他爬上樓梯，朝我走來時，我盯著那張風化的羊皮紙，回想它一碰到她的手就爆發出強光。光芒被困在我的摯友的靈魂裡，美得令人難以置信，無比的大膽。

士兵靠近時，我轉過身，藏起我滿是淚水的臉。

「抱歉，我身體不舒服，」我咕噥。「應該是吃了臭掉的水果。」

衛兵只是心不在焉地點個頭，繼續爬樓梯。他用力抓著卷軸，指節因此發黑，彷彿他害怕如果不用力抓著，這張神奇的羊皮紙就會產生什麼反應。在我的注視下，他走到三樓，推開一扇漆成黑色的門。我突然意識到他要去哪。

凱雅指揮官的房間。

我看著那扇門，等待著，幾秒鐘的時間過去了，儘管我不知道我為什麼等候。我就算等候，賓妲也不會回來。我再也聽不到她悅耳的笑聲。但我還是等候，在門再次打開時僵住。我轉向花瓶，再次假裝嘔吐，直到那名衛兵從我身旁走過。他返回王座廳時，他的金屬鞋底喀啦作響。卷軸已經不在他手上。

我用顫抖的手擦掉眼淚，這麼做顯然也暈開了母后強加在我臉上的顏料和脂粉。我用手掌擦掉嘴邊殘留的嘔吐物，起身走近凱雅的房門，腦海中充滿疑問。我該回我的房間去。

但我還是走進凱雅的房間。

門在我身後砰一聲關上，我嚇了一跳，深怕有人會來調查這個聲響。我以前從沒踏進凱雅指揮官的房間。應該連僕人也不被允許進來這裡。

我掃視酒紅色的牆壁，跟我房間裡的薰衣草色油漆截然不同。凱雅的床腳下放著一件皇室斗篷。**父王的斗篷……**一定是他把它忘在這裡。

如果我是在其他日子發現父王來過凱雅的房間，我會覺得喉嚨緊縮，但我現在幾乎什麼感覺也沒有。跟放在凱雅辦公桌上的卷軸相比，父王的披風顯得微不足道。

我朝它走去，雙腿顫抖，彷彿走向懸崖邊。我以為卷軸會散發某種氣場，但它周圍的空氣毫無變化。我伸出手，但停了下來，吞下開始膨脹的恐懼。我看到賓妲手中爆發出的光芒。

刺穿她胸口的劍。

我催促自己，再次伸出指尖。我的手碰到卷軸時，我閉上眼睛。

沒有魔法出現。

我拿起皺巴巴的羊皮紙時，這才意識到自己剛剛屏住呼吸。我展開卷軸，掃視上頭奇怪的符號，徒勞地試圖理解它們。我以前從沒看過這類符號，我看過的書上從沒出現過這類語言。但魔乩因為這些符號而死。

這些符號簡直就像是用賓妲的血寫下。

微風從打開的窗戶吹來，攪動著從我鬆散的頭巾上掉出來的一綹頭髮。在飄動的窗簾底下，安放著凱雅的軍用物資：磨利的劍、豹坐騎的韁繩、黃銅胸甲。我的目光停留在繩索上。我把我的頭巾丟到地板上。

我不假思索地抓起父王的斗篷。

第四章
瑟爾莉

「你真的不打算跟我說話？」

我在鞍座上歪向一邊，看著札因石頭般的臉龐。我原以為他會沉默一小時，但現在已經三小時了。

「練習得怎麼樣？」我改變話題。一談起他最喜歡的運動，他就很難抗拒。「穆巴魯的腳踝還好嗎？她來得及在比賽前復原嗎？」

札因張嘴幾秒，但控制住自己。他繃緊下巴，甩動奈菈的韁繩，加快牠的速度，穿過高聳的豺狼果樹之間。

「札因，別這樣，」我說：「你總不能一輩子不理我吧。」

「我可以試試。」

「我的老天爺。」我翻白眼。「你究竟要我怎麼樣？」

「試試道歉如何？」札因厲聲道：「爸爸差點死了！妳現在居然想坐在這裡假裝什麼事也沒發生？」

「我已經說過對不起了，」我厲聲回嗆：「對你跟爸爸都說過了。」

「這沒辦法改變發生了什麼事。」

「那我很抱歉我改變不了過去！」

我的喊聲在樹林間迴盪，在我們之間點燃了一段新的沉默。我的手指撫過鞍座上磨損的皮革裂縫，感覺胸口裡出現一個令我不舒服的坑洞。

看在諸神的份上，動動腦子，瑟爾莉，阿格巴婆婆的話語在我的腦海裡迴響。**如果妳傷害了那些人，誰來保護妳父親？衛兵來尋求鮮血的時候，誰來保護札因的安全？**

「札因，我很抱歉，」我輕聲說：「真的，我覺得很慚愧，遠超過你的想像，可是——」

札因發出一聲惱怒的嘆息。「當然有個『可是』。」

「因為錯的不是只有我！」我的怒氣沸騰。「爸爸是因為那些衛兵而出海！」

「而他是因為妳而差點淹死，」札因反駁：「妳丟下他。」

我咬住舌頭。再吵下去也沒意義。札因是個強壯又英俊的無魔者，根本不明白我為什麼需要阿格巴婆婆的訓練。伊洛林村的男孩都想成為他的朋友，女孩都想偷走他的心。就連衛兵也欣賞他，對他的阿格邦技能讚不絕口。

他不明白我披著聖童的皮膚四處走動是什麼感受。衛兵每次出現，我就會嚇一跳，永遠不知道每一場對峙會如何結束。

這次對峙也是……

想起那名衛兵粗暴地抓我的腿，我的胃袋為之緊繃。札因如果知道這件事，會不會責罵我？如果知道我忍住不哭有多難，他會不會對我大喊大叫？

我們默默騎行，樹林開始變得稀疏，勒芶斯城映入眼簾。這座都城的正前方是一扇由豺狼果樹的心材製成的大門，與伊洛林村截然不同。勒芶斯沒有平靜的大海，而是充滿無窮無盡的人群。即使從遠處看去，城牆內也有一大堆人，我根本無法理解他們如何生活。

我從奈菈背上觀察著都城的格局，注意到沿途路過的聖童們的白髮。勒芶斯的無魔者與聖童人數是三比一，所以後者格外醒目。儘管勒芶斯城牆之間的空間又長又寬，我的聖童同胞卻聚集於城市邊緣的貧民窟。他們只允許聖童住在那種地方。

我坐回奈菈的鞍座上，貧民窟的景象讓我感覺胸腔洩氣。幾百年前，十個魔乩氏族及其聖童們在歐瑞莎各處過著彼此隔離的生活。無魔者住在城市裡，魔乩氏族則是住在山脈、海邊和原野。但隨著時間的推移，在好奇心和機遇的驅使下，魔乩冒險遷移，諸多氏族開始遍布於歐瑞莎的土地。

多年來，魔乩和無魔者開始通婚，建立了像我這種的聖童與無魔者的家庭。隨著混血家庭成倍增長，歐瑞莎的魔乩數量也不斷增加。在大掃蕩之前，勒芶斯擁有最大的魔乩人口。

而現在，這裡只剩下這些聖童。

札因拉扯奈菈的轡繩，在靠近木門口的時候停下來。「我在這裡等妳。裡頭太混亂，不適合讓奈菈進去。」

我點點頭，滑下鞍座，親吻了奈菈又黑又溼的鼻子。牠用粗糙的舌頭舔舔我的臉頰，我不禁微笑，但我回頭看向札因時，笑容消失了。未說出口的話語懸在空中，但我轉身繼續前進。

「等等。」

札因跳下奈菈，一個大步就來到我面前。他把一支生鏽的匕首塞在我手裡。

「我自己有棍子。」

「我知道，」他說：「以防萬一。」

我把匕首收進我的破舊口袋。「謝了。」

我們默默盯著泥土地。札因踢開腳邊一塊石頭。我不知道誰會先打破沉默，直到他終於開口。

「我不是瞎子，瑟爾。我知道今天早上的事不全是妳的錯，但我需要妳做得更好。」有那麼幾秒，札因的眼睛閃爍，似乎即將揭露他在強忍的一切。「爸爸的情況只會越來越糟，而那些衛兵也把妳逼得越來越緊。妳現在不能犯錯。如果妳再犯一個錯，就可能是妳這輩子最後一個。」

我點頭，一直盯著地面。我能應付很多事情，但札因對我的失望就像一把利刃。

「總之，拜託妳做得更好，」札因嘆道：「拜託，爸爸如果失去妳，就一定活不下去……我也是。」

我試著無視胸口的緊繃。「對不起，」我呢喃：「我會做得更好。我保證。」

「很好。」札因綻放笑容，揉揉我的頭髮。「廢話說夠了。快把那條魚賣個天價吧。」

我發笑，調整背包的繫帶。「你覺得我能賣多少錢？」

「兩百塊。」

「就這樣？」我歪起頭。「你就這麼看不起我？」

「兩百塊已經是一大筆錢了，瑟爾！」

「我跟你打賭，我能賺到更多。」

札因笑得更開心，眼裡閃爍著賭意。「如果超過兩百塊，下星期就由我在家裡陪爸爸。」

「噢，賭局成立。」我咧嘴笑，已經在想像我和耶米的再次對決。我真想看看她要怎樣對付我的新棍子。

我快步前進，準備去做生意，但我來到檢查站時，一看到皇家衛兵，我的胃袋就為之翻攪。我把伸縮棍插進皺褶褲的腰帶，逼自己保持靜止不動。

「名字？」一名高個子衛兵喊道，眼睛盯著手上的名冊。他的黑色鬈髮在熱氣中捲曲，沾染了臉頰上的汗水。

「瑟爾莉・阿德波拉，」我盡可能以恭敬態度答覆。**不能犯錯**。我用力嚥口水。**至少今天不能再犯錯**。

衛兵幾乎沒看我一眼，而是直接寫下資料。「來自哪？」

「伊洛林。」

「伊洛林？」

另一名又矮又壯的衛兵搖搖晃晃地走來，利用巨牆保持身子直立。隨著他的接近，刺鼻的酒臭味飄散而來。

「妳這種蛆蟲大老遠來這兒做啥？」

他含糊不清的話語從嘴裡滴落下來，就像他下巴上的唾沫。他靠近時，我胸口緊繃，他眼中醉醺醺的釉色變得危險。

「來這裡的目的？」沒喝酒的高個子衛兵問道。

「交易。」

聽到這兩個字，醉醺醺的衛兵臉上浮現令人作嘔的笑容。他伸手想抓我的手腕，但我後退，並舉起包裹。

「交易**魚**。」我澄清，但雖然我這麼說，他還是朝我接近。他用粗壯的手勾住我的脖子，把我壓在木牆上，我呻吟一聲。他靠得太近，我能數算他牙齒上的黑黃汙漬。

「我看得出來妳為什麼要賣魚。」他發笑。「凱因，我們現在都收蛆蟲多少錢？兩枚銅幣？」

我感覺皮膚發麻，手指很想伸向我隱藏起來的棍子。在大掃蕩之後，魔乩和無魔者就算只是接吻也違法，但衛兵還是照樣把我們當成動物一樣亂摸。

我的憤怒轉變成一種黑色怒火，我以前在媽媽對付衛兵時會在她身上感受到的黑暗。隨著這股黑暗力量的流動，我想把衛兵推回去，折斷他肥碩的手指。但伴隨我的憤怒而來的是札因的擔憂、爸爸的心痛，還有阿格巴婆婆的責備。

動動腦子，**瑟爾莉**。**想想爸爸**。**想想札因**。我保證過不會搞砸這件事。我現在不能讓他們失望。

我在心裡一遍又一遍重複這句話，直到衛兵放開我。他哈哈笑，又拿起酒瓶灌了一口，得意洋洋，輕鬆自在。

我轉向另一名衛兵，無法隱藏眼裡的恨意。我不知道我更鄙視誰——亂摸我的醉漢，還是眼前這個任憑這件事發生的混蛋。

「還有其他問題嗎？」我咬牙問道。

衛兵搖頭。

趁兩名衛兵還沒改變主意，我以獵豹般的速度穿過大門。但走進大門裡沒幾步，勒芶斯城裡的混亂場面已經讓我想跑回門外。

「我的天啊。」我喃喃自語，對眼前的大批人潮感到不知所措。村民、商人、衛兵和貴族們填滿了寬闊的泥土路，每個人移動的方式都精確而且有目的。

遠處的王宮若隱若現，潔白的牆壁和鍍金的拱門在陽光下熠熠生輝。它的存在與城市邊緣的貧民窟形成鮮明對比。

我對質樸的民居和高聳的棚屋都感到驚奇。棚屋層層堆疊，彼此緊緊相連，就像一座垂直的迷宮。雖然當中看得見許多棕黃與褪掉的色彩，但另一些閃耀著明亮的油漆和色彩繽紛的藝術圖案。這就像是對「貧民窟」的稱號提出充滿活力的抗議，國王根本看不到的美麗餘燼。

我邁出試探性的腳步，開始朝市中心走去。我經過貧民窟時，注意到在街道上走動的聖童年齡都沒比我大多少。在勒芶斯，任何經歷過大掃蕩的聖童在成年之前，幾乎不可能不被關進牢裡或被迫進入苦力團。

「拜託，我不是故意——**啊！**」尖銳的哀號聲傳來。

我跳了起來，因為一名苦力團工頭的手杖在我面前揮動。它劃破了一名年輕聖童的身體，在這個男孩這輩子最後一套乾淨衣物上留下血跡。這名孩童跌進一堆破碎陶瓷當中，他瘦弱的手臂可能根本拿不動那些破片。工頭再次舉起手杖，這一次我注意到它以破魔石製成的杖身閃閃發亮。

老天。工頭把手杖壓在男孩的背上時，我聞到了肉體燒焦的刺鼻味。男孩掙扎著跪起，煙霧從他的皮膚上冒出來。這幅惡毒景象讓我的手指麻木，提醒我進了苦力團的潛在命運。

別看了。我強迫自己前進，雖然心沉了下去。**快走，否則那就是妳的未來。**

我快步前往勒芶斯的中心地帶，盡最大努力無視從貧民窟街道洩漏而來的糞水味。我進入商業區色彩柔和的建築，氣味變成了甜麵包和肉桂的香氣，令我飢腸轆轆。中央交易所裡充斥著交易的聲響，我為交易做好準備。但隨著市集進入眼簾，我不得不停下腳步。

不管我和爸爸曾經拿大魚來這裡交易多少次，中央市場的瘋狂混亂總是令我驚嘆不已。這個市集比勒芶斯的街道更加喧鬧，各種歐瑞莎商品應有盡有。光是其中一排，就能看到來自明納城的廣袤土地的穀物，連同令我垂涎的貢貝城工廠的鐵器。我穿過擁擠的攤位，享受著炸芭蕉的香味。

我豎起耳朵，試圖捕捉交易的模式與速度。每個人都在戰鬥，以話語為刀。這裡比伊洛林村的市場更血腥殘酷。這裡沒有妥協，只有生意。

我經過販賣獵豹幼崽的木製攤位，看到牠們額頭上的小小犄角，我不禁微笑。抵達交易魚貨的區域之前，我必須經過裝著花紋紡織品的幾個推車。

「四十枚銅幣——」

「虎魚要這麼貴？」

「我只出三十塊！」

討價還價者的喊聲如此響亮，我幾乎聽不見自己思考。這裡不是伊洛林村的水上市場，常規的交易方式行不通。我咬著臉頰內側，環視人群。我需要找個目標，找個傻蛋——

「鱒魚！」一名男子咆哮：「我看起來像會吃鱒魚嗎？」

我看著一名穿著深紫襯衫的豐滿貴族。他瞇起淡褐眼睛看著一名無魔商人，彷彿遭受嚴重侮辱。

「我有角魚，」商人提議：「比目魚、鱸魚——」

「我說了我想要劍魚！」貴族厲聲道：「我的僕人說你拒絕賣。」

「現在不是劍魚的季節。」

「但國王每晚都在吃？」

商人抓抓頸後。「如果抓到劍魚，就必須送去宮裡。這是這片土地的法律。」

貴族臉一紅，掏出一個絲絨小錢包。「他出多少？」他搖晃叮噹作響的硬幣。「我出兩倍。」

商人渴望地盯著錢包，但沒改變心意。「我不能冒這種險。」

「我能！」我喊道。

貴族轉身過來，狐疑地瞇起眼睛。我向他招手，遠離商人的攤位。

「妳有劍魚？」他問。

「我有更好的。這個市場上沒人能賣給你的魚。」

看他張著嘴，我感到魚兒繞著我的誘餌打轉的快感。我小心翼翼打開旗魚的包裝，把牠移到一束光線下，讓牠的鱗片閃閃發亮。

「我的老天爺！」貴族驚呼：「牠真漂亮。」

「牠的味道比看上去還要好。紅尾旗魚，來自伊洛林海邊的新鮮貨。現在不是這種魚的季節，所以就連國王今晚也吃不到這種貨色。」

看貴族臉上浮現笑容，我知道我已經抓到魚了。他遞出錢包。

「五十枚銀幣。」

我瞪大眼睛，但咬緊牙關。**五十……**

五十枚銀幣能讓我們付出這次的稅款，也許剩下的足夠買艘新船。但如果衛兵在下星期又提高稅收，這筆錢就沒辦法讓我遠離苦力團。

我大笑一聲，開始重新把魚包好。

貴族皺起眉頭。「妳在做什麼？」

「把這顆寶石拿去賣給買得起的人。」

「妳竟敢——」

「請見諒，」我打斷他：「這條魚值五百五十枚銀幣，所以我不想在只出十分之一價的人身上浪費時間。」

貴族念念有詞，但還是把手伸進口袋裡，掏出另一個絲絨錢包。

「我最多出三百枚，不可能更多。」

我的天啊！我把腳在泥土地上站穩，以免身子搖晃。我們這輩子從沒見過這麼多錢。衛兵就算漲稅，我們至少也能支付六個月的稅款！

我張嘴準備接受交易，但貴族的眼神令我猶豫。既然他在上一次出價上這麼快妥協，也許這次也會……

接受，我想像札因警告我。**這種價錢已經夠高了**。

但我離目標太近，現在不能停下來。

「抱歉。」我聳個肩，把旗魚包好。「我不能把給國王吃的美食浪費在買不起的人身上。」

貴族鼻孔賁張。**老天**。我可能做得過頭了。我等他退讓，但他只是生著悶氣。我只好走離。

我在犯錯的重壓下崩潰了，每一步都漫長如永恆。**妳會找到其他買家**，我試著安撫自己。**有別的貴族會急於證明自己的價值**。我能賺到超過三百枚銀幣。這條魚的價值超過這個價錢……吧？

「媽的。」我差點把頭撞在一個蝦攤上。我現在該怎麼辦？誰會笨到出更多——

「等一下！」

我轉身時，胖貴族把三個叮噹作響的錢包塞向我的胸口。

「好吧，」他咕噥認輸。「五百。」

我不敢置信地瞪著他，而他誤以為我在懷疑他。

「妳要數就數。」

我打開其中一個錢包，裡頭的景色美得讓我差點哭出來。銀幣就像旗魚鱗片一樣閃亮，它的重量是對美好未來的承諾。**五百枚銀幣！**這不僅能買一艘新船，還能讓爸爸幾乎休息一整年。**終於**。

我終於做了對的事情。

我把魚遞給貴族，無法掩飾自己臉上的笑容。「好好享用。你今晚會吃得比國王還好。」

貴族面露冷笑，但嘴角滿足地上揚。我把絲絨錢包塞進我的背包，開始走路，心跳快得幾乎跟這個市場一樣瘋狂。但聽見諸多尖叫聲瀰漫在半空中時，我僵住了。這不是討價還價的叫喊聲。**怎麼回事**——

一個水果攤被掀翻時，我急忙向後跳。

一隊皇家衛兵大陣仗衝過。芒果和歐瑞莎桃子滿天飛。更多衛兵持續湧入市場，顯然在尋找什麼。在尋找某人。

我困惑地瞪著這場騷動，然後才意識到我必須移動。我的背包裡有五百枚銀幣。這是我這輩子第一次負擔著比我的性命還沉重的責任。

我以全新的活力推開人群，不顧一切地逃離。我即將穿過紡織品攤販時，有個人抓住我的手腕。

怎麼回事？

我抽出伸縮棍，以為抓住我的是皇家衛兵或竊賊。但我轉過身來，發現抓住我的人不是衛兵，也不是什麼匪類。

而是一名披著斗篷、眼如琥珀的少女。

她把我拉進兩個攤位之間的隱蔽開口，抓得很緊，我無法掙脫。

「求求妳，」她哀求：「妳必須帶我離開這裡！」

第五章 瑟爾莉

有那麼幾秒，我沒辦法呼吸。

這名銅色肌膚的少女害怕得顫抖，這股恐懼滲透了我的皮膚。

隨著衛兵雷鳴般地呼嘯而過，喊叫聲越來越大，每一秒都越來越近。他們不能看到我和這個女孩在一起。

否則我會死。

「放開我，」我下令，口氣幾乎跟她一樣急切。

「不！不，**求求妳**。」她的琥珀眸子充滿淚水，她的手抓得更緊。「拜託妳幫幫我！我做了不可原諒的事。如果他們抓到我……」

她的眼裡充滿我熟悉的恐懼。因為他們抓到她的時候，問題不是她會不會死，而是什麼時候死：當場死亡？在牢裡餓死？還是衛兵們會輪流享用她？從她體內摧毀她，直到她因悲傷而窒息？

妳們必須保護那些無法自衛的人。阿格巴婆婆今早說過的話語滲進我的腦海。我想像她的嚴肅視線。**這就是棍術之道**。

「我不能。」我吸口氣，但即使話出口，我還是做好了戰鬥的準備。**媽的**。

我有沒有能力幫她並不是重點。

我如果不幫她，我就會永遠看不起自己。

「來吧。」我抓住少女的手臂，闖進一個特別大的服裝攤位。女布商還來不及尖叫，我已經用手摀住她的嘴，把札因的匕首按在她的脖子上。

「妳——妳在做什麼？」少女問道。

我打量她的斗篷。她是怎麼撐到現在還沒被抓？少女的銅色肌膚和厚重長袍被豐厚的絲絨和黃金色彩覆蓋，表明是貴族血統。

「穿上那件棕色斗篷。」我命令她，然後回頭看著商人，汗珠順著她的皮膚滴落。我身為聖童盜賊，任何一個錯誤舉動就可能是我這輩子最後一次犯錯。「我不會傷害妳，」我保證。「我只是需要做個交易。」

少女換上樸素斗篷時，我把頭探出攤位外面，聽見女商人發出一聲悶響，我加強手勁。聚在市集裡的衛兵人數堪稱軍隊。爭先恐後疏散的商人和村民加劇了混亂。我尋找擺脫這個瘋狂場面的方法，但沒看到任何逃生路線。

我們別無選擇，只能碰碰運氣。

女孩把新斗篷的兜帽蓋過額頭時，我縮回隔間裡。我抓起她換下的精美長袍，塞到商人手裡。商人摸到柔軟的絲絨，眼裡的恐懼漸漸消退。

我從她脖子上放下匕首，抓起一件我自己要穿的斗篷，用它的深色兜帽藏住我的白髮。

「妳準備好了嗎？」我問。

女孩勉強點頭。她的眼中閃過一絲堅定，但我仍然察覺到一種麻木的恐懼。

「跟我來。」我們走出攤位，踏入混亂的市集。雖然衛兵就在我們面前停下來，但我們的棕色斗篷起到了迷彩的作用。他們在找貴族成員。**感謝諸神**。也許我們真的有機會。

「走快點。」我們穿過紡織攤位之間的空隙時，我輕輕嘶聲道：「但不要——」在她走得太遠之前，我抓住她的斗篷。「不要用跑的，否則會引起注意。我們得融入人群。」

少女點點頭，想說話，但一個字也說不出來。她只能像一隻幼獅一樣尾隨我，距離不超過兩步。

我們擠過人群，直到來到市場的邊緣。雖然衛兵擋住了正門，但某一側有一個開口，那裡只有一名衛兵看守。他上前盤問一名貴族時，我找到了機會。

「快。」我擠進一個牲畜交易員的攤位後面，從擁擠的市場溜到商業區的石頭街道上。女孩嬌小的身軀從中掙脫時，我鬆了一口氣，但我們轉身時，發現兩名魁梧的衛兵擋住了去路。

天啊。我急忙停步。我背包裡的銀幣叮噹作響。我瞥女孩一眼，她的棕色肌膚幾乎徹底失去血色。

「有什麼問題嗎？」我盡可能裝無辜地詢問衛兵。

其中一人把粗壯的雙臂抱在胸前。「有通緝犯在逃。她被抓到之前，任何人都不能離開。」

「是我們錯了，」我恭敬地鞠躬道歉。「我們會在裡頭等。」

媽的。我轉身走向攤位，掃視這個瘋狂的市集。如果所有出口都被擋住，我們就需要一個新的計畫。我們需要新的路線——

且慢。

我雖然轉身回到市集裡，但少女不在我身邊。我回過頭來，發現她在衛兵面前僵住，我在她笨拙的手上能看到輕微的顫抖。

看在諸神的份上！

我張嘴想嘶吼她的名字，但我連她叫什麼都不知道。我為了一個陌生人冒了一切風險。而現在，她會害死我們倆。

我試著轉移衛兵們的注意力，但其中一人已經伸手去拉女孩的兜帽。沒時間了。我抓出我的金屬棍，用力一甩。「蹲下！」

少女立刻照做。我用棍子猛擊衛兵的頭顱。一聲駭人的喀啦聲傳來，他倒在泥土地上。另一人還來不及拔劍，已經被我用棍子擊中胸骨。

「啊！」

我往他的下巴迅速一踢，他向後倒去，躺在紅色泥土地上昏迷不醒。

「蒼天在上！」少女連咒罵的方式也像個貴族。我收回佩棍。沒錯，**蒼天在上**。我竟然襲擊了衛兵。

這下我們真的死定了。

我們離開現場，以最快的速度跑過商業區，札因的怒火在我腦海中閃現。

別搞砸。**快進快出**。在原本的計畫中，有哪個環節包括幫助一名逃犯？

我們快步經過街道兩旁的柔色建築物時，兩隊皇家衛兵尋找我們。他們的喊叫聲越來越大，腳步聲越來越響。他們手持佩劍，緊追不捨，就在我們後面幾步之遙。

「妳知不知道我們在哪？」我問。

「大略，」她喘道，驚慌得瞪大眼睛。「我應該知道怎麼去貧民窟，不過——」

「快帶路！」

她加快腳步，跑在我前方一步之處。我們穿過石頭街道時，我跟在她身後，經過兩旁困惑的商人們。腎上腺素湧過我的血管，熱氣在我的皮膚下嗡嗡作響。我們死定了。我們不可能逃得掉。

放輕鬆，我在腦海裡聽見阿格巴婆婆的聲音。我強迫自己深吸一口氣。**多動腦子。充分利用周圍環境。**

我急切地掃視商業區緊湊的街道。我們轉過拐角時，我看到一疊高高堆起的木桶。**這能利用。**

我伸展金屬棍，朝木桶塔的底部用力一揮。第一桶掉落在地時，我知道其餘的很快也會傾倒。

衛兵們被木桶撞倒時，我聽見他們的尖叫聲。這讓我們有足夠的時間衝進貧民窟，停下來喘口氣。

「接下來怎麼辦？」女孩喘道。

「妳不知道出去的路？」

她搖頭，滿臉是汗。「我從沒來過這一區。」

貧民窟遠看像一座迷宮，但從裡頭看去，諸多棚屋和小屋就像一張蜘蛛網。狹窄的小路和泥濘的街道在我們眼前糾結。我看不到出口。

「往這兒走。」我指向商業區對面的街道。「如果那條路通向市中心，這條路就一定通往外面。」

我們全力奔跑，腳下掀起塵土。但是一隊衛兵攔住了我們，我們別無選擇，只能往另一個方向跑。

「天啊。」少女驚呼。我們穿過一條小巷，驚動了一群無家可歸的無魔者。有那麼幾秒，我很驚訝她到現在還沒被衛兵抓走。我甚至懷疑，逃避衛兵就是她受過的貴族教育的一部分。

我們繞過另一個拐角，就在衛兵前面幾步。我強迫自己跑得更快時，被女孩往後拉。

「妳做什——」

她用手摀住我的嘴，把我推到一間棚屋的牆上。我這才注意到我們躲在一個狹窄空間裡。

希望這招有用。這是我十多年來第二次祈禱，呼喚任何可能還存在的天神。**拜託**，我哀求。**拜託，拜託，拜託別讓我們被發現**。

我的心臟似乎即將掙脫肋骨，我深信我強烈的心跳聲會暴露我們的位置。但部隊靠近時，就像追逐獵物的犀牛一樣從旁隆隆而過。

我抬頭仰望天空，看到雲朵從頭頂掠過，我不禁眨眨眼。明亮的光芒在雲間縫隙照耀。這幾乎就像諸神從死裡復活，從大掃蕩造成的墓地中復生。天上的某個神明正在祝福我。

我只希望這個福氣不會用完。

我們鑽出這個狹小空間，往另一條路跑去，不小心撞到了兩名好奇的聖童。其中一人手裡的蘭姆酒掉在地上，濃烈的氣味飄進我的鼻孔，灼燒鼻腔。隨著它的氣味，我想起在阿格巴婆婆的小屋裡學到的另一個教導。

我把酒瓶從地上拿起來，在街上尋找我需要的某個成分。**那裡**。它離女孩的頭部只有幾尺。

「抓住那支火炬！」

「什麼？」

「那支火炬！」我尖叫。「就在妳前面！」

她花了幾秒鐘把金屬火炬從支架上拿下來，我們立刻跑離這裡。我們經過貧民窟的最後一個區域後，我從我的斗篷上撕下一塊布，塞進瓶子裡。

「這是做什麼用？」她問。

「希望妳不用知道答案。」

我們衝出貧民窟，勒苭斯入口的木門映入眼簾。那是我們逃命的關鍵。它被皇家衛兵封住了。

我們在大批武裝衛兵前面停下來，我的胃袋下沉。士兵們騎著威風凜凜的黑豹，每隻巨獸都露出獠牙。牠們的深色毛皮在陽光下閃閃發亮，就像一層薄薄的油，黑毛鑲嵌著黯淡的虹彩。這些豹坐騎雖然蹲伏著，但依然比我們高大，而且準備出擊。

「妳們被包圍了！」隊長的琥珀眼眸盯著我。「根據薩蘭國王的旨意，我命令妳們停下來！」

不同於其他士兵，隊長是騎著一頭幾乎跟我家一樣大的凶猛雪豹。八支粗大的黑色犄角從牠的背上伸出，鋒利而閃亮。這頭怪物發出低吼，舔著牠長長的鋸齒狀獠牙，渴望用我們的鮮血來裝飾牠帶有斑點的白色毛皮。

隊長跟我身旁的少女一樣是黑銅色皮膚，沒有皺紋和戰痕。看到他的時候，少女急忙抓住兜帽，兩條腿開始顫抖。

這名隊長雖然年輕，但衛兵們毫無疑問地跟隨他的領導。士兵一一拔劍，指著我們的方向。

「結束了。」女孩沮喪地倒吸一口涼氣。她屈膝跪地，淚水從臉上流下。她以挫敗姿態丟下火炬，拿出一卷皺巴巴的羊皮紙。

我假裝跟著她蹲下，用火炬的火焰去觸碰瓶子裡的布條。刺鼻的煙味充斥我的鼻腔。隊長靠近時，我把手裡的燃燒彈投向豹隊。

拜託，我以意志力命令玻璃瓶，盯著它的弧線。它飛過半空中時，我擔心什麼事也不會發生。

接著，我眼前的世界陷入火海。

大火熊熊燃燒，把男人們和犄角豹都捲入烈火。獸群歇斯底里地嚎叫，猛烈拱起背上的騎手，試圖脫逃。

少女驚恐地瞪著這一幕，但我抓住她的胳臂，強迫她移動。我們現在離大門只有幾尺，離自由只有幾尺。

「關上大門！」隊長在我從旁跑過時喊道。女孩撞到他，但在他踉蹌時成功避開他的抓握。

金屬齒輪吱嘎轉動，木門開始下降。檢查站的衛兵們揮舞著手裡的武器，這是我們重獲自由的最後障礙。

「我們逃不掉了！」少女嘶喘道。

「我們別無選擇！」

我衝刺的速度比我想像得還要快。先前那名醉酒衛兵拔劍出鞘，抬手欲斬，但他遲鈍的動作只讓我想笑。我報復性地敲打他的腦袋，他摔倒後，我花了一秒鐘的時間用膝蓋狠撞他的襠部。

另一名衛兵勉強揮劍，但被我用棍子輕易擋下。我轉動手中的金屬棍，打落他手中的劍。接著，他睜大眼睛，看著我朝他的臉賞了一記迴旋踢，他應聲撞在木門上，我從旁跑過。

我們成功了！我在豺狼果樹的掩護下奔跑時，很想尖叫。我轉身想對少女微笑，卻發現她不在我身邊。看到她摔倒在離大門只有一寸之處，我的心臟幾乎停止跳動。她倒地時激起塵埃。

「不！」我尖叫。大門再過片刻就會完全關閉。

門關上後，她就逃不出來了。

我們辛苦了這麼久，她卻還是難逃一死。

快逃啊，我命令自己。**快逃**。**妳有札因**，**有爸爸**。**妳已經盡力了**。

但她眼中的絕望把我拉了回來，我知道天神給我的福氣已經用完了。因為我的身體雖然拚命抗議，但我還是衝進大門，在它砰然關上前翻滾穿過。

「結束了。」隊長邁步上前，因為燃燒彈的襲擊而身上染血。「丟下武器，快！」

似乎勒苟斯的每個衛兵都在盯著我們。他們成群結隊地包圍我們，在我們試圖再次逃跑前封鎖了每條路。

我把女孩拉起來，高舉我的長杖。**到此為止**。

他們別想活捉我。我會強迫他們當場殺了我。

衛兵們靠近時，我的心怦怦直跳。我花了一點時間享受我最後的呼吸，想像媽媽柔和的眼睛和烏黑的肌膚。

我來了，我在心中對她的靈魂說話。

她現在大概在阿拉菲亞漫遊，漂浮於來世的和平國度。

我想像自己在她身邊。**我很快就會跟妳在一起**——

一道雷鳴般的吼聲在空中響起，衛兵們全都愣住。這道聲響越來越大，接近時震耳欲聾。我才剛拉少女離開危險範圍，奈菈的龐然身軀就躍過大門。

我的獅坐騎降落在泥土路上，巨大的尖牙滴著唾液，衛兵們驚恐地後退。我原本確信牠是我的幻覺，直到我聽到札因在牠背上喊叫。

「妳還在等什麼？」他喊道：「**快上來！**」

我沒再浪費一秒鐘，立即跳到奈菈背上，把女孩拉上去。我們迅速離開，在諸多棚屋上跳來跳去，牠的重量差點壓垮這些破屋。奈菈取得足夠的高度後，做出最後一躍，飛向大門。

我們幾乎越過大門時，我感覺一種閃電般的衝擊穿過我的血管。

這道衝擊湧過我皮膚的每一個毛細孔，點燃全身，令我屏住呼吸。我低頭跟年輕的隊長四目交會時，時間似乎暫停。

一種未知的力量在他琥珀色的目光後面燃燒，就像我無法逃脫的監獄。

他靈魂中的某個東西似乎抓住了我的靈魂，但我還沒來得及再看著他的眼睛，奈菈已經飛過大門，切斷了我跟他的連結。

牠砰的一聲落地，隨即飛奔，隆隆穿過豺狼果樹林。

「我的老天爺。」我輕聲道。

我渾身每一寸都緊張得尖叫。

我不敢相信我們成功了。

我不敢相信我還活著。

第六章 伊南

失敗。

失望。

蒙羞。

父王今天要給我哪一種侮辱？

我進入大門，登上宮殿的白色大理石臺階時，思索各種可能性。「失敗」會很適合。我兩手空空地回來，沒抓到逃犯。但父王也許不會浪費唇舌。

他可以用拳頭做榜樣。

這一次，我沒辦法怪他。真的沒辦法。

如果我連幫勒苔斯抓到一個小偷都做不到，又怎麼可能成為歐瑞莎的下一任國王？

詛咒蒼天。我停頓幾秒，抓住光滑的雪花石膏欄杆。今天原本應該是我的勝利之日。

那個銀眼混蛋卻來礙事。

我看著她飛越勒苔斯的大門後，這個聖童的臉龐已經第十次從我眼前閃過。她黑曜石般的皮膚和長長的白髮一直留在我的腦海中，我完全沒辦法擺脫。

「隊長。」我進入大廳，沒理會門口衛兵的敬禮。這個頭銜感覺像是嘲諷。換作像樣的隊長，應該會一箭射穿那個逃犯的心臟。

「王子在哪？」一道刺耳的嗓音在宮牆上迴盪。

該死。我現在最不想遇到她。

母后來到城堡入口，被衛兵擋住去路，我看到她的頭巾傾斜。「他究竟在哪？」她喊道：「他在——伊南？」

母后鬆了口氣，臉色變得柔和。淚水湧上她的眼眶。她靠得很近，一隻手按在我臉頰的傷口上。

「我聽說有刺客。」

我退離母后，搖搖頭。刺客會有更明確的目標，會比較容易被追蹤。相較之下，那名逃犯只是一個逃跑者。我抓不到的人。

但母后不在乎歹徒的真實身分、我的失敗，或是浪費的時間。她扭擰雙手，強忍淚水。

「伊南，我們必須……」她欲言又止，這才意識到每個人都在盯著我們。她整理好頭巾，後退一步。我幾乎能看到她手裡伸出的爪子。

「有一隻蛆蟲襲擊了我們的城市，」她朝周圍的人們厲聲道：「你們沒有該去的地方嗎？去市集，去搜查貧民窟。確保這種事再也不會發生！」

士兵、貴族和僕人立刻離開大廳，匆忙地差點絆倒彼此。他們離去後，母后抓住我的手腕，把我拉向王座廳的門。

「不。」我沒準備好應付父王的怒火。「我沒有任何消息——」

「你再也不需要報告什麼。」

母后打開龐大的木門，拖我走過瓷磚地板。

「退下！」她喊道。衛兵們像老鼠一樣紛紛四散。

只有凱雅敢違抗母后。她穿著新制服的黑色胸甲，顯得異常俊美。

上將？我瞪著表明她升官的徽印。我沒看錯。她的軍階升級了。**艾貝里呢**？

我們靠近王座時，綠薄荷的強烈氣味刺痛了我的鼻子。我掃視瓷磚，如我所料，兩塊血泊沾染了裂縫。

老天。

父王已經心情惡劣。

「妳也得退下，**上將**。」母后嘶吼，雙臂抱胸。

凱雅臉龐緊繃；母后每次以冰冷口氣叫她時，她都是這種反應。凱雅瞥向父王。他不情願地點個頭。

「失禮了。」凱雅向母后鞠躬，雖然口氣裡毫無歉意。母后惱火地看著凱雅，直到對方走出王座廳的門。

「你自己看看。」母后拉我上前。「看看那些蛆蟲對你兒子做了什麼。這就是你派他去戰鬥的下場。這就是他扮演侍衛隊長的下場！」

「我有困住她們！」我掙脫母后的手。「兩次，我的手下在遇到爆炸後陣形鬆散，那不是我的錯。」

「我不是說那是你的錯，我的寶貝。」母后試圖捧起我的臉頰，但我避開了她散發玫瑰香味的手。「我只是說，這對王子來說太危險。」

「母后，**正因為**我是王子，所以我必須做這件事，」我說道：「我的責任是保護歐瑞莎安全。我如果躲在宮殿裡，就沒辦法保護我的人民。」

母后揮手要我閉嘴，接著回頭看著父王。「看在蒼天的份上，他是歐瑞莎的下一任國王。如果要拿誰的性命當賭注，就去找農民吧！」

父王依然面無表情，彷彿根本沒在聽母后說什麼。她說話時，他盯著窗外，扭動手指上的皇家紅寶石。

在他身邊，他的破魔劍高高聳立在黃金支架上，刻於劍柄的雪豹反映著父王的倒影。這把黑劍就像父王的延伸，離他永遠不超過一臂之遙。

「你說『她們』，」父王終於開口：「那個逃犯跟誰在一起？她離開宮殿的時候還是隻身一人。」

我用力嚥口水，強迫自己上前一步，看著父王的眼睛。「我們還不知道她的身分。我們只知道她不是勒苭斯的本地人。」**但我知道她有一雙月亮般的眼睛。我知道她眉毛上有一條褪色的傷疤。**

那名聖童的臉龐再次清晰地湧入我的腦海，簡直就像一幅掛在宮殿牆上的畫。她飽滿的嘴唇微張咆哮，瘦削的身體肌肉緊繃。

我的皮膚底下又浮現一陣能量脈衝，尖銳又灼熱，就像傷口被灑了烈酒。我頭皮下出現灼熱的悸動。我打個冷顫，逼退這種骯髒的感受。

「御醫正在弄醒檢查站的衛兵，」我說下去：「等他們醒來，我會問清楚她的身分和來歷。我還是有辦法找到她們——」

「你別做這種事，」母后開口：「你今天差點死了！然後呢？讓亞瑪芮繼承王座？」她走上前，緊握雙拳，挺起頭飾。「你必須阻止這件事，薩蘭，現在就阻止！」

我猛然回頭。她對父王直呼其名……

她的嗓音在王座廳的紅牆上迴盪，讓人記得她膽子有多大。

我和她都看著父王。我無法評估他會做什麼。他開口時，我開始相信母后難得贏了一回。

「妳先出去。」

母后瞪大眼睛。她原本自豪地表現出的自信，如今像汗水一樣從臉上滴落。「吾王——」

「現在就出去，」他下令，儘管語調平靜。「我要跟我兒子私下談談。」

母后抓住我的手腕。我們倆都知道父王的「私下談談」通常是如何收場。但她無法介入。

除非她想親自面對父王的怒火。

母后低頭鞠躬，僵硬如劍。她轉身離開時，看著我的眼睛。新的淚水滑過在她臉頰上結塊的脂粉。

有很長一段時間，母后離去的腳步聲是寬敞的王座廳裡唯一的聲響。然後門扉牢牢關上。

這裡只剩我和父王。

「你知道那個逃犯的身分嗎？」

我遲疑不決。如果說個善意的謊言，就能讓我免於一頓毒打。但父王像狩獵的鬣狗一樣能嗅出謊言。

說謊只會讓事情變得更糟。

「不知道，」我答覆：「但我們會在日落前取得線索。到時候我會帶領我的隊伍——」

「別召集你的人馬。」

我渾身緊繃。他連機會都不給我。

父王認為我辦不到。他要解除我的侍衛隊職務。

「父王，」我緩緩道：「求求您。我之前沒預料到那名逃犯的本領，但我現在已經做好了準備。請給我將功贖罪的機會。」

父王從王座上站起來，動作緩慢又刻意。他雖然臉色平靜，但我曾親眼目睹他藏在空洞眼神背後的憤怒。

他走近時，我低頭看著地板。我已經能聽到即將到來的咆哮聲。**職責高過自我**。歐瑞莎高過我自己。

我今天辜負了他，也辜負了我的王國。我讓一個聖童對整個勒茍斯造成了嚴重破壞。他當然會懲罰我。

我低下頭，屏住呼吸。我很好奇這次會多痛。既然父王沒叫我卸下護甲，就表示他會打我的臉。

讓全世界看到更多瘀傷。

他舉起一手，我閉上眼睛。我為挨揍做好準備。但我沒感覺到他用拳頭揍我的臉，而是感覺到他用手掌抓住我的肩膀。

「我知道你做得到，伊南。也只有你能去做。」

我困惑得眨眼。父王以前從沒用這種眼神看我。

「逃犯不是別人，」他咬牙道：「正是亞瑪芮。」

第七章 瑟爾莉

我們離伊洛林村還有一半的路程時，札因覺得夠安全，能拉住奈菈的韁繩。我們停下來後，他一動不動。我一定在他心中激起了新的怒火。

在參天大樹上的蟋蟀啁啾聲下，我滑下鞍座，擁抱奈菈的大臉，按摩牠的犄角和耳朵之間的特殊部位。「謝謝妳，」我對牠的毛皮呢喃：「等我們回家後，妳會吃上最豐盛的點心。」

奈菈打呼嚕，用鼻尖蹭我的鼻子，彷彿我是牠奉命保護的幼崽。這個舉動足以讓我臉上露出笑容，但札因跳到地上，大步朝我走來時，我知道就連奈菈也沒辦法保護我。

「札因——」

「妳究竟什麼毛病？」他破口大罵，一群藍鬚食蜂鳥嚇得從樹上飛逃。

「我當時別無選擇！」我衝口道：「他們要殺了她——」

「看在諸神的份上，那妳覺得他們會怎樣對待妳？」札因用拳頭猛擊一棵樹，樹皮為之破裂。「妳為什麼從不**動動腦子**，瑟爾？妳為什麼不把妳該做的事情做好就好？」

「我有做好！」我從背包裡掏出一個絲絨錢包，丟給札因。銀幣撒落一地。「我拿旗魚換了五百枚銀幣！」

「現在整個歐瑞莎的錢財都救不了我們。」札因雙手掩面，擦擦臉上的淚水。「他們要殺了我們。他們要殺了**妳**，瑟爾！」

「不好意思。」少女輕聲道，引起我們的注意。她彷彿擁有一種不可思議的縮小術，我竟然忘了她還在。

「我……」她臉色發白。在她長長的兜帽下，我幾乎看不清她那雙深琥珀色的眼睛。「這是我的錯。全是我的錯。」

「謝謝妳。」我翻個白眼，無視札因的怒視。如果沒有她，札因現在就會滿臉笑意。我們這一家就會終於獲得安全。

「妳做了什麼？」我問：「國王的人馬為什麼追著妳跑？」

「別告訴我們。」他搖搖頭，用手指戳向勒芶斯城。「回去，去自首。只有這樣我們才能——」

她脫下斗篷，我們都為之沉默。札因沒辦法把目光從她高貴的臉龐上移開。我忍不住盯著繫在她辮子上的黃金頭飾，它輕觸她的額頭，由鏈條和閃亮的金箔組成。在它的中央，一塊鑲鑽的徽印閃閃發光，這是一尊裝飾用的雪豹，只有某個家庭有資格佩戴。

「我的天啊。」我輕聲道。

她是公主。

亞瑪芮。

我綁架了歐瑞莎的公主。

「我能解釋。」亞瑪芮急忙道，現在我聽到讓我咬牙切齒的皇家腔調。「我知道妳一定在想什麼，但我當時有生命危險。」

「妳的生命，」我呢喃：「妳的**生命**？」

我氣得眼睛充血，伸手抓她去撞樹，公主發出哀號。我用雙手掐住她的脖子施壓，她為之窒息，恐懼地睜大眼睛。

「妳在做什麼？」札因喊道。

「我要讓公主知道**真的**有生命危險是什麼感受！」

札因拽住我的肩膀，把我往後拉。「妳發瘋了嗎？」

「她騙了我，」我回嗆：「她說他們要殺了她。她發誓說她需要我救她！」

「我沒說謊！」亞瑪芮嘶喘，急忙把手伸向自己的喉嚨。「有些王室成員只因為**同情**聖童就被父王處死。他會毫不猶豫地對我做同樣的事！」

她伸手從懷裡抽出一條卷軸，握得很緊，手因此顫抖。

「國王需要這個東西。」亞瑪芮咳嗽，用我無法理解的沉重視線凝視著羊皮紙。「這個卷軸能改變一切。它能把魔法帶回來。」

我們茫然地瞪著亞瑪芮。**她在說謊**。魔法回不來了。魔法在十一年前已經消亡。

「我原本也以為這不可能。」亞瑪芮察覺到我們的懷疑。「但我親眼目睹了。有個聖童觸碰了這個卷軸，變成了魔乩……」她的嗓音放軟。「她用手召喚了光芒。」

光影師？

我走近一些，觀察卷軸。札因散發的懷疑態度就像空氣中的熱氣一樣纏繞著我，但越是聽亞瑪芮說下去，我就越敢懷抱美夢。她的眼裡有太多的恐懼。她是真的擔心自己的安危。既然那麼多士兵追捕她，就表示她的逃跑會帶來某種重大風險吧？

「那名魔乩現在在哪？」我問。

「死了。」亞瑪芮眼眶泛淚。「父王殺了她。他殺了她，就因為她有什麼能力。」

亞瑪芮用雙臂環抱自己，緊緊閉上眼睛，強忍淚水。她似乎整個人縮小，沉浸在悲痛中。

札因的怒氣緩和了下來，但她的眼淚對我來說毫無意義。**她變成了魔乩**，她的話語在我腦海中迴響。**她用手召喚了光芒**。

「把它給我。」我指向卷軸，急著查看。但它接觸我的手指的那一刻，一種不自然的衝擊波傳遍了我的身軀。我驚訝地往後跳，丟下了羊皮紙，它掉到一棵豺狼果樹的樹皮上。

「怎麼了？」札因問。

我搖頭。我不知道該說什麼。一種怪異的感覺在我的皮膚底下嗡鳴，既陌生又熟悉。它在我的心底隆隆作響，從裡到外溫暖了我。它像第二個心臟一樣跳動，顫動得就像……

就像魔導質？

這個想法令我的心臟緊縮，我這才發現我的內心裡有個大洞。我在年幼的時候，唯一想要的就是魔導質。我祈禱有一天能感覺到它在我的血管裡發熱。

我們血液中的魔導質是聖童與魔乩的區別，也是來自諸神的神力。我們就是運用魔導質來使用我們的神聖天賦。魔乩想施展魔法，就需要魔導質。

我盯著自己的手，尋找媽媽在睡夢中也能召喚的死靈暗影。當魔導質甦醒時，我們的法力也跟著甦醒。現在就是這樣？

不。

我在心中的火花能綻放成希望之前扼殺了它。如果魔法回來了，這會改變一切。如果它真的回來了，我甚至不知道該作何感想。

經過十一年的沉默後，伴隨魔法而來的諸神猛然進入我的人生中心。在大掃蕩後，我是勉強重新拼湊了自己的破碎內心。

如果祂們再次拋棄我，我將徹底一蹶不振。

「妳能感覺到嗎？」亞瑪芮後退一步，嗓音放輕成耳語。「凱雅說這個卷軸會把聖童變成魔乩。賓妲碰到它的時候，手裡爆發強光！」

我抬起手掌，尋找招魂魔法的淡紫色光芒。在大掃蕩之前，聖童在改變的時候，沒人知道這個人會成為什麼樣的魔乩。聖童通常是繼承父母的魔法，而且幾乎總是母親血統中的魔法。我父親是無魔者，所以我原本確定我會變成媽媽那種招魂師。我一直渴望有一天能在我的骨頭裡感受到死靈魔力，但現在只能感覺到血管裡一種令人不安的刺痛。

我小心翼翼地拿起羊皮紙，擔心它會再次觸發什麼反應。我能在風化的卷軸上辨識出一幅黃色的太陽畫作，但其餘的符號都已模糊不清，看起來比時間本身還要古老。

「別跟我說妳相信這種事。」札因壓低嗓音。「魔法已經消失了，瑟爾。它再也不會回來。」

我知道他只是想保護我。這些是他以前不得不跟我說過的話，他那時候擦去我的眼淚，也擦掉他自己的淚水。我向來把他這句話聽進去，但這次……

「碰過卷軸的其他人，」我轉向亞瑪芮。「他們現在是魔乩？他們的天賦回來了？」

「是的。」她點點頭，一開始很熱切，但過了幾秒就逐漸消退。「他們的魔法是有回來……但是父王的手下殺了他們。」

我盯著卷軸，覺得渾身血液發涼。雖然媽媽的屍體在我腦海中閃現，但我想像的不是她的臉沾染血跡、慘遭毆打。

我看到的是我自己的臉。

但她當時沒有魔法，一個微弱的聲音提醒我。**她沒有反擊的機會**。

我一下子又回到六歲那年，蜷縮在我們在伊巴丹那個家的火堆後面。札因摟著我，把我轉向牆壁，總是試著保護我免於世界的痛苦。

衛兵們一次又一次毆打爸爸，深紅鮮血飛濺到空中。兩名士兵緊緊拉扯媽媽脖子上的鏈子，破魔石鏈因此咬破了她的皮膚，她尖叫著要他們住手。

他們把她像動物一樣拖出小屋時，她呼吸困難，踢打掙扎。

但這一次，我想像她擁有魔法。

這一次，她會獲勝。

我閉上眼睛，想像另一種可能。

「**Gbo ariwo ikú！**」媽媽從牙縫裡發出嘶吼，在我的想像下獲得了新生命。

「**Pa ip。dà。Jáde nínú eje ara！**」

勒住她的衛兵們僵住了，隨著她的咒語而開始劇烈顫抖。她運用自身天賦，以死神之怒將他們的靈魂從身體中剝離，他們淒厲哀號。媽媽的魔法是由她的怒火驅動。暗影在她周圍扭曲，她看起來就像生死女神奧雅。

媽媽從喉嚨裡發出叫喊，扯下脖子上的鎖鏈，用黑鏈纏住剩下那名衛兵的喉嚨。憑著魔法，她挽救了爸爸的戰士靈魂。

憑著魔法，她保住了自己的性命。

「如果妳說的是事實——」札因的怒火打斷了我的想像。「妳就不能留下。他們會為了這種事殺人。如果他們發現瑟爾拿著這東西——」

他的聲音哽咽，我的心徹底粉碎，我不知道我的胸口能不能保持完整。就算我給札因找一大堆麻煩，他還是願意誓死保護我的安全。

我必須保護他。現在輪到他獲救。

「我們必須離開這裡。」我把羊皮紙捲起來，放進我的背包裡，動作快得讓我差點忘了地上的錢包。「不管這是不是真的，我們都需要回到爸爸身邊。趁我們能逃的時候趕緊逃。」

札因吞下沮喪，爬回奈菈背上。我爬到他身後時，公主開口，害羞得像個孩子。

「那——我怎麼辦？」

「妳？」我問。我心中充滿對她家族的仇恨。現在我們有了卷軸，我很想讓亞瑪芮留在森林裡，讓她挨餓或成為鬣狗的獵物。

「既然妳要拿著那該死的卷軸，她就必須跟來。」札因嘆道：「否則她會直接把衛兵帶來我們面前。」

我轉向她時，亞瑪芮臉上失去血色。彷彿我才是她該害怕的人。

「上來吧。」我在奈菈的鞍座上往前挪。

雖然我很想丟下她，但我們之間的孽緣還沒結束。

第八章 伊南

「我不明白。」

無數想法在我腦海中飛馳。我試著抓住事實：歐瑞莎的魔法、古卷、**亞瑪芮**犯下的叛國罪？

這不可能。就算我願意相信魔法的存在，我也無法接受我的妹妹牽連其中。亞瑪芮在宴會上連大聲說話都不敢。她讓媽媽決定她該穿什麼衣服。亞瑪芮從沒在這些圍牆外面待過一天，現在卻帶著唯一能摧毀我們帝國的東西逃離了勒苭斯？

我回想往事，想起那個逃亡女孩碰到我的那瞬間。我們相撞時，某種尖銳又熾熱的東西穿過我的骨頭，一種詭異而強大的攻擊。我當時過於震驚，因此沒看清楚逃犯在兜帽底下的臉孔。如果我有看清楚，是否真的會看到妹妹那雙琥珀眼睛回視我？

「不。」我喃喃自語。這說不過去。我有點想送父王去看御醫，但他眼裡的神色不容否認：瘋狂、充滿算計。這十八年來，我在他的目光裡看過很多東西，但從沒看過恐懼，從沒看過驚恐。

「你們出生前，魔乩醉心於權勢，總是圖謀顛覆我們的血脈，」父王解釋：「即使他們叛亂，我的先父也盡量試著維持公平，但這種公平卻害他被殺。」

連同你的兄長，我默默心想。**你的第一任妻子**，**你的長子**。歐瑞莎的貴族沒一個不知道父王在魔乩手中遭受的屠殺。那場大屠殺換來了日後的「大掃蕩」報復。

出於本能，我摸摸口袋裡那顆鏽跡斑斑的棋子，這個偷來的「禮物」是來自父王。這顆塞納棋子是父王小時候那套棋具的唯一的倖存者，塞納棋是我小時候經常跟他一起玩的一種策略遊戲。

雖然它涼爽的金屬通常會讓我平靜下來，但今天摸起來很溫暖。我觸摸它時，它幾乎刺痛了我的手指，這個燃燒感來自父王即將說出的真相。

「我登基為王後，知道魔法就是我們所有痛苦的來源。它粉碎了我們之前的歷代帝國，而只要它還活著的一天，就會再次粉碎帝國。」

我點頭，想起父王在大掃蕩之前就說過的話。布里托尼斯帝國。波多加尼斯帝國。斯波尼帝國——這些文明都因為擁有魔法的人渴望權力而遭到毀滅，而王座上的掌權者沒有採取足夠的行動來阻止這些人。

「我發現布拉托人用來制伏魔法的原始合金時，我以為這就夠了。他們用破魔石製作了監獄、武器和鎖鏈。我仿效了他們的策略。但即便如此，也不足以馴服那些奸詐的蛆蟲。如果我們的王國要生存下去，我知道我必須奪走魔法。」

什麼？我猛然向前傾身，無法相信自己的耳朵。魔法根本不是由我們掌控。父王怎麼有辦法攻擊這種敵人？

「魔法是諸神賜予的禮物，」他說下去：「祂們與人類之間的精神聯繫。既然諸神在幾世代前就斷絕了與皇室之間的這種聯繫，我知道祂們與魔乩之間的聯繫也可能被切斷。」

父王這番話聽得我一頭霧水。就算他不需要看醫生，我自己也需要。我唯一一次鼓起勇氣問他關於歐瑞莎諸神的事，他答覆得很快：**沒有傻瓜信徒，諸神就連屁都不如**。

我把他的話牢記在心，把我的世界觀建立在他堅定不移的信念之上。他現在卻站在這裡，告訴我祂們存在。還說他向祂們發動戰爭。

蒼天在上。我凝視著地板裂縫上的血跡。我向來知道父王是個強大的人。我只是從沒意識到這種力量有多深。

「我在加冕後，開始尋找切斷那條精神紐帶的方法。我花了好幾年的時間，但終究發現了魔乩的精神連結的來源，我命令我的手下摧毀它。在今天之前，我一直相信我已經成功地從地球上抹去了魔法。但現在，那該死的卷軸威脅著要把魔法帶回來。」

我任由父王這番話席捲我，我分析每個字，直到最不可思議的事實在我的腦海中像塞納棋子一樣移動：斷開連結；打破魔法。

消滅那些覬覦我們王權的人。

「可是，如果魔法消失了……」我的胃袋打結，但我需要知道答案。「為什麼要進行大掃蕩？為什麼……要殺掉那麼多人？」

父王用拇指撫摸破魔劍的鋸齒狀劍刃，然後走到窗前。當年勒芶斯的魔乩們著火時，我也站在同一個地方觀看。雖然十一年過去了，但肉身的焦炭味仍然是永恆的記憶，就跟空氣中的熱氣一樣鮮明。

「要讓魔法永遠消失，每個魔乩都必須死。只要他們嘗過那種力量，就會拚命試著把它帶回來。」

每個魔乩……

這就是為什麼他讓孩子們活下去。聖童要到十三歲那年才會展現出自己的能力。而未曾使用過魔法、無能為力的孩子，就不會構成威脅。

父王答覆得很平靜，就事論事，所以我無法懷疑他是不是做錯了。但灰燼的記憶停留在我的舌頭上，苦澀又強烈。我不得不懷疑，父王在那天有沒有反胃。

我不禁好奇，我自己是否堅強得能忍住嘔吐。

「魔法是一種禍害，」父王打斷了我的思緒。「一種潰爛的致命疾病。如果它像占領其他王國一樣占領我們的王國，就沒有人能在它的攻擊中倖存下來。」

「我們要怎樣阻止它？」

「那個卷軸是關鍵，」父王說下去：「這點我很確定，它就是有能力把魔法帶回來。如果我們不摧毀它，它就會摧毀我們。」

「亞瑪芮怎麼辦？」我放輕嗓音：「我們會不會需要……我會不會需要……」我說不出這惡毒的想法。

職責高過自我。父王會這麼說。在那命定之日，他就是這樣對我大喊。

但一想到過了這麼多年要舉劍對付亞瑪芮，我就覺得口乾舌燥。我沒辦法成為父王希望我成為的那種國王。

我沒辦法殺掉我的小妹。

「你的妹妹犯下了叛國罪。」他緩緩道：「但這不是她自己的錯。是我允許她接近那隻蛆蟲。我早該知道她單純的性格會害她誤入歧途。」

「所以亞瑪芮可以活下去？」

父王點頭。「只要她在任何人發現她的所作所為之前被抓獲。這就是為什麼你不能帶著你的手下——你只能和凱雅上將一起奪回卷軸。」

安心感像父親的拳頭一樣猛擊我的胸膛。我不能殺了我的妹妹，但我可以把她帶回來。

一陣尖銳的敲門聲響起，凱雅上將探頭進來。父王擺擺手，歡迎她進來。在她身後，我瞥見母后一臉惱怒。一種新的沉重感落在我的肩上。**老天**。母后根本不知道亞瑪芮在哪。

「我們找到了一個貴族。他聲稱他看到了協助那名逃犯的蛆蟲，」凱雅說：「她賣給他一條來自伊洛林的稀有魚。」

「妳有沒有交叉比對名冊？」我問。

凱雅點頭。「根據名冊記載，今天只有一名來自伊洛林的聖童。瑟爾莉·阿德波拉，十七歲。」

瑟爾莉……

我的腦海把這個名字跟她引人注目的形象拼湊起來。這個名字像銀幣一樣從凱雅的舌頭上滾落，聽起來非常柔和，不像是襲擊了我的城市的聖童。

「讓我去伊洛林。」我衝口道。我說話時仔細思索整個計畫。我以前看過伊洛林的地圖，水上村莊的四個區塊。幾百個村民，大多是底層的漁民。想攻打那裡——

「十個人。我和凱雅上將只需要十個人。我會找到卷軸，把亞瑪芮帶回來。給我一個機會。」

父王陷入沉思，轉動手上的戒指。我感覺得出來他打算拒絕。「如果那些手下發現任何祕密——」

「我會殺了他們。」我打岔。這個謊言輕易地從我口中滑出來。只要我能將功贖罪，就沒有人需要死。

但我不能讓父王知道我的想法。他對我的信賴很有限。他需要堅定不移的承諾。我身為隊長，必須給他這份承諾。

「好吧，」父王同意。「你們出發。速去速回。」

感謝蒼天。我調整頭盔，盡可能深深鞠躬。我正要走出門時，父王喊住我。

「伊南。」

某種東西在他的嗓音裡扭動。黑暗的東西。危險的東西。

「你拿到你需要的東西後，把那個村子燒成灰燼。」

第九章

瑟爾莉

伊洛林太過平靜。

至少在經過今天那些事情後，我有這種感覺。椰子船以錨固定在海上，小屋入口以門簾遮蓋。村莊隨著太陽下山一同休息，迎來一個平靜的安眠之夜。

我們騎在奈菈背上，游向阿格巴婆婆的小屋時，亞瑪芮驚訝地睜大眼睛。她把浮村的每一寸表面都盡收眼底，貪婪得就像一個被擺在盛大宴席前的挨餓勞工。

「我從沒看過這種地方，」她輕聲道：「真令人著迷。」

我吸進大海的清新氣息，閉上眼睛，任憑水霧灑在臉上。嘗到海鹽味，我想像如果亞瑪芮不在這裡會發生什麼事：一條新鮮的甜麵包，一塊美味的五香肉。我們難得能吃飽再睡。以我的名義舉行的慶功大餐。

看到亞瑪芮無知的幸福，我的挫敗感再次點燃。她貴為公主，在她嬌生慣養的一生中可能從沒錯過一頓飯。

「把妳的頭飾給我。」奈菈爬上商業區時，我厲聲道。

驚奇從亞瑪芮的臉上消失，她渾身僵硬。「可是賓妲——」她停頓幾秒，冷靜下來。「要不是因為我的侍女，我就不會有這東西……這是她唯一留給我的紀念品。」

「我不在乎這該死的東西是不是諸神給妳的。我們不能讓這裡的人發現妳是誰。」

裡。」

「別擔心，」札因溫柔地對她補充一句：「她會把它丟進她的背包裡，而不是海

看他試圖安撫她，我瞪他一眼，但他的話語發揮了功效。亞瑪芮撥弄夾釦，把閃閃發亮的首飾丟進我的背包。珠寶給閃亮的銀幣帶來了奪目光芒。今天早上，我口袋裡連一枚銅幣都沒有，而現在，貴族的財富成了我的重擔。

我蹲俯在奈菈背上，爬到木製走道上。我把頭探進阿格巴婆婆的門簾裡，發現爸爸在角落熟睡，在爐火前如野貓般蜷縮身子。他的皮膚恢復了原來的色澤，他的臉沒之前那麼骨感憔悴。一定是因為阿格巴婆婆的照顧。就算是屍體，也能在她的照顧下活過來。

我進屋後，阿格巴婆婆從一個套著亮紫色長袍的假人後面探出頭來。合身的剪裁表明這是做給貴族的衣服，這筆錢也許能支付她的下一筆稅款。

「還順利嗎？」她低聲說，用牙齒咬斷線。她調整了纏在她頭上的綠黃雙色頭巾，然後把長袍的鬆散末端繫起來。

我張嘴想回應，但札因走了進來，亞瑪芮試探地跟在後面。她環顧四周，用手指撫過編織的蘆葦，眼神流露只有奢華生活才能孕育出來的純真。

札因拿著我的背包，朝阿格巴婆婆感激地點點頭，接著把卷軸遞給亞瑪芮。他輕易地抬起爸爸的身體。爸爸動都沒動一下。

「我去收拾我們的行李，」他說：「再決定該拿這個卷軸怎麼辦。如果我們要離開……」他欲言又止，我慚愧得胃袋緊繃。已經沒有**如果**了。我已經奪走了這個選擇。

「動作快。」

札因離去，強忍情緒。我看著他魁梧的身軀消失，只希望我不是他痛苦的根源。

「離開？」阿格巴婆婆問：「你們為什麼要離開？而且這個人是誰？」她瞇起眼睛，上下打量亞瑪芮。即使披著骯髒的斗篷，亞瑪芮完美的姿勢和抬起的下巴也彰顯了她的貴族氣質。

「噢，呃……」亞瑪芮轉向我，握緊了卷軸。「我——我是……」

「她叫亞瑪芮，」我嘆道：「歐瑞莎的公主。」

阿格巴婆婆哈哈大笑。「真榮幸能見到您，公主殿下。」她行個誇張的鞠躬禮。但看我和亞瑪芮都沒笑，婆婆瞪大眼睛。她從座位上站起來，掀開亞瑪芮的斗篷，露出底下的深藍長袍。即使在昏暗的光線下，亞瑪芮的領口也閃爍著閃亮的珠寶。

「我的天啊……」她轉向我，雙手摀著胸口。「瑟爾莉，看在諸神的份上，妳究竟做了什麼？」

我強迫阿格巴婆婆坐下來，向她解釋了今天發生的事情。聽著我們逃跑的細節，她不確定該感到驕傲還是憤怒，但令她僵住的是卷軸的可能性。

「這是真的嗎？」我問：「這一切當中有任何部分是真的嗎？」

婆婆沉默許久，盯著亞瑪芮手中的卷軸。這一次，她的黑眸難以辨識，遮蔽了我尋求的答案。

「給我看看。」

手掌一碰到羊皮紙，阿格巴婆婆就倒抽一口氣。她的身體劇烈顫抖，整個人從椅子上摔下來。

「阿格巴婆婆！」我跑到她身邊，抓住她的手，按住她，直到顫抖停止。隨著時間經過，她逐漸平靜下來，坐在地上，靜止得就像製衣用的假人。「婆婆，妳還好嗎？」

她的眼眶湧出淚水，流過她黝黑皮膚的皺紋。「過了這麼久了，」她低聲說：「我沒想到我還能再次感受到魔法的暖意。」

我驚訝地張開雙唇，往後退，不敢相信自己的耳朵。不可能。魔乩應該全都死於大掃蕩……

「妳是魔乩？」亞瑪芮問：「可是妳的頭髮——」

阿格巴婆婆脫下頭巾，撫摸剃光的腦袋。「十一年前，我在幻象中看到我去拜訪一名致病師。我請她處理掉我的白髮，所以她用致病魔法把我的頭髮全奪走了。」

「妳是先知？」我驚呼。

「我以前是。」阿格巴婆婆點頭。「我在大掃蕩那天失去了頭髮，就在他們原本可能抓走我的幾個鐘頭前。」

不可思議。在我小時候，居住在伊巴丹鎮的少數幾個先知深受崇敬。隨著時間推移，他們使用的魔法幫助了當地所有魔乩氏族生存下來。我不禁微笑，其實我早該猜到她的身分。阿格巴婆婆總是散發一種賢者的氣質，一種超越同齡人的智慧。

「在大掃蕩之前，」阿格巴婆婆說下去：「我感覺魔法從空氣中被抽走。我試著透過幻象來觀看接下來會發生什麼，但當我最需要幻象的時候，卻看不見。」她滿臉愁容，彷彿重新體驗了那天的痛苦。我只能想像她腦海中正在播放什麼可怕的畫面。

婆婆拖著腳走到網窗前，拉上窗簾。她凝視她那雙飽經風霜的手，多年以來當裁縫師所留下的皺紋。「**Orúnmila，**」她向時間之神輕聲呢喃：「**Bá mi soro。Bá mi soro。**」

「她在做什麼？」亞瑪芮後退一步，彷彿怕被阿格巴婆婆的話語割傷。但在十多年後第一次聽到真正的約魯巴語，這令我震驚無語。

在大掃蕩後，我只聽到歐瑞莎語刺耳的停頓音和喉音，這是我們被迫說的語言。我已經很久沒聽到咒語，而在這一刻，我族人的語言終於不只存在於我的記憶裡。

「奧朗米拉，」阿格巴婆婆吟誦時，我翻譯：「對我說話。對我說話。她在呼喚她的神，」我向亞瑪芮解釋：「她試著施法。」

雖然這個答案來得容易，但就連我也無法相信自己所見。阿格巴婆婆吟誦時懷抱著盲目的信心、耐心和信賴，正如時間之神的追隨者該有的態度。

她向奧朗米拉求助時，我心中湧起一股渴望。不管我多麼想召喚奧雅，我向來缺乏足夠的信心。

「這麼做安全嗎？」看到阿格巴婆婆的頸部青筋突起，亞瑪芮退到小屋的牆上。

「這是過程的一部分。」我點頭。「使用我們的魔導質的代價。」

想施展魔法，我們必須使用諸神的語言來駕馭並塑造我們血液中的魔導質。對一個熟練的先知來說，這個過程會很容易，但阿格巴婆婆多年疏於練習，這次施法可能抽取了她體內所有魔導質。魔導質就像我們體內另一層肌肉，我們越是運用它，就越容易駕馭它，我們的魔法也會變得更強。

「Orúnmila，bá mi soro。Orúnmila，bá mi soro——」

她每說一字，呼吸就變得越凌亂。她臉上的皺紋為之緊繃。駕馭魔導質需要付出身體上的代價。她如果過度嘗試，就可能害死自己。

「Orúnmila——」阿格巴婆婆的聲音越來越大。一道銀光開始在她的手中膨脹。**「Orúnmila，bá mi soro–Orúnmila，bá mi soro——」**

一股宇宙般的龐大力量在婆婆的雙手之間炸出，我和亞瑪芮被震倒在地。亞瑪芮發出尖叫，但我喊不出聲。夜空的藍紫色在阿格巴婆婆的手掌間閃爍。看到這幅美麗的景象，我的心臟停止跳動。**它回來了……**

過了這麼久，魔法終於回來了。

感覺就像一道水閘在我心中打開，一股無盡的情緒波浪湧過我全身。諸神回來了。**祂們還活著**。祂們一直與我們同在。

阿格巴婆婆手掌之間的閃爍繁星旋轉舞動。一幅畫面逐漸成形，在我們眼前如雕塑般銳化。片刻過去後，我在這幅畫面中看到一座山丘上有三個人影，他們帶著無盡怒火攀爬，穿過茂密的灌木叢。

「蒼天在上，」亞瑪芮咒罵，試探地上前一步。「那個人……是我？」

我對她的虛榮心嗤之以鼻，但在畫面中看到我自己的短版襯衫時，我不禁愣住。她說得沒錯——那三個人是我、她還有札因，正在爬過叢林綠地。我把雙手伸向一塊岩石，札因用韁繩把奈菈引導到一塊岩架上。我們越爬越高，一直爬到——

幻象消失，在眨眼間就變成了空無一物的空氣。

我們只能盯著阿格巴婆婆空空如也的雙手，那雙手剛剛改變了我的整個世界。

婆婆因召喚幻象而疲累得手指顫抖。她的眼裡溢出更多淚水。

「我覺得……」她在無聲抽泣中哽咽道：「我覺得我能再次呼吸了。」

我點頭，雖然不知道如何形容自己內心的緊繃。在大掃蕩後，我真的以為我再也見不到魔法。

阿格巴婆婆的手穩定下來後，她抓住卷軸，以急切的態度觸摸它。她掃描羊皮紙；從她眼球的動作來看，我看得出來她在閱讀上面的符號。

「這是一種儀式，」她說：「這我看得出來。一種源遠流長的東西，一種與諸神聯繫的方式。」

「妳能進行嗎？」亞瑪芮的琥珀眸子閃爍著敬畏和恐懼。她盯著阿格巴婆婆，彷彿對方是由鑽石組成；但婆婆每次靠近時，亞瑪芮都會退縮。

「該進行這項儀式的人不該是我，孩子。」婆婆把卷軸放在我的手裡。「妳跟我看到一樣的幻象。」

「妳——妳不可能是認真的。」亞瑪芮結巴。我難得跟她看法一致。

「還有什麼能辯駁的嗎？」婆婆問：「在幻象中，你們三人在一場旅途上，為了把魔法帶回來！」

「魔法不是已經回來了嗎？」亞瑪芮問：「妳剛剛做的——」

「這遠不及我以前能做到的程度。這個卷軸能激發魔法，但如果要讓魔法恢復全力，妳們就必須採取更多行動。」

「一定有更好的人選。」我搖頭。「更有經驗的人。逃過大掃蕩的魔乩不可能只有妳。我們能用妳的力量找到適合這個卷軸的其他人。」

「你們——」

「我們做不到！」我打斷她：「**我**做不到！爸爸——」

「我會照顧妳父親。」

「可是衛兵——！」

「別忘了妳有個好師父。」

「我們甚至不知道上面寫著什麼，」亞瑪芮打岔：「我們連看都看不懂！」

阿格巴婆婆的目光變得遙遠，彷彿腦海中有個想法成形。她匆忙走去一堆物品前，拿著一張褪色的地圖回來。「這裡。」她指向名為「芬谿拉幽」的叢林裡的某處，那裡位於伊洛林海岸以東的幾天路程外。「在我的幻象中，你們正在前往這裡。尚東布雷一定就在那兒。」

「尚東布雷？」亞瑪芮問。

「一座傳奇神殿，」阿格巴婆婆答覆：「據說這裡是神聖的『聖塔洛』的家園，他們是魔法與精神秩序的守護者。在大掃蕩之前，只有十個魔乩氏族的新任領袖進行了這場朝聖之旅，但既然我的幻象顯示你們前往當地，這表示現在輪到你們了。你們必須踏上這條路。尚東布雷可能暗藏著你們在找的答案。」

阿格巴婆婆說得越多，我越覺得手腳失去知覺。**妳為什麼就是不明白？**我想尖叫。

我不夠堅強。

我看著亞瑪芮，有那麼一瞬間，我差點忘了她是公主。在燭光的照耀下，她顯得嬌小，似乎不知道下一步該做什麼。

阿格巴婆婆把一隻皺巴巴的手放在我臉上，另一隻手抓住亞瑪芮的手腕。「我知道妳們很害怕，女孩們，但我也知道妳們做得到。勒茲斯每天有那麼多人做生意，妳偏偏挑了今天去。市集裡有那麼多人可以讓妳接近，妳偏偏選了她。這是諸神的安排。過了這麼久，祂們正在用我們的天賦祝福我們。妳們必須相信，祂們不會拿魔乩的命運賭博。對自己有信心點。」

我長吐一口氣，瞪著編織的地板。原本似乎如此遙遠的諸神，現在比我想像的更接近。我今天只是想畢業而已。

我今天只是需要賣掉一條魚。

「婆婆——」

「救命啊！」

一聲尖叫打破了夜晚的平靜。我們立刻全都起身。我抓起佩棍，婆婆跑向窗前。她扯開窗簾時，我兩腿發軟。

大火在商業區肆虐，每一間小屋都被熊熊烈火吞沒。伴隨著村民的呼喊求救，一縷縷黑煙沖天而起，我們的世界陷入火海。

一排燃燒的箭矢劃破黑暗，每一箭都在接觸村中蘆葦和木柱時爆炸。

爆破火藥……

只有國王的侍衛才能取得的強大粉末。

是妳，我腦海中的聲音反感地呢喃。**是妳把他們引來這裡**。

現在，衛兵們不只會殺死我愛的每個人。

他們還要把整個村子燒成灰燼。

不到一秒後，我已經衝出門外，阿格巴婆婆喊我的名字也沒能攔住我。我必須找到我的家人。我必須確保他們平安。

我在搖搖欲墜的走道上邁出每一步時，我的家園燒成人間地獄。人肉著火的惡臭刺痛了我的喉嚨。

大火目前只燃燒了幾分鐘，但整個伊洛林已經被烈火吞噬。

「救命啊！」

我現在認出這個聲音。

小比希。

她的尖叫聲劃破黑暗，聽來絕望。

我衝過比希的小屋時，我的胸口起伏。

她能活著逃離大火嗎？

我跑回家的路上，急於逃離大火的村民紛紛跳海，他們的尖叫聲貫穿夜空。他們咳嗽連連，緊緊抓住燒焦的浮木，盡力保持漂浮。

一種奇怪的感受流過我體內，在我的血管中湧動，令我呼吸困難。伴隨而來的是皮膚底下一種溫暖的刺麻感。**死亡……**

靈魂。

魔法。我把這些感受拼湊在一起。**我的魔法**。

一種我仍然不明白的魔法。就是這種魔法把我們帶進這個地獄。

即使餘燼灼傷了我的皮膚，我還是不禁想像喚浪師能召喚水流對抗火焰。導火師能控制這裡的火勢。

如果這裡有更多魔乩，他們的天賦就能阻止這場夢魘。如果我們受過訓練並掌握咒語，就必定能消滅這場火災。

一聲巨響在空中響起。我靠近漁民區時，我腳下的木板發出呻吟聲。我跑過還算完整的一段走道，然後縱身一躍。

我降落在支撐我家的歪斜甲板上，煙霧灼燒我的喉嚨。火勢阻礙了我的視線，但我還是強迫自己採取行動。

「爸爸！」我邊咳邊尖叫，給這場混亂添加了更多叫聲。「札因！」

我們這一區沒有一間小屋不被火焰吞沒，但我仍然向前奔跑，希望我家沒走上同樣的命運。

走道在我腳下搖晃，我的肺臟渴求空氣。我在我家門前跌倒在地，被火焰散發的熱量灼傷。

「爸爸！」我驚恐地尖叫，在大火中尋找任何生命。**「札因！奈菈！」**

我尖叫得喉嚨疼痛，但沒人回應我。我不確定他們是否被困在裡面。

我甚至不知道他們是否還活著。

我爬起來，伸出佩棍，推開我家的門。我正要跑進去的時候，被一隻手抓住肩膀，用力往後拉，強勁得使我摔倒。

我的視線因淚水而模糊。

我很難辨識襲擊者的臉，但在幾秒後，閃爍的火焰照亮了銅色肌膚。

亞瑪芮。

「妳不能進去！」她咳嗽尖叫。「屋子快塌了！」

我把亞瑪芮推倒在地，有點想把她淹死在海裡。她鬆手後，我爬向我的小屋。

「不！」

我們花了一整個月建造的蘆葦牆，隨著一聲尖銳的爆裂聲倒塌。著火的蘆葦燒穿了人行道，掉進海裡，沉入海底。

我等札因的腦袋從海浪中浮起，等待奈菈發出痛苦的咆哮。但我只看到黑水。隨著海浪掃過，我的家人消失其中。

「瑟爾莉……」

亞瑪芮再次抓住我的肩膀；被她觸碰的瞬間，我的血液沸騰。我抓住她的胳臂，把她往前一拉，悲痛和憤怒為我注入了力量。

我要殺了妳，我做出決定。**既然我們要死，妳也得死**。

讓妳父親感受這份痛苦吧。

讓國王感受無法承受的損失。

「不要！」我把亞瑪芮拖向烈火，她發出尖叫，但我幾乎聽不見她的聲音，因為我耳朵裡的脈搏聲劇烈作響。我看著她的時候，看到她父親的臉龐。我內心的一切都因仇恨而扭曲。「求求妳——」

「瑟爾莉，住手！」

我放開亞瑪芮，急忙望向海面。奈菈在海水中浮游，札因在牠背上。爸爸和阿格巴婆婆在他後面，安全地坐在一艘繫在奈菈鞍座上的椰子船裡。這幅景象令我驚呆了，我花了一點時間才意識到他們真的還活著。

「札因——」

漁民區的整座地基已經傾斜。我們還來不及跳海，地基已經帶著我們一同倒下。冰冷的水包圍我們的身體，撫平了我原本忘記的灼痛。

我讓自己沉入木材和碎屋當中。黑暗淨化了我的痛苦，冷卻了我的怒火。

妳可以留在這裡，一個小小的念頭低語。**妳不必繼續這場戰鬥……**

我思索這句話，抓住我唯一能逃生的機會。但我的肺臟喘息時，我強迫自己的兩條腿踢水，把我帶回我所知的破碎世界。

不管我多麼渴求平靜，諸神就是有其他計畫。

第十章

瑟爾莉

我們默默漂浮於北海岸對面的一個小水灣，在經歷了恐怖災難後無法說話。雖然洶湧海浪越來越強，但比希尖叫的回憶在我腦海中造成更狠的衝擊。

四人死亡。有四個人沒能逃離烈火。

是我把這場火帶來伊洛林。

我的手沾染了他們的血。

阿格巴婆婆從她裙子上撕下布條，包紮我們的傷口時，我抱住自己的雙肩，把所有情緒都壓在心裡。雖然我們逃過了大火，但皮膚上還是留下了輕微燒傷和水泡。但這種痛苦是我欣然接受的，甚至算是我應得的。與灼傷我內心的愧疚相比，我皮膚上的灼痛微不足道。

一陣劇烈的壓力夾住我的胃袋，因為我在腦海中想起看到的一具焦屍。燒焦的皮膚從四肢剝落，焦肉的惡臭仍然沾染了我的每一次呼吸。

他們去了更好的地方，我試著撫平心中的罪惡感。如果他們的靈魂已經飄升至阿拉菲亞的安詳國度，死亡就幾乎算是一份禮物。但如果他們在死前受了太多苦……

我閉上眼睛，試著吞下這個想法。如果他們死時承受太大的創傷，他們的靈魂就不會進入來世。他們將留在阿帕迪，永恆地獄，重溫他們最嚴重的痛苦。

我們在岩灘上岸時，札因協助亞瑪芮，我則照顧爸爸。我承諾過我不會搞砸這件事，如今我們的整個村子卻被燒成碎渣。

我瞪著參差不齊的岩石，無法對上父親的眼睛。爸爸真該把我賣給苦力團。他如果早點這麼做，就能享有平靜。爸爸的沉默只加劇了我的痛苦，但他彎腰看著我的眼睛時，淚水軟化了他的眼睛。

「妳不能逃避這件事，瑟爾莉。現在不能。」他牽起我的手。「這是這些禽獸第二次奪走我們的家。這次必須是最後一次。」

「爸爸？」我不敢相信他多麼憤怒。在大掃蕩後，他甚至從沒低聲咒罵過國王。我以為他已經徹底放棄了戰鬥。

「只要我們沒有魔法，他們就永遠不會尊重我們。他們需要知道我們能反擊。既然他們燒了我們的房子，我們也要燒掉他們的房子。」

札因目瞪口呆地看著我。我們已經十一年沒見過這個爸爸。我們不知道這個爸爸還活著。

「爸爸——」

「帶奈菈一起走，」他命令：「衛兵就在不遠處。我們沒有多少時間。」

他指向海岸對面的北海岸，那裡有五名身穿皇家盔甲的身影把倖存者們圍成一團。閃爍的火焰照亮了一名士兵頭盔上的徽印。**隊長**……曾追逐我和亞瑪芮的那個人。

是他把我的家園燒成灰。

「跟我們一起走，」札因爭論：「我們不能丟下你。」

「我走不動了。我只會拖慢你們。」

「可是爸爸——」

「別說了，」他打斷札因的話，起身把一手放在兒子肩上。「阿格巴婆婆跟我描述了她的幻象。你們三人將帶領這場抗爭。你們必須前往尚東布雷，查明如何把魔法帶回來。」

我的喉嚨收縮，我緊抓爸爸的手。「他們已經找到我們一次了。既然他們在追殺我們，也會追殺你們。」

「到那時我們早就逃跑了，」阿格巴婆婆向我保證：「有誰比先知更有辦法避開衛兵？」

札因來回打量阿格巴婆婆和爸爸，咬緊牙關，努力讓自己的臉龐保持平靜。我不知道他是不是真的能狠下心丟下爸爸。札因向來把保護家人當成自己的重責大任。

「我們要如何找到你們？」我呢喃。

「讓魔法徹底歸來，」阿格巴婆婆說：「只要我能召喚幻象，就會知道該往哪兒走。」

「你們必須離開了。」又一輪尖叫聲傳來，爸爸催促。一名衛兵抓住一名老婦的頭髮，用劍抵住她的喉嚨。

「爸爸，不！」

我試圖把他往前拉，但他掙脫我，跪下來用雙臂摟住我顫抖的身軀。他已經好幾年沒這麼用力抱著我。「妳的母親……」他的嗓音哽咽。一聲小小的抽泣聲逃離我的喉嚨。「她深深愛著妳。她現在一定會以妳為榮。」

我緊緊抱住爸爸，我的指甲陷進他的皮膚。他回抱我，然後起身擁抱札因。雖然札因比爸爸更高也更強壯，但爸爸擁抱兒子的勁道毫不遜色。他們互擁許久，彷彿永遠也不必放手。

「我為你感到驕傲，兒子。無論發生什麼事，我永遠以你為榮。」

札因匆忙擦淚。他不喜歡展露情緒。他把自己的傷痛留給孤獨的夜晚。

「我愛你們。」爸爸對我們倆呢喃。

「我們也愛你。」我嘶啞道。

他以手勢要札因騎上奈菈。亞瑪芮緊隨其後，無聲的淚水流過臉頰。我雖然悲傷，但心中還是閃過一絲怒火。她哭什麼？她的家庭再一次造成了我的家庭破裂。

阿格巴婆婆親吻我的額頭，用雙臂緊緊摟著我。

「提高警覺，但要堅強。」

我抽抽鼻子，點點頭，雖然我根本感覺不到堅強。我很害怕。我很軟弱。

我會讓他們失望。

「照顧你的妹妹，」我上鞍時，爸爸提醒札因。「還有奈菈，要聽話，保護他們。」

奈菈舔舔爸爸的臉，磨蹭他的頭，這個動作表示牠會信守承諾。牠開始向前走，離開我深愛的人們和我的家園，我的胸口縮成一團。我回過頭，看到爸爸臉上露出難得的笑容。

我祈禱我們能再次看到這個微笑。

第十一章

伊南

「數到十，」我喃喃自語：「數、到、十。」

因為當我數完後，這場恐怖就會結束。

無辜者的鮮血不會弄髒我的手。

「一……二……」我用顫抖的手握住父王的塞納卒子，握得太緊而被金屬刺痛。我持續數算，但什麼也沒改變。

和伊洛林村的下場一樣，我所有的計畫也被焚燒殆盡。

這個村子陷入熊熊大火，數百人的家園被奪走時，我的喉嚨緊縮。我的士兵們把被燒得面目全非的諸多屍體拖過沙地。生者和傷者的尖叫聲充斥我的耳朵。我的舌頭只嘗到灰燼。這麼多生靈塗炭。這麼多死亡。

這不是我的計畫。

我現在應該一手抓著亞瑪芮，另一手用鎖鏈拴著那個聖童盜賊。凱雅應該已經找回了那個卷軸。只有那名聖童的小屋需要被燒毀。

如果我成功拿回卷軸，父王就會明白。他會感謝我的謹慎，稱讚我做了精明的判斷、饒恕了伊洛林村。我們的漁業貿易將受到保護。對皇室的唯一威脅將被粉碎。

但我失敗了，又一次失敗，就算是我哀求父王再給我一次機會。那個卷軸依然下落不明。我的妹妹依然有危險。一整個村子被毀壞。我卻什麼成果也拿不出來。

歐瑞莎的人民依然有危險——

「爸爸！」

一個孩童跪倒在地時，我抓住佩劍。他的哭聲劃破黑夜。我這才發現他腳邊有一具沾滿沙粒的屍體。

「爸爸！」他抓住這具屍體，以意志力命令它醒來。他父親的血染紅了他棕色的小手。

「阿班尼！」一名女子在溼沙中跋涉。看到接近的衛兵，她倒吸一口涼氣。「阿班尼，不行，你不能發出聲音。爸——爸爸會希望你別出聲！」

我轉過身，閉上眼睛，把膽汁吞回胃裡。**職責高過自我**。我聽見父王的話語。歐瑞莎的安危高過我的良心。可是這些村民**就是**歐瑞莎人。他們正是我發誓要保護的人。

「這真是一團亂。」凱雅上將跺腳走到我身邊，因為毆打了太早放火的那名士兵而拳頭染血。他躺在溼沙上呻吟時，我克制了上前補幾拳的衝動。「快起來，綁住他們的手腕！」凱雅朝這名衛兵咆哮，然後壓低嗓門。「我們不知道逃犯是死是活。我們甚至不知道他們有沒有回來這裡。」

「我們必須把倖存者們全都圍捕起來，」我沮喪地嘆口氣。「希望其中之一……」

我的聲音逐漸減弱，因為一種邪惡的感覺爬上我的皮膚。就跟在市集那時候一樣，一種熱氣使得我頭皮發麻。它隨著一縷薄薄的空氣向我飄來，發出脈動。一朵怪異的青綠色雲朵劃過黑煙。

「妳看到了嗎？」我問凱雅。

我指向那一處，不禁後退，因為那團煙霧持續靠近。那團怪雲帶著海的氣息，蓋過了空氣中的灰燼味。

「看到什麼？」凱雅問，但我沒機會答覆。那團綠雲從我指間掠過。我在腦海中看到一名聖童的形像……

我周圍的聲響逐漸消失，變得模糊不清。空中的月光和火光淡去，冰冷的大海沖刷著我。我看到那名縈繞在我腦海中的少女，她沉沒在諸多屍體和浮木之間，墜入黑暗的大海。她沒有對抗將她往下拉的潮浪，而是放棄了控制。她沉入死亡。

腦海中的幻象消退後，我回到尖叫的村民和流沙所在。某種東西在我的皮膚下發出刺痛，就像我上次看到那名聖童的臉龐的時候。

突然間，所有的碎片拼湊在一起。身體上的感受。腦海中的幻象。

我早該知道。

魔法……

我的胃袋打結。我用指甲抓過自己刺痛的手臂。我必須把這個病毒從我體內弄出來。我需要從我的皮肉上撕掉這種危險的感覺——

伊南，集中精神。

我用力捏著父王的塞納卒子，指關節劈啪作響。我曾向他發誓我準備好了。但說真的，我怎麼可能為此做好準備？

「數到十。」我再次呢喃，把所有線索像棋子一樣拼湊起來。我嘶聲說出「五」的時候，一個可怕的發現侵入我的腦海：那名聖童少女持有卷軸。

她擦碰到我的時候，我感覺到的火花。在我的血管中湧動的電能。而且我跟她四目交會的時候……

蒼天在上。

她一定感染了我。

嘔意在我的胃裡翻騰。我還來不及阻止自己，今天早上吃的烤劍魚已經往上衝。我彎下腰，嘔吐物灼傷我的喉嚨，落在沙地上。

「伊南！」我咳嗽時，凱雅皺起鼻頭，她臉上的反感掩蓋了一絲擔憂。她大概覺得我很軟弱，這總好過被她發現真相。

我握緊拳頭，幾乎確信我能感覺到魔法在攻擊我的血液。如果魔乩現在能感染我們，就會在我們有機會消滅他們之前擊敗我們。

「她來過這裡。」我用手背擦嘴。「持有卷軸的那名聖童。我們必須在她傷害其他人之前找到她。」

「什麼？」凱雅皺起細眉。「你怎麼知道？」

我張嘴想解釋，但我的頭皮底下再次爆發令我作嘔的刺痛感。我轉身。刺痛感增強——我面向南面森林時，這種感受最為強烈。

雖然空氣中瀰漫著焦肉和黑煙的惡臭，但我再次嗅到轉瞬即逝的大海氣息。**是她**。一定是。她躲在樹林裡……

「伊南，」凱雅厲聲道：「你剛剛那句話是什麼意思？你怎麼知道她來過這裡？」

魔法。

我握緊失去光澤的卒子。我的手掌一碰到它就覺得癢。這個詞彙感覺比**蛆蟲**這個字還髒。如果連我也無法忍受這個想法，又怎麼能讓凱雅知道？

「有個村民，」我說謊：「他跟我說他們去了南方。」

「那個村民現在在哪？」

我隨意指向一具屍體，但我的手指落在一具燒焦的孩童屍體上。又一朵綠雲朝我飛來，散發著迷迭香和灰燼的味道。

我還來不及逃跑，這朵雲已經帶著強烈熱量穿過我的手。全世界消失在一堵火牆中。尖叫聲流進我的耳朵。

「救命啊——」

「伊南！」

我猛然回到現實。一股冷潮湧過我的靴子。

海邊。我緊捏手裡的卒子。**你還在海邊**。

「怎麼了？」凱雅問：「你剛剛在呻吟……」

我掃視周圍，尋找那個女孩。這一定是她在搞鬼。她在用她該死的魔法使我產生幻聽。

「伊南——」

「我們該盤問他們。」我無視凱雅眼裡的擔憂。「既然有村民知道他們要去哪裡，也許其他村民也會有情報。」

凱雅一臉猶豫，噘起嘴脣。她應該很想刺探我究竟在想什麼。但她身為上將的職責高過一切，向來如此。

我們走向倖存的村民們。我專注於潮浪，忽略了他們的尖叫，但隨著我們靠近，尖叫變得越來越響亮。

七……我在腦子裡數算。**八……九……**

我是歐瑞莎最高統治者的兒子。

我是他們未來的國王。

「安靜！」

我的聲音響徹夜空，散發著一種感覺不像我自己的力量。哭聲平息時，就連凱雅也驚訝地瞥我一眼。

「我們在找瑟爾莉·阿德波拉。她從國王那裡偷走了一個有價值的東西。我們被告知她要去南方，而現在我們需要知道為什麼。」

我掃視拒絕看著我的村民們的黑臉，尋找任何跡象。他們的恐懼如溼氣般滲透到空氣中，滲進我自己的皮膚。

「——神啊，求求祢——」

「——如果他殺了我——」

「——看在諸神的份上，她究竟偷了什麼——」

他們的聲音朝我襲來，這些破碎的想法幾乎將我淹沒，我的心怦怦直跳。更多綠雲飄到空中，像黃蜂一樣朝我飛來。我開始掉回我腦海的黑暗中——

「回答他！」

感謝蒼天。凱雅的吼聲把我拉了回來。

我眨眨眼，握住我的劍柄。光滑的金屬讓我回到現實。隨著時間一秒秒經過，他們的恐懼消退。但令人不安的感覺仍然存在……

「我叫你們**回答**他！」凱雅咬牙道：「不要逼我再說一次。」

村民們一直盯著地面。

在他們的沉默中，凱雅衝了上去。

她揪住一名老婦的白髮，村民們爆發尖叫聲。凱雅拖著呻吟的女人穿過沙地。

「上將——」凱雅拔劍時，我發出沙啞的聲音。她把劍刃抵在女子皺巴巴的脖子上，一滴血滴落在地。

「你們想保持沉默？」凱雅嘶吼：「不說話就得死！」

「我們什麼都不知道！」一名年輕女孩喊道。海灘上的每個人都僵住。

女孩的手不住顫抖。她把雙手插進沙裡。

「我們可以讓你們知道她哥哥和她父親的事。我們可以讓你們知道她會使用棍棒。可是伊洛林沒一個人知道她去了哪裡或是為什麼。」

我嚴厲地看凱雅一眼，她把老婦像布娃娃一樣丟下。我走過溼沙，來到女孩面前。

我走近時，她顫抖得更厲害，但我不知道這是因為她的恐懼，還是冰冷的夜潮舔拭她的膝蓋。她身上只有一件溼透的睡衣，到處都是撕裂和磨損的痕跡。

「妳叫什麼名字？」

站在離她這麼近的地方，她的橡木色肌膚在村民們的深栗色和桃花心木色調的映襯下顯得格外醒目。也許她有一點貴族血統，某個貴族曾經跟她的平民家人交配。

看她沒回答，我彎下腰，壓低聲音。「妳越早答覆，我們就越早離開。」

「耶米。」她沙啞道，說話時雙手抓著沙子。「我會把你想知道的一切都告訴你，但前提是你們會離開這裡。」

我點頭。這是很簡單的讓步。職責與否，我都不想看到更多屍體。

我不想聽到更多尖叫聲。

我伸手解開綁在她手腕上的繩子。她在我的觸碰下退縮。「說出我們需要的情報，我保證妳的同胞會很安全。」

「安全？」

耶米盯著我的眼睛，投來的恨意如利劍般刺穿我。她雖然沒張嘴，她的嗓音卻在我的頭顱裡響起。

「安全從很久以前就不復存在。」

第十二章 ◇◀◇▶◇ 瑟爾莉

我們讓奈菈停下來休息時，我的眼睛因為流了數小時的淚而疼痛。牠和札因只花了五秒鐘的時間就在布滿青苔的地面上昏睡過去，逃離了我們的破碎現實。

亞瑪芮查看地面，在寒冷的森林中瑟瑟發抖。她最終把斗篷鋪在地上，睡在上面，高貴得不願讓她的光頭接觸大地。我盯著她，想起我差點把她拖進火海。

那道記憶如今感覺遙遠，彷彿是別人懷有那些恨意。

此刻，只有冰涼的怒氣在悶燒，我不該費心去感受的怒氣。我敢用五百枚銀幣打賭，她撐不過明天。

我把自己裹在斗篷裡，依偎在奈菈身上，享受著柔軟皮毛貼在我肌膚上的感覺。隔著陰影中的樹葉，繁星滿天的天空在我腦海中重新點燃了阿格巴婆婆那道關於魔法的幻象。

「它回來了。」我喃喃自語。今天發生了這麼多瘋狂事，這個事實依然是最難以相信的。我們能奪回魔法。

我們能再次興盛。

「奧雅……」

我低語著生死女神的名諱，祂是我的姊妹神，賜了我魔法天賦。我小時候經常呼喚祂，彷彿祂就睡在我的小床上，但我現在尋找祈禱詞的時候，不知道該說什麼。

「Bá mi soro。」我嘗試祈禱，但它缺乏阿格巴婆婆的吟誦所具有的信念和力量。她非常相信自己與奧朗米拉的聯繫，所以她能召喚出預感。此刻，我只想相信天上真的有個天神在。

「Ràn mí lowo。」我換了祈禱詞。**幫助我**。這幾個字感覺更真實，更像來自我自己。「阿格巴婆婆說祢選了我。爸爸也同意，可是我……我很害怕。這件事太重要。我不想搞砸。」

大聲說出來就讓這個恐懼變得真實，一種新的重量懸在空中。我甚至連爸爸也保護不了。我要怎麼挽救所有魔乩？

但這個恐懼在呼吸時，我得到了最小的安慰。奧雅可能就在這裡，就在我身邊。如果沒有祂，我就不可能度過這個難關。

「求求祢幫助我。」我再重複一次。「**Ràn mí lowo**。拜託，也保護爸爸安全。不管發生什麼事，請確保他和阿格巴婆婆平安無事。」

我不知道還該說什麼好，所以低下頭。這番祈禱雖然僵硬，但我彷彿能看到我的祈禱詞飄向天空。我抓住它給予我的短暫滿足，強迫它超越痛苦、恐懼和悲傷。我抱著它，直到它哄我入睡。

我醒來時，覺得哪裡不對勁。反常。不太正常。我起身，以為會看到正在睡覺的奈菈，但牠不見蹤影。森林消失了，沒有樹木，沒有苔蘚。我發現我坐在一片高聳的蘆葦叢中，蘆葦隨著狂風吹過而發出哨聲。

「這是怎麼回事？」我呢喃，對這波感受和光線感到困惑。我低頭看著自己的手，猛然仰頭。我的肌膚上沒有疤痕或燒傷的痕跡。我的肌膚就像我出生的那一天一樣乾淨。

我在一望無際的蘆葦叢中站起來。就算我站著，莖和葉也遠高過我的頭頂。遠處的植物被遮蔽，在地平線上形成模糊的白色。我彷彿在一幅未完成的畫作中徘徊，被困在畫布的蘆葦中。我沒在睡覺，但也沒醒。

我在兩種狀態之間的神奇世界裡飄浮。

我穿過天堂般的植物時，泥土在我腳下挪動。一分鐘似乎延伸成一小時，但我不介意這朦朧狀態下的時間。這裡的空氣涼爽清新，就像我長大的伊巴丹山脈。也許這是某種聖域，我心想。這是諸神賜給我的休息。

我準備接受這個想法時，感覺到另一個人的存在。我轉身時，心跳漏了一拍。我意識到真相時，所有呼吸似乎停止了。

我先認出了他琥珀雙眼中的悶燒，這是我從今天起永遠忘不掉的眼神。但在此刻，他站著不動，沒帶劍，周身也沒有被火焰包圍，我觀察他肌肉的曲線，他銅色皮膚的明亮色調，他頭髮上奇怪的白色條紋。他如此靜止時，他跟亞瑪芮共有的五官特徵就顯得極為鮮明。**他不只是隊長……**

他也是王子。

他盯著我看了很久，彷彿我是死而復生的屍體。接著，他握緊了拳頭。「立刻把我從這個監獄裡釋放出來！」

「釋放你？」我困惑地皺起眉頭。「又不是我把你放在這兒！」

「妳以為我會相信？就算我一整天都在我的腦海裡看到妳這張該死的臉？」他

伸手想拔劍，卻發現腰間空無一物。這是我第一次注意到我們都穿著樸素的白色衣服，因為沒帶武器而顯得脆弱。

「我的臉？」我緩緩問道。

「少裝了，」王子厲聲道：「在勒芶斯的時候，我有感覺到妳對我做了什麼。還有那些——那些**說話聲**。給我立刻停止這些攻擊。現在就停止，否則妳會付出代價！」

他的憤怒激起了致命的熱度，但我思索他這番話時，威脅消失了。他以為是我把他帶來這裡。

他以為這是我安排的會面。

不可能。雖然我當時太年幼，媽媽因此沒把死亡魔法傳授給我，但我有看到它如何運作。那種魔法展現的方式是冰冷的魂魄、鋒利的箭矢和扭曲的陰影，而不是這種夢境。而且我觸碰卷軸是在逃離勒芶斯之後，在我跟他對視、一種電能刺激了我的皮膚之後。如果是魔法帶我們來這裡，那就不可能是我的魔法。既然如此——

「是你。」

我驚奇地呢喃。**這怎麼可能？**王室在幾世代前就失去了魔法。已經很多年沒有魔乩登上王位。

「我什麼？」

我的目光又回到他頭髮上的那綹白髮，從他的太陽穴一直延伸到他的後頸。

「這是你做的。是**你**帶我來這裡。」

王子渾身肌肉僵硬，他眼中的憤怒變成了恐懼。一陣冷風掠過我們之間。蘆葦在我們的沉默中翩翩起舞。

「騙子，」他做出決定。「妳只是想進入我的腦海。」

「不，小王子，是你進入了我的腦海。」

我想起媽媽說過的那些古老故事，關於十個氏族，以及每個氏族能使用的魔法。小時候，我只想瞭解媽媽這種招魂師，但她堅持要我也瞭解其他所有氏族。她總是警告我提防心靈師，這種魔乩在思想、精神和夢境方面掌握強大的力量。**妳必須提防的是這種人，小瑟爾。他們能用魔法侵入妳的腦袋**。

這道回憶讓我血液發涼，但看王子如此心煩意亂，我很難對他的能力感到害怕。他盯著自己顫抖的雙手，彷彿寧可自殺也不願使用魔法來對付我的魔法。

但這怎麼會發生？聖童是在出生時由諸神揀選。這個王子並不是生下來就是聖童，無魔者也不會發展出魔力。他怎麼會現在突然成了魔乩？

我掃視周圍，查看他的心靈能力產生的環境。魔法蘆葦在風中扭動，對我們周圍的神奇環境一無所知。

產生這樣的成果所需的力量，必定難以想像。即使是經驗豐富的心靈師，也需要透過咒語才能做到。他根本不知道自己是魔乩，又怎麼有辦法利用自身血液中的魔導質來創造這個夢境？看在諸神的份上，這究竟怎麼回事？

我的目光又回到王子頭髮上那條鋸齒狀的白色條紋，只有這個標記表明魔乩身分。我們的頭髮總是像覆蓋伊巴丹山頂的雪一樣潔白，這個標記非常明顯，就連最黑的染料也只能把魔乩的白髮變黑幾個小時。

雖然我從未在魔乩或聖童當中見過他這種條紋，但我無法否認它的存在。它跟我的頭髮一樣白。

可是這意味著什麼？我看向天空。諸神在玩什麼遊戲？如果不是只有王子？如果王室成員們都在恢復魔力——

不。

我不能讓恐懼害我失去冷靜。

如果王室成員恢復了魔力，我們應該早就知道了。

我深吸一口氣，放慢即將失控的思緒。在勒芶斯的時候，卷軸在亞瑪芮身上。我們從旁跑過的時候，她撞到她哥哥。雖然我不明白為什麼，但事情一定是在那時候發生的。伊南的力量被喚醒了，就像我的也被喚醒——因為我們碰到了那該死的卷軸。

國王也碰過卷軸，我提醒自己。亞瑪芮也碰過，上將大概也碰過。他們並沒有被喚醒任何能力。這種魔力只存在於他體內。

「你父親知道嗎？」

王子眼睛一閃，給了我需要的答案。

「當然不知道。」我冷笑。「國王如果知道，你早就死了。」

他臉上失去血色。天意如此完美，我差點笑出聲。有多少聖童死在他的手上——被屠殺、虐待、利用？他為了摧毀如今流過他血管的魔力而奪走了多少生命？

「我跟你做個交易。」我走向王子。「別來騷擾我，我就幫你隱瞞你的小祕密。沒人需要知道你是一隻髒兮兮的小蛆——」

王子朝我衝來。

上一秒，他的手抓住我的喉嚨，下一秒——

⚹

我猛然睜眼。我聽見熟悉的蟋蟀鳴叫和樹葉舞動。札因的鼾聲穩定又真實，奈菈在我身邊調整身子。

我向前傾身，抓住我的棍棒，準備對付一個根本不在這裡的敵人。我掃視了樹木，花了一些時間說服自己王子不會出現。

我呼吸著溼潤的空氣，試圖讓我的神經平靜下來。我再次躺下，閉上眼睛，但睡意很難回來。我不確定我是否還睡得著。現在，我知道了王子的祕密。

現在，除非我死了，否則他不會停止追殺我。

第十三章 瑟爾莉

我在早上醒來後，覺得比昨晚入睡前更疲憊。

我感覺遭到洗劫，彷彿有個小偷偷走了我的夢境。沉睡通常會帶來一種逃避，能讓我逃離我在醒來時所面臨的痛苦。但我每個夢境都以王子的雙手掐住我的喉嚨而告終，惡夢就跟現實一樣痛苦。

「媽的。」我咕噥。它們只是夢境。我有什麼好怕的？雖然他的魔法很強大，但他顯然害怕得不敢運用。

札因在一小塊空地上呻吟吆喝，以堅定不移的專注力一次又一次做著仰臥起坐，彷彿這是平時的晨間鍛鍊時間。只不過，他今年不可能還有練習阿格邦的機會。因為我，他可能這輩子再也沒辦法碰阿格邦。

罪惡感加重了我的疲憊，我再次躺下。我就算餘生天天道歉也不夠。但在我進一步陷入慚愧之前，一陣動靜引起了我的注意。亞瑪芮在棕色大斗篷下挪身，從沉睡中醒來。這幅景象讓我嘴裡嘗到苦味，我再次看到伊南的輪廓。

我知道她來自什麼家庭，所以我很驚訝她沒在我們睡覺時割開我們的喉嚨。

我在她的黑髮中尋找和她哥哥一樣的條紋，但什麼也沒找到，我也為之放鬆。如果她也能把我困在她的腦海裡，情況不知道會嚴重多少。我還在瞪著亞瑪芮時，認出她當成毯子的斗篷。我起身走向札因，蹲在他身旁。

「你在搞什麼？」

他沒理我，只是繼續鍛鍊。看到他睡眠不足的眼袋，我覺得不該去煩他，但我氣得沒辦法住嘴。

「你的斗篷，」我斷吼：「你幹麼給她？」

札因又做兩下後咕噥道：「因為她在發抖。」

「所以？」

「所以什麼？」他回嗆。「我們根本不知道這趟旅程會持續多久。我們最不需要的就是她生病。」

「你應該知道她習慣這種待遇吧？你這種模樣的人確保她事事順心？」

「瑟爾，她那時候覺得冷，我也沒在穿那件斗篷。事情就這麼簡單。」

我轉向亞瑪芮，試著放下這件事。但我在她眼裡看到她哥。我感覺他掐住我的喉嚨。

「我也想相信她——」

「妳顯然不相信她。」

「這個嘛，我就算想相信她也做不到。她的父親下令執行了大掃蕩。她的哥哥放火燒了我們的村子。你怎麼會覺得她不一樣？」

「瑟爾……」札因住嘴，因為亞瑪芮走來，跟之前一樣顯得嬌小又端莊。我無法判斷她剛剛有沒有聽到我們說話。總之，我沒辦法假裝我在乎她。

「這應該是你的。」她把斗篷遞給他。「謝謝你。」

「別客氣。」札因接過斗篷，收進背包裡。「我們進入叢林後會更暖和，但妳如果還需要用到斗篷，跟我說一聲。」

亞瑪芮露出笑容，這是我跟她相遇後第一次看到她笑，而看到札因回以笑臉，我感到怒火中燒。他居然看到一張漂亮臉蛋就忘了她是禽獸的女兒。

「就這樣？」我問。

「呃，其實，我在想……」她欲言又止。「我在想……我們該怎樣解決，呃——」

亞瑪芮的胃袋發出深沉的呻吟聲。她羞得臉紅，緊緊抱住纖細的小腹，沒能阻止胃袋再次發出怒吼。

「抱歉，」她道歉：「我昨天只有吃一條麵包。」

「一整條？」我光想就垂涎三尺。我已經好幾個月連一片麵包都沒吃過。雖然我們在市集上交易的那種麵包就像受潮的磚塊，應該完全比不上皇家廚房裡的新鮮麵包。

我很想讓亞瑪芮記得她已經夠幸運了，但我的胃袋也因空虛而扭擰。我昨天什麼也沒吃。如果再不吃點東西，我的胃袋也會開始咆哮。

札因把手伸進黑色褲子的口袋裡，拿出阿格巴婆婆的老舊地圖。我們看著他的手指從伊洛林村沿海岸向下挪，停在一個標記為「索科托聚落」的黑點旁邊。

「我們離那裡大約有一小時的路，」他說：「在我們向東前往尚東布雷之前，那裡最適合我們稍作停留。當地會有商人和食物，但我們需要一些東西來做交易。」

「用旗魚換來的錢幣呢？」

札因把我背包裡的東西全倒出來。看到幾枚銀幣和亞瑪芮的頭飾掉在地上，我沮喪得呻吟。「大多數的錢幣都隨著那場火而弄丟了。」札因嘆道。

「我們能拿什麼東西做交易？」亞瑪芮問。

札因盯著她的華服，儘管有些汙垢和燒痕，但它優雅的長版剪裁和內襯絲綢仍然散發高貴的氣息。

亞瑪芮順著札因的視線看著自己，皺起眉頭。「你不是認真的吧。」

「它能換到不少錢，」我打岔：「而且看在諸神的份上，我們要進叢林裡。妳這套衣服根本不適合。」

亞瑪芮掃視我的垂褶褲和短版襯衫，把她自己的衣服布料抓得更緊。我沒想到她居然以為她在這件事上有得選，因為我能輕而易舉地壓住她，扒下她的衣服。

「那我要穿什麼？」

「妳的斗篷。」我指向骯髒的棕色布塊。「我們會用這件衣服換取一些食物，然後在路上買新衣服。」

亞瑪芮後退，低頭看地。

「妳願意冒險從妳父親那些衛兵的眼皮底下偷走卷軸，卻不願意脫下妳這件蠢衣服？」

「我不是為了卷軸而冒險。」亞瑪芮語帶哽咽。有那麼一瞬間，她的眼睛閃爍著淚光。「我的父王殺了我最好的朋友——」

「妳最好的朋友還是妳的奴隸？」

「瑟爾。」札因警告我。

「怎樣？」我轉向他。「**你**最好的朋友會幫你熨衣服，做飯給你吃，而且不收你的錢嗎？」

亞瑪芮面紅耳赤。「賓妲**有**拿到工資。」

「我相信一定是超豐厚的工資。」

「我正在試著幫助妳。」亞瑪芮抓緊衣服的裙子。「我為了幫助**你們這些人**而放棄了一**切**——」

「『你們這些人』？」我發火。

「我們可以拯救聖童——」

「妳想拯救聖童，卻連賣掉妳那套該死的衣服都不願意？」

「好吧，」亞瑪芮兩手一甩。「看在蒼天的份上，我願意。我從沒拒絕過。」

「噢，真感謝您，親切的公主，魔乩的**救星**！」

「別鬧了。」札因輕推我一下，這時亞瑪芮走到奈菈後面換衣服。她纖細的手指移到她背後的鈕釦上，但她猶豫了，回頭瞥向我們。我翻白眼，跟札因一起轉開視線。

公主病。

「妳得對她好一點。」札因輕聲道，我們這時面向索科托茂密森林裡的原生桃花心木。一小群藍屁股狒狒在樹枝上盪來盪去，一些光滑的葉子為之掉落。

「如果她沒辦法忍受一個沒被她父親奴役的聖童，那她隨時可以回去她的小宮殿。」

「她沒做錯什麼。」

「她也沒做**對**什麼。」我用手肘推了札因一下。為什麼他這麼執著於為她辯護？

彷彿他真的認為她應該得到更好的待遇。彷彿**她**才是受害者。

「這個世界上就屬我最不可能給貴族一個機會，可是瑟爾，妳看看她，她剛失去了她最親密的朋友，但她沒忙著哀悼，而是冒著生命危險幫助魔乩和聖童。」

「我應該因為她父親殺了她喜歡的一個魔乩僕人而感到難過？這些年來她的憤慨在哪？大掃蕩之後她在哪？」

「她當時才六歲。」札因維持語調平淡。「她跟妳一樣是個孩子。」

「但她那晚能親吻她的母親。我們沒辦法。」

我轉身要騎上奈菈，確定我已經給了亞瑪芮足夠的時間。但我瞥向她的時候，看到她依然裸著後背。

「我的天啊……」

看到刻在亞瑪芮背脊上的猙獰傷疤，我的心臟為之震顫。這些疤痕如波紋般爬過她的肌膚，駭人得讓我自己的皮膚也感到一陣刺痛。

「怎麼了？」

札因在亞瑪芮轉身之前轉過身來，看到她的傷疤而倒吸一口涼氣。就連爸爸背上的傷疤也沒她的這麼可怕。

「你們真無禮！」亞瑪芮急忙用斗篷遮身。

「我不是有意偷窺，」我急忙道：「我保證，可是——老天，亞瑪芮，發生了什麼事？」

「沒什麼。我——我和我哥小時候發生過意外。」

札因目瞪口呆。「是妳哥傷了妳？」

「不！不是故意的。那不是……他沒有——」亞瑪芮停頓一下，渾身顫抖，我無法判斷她的情緒。「妳想要我的衣服，我給妳。我們快去換東西，然後繼續上路！」

她緊緊拉住身上的斗篷，騎上奈菈，藏起臉部。我和札因無話可說，也別無選擇，只能跟著上鞍。

他咕噥道歉，然後催促奈菈前進。我也試著道歉，但看著她以斗篷遮蔽的背影，我說不出話。

諸神在上。

我不願想像她皮膚上還隱藏著什麼其他傷疤。

⚹

我們抵達索科托聚落的森林空地時，天氣變暖了。無魔孩童們沿著水晶般的清澈湖岸奔跑，一個小女孩掉入水中時，他們開心地尖叫。旅人們在樹林和泥濘空地之間搭起帳篷；商販的手推車和貨車沿著岩岸停放，陳列商品。其中一車的五香羚羊肉的香氣籠罩我，害我的胃袋咕嚕叫。

我常常聽說，在大掃蕩之前，最頂尖的療癒師都住在索科托。人們從歐瑞莎各地趕來，希望能被他們的魔法治癒。我掃視旅人的時候，試著想像那會是什麼模樣。如果爸爸也有跟來，也許會喜歡這個地方，在失去我們的家園後能享有片刻平靜。

「這裡真和平，」我們下鞍時，亞瑪芮低語，緊抓身上的斗篷。

「妳從沒來過這裡？」札因問。

她搖頭。「我很少離開宮裡。」

我們走路時，雖然清新空氣充斥我的肺臟，但眼前景象還是讓我想起燒焦的人肉。在湖中，我彷彿看到老家的水上市場的平靜波浪，看到我自己在椰子船上為了一串芭蕉而跟卡娜吵嘴。但就跟伊洛林村一樣，那個水上市場已經不復存在，都成了海底的灰渣。那些回憶躺在燒焦的木材當中。

我再次被國王奪走了一部分的人生。

「妳們倆去買衣服，」札因說：「我帶奈菈去喝水。妳看看能不能弄到幾個水袋。」

想到要跟亞瑪芮一起去做交易，我感到惱火，但我知道她在得到新衣服之前不會離開我身邊。我們跟札因分道揚鑣，穿過營地，走向一排商販推車。

「妳可以放輕鬆。」我挑起一眉。每當有人看向她，亞瑪芮就會退縮。「他們不知道妳是誰，也沒人在乎妳的斗篷。」

「這我知道。」亞瑪芮急忙道，但姿態放鬆一些。「我只是以前從沒像這樣遇到過外人。」

「唉唷，這可真可怕，妳竟然遇到了不是專門伺候妳的歐瑞莎人。」

亞瑪芮猛然吸口氣，但吞下了任何反駁。我幾乎覺得有點過意不去。如果她不反擊，這樣還有什麼樂趣？

「天啊，看看那個！」我們經過一對正在搭帳篷的夫妻，亞瑪芮放慢腳步。那名男子用藤蔓把數十根細長樹枝捆綁成一個圓錐體，他的伴侶則在上面堆積苔蘚，形成保護層。「人真的能在裡頭睡覺？」

我有點想把她當空氣，但她盯著這座簡單的帳篷，彷彿它是用黃金做成的。「在我小時候，我們經常搭這種帳篷。如果搭得好，甚至還能擋雪。」

「伊洛林會下雪？」她的眼睛再次閃閃發光，彷彿雪是關於諸神的古老傳說。她生下來竟然是為了統治一個她從沒見過的王國，這也太怪了。

「是在伊巴丹，」我回答：「我們在大掃蕩之前是住在那裡。」

一聽到大掃蕩，亞瑪芮就安靜下來。她眼裡的好奇心消失了。她把身上的斗篷拉得更緊，盯著地面。

「妳母親就是遭遇了那件事？」

我僵住；她連想吃飯都不敢問，卻居然敢問這個？

「如果我問得太過分，我向妳道歉……只是妳父親昨天有提到她。」

我想著媽媽的臉。在沒有陽光的時候，她黝黑的皮膚似乎也能綻放光彩。**她深深愛著妳**。爸爸的話語在我腦海中迴響。**她現在一定會以妳為榮**。

「她生前是魔乩，」我終於開口：「而且是個強大的魔乩。妳父親很幸運，她在大掃蕩的時候沒有魔力。」

我的腦海又產生媽媽施展魔法的幻想，她成了一種致命的力量，而不是一個無助的受害者。她會為倒下的魔乩報仇，帶著一支死靈大軍向勒芶斯城進軍。她會在薩蘭的脖子上纏上黑影。

「我知道我這麼說改變不了什麼，但我深感抱歉，」亞瑪芮輕聲低語，我幾乎聽不見她的聲音。「失去所愛，這種傷痛……」她緊閉雙眼。「我知道妳恨我父王。我明白妳為什麼也恨我。」

亞瑪芮臉上流露悲痛時，她提到的仇恨在我心裡冷卻了。我還是不明白為什麼一個侍女在她眼裡不只是僕人，但她的悲傷確實不可否認。

不。我搖搖頭，罪惡感在我們之間的空間中膨脹。不管她是否感到悲痛，都不值得我同情。而且不是只有她想窺探隱私。

「那麼，妳哥向來是個冷血殺手？」

亞瑪芮轉向我，驚訝得挑眉。

「別以為妳問起我媽的事，就能讓我忘了妳身上有可怕的傷疤。」

亞瑪芮把視線放在商販的手推車上，但即便如此，我還是看得出來她想起往事。「那不是他的錯，」她終於回答：「我們的父王逼我們對打。」

「用真劍？」我愣住。阿格巴婆婆讓我們訓練了好幾年才允許我們拿起棍棒。

「父王的第一個家庭被寵壞了，」她的嗓音聽來遙遠。「軟弱，他說他們是因此而死。他拒絕讓同樣的事發生在我們身上。」

她說得稀鬆平常，彷彿所有慈愛的父親都會讓孩子流血。我一直把宮殿想像成某種避風港，但諸神在上，原來她過著這種生活？

「札因絕對不會這麼做，」我噘起嘴脣。「他絕對不會傷害我。」

「伊南別無選擇。」她的表情變得嚴肅。「他的心地其實很善良，只是被帶上錯誤的路。」

我搖頭。她這份忠誠是從哪裡來的？一直以來，我以為那些高貴血統的人都過得很安全。我從沒想過國王會對自己人施加多大的殘忍。

「心地善良的人不會造成這種傷疤，不會燒掉村子。」

他們不會用手掐住我的喉嚨，試圖把我埋在地底下。看亞瑪芮沒吭聲，我知道她不想談到她哥。好吧。既然她不想說出關於伊南的真相，我也不會說。

我把他的祕密吞回去，我們靠近商販的推車和貨車時，我把注意力集中在烤羚羊肉上。我們正要接近一位有著大量商品的老商人時，亞瑪芮拉扯我的背包。

「我還沒謝過妳救我一命，在勒芶斯的時候。」她低頭看地。「可是妳確實有兩次試圖殺了我……所以我們算是扯平了？」

我花了一秒才意識到她在開玩笑。我沒想到自己露齒而笑。她今天第二次綻放笑臉，我大概能理解札因為什麼很難把視線從她身上移開。

「啊，兩位可愛的姑娘。」一名無魔老人開口，揮手要我們過去。他上前幾步，灰髮在太陽下閃閃發亮。

「來來來。」商人笑得更開，在他的粗糙皮膚上刻上了皺紋。「請進，我保證妳們會找到喜歡的東西。」

我們繞到他的貨車前側的臺階上，拉車的是兩隻大得跟我們一樣高的獵豹。我撫摸牠們帶有斑點的毛皮，撫摸其中一頭的前額粗角上的凹槽。這頭坐騎打呼嚕，用粗糙的舌頭舔舔我的手，然後我走進擺滿貨物的寬敞空間。

我們穿過擁擠的貨車時，老舊織物的麝香味撲鼻而來。亞瑪芮在車裡的其中一頭翻著舊衣服，我停下來察看兩支麂皮絨水袋。

「妳們來市場想買什麼？」商人拿著幾串閃亮的項鍊問道。他俯身靠來，瞪大歐瑞莎北部邊境的人種特有的深陷眼睛。「這些珍珠來自吉梅塔的海灣，而這些閃閃發光的寶石則是來自卡拉巴爾礦坑。它們一定能吸引男人的目光，雖然我相信兩位在這方面沒問題。」

「我們需要旅行用品。」我微笑。「水袋和一些狩獵裝備，也許還有燧石。」

「妳有多少錢？」

「我們能用這東西換到多少錢？」

我把亞瑪芮的連身裙遞給他，他攤開來，舉在外面的光線下。他沿著縫線撫摸，就像一個熟悉布料的專家，接著花更多時間檢查下襬周圍的燒痕。「製作精良，這點無可否認。面料精美，剪裁出色。雖然燒痕是有點礙眼，但只要縫上新的下襬就能解決……」

「所以？」我追問。

「八十枚銀幣。」

「我們至少得拿——」

「我不做討價還價的生意，親愛的。我的價格公道，我的報價也公道。八十枚是我最後的出價。」

我咬牙，但我知道我沒辦法改變他的心意。他是在歐瑞莎各地交易的商人，不像與世隔絕的貴族那樣好騙。

「八十枚能讓我們買到什麼？」亞瑪芮問道，舉起一條黃色垂褶褲和一條黑色無袖襯衫。

「能買到這些衣服……這些水袋……一把剝皮刀……幾塊燧石……」商人開始把東西裝進一個編織籃裡，收集我們旅行所需的物資。

「這樣夠了嗎？」亞瑪芮輕聲道。

「目前來說是夠了。」我點頭。「如果他願意把那張弓也給——」

「妳們買不起它。」商人打岔。

「可是，如果這趟旅程不是到了尚……到了那座神殿就結束？」亞瑪芮壓低嗓門。「我們不就會需要更多錢？更多食物？更多物資？」

「我也不知道。」我聳肩。「到時候再想辦法。」

我轉身要走，但亞瑪芮皺眉，把手伸進我的背包深處。

「這個值多少？」她拿出她的珠寶頭飾。

商人盯著這個無價的飾品，眼球從腦袋裡凸出來。

「我的老天爺，」他驚呼：「妳們究竟在哪弄到這東西？」

「這不重要。」亞瑪芮說：「值多少？」

他在手中翻轉頭飾，看到鑲滿鑽石的雪豹時，他瞠目結舌。他抬頭看向亞瑪芮，動作緩慢，陷入沉思。他看著我，但我保持面無表情。

「我不能買。」他推開頭飾。

「為什麼？」亞瑪芮把它塞進他手裡。「你願意買下我身上的衣服，卻不願意買下我頭上的王冠？」

「我不能。」商人搖搖頭，但金冠在他手中時，他的信念動搖了。「就算我想買，也沒有能拿來交易的東西。它比我擁有的一切都更有價值。」

「那你能出多少？」我問。

他停頓幾秒，恐懼與貪婪在眼裡共舞。他再次看著亞瑪芮，然後瞪著自己手上閃閃發亮的頭飾。他從口袋裡拿出一串鑰匙，推開一個木箱，露出一個鐵製保險箱，解鎖打開後，查看裡頭發光的一堆硬幣。

「三百枚金幣。」

我差點站不穩。這種錢能讓我們一家吃一輩子。也許兩輩子！我轉身要跟亞瑪芮慶祝時，她的表情讓我想起……

要不是因為我的侍女，我就不會有這東西。這是她唯一留給我的紀念品。

她的眼裡傷痛滿滿。我認得這種痛苦。我小時候承受過的痛苦，我的家人當時第一次繳不出皇家稅。

那幾個月，札因和爸爸從黎明到黃昏都在捕撈翻車魚，晚上還幫衛兵做些額外工作。他們盡一切不讓我受到波及，但他們的努力最終還是不夠。那一天，我進入水上市場，手裡拿著媽媽的黃金護符。這是她唯一能被修復的東西——衛兵把她拖走時，護符被撕成碎片。

媽媽死後，我抓住了那個護符，彷彿它是她的靈魂的最後一塊。我有時候還是會揉揉脖子，對它的消失感到心煩。

「妳不需要這麼做。」面對這麼多金幣還說出這種話，這雖然令我難受，但從我脖子上扯下媽媽的護符，感覺就像扯掉她的心，這種痛苦太過強烈，我甚至不希望亞瑪芮也體會到。

她綻放微笑，眼神變得柔和。「妳先前嘲笑我不願意脫下衣服，但妳說得對。我執著於我失去的東西，但在我父親做出那一切之後，我的犧牲永遠不夠。」亞瑪芮對商人點頭，做出最終決定。「我沒能拯救賓妲。但透過這筆買賣弄到的金幣……」

我們能拯救所有聖童。

我盯著亞瑪芮時，商人接過頭飾，把金幣推進幾個絲絨袋子裡。「拿走那把弓吧，」他眉開眼笑。「妳們想拿什麼都行！」

我掃視貨車，目光落在一個裝飾著圓圈和線條的結實皮包上。我俯身檢查它強韌的質料，意識到上頭的設計完全由點狀十字架組成，我不禁愣住。我撫摸這低調的氏族標記，這是我的姊妹神奧雅的祕密象徵。如果衛兵看得懂隱藏在袋子設計中的真相，就會扣留這整輛車。他們甚至會砍下這名商人的兩隻手。

「小心點！」商人喊道。

我急忙抽手，然後才意識到他在和亞瑪芮說話。

她在手裡翻轉一個空空如也的劍柄。「這是什麼？怎麼沒有劍刃？」

「把它從妳面前移開，然後輕輕甩一下。」

和我的伸縮棍一樣，輕輕一甩這個握柄，就伸出了一把帶有鋒利弧線的長刀。它以一種致命的優雅弧線劃過空中，在亞瑪芮的小手中靈活得令人驚訝。

「這個我要了。」

「如果妳不懂得怎麼用——」商人警告。

「你為什麼認定我不懂？」

我對亞瑪芮挑起一眉，想起她提到的訓練意外。我以為她那些傷疤來自她哥哥的劍，但她在對打時自己也拿著劍嗎？她雖然逃離了勒茍斯，但我無法想像這位公主與人交戰。

商人整理了我們的錢幣和商品，送我們出去，我們這下擁有了前往尚東布雷所需的一切。我們默默去找札因，但想到傷疤、頭飾和劍，我不知道該作何感想。我想掐死的那個屁孩公主在哪？而且她真的會使劍嗎？

經過一棵木瓜樹時，我停下來，搖晃樹幹，直到一顆黃色果實落下。我給了亞瑪芮一點時間先往前走，然後把成熟的木瓜甩向她的後腦勺。

一開始的幾秒，亞瑪芮似乎一無所知——**我要怎樣向她解釋我為何拿木瓜丟她？**但在木瓜颼然接近時，她丟下手裡的籃子，倏然轉身，新刀在手中伸展而出，快如電光。

看到成熟的木瓜掉在地上，被切成兩半，我目瞪口呆。亞瑪芮微笑，拿起其中一塊，以勝利姿態咬一口。

「妳如果想打中我，得稍微更努力才行。」

第十四章
伊南

殺了她。

殺掉魔法。

我唯一僅有的就是我的計畫。

如果沒有它，整個世界就會從我的指間逃逸。我的魔乩詛咒似乎即將掙脫我的皮膚。

我跟你做個交易，那名少女在我的腦海中呢喃，說話時嘴唇扭動。**沒人需要知道你是一隻髒兮兮的小——**

「媽的。」

我咬牙。我還是聽見她其餘的卑鄙言論。隨著她的嗓音留下的回憶，我的感染慢慢浮出表面，在我的皮膚底下刺痛。它上浮的時候，破碎的說話聲增強音量。更大聲。更尖銳。

就像把一塊磚頭塞進喉嚨一樣，我反抗這股魔力。

一……二……

我數算時辛苦掙扎，周圍的空氣開始變冷，汗水聚集在我的額頭上。魔力被壓抑時，我大口吐氣。這個威脅被平息了，我暫時安全了。旁邊沒有別人——

「伊南。」

我愣了一下，急忙確認我的頭盔依然穩固。我的拇指今天第五十次撫摸頭盔的釦子。我發誓我能感覺到頭髮上這條新的白色條紋正在生長。

就在凱雅的視線中。

她騎著坐騎前進，要我跟上她。看來她沒意識到我一整天都騎在她身後、避開她的視線。就在幾小時前，她差點看到我頭髮上的白色條紋，我當時在盯著溪流中的倒影。如果她早一點離開……如果在外面待久一點——

集中精神，伊南！

我在做什麼？這樣胡思亂想不會讓我有任何進展。

殺掉那女孩。殺掉魔法。這就是我需要做的。

我用大腿夾一下我的雪豹坐騎魯菈，催促牠追上凱雅，我小心避開牠背脊上的角。如果我太用力碰到牠的背角，牠就會把我從鞍座上甩下來。

「快點。」我猛拉韁繩，魯菈低吼。「別當個懶惰的混蛋。」

魯菈露出鋸齒狀的獠牙，但加快了步伐。牠在馬魯拉橡樹中穿梭，低頭避開在長滿果實的樹枝上擺盪的狒狒。

追上凱雅後，我撫摸魯菈的斑點毛皮，表示感謝。牠又發出一聲低吼，但用臉磨蹭我的手。

「告訴我，」我靠近後，凱雅開口：「那個村民跟你說了什麼？」

她怎麼又問這件事？老天，她真的窮追不捨。

「那個說詞不合理。我得再聽一次。」凱雅把手伸向自己的豹坐騎後側，把她的紅胸火鷹從籠子裡放了出來。這隻鳥棲息在鞍座上時，凱雅在牠的腿上繫上一張紙條。應該是要給父王的訊息。**我們正沿著卷軸的行蹤南下。還有，我懷疑伊南是魔乩——**

「他聲稱他的工作是製作地圖，」我說謊：「那個盜賊和亞瑪芮在逃離勒茍斯後有找過他。」

凱雅舉起前臂，火鷹張開寬大的翅膀，飛向天空。

「他怎麼知道她們要往南走？」

「他看到她們在地圖上計畫路線。」

凱雅移開視線，但我已經看到在她眼裡閃爍的懷疑。「你不該在我不在場的時候審問任何人。」

「而那個村子不該被燒掉！」我厲聲道：「我看不出執著於應該或不應該發生什麼事有何意義。」

放輕鬆點，伊南。我氣的不是凱雅。

但她已經牢牢閉上嘴。我對她說得太過分了。

「抱歉，」我嘆道：「我只是說氣話。」

「伊南，如果你應付不了這——」

「我沒事。」

「真的嗎？」她盯著我。「因為如果你以為我忘了你發生的那個小狀況，那你大錯特錯。」

詛咒蒼天。

魔法第一次在伊洛林海岸襲擊我時，凱雅就在場。那一夜，我的腦海裡充滿了聲音。

我進一步壓抑這股邪惡力量的時候，覺得五臟六腑痙攣。

「我不會讓王子在我的看守下死去。如果再發生那種情況，你就回王宮去。」

我的心臟用力收縮，胸口一陣劇痛。她不能就這樣送我回家。

除非那個女孩死了。

我跟你做個交易。她的聲音爬回我的腦海，鮮明得就像在我耳邊竊竊私語。**別來騷擾我，我就幫你隱瞞你的小祕密。沒人需要知道你是一隻髒兮兮的小——**

「不！」我喊道：「在岸邊的那次，那不是我發生狀況。我——我——」我深吸一口氣。**放輕鬆**。「我當時以為我看到亞瑪芮的屍體。」**說得好**。「我為自己感到多麼不安而羞愧。」

「噢，伊南……」凱雅的強硬態度消失了。她伸手過來，抓住我的手。「原諒我。我無法想像那種感受多麼可怕。」

我點頭，捏捏她的手，捏得太緊。**放開**。但我胸腔裡的心跳加速。一朵綠雲似乎從我的胸口散發出來，像菸斗的煙一樣滾動。迷迭香和灰燼的氣味再次歸來。著火女孩的尖叫聲再次浮現……

火焰的熱量舔拭我的臉，悶熱的煙霧填滿我的肺。火焰每一秒都在靠近我的身體，消除任何逃命的機會。

「救命啊！」

我倒在地上。我的肺臟拒絕酸臭的空氣。我的腳陷入了大火——

「救命啊！」

我用力拉扯魯菈的韁繩。她發出駭人的咆哮，我們猛然停下。

「怎麼了？」凱雅扭頭過來。

我把雙手伸進魯菈的毛皮當中，掩飾它們的顫抖。我快沒時間了。這股魔力越來越強。

就像寄生蟲以我的血液為食。

「亞瑪芮，」我勉強開口，感覺喉嚨在燃燒，彷彿依然充斥煙霧。「我很擔心。她以前從沒離開過王宮。她可能會受傷。」

「我知道。」凱雅安撫我。我不禁好奇，父王在大發雷霆的時候，她是不是也用這種方式對他說話。「但她並不是完全無助。國王花了這麼多年的時間確保你們倆都懂得使劍，是有原因的。」

我逼自己點頭，假裝在聽凱雅繼續說話。我再一次壓抑我的詛咒，無視它讓我周圍的空氣變得稀薄。但即使我的魔力暫時消退，我的心臟還在狂跳。

這股力量在我體內燃燒。嘲諷我。汙染我。

殺了她，我提醒自己。

我要殺了那個女孩。我要殺了這個詛咒。

我如果做不到——

我強迫自己深呼吸。

我如果做不到，就會必死無疑。

第十五章

亞瑪芮

我曾經夢想爬山。

在夜深人靜，宮裡的人都睡著的時候。我和賓妲會在火炬的照耀下穿過彩繪的大廳，走過光滑的瓷磚地板，前往父王的戰情室。我們手拉著手，把火炬對到手工編織的歐瑞莎地圖上；在我們這兩個年輕人眼中，這張地圖顯得無比龐大。我以為我和賓妲會一起去看看這個世界。

我以為如果我們離開王宮，就會感到開心。

此刻，當我緊緊攀附著我們今天攀登的第三座山的坡地時，我質疑自己為什麼曾經夢想爬上任何比王宮的樓梯井更高的地方。汗水黏在我的肌膚上，浸透了我黑色襯衫的粗糙布料。數不盡的蚊子在我背上嗡鳴刺咬，享用大餐，因為我不敢稍微放開山坡、揮手趕走牠們。

又經過了一整天的旅行，連同一晚的安寧睡眠，這點值得慶幸。雖然在我們離開索科托並繼續深入叢林後，天氣變暖了，但我在即將睡著時感覺到札因又把他的斗篷蓋在我身上。因為取得了物資，所以吃飯的問題變得很好解決，就連狐狸肉和椰奶也開始嘗起來像宮廚裡的調味雞肉和茶水。我以為事情終於有所好轉，但現在我的胸口緊緊得幾乎無法呼吸。

到了今天晚些的時候，我們已經爬了數千尺，看到下方叢林的驚人景色。各種色調的綠意覆蓋大地，在我們腳下創造出綿延不絕的樹冠。一條湍急的河流穿過熱帶灌木叢，標示出我們唯一看到的水源。隨著我們攀爬，它變得越來越小，逐漸收縮，直到變成一條細細的藍線。

「在這種高處怎麼可能會有任何東西？」我喘道。我深吸一口氣，用力拉扯頭頂的一塊岩石。在這趟旅程的初期，我沒先試試施力點是否穩固，而我擦傷的膝蓋提醒著我不要重蹈覆轍。

確認岩石牢固後，我把自己拉到更高一點的位置，把赤腳楔入岩縫中。想哭的衝動湧上心頭，但我強忍下去。我已經隱藏了兩次眼淚。再次哭泣會很丟臉。

「她說得對。」札因從我身後喊道，他正在尋找夠寬的路線讓奈菈爬上去。這頭獅子在前一座山上差點滑落後變得膽怯。現在，牠只有在札因證明路線安全後才會爬上去。

「繼續前進就對了，」在上方的瑟爾莉喊話：「它在這裡。它一**定**在這裡。」

「妳有親眼看到它嗎？」札因問。

我回想起在阿格巴婆婆的小屋裡的那一刻，未來在我們眼前爆炸的那瞬間。在那時候，一切看起來都那麼神奇。偷走卷軸感覺是個好主意。

「我有看到我們爬山……」我開口。

「可是妳有沒有看到那座傳說中的神殿？」札因追問：「就因為阿格巴婆婆看到我們爬山，並不意味著尚東布雷是真的。」

「別再說話了，繼續爬！」瑟爾莉喊道：「相信我。我知道它是真的。」

她一整天都喊著這個想法，就是這種固執把我們從一個懸崖帶到另一個懸崖。現實和邏輯對她來說並不重要。她需要找到那座神殿，「失敗」甚至不在可能的範圍內。

我低頭想答覆札因，但看到數千尺下的叢林樹木，我的肌肉僵住。我把身子靠在山上，緊緊抓住岩石。

「嘿，」札因喊道：「別往下看。妳做得很好。」

「你在說謊。」

他差點露出微笑。「繼續爬就對了。」

我回頭看時，耳朵裡充斥著跳動的脈搏聲。下一塊岩架進入我的視線。通過我顫抖的雙腿，我把自己推到更高處。**蒼天在上，真希望賓姮能看到我現在的模樣。**

我想起她美麗的臉龐。在我看著她喪命後，這是我第一次想像她還活著，微笑著，在我身邊。某個晚上，在戰情室裡，她解開了她的帽子，她象牙色的頭髮宛如絲質簾布。

我們穿過歐拉辛博山脈的時候，妳會穿著什麼？我跟她說明我們逃往阿德屯基海的計畫時，她取笑我。**就算妳逃跑，王后陛下也絕不可能允許妳穿長褲。**她把一手放在頭上，模仿母后的聲音，假裝尖叫。我那晚笑得太厲害，差點漏尿。

雖然現在情況險峻，但想到這個回憶，我還是不禁露出笑容。賓姮能模仿宮裡的任何人。然而，想到我們失去的夢想和放棄的計畫，我的笑容就消失了。我以前覺得，我們可以透過王宮的地底隧道逃走。我們一旦逃出去，就再也不會回去。這個想法在那一刻感覺無比確定，但賓姮是不是向來都知道，這只是個她永遠不會看到成真的夢想？

我摸到下一塊岩架，把自己拉上去的時候，這個問題一直騷擾著我。山勢暫時變得平緩，寬得足以讓我躺在野草上。

我屈膝跪下時，瑟爾莉癱倒在一大片原生鳳梨花上，壓扁了她腳下生機盎然的紅花和紫花。我彎下腰，吸進它們甜美的香氣。賓妲一定會很喜歡這些花。

「我們能不能待在這兒？」我問道，丁香的芬芳讓我平靜下來。我沒辦法想像爬得更高。尚東布雷的吸引力只能帶我們爬到一定程度。

奈菈用爪子爬上岩架時，我抬起頭。札因跟在後面，大汗淋漓。他脫下他的無袖襯衫時，我垂下眼睛——我上一次看到一個男孩的赤裸身體時，是我的保母幫伊南和我洗澡。

意識到我離王宮有多遠，我的臉頰浮現了一股暖暖的紅暈。儘管王室成員和無魔者像魔乩跟無魔者那樣往來並不違法，但母后會讓札因因為在我面前脫衣服而入獄。

我挪開一段距離，急著在札因裸露的皮膚和我通紅的臉龐之間騰出更多空間。但在我移動的時候，我的手指碰到一個光滑而中空的東西。

我轉頭查看，發現自己跟一個裂開的頭骨面對面。

「我的天啊！」我大叫，往後爬，脖子上的汗毛豎起。瑟爾莉跳了起來，展開她的棍子，隨時準備戰鬥。

「怎麼了？」她問。

我指著裂開的頭骨，它躺在一堆碎骨頭上，眼窩上方有個大洞，表示這個人死得很慘。

「會不會是爬山的人？」我問：「死在半路上？」

「不，」瑟爾莉答覆得莫名自信。「不是。」她歪起頭，彎下腰仔細查看。一股寒意穿過空氣。瑟爾莉向下伸手，把手伸向裂開的骨頭。她的手指稍微擦過顱骨的時候——

我們周圍悶熱的叢林熱氣突然變得冰涼，我倒抽一口氣。寒意咬進我的皮膚，直刺入骨。但這冰冷的衝擊只有持續一瞬間。它來得快也去得快，我們在山腰上感到困惑不已。

「**呃！**」瑟爾莉嘶喘，彷彿從死裡復活。她緊緊抓住身旁的鳳梨花，花朵因此從莖部被扯下。

「看在諸神的份上，剛剛是怎麼回事？」札因問。

瑟爾莉搖頭，眼睛瞪得越來越大。「我感覺到**他**。那是他的靈魂……他的生命！」

「魔法。」我意識到。不管我目睹過多少次，這種景象總是讓我心中產生衝突。即使我又想起父王在我小時候說過的那些關於魔法的警告，我的心中還是充滿敬畏。

「我們走！」瑟爾莉向前衝去，跑上另一個斜坡。「這次比我之前感受過的都要強烈。神殿一定不遠！」

我匆忙追上她，拋開恐懼，只想著爬上最後一塊岩架。我把自己拉上最後一道懸崖後，簡直不敢相信自己的眼睛。尚東布雷。

它真的在這裡。

覆以青苔的磚塊堆積在瓦礫山中，覆蓋著高原的每一寸土地。曾經羅列於這片土地的諸多神殿和祭壇，如今徒留廢墟。不同於下面的叢林和群山，這裡沒有蟋蟀啁啾，沒有飛鳥啼鳴，沒有蚊子唱歌。生命存在過的唯一蹤跡，是散落在我們腳邊的破碎頭骨。

瑟爾莉在一顆顱骨前停步，皺起眉頭，但什麼事也沒發生。

「怎麼了？」我問。

「它的靈魂……」她彎下腰。「它在飄升。」

「飄去哪？」我後退一步，差點被一塊瓦礫絆倒。另一陣寒意讓我充滿了無言的恐懼，但我不確定它是真實存在還是只是出自我的幻想。

「我不知道。」瑟爾莉揉揉脖子。「這座神殿裡的某種東西，正在增幅我的魔導質。我真的能感覺到我的魔力。」

我還沒來得及追問，瑟爾莉已經彎下腰，觸摸另一個頭骨。

我急忙把手貼在自己胸前；這一次，在她周圍閃過的不是寒意，而是一道被染成金色的輪廓。宏偉的神殿和塔樓拔地而起，這些令人驚嘆的建築以優雅的瀑布裝飾。深色的男人、女人和孩子穿著精美的絨面長袍四處走動，皮膚上點綴著漩渦狀的美麗線條和符號。

雖然這幅景象轉瞬即逝，但我看著面前破碎的瓦礫時，眼前還是剛剛那幅鬱鬱蔥蔥的大地形象。尚東布雷一度輝煌。

如今只剩空氣。

「妳覺得這裡發生了什麼？」我問瑟爾莉，雖然我覺得我已經知道答案。父王毀掉了我人生中的魔法之美。他怎麼可能沒有在全世界都做了同樣的事？

我等瑟爾莉回答，但她沒開口。她的臉龐隨著時間經過而變得僵硬——她看到了更多東西，我看不到的東西。

她第一次探索自身力量時，她的手指綻放一種柔和的淡紫光芒。看著她，我的好奇心持續攀升。她還能看到什麼？雖然一想到魔法就讓我感到緊張，但我其實有點希望能體驗一次它帶來的刺激。從賓妲手中迸發的彩虹開始充滿我的腦海，直到我聽到札因的呼喚。

「來看看這個。」

我們跟隨札因的聲音，直到我們面對唯一仍聳立在山上的一座結構。神殿伸向天空，建立在最後一塊岩石的斜坡上。不同於石磚，這個結構是用黑色金屬製成，上面有黃色和粉紅的條紋，表明它曾經是金色。藤蔓和苔蘚從兩側長出，遮住了雕刻於神殿楣板的一排排古老符文。

瑟爾莉走向沒有門的入口，但奈菈發出一聲低吼。「好啦，奈菈。」瑟爾莉親吻牠的鼻尖。「妳留在這兒，好嗎？」

奈菈呻吟一聲，在一堆碎石後面趴下。奈菈安頓好後，我們走進入口，一股神奇的氣息迎面而來，這種氣息如此濃烈，我甚至能感覺到它的重量。札因靠近瑟爾莉時，我的手在空中劃過，魔力的波動像落下的沙粒一樣鑽過我的指間。

幾道光束透過上面裂開的孔洞而來，照亮了有著圖案的圓頂天花板，這些紋路伸向一排排用彩色玻璃和閃亮水晶裝飾的柱子。

他們為什麼沒毀掉這裡？我用手指撫摸這些雕刻，感到好奇。這座神殿莫名完好，就像焦林中的一棵孤樹。

「有沒有看到任何門扉？」札因的喊聲從房間的另一邊傳來。

「沒有。」瑟爾莉回話。唯一可見的裝置物，是一尊靠著後牆的大型雕像，上頭滿是灰塵和藤蔓。我們走上前，札因用手撫過風化的石塊。這尊雕像的形象，似乎是一位穿著華麗長袍的老婦人。她的白石頭髮上擺放著一頂金色王冠，這是我們視線中唯一沒有失去光澤的金屬。

「它是女神？」我靠近查看雕像。這是我這輩子第一次看到某個天神的雕像。沒人敢把這種東西放在王宮裡。我總是以為，我第一次看到神的形象時，其呈現的方式會像懸掛於大廳的皇家肖像。然而，儘管失去光澤，這座雕像卻擁有最令人驚嘆的畫作也無法傳達的高貴氣息。

「這是什麼？」札因指著雕像手中的一個物體。

「看起來像號角。」瑟爾莉伸手檢查它。「看起來怪怪的……」她撫過它生鏽的金屬。「我幾乎能在腦海裡聽到它的聲音。」

「它在對妳說什麼？」我問。

「它是號角，亞瑪芮。號角不會**說話**。」

我臉紅。「這個嘛，既然它是雕塑，應該什麼聲音都發不出來！」

「安靜。」瑟爾莉要我閉嘴，接著把雙手放在金屬上。「我覺得它好像在試著告訴我什麼。」

她皺起眉頭，我屏住呼吸。片刻後，她的雙手開始散發閃爍的銀光。號角似乎以她的魔導質為食，在她繃緊時綻放更亮的光。

「小心點。」札因警告。

「我很小心。」瑟爾莉點頭，但全身開始顫抖。「它很近。只要再推一下——」

一陣緩慢的吱嘎聲在我們腳下隆隆作響。聽見這個聲響，我嚇得叫了一聲。一大塊瓷磚從地板上滑開，我們驚訝地轉過身。開口處揭露了一條向下進入一個房間的螺旋樓梯，房間裡暗得什麼也看不見。

「裡頭安全嗎？」我呢喃。房間裡的陰影令我心跳加速。我俯下身想看得更清楚，但看不到任何光源。

「這裡沒有其他門。」瑟爾莉聳肩。「我們還有什麼選擇？」

札因跑到外面，帶著一根燒焦的股骨回來，上頭纏著他的斗篷布條。我和瑟爾莉愣了一下，但他從我們身邊走過，用我們的燧石點燃了布料，製造了一支臨時火炬。

「跟我來。」他威嚴的嗓音減輕了我的恐懼。

我們在札因的帶領下開始走下樓梯。雖然火炬的光芒照亮了我們的腳步，但也僅此而已。我把一隻手放在鋸齒狀的牆面上，數著自己的呼吸，直到我們終於到達下一層。我的腳離開最後一階的那瞬間，我們上方的洞口在震耳欲聾的劈啪聲下關上了。

「我的天啊！」

我的尖叫聲響徹黑暗。我急忙擠到瑟爾莉身邊。「我們現在該怎麼辦？」我發抖。「我們要怎樣離開這裡？」

札因轉身跑回樓梯上，但我們聽到空氣中的嘶嘶聲時，他停下腳步。幾秒後，他的火炬熄滅，我們陷入一片漆黑。

「札因！」瑟爾莉喊道。

嘶嘶聲越來越大，直到一陣溫暖的空氣像雨一樣襲向我。我吸氣時，我的肌肉立即為之麻痺，我的思路開始變得朦朧。

「毒氣。」札因沙啞道，然後我聽到他咚一聲倒在地上。我被黑暗占據的時候，甚至還來不及感到害怕。

第十六章

伊南

我的軍團抵達索科托時，空氣中一片寂靜。我很快就明白為什麼。這裡只有我們這些軍人。

「本地的巡邏兵呢？」我輕聲問凱雅。這裡的寂靜氣氛極為厚重，彷彿這些人從未見過歐瑞莎徽印。如果父王親眼看到這些人對我們多麼缺乏敬意，天知道他會做出什麼舉動。

我們在湖邊跳下坐騎，清澈如鏡的湖水反映周圍的樹木。魯菈對一群孩童咬牙切齒。他們倉皇逃跑時，牠低頭喝水。

「我們不會在旅人聚落派駐衛兵。這麼做是浪費人力，畢竟這裡的居民每幾天就換一批。」凱雅解下頭盔，風穿過她的頭髮。我覺得頭皮發癢，也想卸下頭盔，但我必須隱藏我的白紋頭髮。

找到她。我吸入清新的空氣，試圖忘記我的白髮，哪怕只是片刻。不同於勒茍斯的炎熱和空氣汙染，這個小聚落的空氣很乾淨，令人精神抖擻。我試著壓抑體內該死的魔力時，涼爽的呼吸撫平了我胸中的灼熱，但我掃視周圍的聖童們的時候，我的脈搏加快。我太專注於殺掉那個女孩。

我從沒想過她有什麼辦法殺了我。

我緊握劍柄，一一看著每個聖童。我還沒看到那個女孩的魔力究竟強到什麼程度。我要怎樣防禦她的攻擊？

而且如果她是用話語對付我呢？一陣恐懼感襲來，我體內的魔力做出激烈反應。她唯一要做的，就是指著我的頭盔，說出藏在底下的詛咒。凱雅就會看到我的白髮。我的祕密就會公諸於眾——

集中精神，伊南。我閉上眼睛，緊緊握著溫暖的塞納卒子。我不能再胡思亂想。我必須完成我的職責。歐瑞莎遭到攻擊。

數字強迫我的思緒恢復順序時，我伸手握住我的飛刀的彎曲握柄。不管她有沒有魔法，只要飛刀正中目標，就能癱瘓她。一把鋒利的刀刃依然會刺穿她的胸口。

但儘管我想著這些密謀和計畫，那名少女顯然不在這裡。眼神犀利的聖童雖然有很多，但沒一個有她那種銀眸。

我放開飛刀，因為某種我說不上來的情緒在我的胸腔裡洩氣，像失望感一樣下沉。

像安心感一樣吐氣。

「拿著這些海報。」凱雅指示十名士兵，給每人一卷羊皮紙，上面印著那個女孩得意洋洋的臉。「查明是否有人見過她或一頭牛角獅——目擊者可能會離海岸有些距離。」凱雅轉向我，堅定地噘起嘴脣。「我們會盤問商人。如果逃犯真的南下，應該會先來這裡收集物資。」

我點頭，試著放鬆，但離凱雅這麼近，我不可能放鬆。每一個小動作都吸引了她的眼球，每一個聲音幾乎都令她的耳朵抽搐。

我走在她身後時，壓抑體內魔力所造成的壓力越來越大，我身上的鐵甲變得沉重如鉛。我們雖然走得很慢，但我無法維持平穩的步伐。我開始落後。我彎下腰，雙手撐在膝上。**我只是需要喘口氣——**

「你在做什麼？」

我急忙抬頭，假裝沒感覺到體內魔力被凱雅的嗓音刺激到。「那——那些帳篷。」我指著眼前的天然避難所。「我在觀察它們。」不同於我們用來搭建帳篷的金屬桿和河馬皮，這些是用樹枝搭成，以苔蘚覆蓋。說真的，它們的結構帶有一種莫名的效率，值得軍隊學習的技術。

「現在不是欣賞粗劣建築的時候。」凱雅瞇眼。「把精神集中在手頭的任務上。」

她轉過身，走得更快，因為我浪費了她的時間。我急忙跟上，但我們靠近推車和貨車時，一個胖女人引起了我的注意。跟其他露營者不一樣，她沒在瞪著我們。她根本沒看著我們。她的注意力集中在她抱在胸前的那束毯子上。

就像被強忍下來的噴嚏，我體內的魔力又浮出水面。這位母親的情緒就像打在我臉上的一記耳光：憤怒的火花，暗淡的恐懼。但最重要的是，一種保護慾在燃燒、咆哮，就像一隻雪豹守護牠唯一的幼崽。我不明白為什麼，直到壓在她胸前的包裹開始哭泣。

是個孩子……

我的視線順著女人的栗色皮膚往下移，看到她緊握在手裡的銳利岩石。她的恐懼在我的骨頭裡湧動，但她的決心燃燒得更加強烈。

「伊南！」

我猛然回過神——凱雅每次叫我的名字，我都必須這麼做。但我來到商人們的貨車旁邊時，回頭瞥向那名女子，壓抑體內魔力，儘管它讓我覺得胃袋灼熱。她在怕什麼？她怕我找她的孩子麻煩？

「等等。」我們經過一輛由幾隻獨角豹拉著的商車時，我攔住凱雅。這些身上布滿斑點的生物用橙色眸子盯著我，帶有黑線的嘴唇後面露出鋒利的尖牙。

「怎麼了？」

一朵綠雲懸於車門，比之前出現過的更大。「這家店有很多選擇。」我們靠近時，我盡量保持嗓音輕快。

而且我聞到那名少女的靈魂的海鹽味。

雖然我與體內魔力抗爭，但我穿過這朵雲的時候，她的氣味圍繞著我。那個聖童在我的腦海中完全成形，深色的皮膚在索科托的陽光下看似綻放光芒。

這幅畫面只持續了幾秒，但即使是一閃而過，我的五臟六腑還是為之翻攪。魔力像寄生蟲一樣抽取我血液中的養分。我們走進貨車門的時候，我調整好我的頭盔。

「歡迎，歡迎！」

老商人綻放的燦爛笑容，像溼漆一樣從他黝黑的臉上流淌而下。他站起身，抓住車內的兩側來支撐體重。

凱雅把繪有逃犯肖像的卷軸推到他臉上。「你有沒有見過這個女孩？」

商人瞇起眼睛，用襯衫擦拭眼鏡。動作緩慢。**他在爭取時間**。他接過羊皮紙。

「應該沒有。」

他的額頭上冒出汗珠。我瞥向凱雅，她也注意到了。

不需要動用魔法，我也看得出來這個傻子在撒謊。

我在小貨車裡走來走去，四處查看，觸碰貨物，看看有沒有什麼機關。我發現裝在一支淚珠形瓶子裡的黑色染料，把它塞進了我的口袋。

有那麼一段時間，商人動也不動。如果他真的沒有隱瞞任何祕密，就不可能這般靜止。我靠近一個木箱時，他渾身緊繃，所以我用腳踢了箱子。碎木飛散，揭露了一個鐵製保險箱。

「不要——」

凱雅把商人推到牆上搜身，朝我扔來一圈鑰匙。我在隱藏式保險箱的鎖孔中測試了每一把鑰匙。**他竟敢騙我**。

找出正確的鑰匙後，我猛然打開保險箱，以為會看到什麼犯罪線索。但我注意到亞瑪芮的頭飾的珠寶。我的呼吸卡在喉嚨裡。

這幅景象讓我想起往事，把我帶回我們小時候的日子。她第一次戴上這個頭飾的那一天。我傷到她的那一刻……

我把自己裹在宮殿醫務室的簾布裡。我拚命壓抑自己的哭聲。我蜷縮的時候，負責幫亞瑪芮治傷的醫師們把她的背部裸露在外。看到劍傷，我的胃袋扭擰。鮮紅而猙獰的傷口劃過她的脊椎。鮮血持續滲出。

「對不起。」我朝著簾布哭泣，每次醫生的縫針讓她尖叫時，我都會畏縮。「對不起。」我很想喊道：「我保證，我再也不會傷害妳了！」

可是我說不出話。

她躺在床上。尖叫。

祈禱痛苦結束。

幾小時後，亞瑪芮麻木地躺著。她筋疲力盡得連話都說不出來。她呻吟時，她的侍女賓妲輕輕來到她床邊，低聲說了什麼，亞瑪芮的嘴角勾起了微笑。

我專注地聆聽觀看。賓妲以一種我們都做不到的方式安撫了亞瑪芮。她用優美的歌聲哄她入睡，亞瑪芮睡著後，賓妲拿起母后那頂凹凸不平的舊頭飾，戴在亞瑪芮頭上……

從那天起，亞瑪芮沒有一天不戴著這頂頭飾。在她跟母后的抗爭當中，那是她唯一贏過的一場。只有大猩猩才有辦法把它從她頭上扯下來。

而這頂頭飾居然在這輛貨車裡，這一定表示我的妹妹死了。

我把凱雅推到一邊，將我的劍刃抵在商人的脖子上。

「伊南——」

我用手勢要凱雅住嘴。現在不是比軍階或謹慎行事的時候。「你從哪弄到這東西？」

「有——有個女孩給我的！」商人勉強開口：「昨天！」

我抓起羊皮紙。「她？」

「不是。」商人搖頭。「她是有來過，但還有另一個女孩。她的皮膚是銅色。明亮的眼睛——跟你一樣！」

亞瑪芮。

這表示她還活著。

「她們買了什麼？」凱雅打岔。

「一把劍……幾個水袋。她們好像要去旅行，似乎要進叢林裡。」

凱雅睜大眼睛，從我手裡搶走羊皮紙。「一定是那座神殿。尚東布雷。」

「有多遠？」

「騎乘要一整天，不過——」

「我們現在就走。」我抓起頭飾，走向門口。「如果我們全速趕路，就能追上她們。」

「等等，」凱雅喊道：「我們該怎麼處理他？」

「饒命啊，」商人顫抖。「我不知道這是贓物！我有準時納稅。我對國王很忠誠！」

我遲疑不決，盯著這個可憐人。

我知道我該說什麼。

我知道父王會怎麼做。

「伊南？」凱雅把手放在劍柄上。我需要下令。我不能表現得軟弱。**職責高過自我**。

「求求你們！」商人乞求，把握住我的猶豫。「你們可以拿走我的貨車。你們可以拿走我擁有的一切——」

「他知道太多——」凱雅打岔。

「等一下。」我嘶吼，脈搏聲在我耳裡怦然作響。伊洛林那些燒焦的屍體閃過我的腦海。燒焦的人肉。哭泣的孩子。

下手，我強迫自己。**一個王國的價值遠高過一條命**。

可是已經死了太多人。那麼多人死在我手上——

我還沒來得及說什麼，商人突然衝了出去。他一手抓住門口。鮮血四濺。血灑過我的胸口。

商人頹然倒下，咚一聲摔倒在地。

凱雅的飛刀插在他的脖子後面。

商人顫抖地吐口氣，出血時沒發出聲響。凱雅瞥我一眼，彎下腰，拔出刀，就像從花園裡拔出完美的玫瑰。

「你不能容忍礙事的人，伊南。」凱雅跨過屍體，把飛刀擦乾淨。「尤其那些知道太多的人。」

第十七章 亞瑪芮

我眨眼恢復意識時，一股朦朧感從我的腦海中消失。我的視線模糊了過去和現在。有那麼一瞬間，我看到賓妲閃閃發光的銀眸。

但幻覺過去後，我看到閃爍的燭火在鋸齒狀的石牆上舞動。一隻老鼠從我的腳邊飛奔而過，我猛然後退。我這才意識到我被綁住了，強韌的繩索把我跟札因和瑟爾莉綁在一起。

「兩位？」瑟爾莉在我背後挪動，嗓音流露睡意。她拚命扭身掙扎，但繩索絲毫不動。

「發生什麼事了？」札因說話模糊不清。他拉扯繩索，但即使力氣大的他也沒辦法鬆開繩子的束縛。有那麼一陣子，洞穴裡只聽得見他的吆喝聲。但隨著時間經過，另一種聲音變得更大；聽見腳步聲接近，我們全都僵住。

我向後伸手去摸劍柄，我的手指擦過瑟爾莉的手指，但我只抓到空氣。

「妳的劍，」瑟爾莉斷聲道：「妳碰得到它嗎？」

「不見了，」我輕聲答覆：「所有東西都沒了！」

我們掃視昏暗的洞穴，尋找我的黃銅劍柄，也尋找瑟爾莉的伸縮棍發出的光芒。有人拿走了我們所有的東西。我們甚至失去了——

「卷軸？」一個低沉嗓音隆隆道。

燭光下出現一個穿著無袖麂皮長袍的中年男子，我渾身緊繃。他黝黑的皮膚上點綴著白色的漩渦和紋路。

瑟爾莉立刻倒抽一口氣。

「聖塔洛……」

「誰？」我輕聲問。

「誰來了？」札因咬牙道，拉扯繩索想看清楚，頑抗地齜牙咧嘴。

神祕人甚至沒眨眼。

他拄著一根用石頭雕製的手杖，握著刻於把手的臉孔。他的金眼燃燒著強烈怒火。我開始以為他完全不會動的時候，他突然向前傾，抓住瑟爾莉的一綹頭髮，她嚇了一大跳。

「直髮，」他咕噥，流露一絲失望。「為什麼？」

「別碰她！」札因咆哮。

札因雖然構不成威脅，但男子還是後退，放開瑟爾莉的頭髮。他從長袍的腰帶上扯出卷軸，瞇起金眼。

「我的族人在多年前被奪走了這個東西。」他的口音濃厚又沉重，跟我聽過的歐瑞莎方言不一樣。我盯著他手中攤開的卷軸，發現羊皮紙上的幾個符號就印在他的皮膚上。「他們從我們這裡偷走的。」他的口氣突然變得嚴厲。「我不會讓你們做出同樣的事。」

「你弄錯了，」我衝口道：「我們不是來偷東西的！」

「他們當初也是這麼說。」他朝我皺起鼻頭。「妳散發他們的血臭味。」

我後退，靠向札因的肩膀。男子帶著我無法逃避的恨意看著我。

「她沒說謊，」瑟爾莉的嗓音充滿信念。「我們不一樣。是諸神派我們來的。有個先知指引我們來這裡！」

阿格巴婆婆……我想起她的離別之詞。我們是註定要來這裡，我想喊道，但我怎麼可能說得出這種話，因為我現在只希望我從沒見過這個卷軸！

聖塔洛鼻孔賁張。他舉起雙臂，空氣中充滿魔法的威脅。**他要殺了我們**……我的心臟抵著胸腔亂跳。我們的旅程到此結束。

父王的昔日警告在我腦海中響起：**面對魔法，我們毫無勝算**。面對魔法，我們無力自保。

面對魔法，我們必死無——

「我看到這裡以前是什麼模樣，」瑟爾莉沙啞道：「我看到諸多塔樓和神殿，還有跟你一樣的聖塔洛。」

男子慢慢放下雙臂，我知道瑟爾莉抓住了他的注意。她用力嚥口水。我向蒼天祈禱，希望她能找到合適的字句。

「我知道他們來到你們的家園，摧毀了你們所愛的一切。他們也對我，對長得像我的那些人，做了同樣的事。」她語帶哽咽，我閉上眼睛。我身後的札因渾身僵硬。意識到瑟爾莉說的是誰，我覺得口乾舌燥。我猜對了。

是父王摧毀了這個地方。

我回想起那些瓦礫、破裂的頭骨、瑟爾莉的嚴厲眼神。寧靜的伊洛林村陷入火海。札因落下的淚。

從賓妲掌心裡爆發的流光充斥了我的腦海，那道光比太陽的光線還美。如果父王允許賓妲活著，我現在會在哪裡？如果他給這些魔乩一個機會，整個歐瑞莎會是什麼樣子？

慚愧感向我襲來，男子再次舉起雙臂時，我只想躲進自己的體內。我緊閉雙眼，準備迎接疼痛——

繩索憑空消失，我們的行李再次出現在我們身邊。

神祕人拄著手杖走開時，我仍然被魔法驚呆了。我們起身時，他說出一個簡單的命令。

「跟我來。」

第十八章

瑟爾莉

我們深入山的中心地帶，水從雕刻的牆壁上滴落下來，伴隨著嚮導手杖的規律觸地聲。金色蠟燭排列在鋸齒狀的石頭上，用柔和的光芒照亮黑暗。我的雙腳越過冰涼的岩石時，我凝視著這名男子，還是無法相信一位聖塔洛就站在我的眼前。在大掃蕩之前，只有魔乩十大氏族的領袖才可能見到他們。等我告訴她這件事，阿格巴婆婆一定會從椅子上摔下來。

我把亞瑪芮推到一邊，以便接近聖塔洛，查看他脖子上的圖案。它們隨著他的步伐在他皮膚上蕩漾，與燭火造成的陰影共舞。

「它們被稱作聖巴符文，」男子答覆，似乎察覺到我的目光。「諸神的語言，與時間一樣古老。」

原來這種語言長這副模樣。我俯身打量這些日後成為約魯巴語的符號，這種語言讓我們能夠施展魔法。

「它們真美。」我回話。

男子點頭。「天母所造之物都很美。」

亞瑪芮張嘴，但很快又閉上，彷彿打消了念頭。看著她走在旁邊，她看到只有歷史上最強大的魔乩才有權利看到的東西，我不禁火冒三丈。

她清清嗓子，彷彿做好心理準備，然後終於開口。「不好意思，」她問：「請問你有名字嗎？」

聖塔洛轉過身，皺起鼻頭。「每個人都有名字，孩子。」

「噢，我不是有意冒犯——」

「雷坎，」他打斷她。「奧拉米雷坎。」

這些音節搔弄我腦子裡最深的角落。「**奧拉米雷坎，**」我重複。「意思是……我的財富增進？」

雷坎轉向我，目光如此堅定，我相信他看到了我的靈魂。「妳記得我們的語言？」

「零碎片段。」我點頭。「我母親在我小時候教過我。」

「妳母親是招魂師？」

我目瞪口呆。魔乩的能力並不是用看的就看得出來。

「你怎麼知道？」我問。

「我感覺得到，」雷坎答覆：「妳體內流淌著濃厚的招魂師之血。」

「你能不能在不是魔乩或聖童的人身上察覺到魔法？」想到伊南，我衝口說出這些疑問：「無魔者有沒有可能其實血液裡有魔力？」

「我們身為聖塔洛，並不會做這種區分。當涉及諸神時，一切皆有可能。唯一重要的是天母的旨意。」

他轉過身，留給我的疑問多於答案。難道伊南是因為天母的旨意而掐住我的喉嚨？

我們前進時，我試圖推開這些關於他的想法。感覺在地道裡走了整整一公里後，雷坎帶領我們進入山中一個挖空的半球形空間，這裡黑暗又寬闊。他舉起雙手，一如之前的莊嚴，空氣中充滿了靈氣。

「**Imole àwọn orisha，**」他吟唱著，約魯巴語的咒語像水一樣從他的嘴脣裡流淌出來。「**Tàn sí mi ní kíá báyìí。Tan Imole sí ìpase àwọn ọmọ rẹ！**」

牆壁上的諸多火焰同時熄滅，札因手裡的臨時火炬也是。但在幾秒後，它們重新綻放新的生命，用光芒覆蓋了每一寸石頭。

「我……」

「的……」

「天……」

進入裝飾著壁畫的空間時，我們驚嘆不已，我幾乎說不出話來。每一尺的石頭都覆蓋著鮮明的顏料，描繪了十位天神、魔乩諸族，以及介於兩者之間的一切。這些圖案遠勝過在大掃蕩之前那些關於諸神的粗劣圖畫、罕見的隱藏畫作，還有在黑夜中才偷偷拿出來的稀有織錦掛毯。那些東西就像閃爍的光束，而眼前這幅壁畫就像盯著太陽的臉。

「這是什麼？」亞瑪芮低語，轉身掃視周圍。

雷坎示意我們上前，我拉著亞瑪芮，在她踉蹌時扶住她。他把雙手按在石頭上，回答：「這是諸神的起源。」

他的金眸閃爍著光芒，明亮的能量從掌心逸出，灌入牆壁。光線沿著顏料流動時，畫作發光，人物也漸漸變得栩栩如生。

「蒼天在上。」亞瑪芮咒罵，抓住我的手腕。每幅畫的靈魂在我們眼前活躍時，魔法和光芒綻放。

「起初，我們的天母創造了天地，給浩瀚的黑暗帶來了生機。」強光從一位老婦的手掌中旋轉而出，我認出她是一樓的那尊雕像。新世界成形時，她的紫色長袍如絲綢般在她高貴的身軀上滑動。「在地球上，天母創造了人類，祂的血與骨的孩子。在天上，她生下了諸神。每一位都是祂的靈魂不同片段的化身。」

雖然我以前聽媽媽講過這個故事，但感覺不像現在這樣真實。它超越了寓言和神話的領域，進入了真實的歷史。人類與諸神同時從天母之中湧現時，我們都睜大眼睛，張大嘴巴。人類墜落到棕色土地上時，新生的神靈們飄浮在上方的雲層中。

「天母愛祂所有的孩子，每個孩子都是按照祂的形象所創。為了連接我們所有人，祂與諸神分享了祂的能力，第一批魔乩因此誕生。每位神祇都取走了祂靈魂的一部分，這是祂們將贈予地上人類的魔法。葉瑪亞拿到了天母眼裡的淚水，成了海之女神。」

一位膚色黝黑、擁有鮮明藍眸的絕美女神朝世界上滴下一滴淚水。淚水降落後爆發，形成海洋、湖泊和溪流。

「葉瑪亞給祂的人類手足帶來水，教那些崇拜祂的人如何控制水的生命。祂的學徒們鍥而不捨地研究他們的姊妹神，掌握了大海。」

喚浪師的誕生，我突然想起。在我們上方，奧米氏族的彩繪成員按照自己的意願扭曲水域，輕鬆自如地讓它們起舞。

雷坎講述一個又一個天神的起源，在我們經過畫作時解釋了每位神靈及對應的魔乩氏族。我們得知桑戈從天母的心中取走了火種，創造了導火師；阿亞奧從天母的呼吸中吸取了空氣，創造了呼風師。我們瞭解了九位男女諸神，直到只剩一位。

我等雷坎開始說話，但他轉向我，眼裡充滿期待。

「我？」我上前一步，代替他的位置時手心冒汗。這部分是我最瞭解的故事，媽媽經常說給我聽的故事，甚至札因都能背誦。但在我小時候，這只是個神話，成年人為孩童編織的幻想。這是我第一次覺得這個故事是真實的，緊密地融入了我的人生。

「不同於兄弟姊妹，奧雅選擇等到最後，」我大聲說：「祂不像兄弟姊妹那樣從天母那裡拿取，而是請天母賜予。」

我看著我的姊妹神如颶風般優雅地移動，展現出祂所有的力量和光彩。這位黑曜石美人跪在母親面前，紅袍隨風飄揚。這幅景象令我屏住呼吸。祂的姿態擁有一種力量，黑色皮膚下醞釀著一場風暴。

「因為奧雅的耐心和智慧，天母決定賜予祂對生命的掌控權，」我說下去：「但奧雅跟祂的崇拜者分享這份禮物時，這種能力轉變為對死亡的掌控權。」

看到畫中的伊庫氏族的招魂師展示他們的致命能力——我生來就要成為的魔乩——我的心跳加快。即使是繪畫，他們的影子和靈魂也在翱翔，指揮著死靈大軍，在灰燼風暴中摧毀生命。

這些神奇的畫面讓我彷彿回到了伊巴丹，看著新當選的長老們為我們的招魂部落展示自己的能力。媽媽當選時，盤旋在她周圍的死靈暗影極為壯麗。它在她身邊舞動，雖然駭人但也令人驚奇。

在那一刻，我知道只要我活著的一天，就永遠不會看到跟它一樣美麗的事物。我只希望我有一天也能擁有她那種能力。我希望她看著我的時候能感到驕傲。

「我很遺憾。」我的喉嚨緊縮。雷坎似乎立刻明白我為什麼這麼說。他點點頭，走上前，繼續講故事。

「奧雅最先意識到，並非祂所有的孩子都能掌握如此強大的力量。祂變得跟祂母親一樣謹慎，只跟那些表現出耐心和智慧的人分享自己的能力。祂的手足們也紛紛仿效，魔乩的人口因此很快就減少了。在這個新時代，所有的魔乩都被賜予了捲曲的白髮，這是為了向天母的形象致敬。」

我把自己的直髮往後撥，臉頰發燙。就算有誰覺得我這個人還算聰明，也不會有哪個天神認為我有耐心……

雷坎的目光轉向靈幻壁畫上的最後一組畫作，身上塗有白色符號的男男女女跪下朝拜。

「為了守護這個地球上的諸神旨意，天母創造了我的族人，聖塔洛族。在我族巫母的帶領下，我們充當靈魂守護者，負責將天母的靈魂與地上的魔乩聯繫起來。」

畫中一名女子一手拿著象牙匕首，另一手拿著發光的石頭，聳立於聖塔洛族上方時，他稍作停頓。雖然巫母跟她的手足們一樣穿著皮革長袍，但她頭上戴著一頂華麗的王冠。

「她手上是什麼？」我問。

「骨匕首，」雷坎從自己的袍子裡拿出這個東西。「用第一代聖塔洛的骸骨雕刻而成的聖物。」匕首似乎沐浴在淡藍光芒中，散發寒冰般的能量。刀柄上的聖巴符文，跟紋在雷坎胳臂上的符文是一樣的。「持有它的人，能從所有用過它的人的生命力之中汲取力量。」

「巫母的右手握著太陽石，這是活生生的天母靈魂碎片。這塊石頭承載著天母的靈魂，因此能把祂跟這個世界聯繫在一起，讓魔法保持活力。每個世紀，我們的巫母都會帶著石頭、匕首和卷軸去一座聖殿進行綁定儀式。巫母用匕首抽出自己的血，並利用注入石頭裡的力量，將諸神的靈魂聯繫封印在聖塔洛的血液中。只要我們的血脈還活著，魔法也會存活。」

壁畫中的巫母吟唱時，她的話語以彩繪符號的形式在牆上舞動。象牙匕首滴落著她的血。太陽石的光芒籠罩了整幅壁畫。

「所以這就是問題所在？」札因冷漠地盯著壁畫，姿勢僵硬。「她沒有進行儀式？所以魔法死了？」

他雖然說「魔法」這兩個字，但我在他的語氣裡聽見「媽媽」。這就是為什麼她當時無力自保。

國王就是這樣殺了她。

雷坎眼中的火花消失了，原本會動的畫作也失去了生機。一瞬間，壁畫的魔力消失了，成了普通的乾燥顏料。

「那場針對魔乩的屠殺──你們口中的『大掃蕩』──並不是偶然事件。在我去朝聖之前，你們的國王進入了尚東布雷的神殿，聲稱來此敬拜。但薩蘭來這裡其實是為了尋找一件能對付諸神的武器。」雷坎轉過身，所以我們看不到他的臉，只看到他胳臂上的符號。他在燭光中垂頭喪氣時，它們似乎縮小了，隨著他的心痛而枯萎。「他得知了那項儀式，得知歐瑞莎的魔法是如何與聖塔洛的血液聯繫在一起。我回來的時候，薩蘭已經屠殺了我的族人，切斷了天母的聯繫，並從我們的世界中剝離了魔法。」

亞瑪芮用手摀住嘴，無聲的淚水流過她紅潤的臉頰。我無法理解一個人怎麼會如此殘忍。如果那個人是我父親，我不知道我會怎麼做。

雷坎轉身面對我們，在這一刻，我意識到我永遠無法理解他的孤獨和痛苦。在大掃蕩後，我還有札因和爸爸。但雷坎只有一大堆骷髏、屍體和沉默的諸神。

「薩蘭協調了他的屠殺行動，一波接一波。我的同胞在這層樓流血，魔法消失後，他命令他的衛兵殺死你們的守護者。」

我閉上眼睛，驅逐大掃蕩在我腦海中帶來的火與血的景象。

爸爸被衛兵打斷胳臂而哀號。

媽媽抓著脖子上的黑色破魔石鏈。

他們把她拖走時，我淒厲尖叫。

「他們為什麼不做點什麼？」札因厲聲道：「他們為什麼不阻止他？」

我把一隻手放在他的肩上，捏了捏，安撫他的怒火。我瞭解我哥。我知道他這樣叫喊是為了掩蓋痛苦。

「我的族人肩負著保護人類生命的使命。我們不被允許奪走人們的性命。」我們站了很長一段時間，只有亞瑪芮的抽泣聲打破沉默。我凝視著粉刷過的牆壁，開始意識到有些人為了打壓我們而願意做到什麼程度。

「可是魔法現在回來了，對吧？」亞瑪芮問道，擦擦眼睛。札因從自己的斗篷上撕下來一塊布，遞給她，但他的善意似乎只讓她流下更多淚。「卷軸對瑟爾莉和阿格巴婆婆有效，」亞瑪芮說下去：「它也有改變我的朋友。如果我們能讓歐瑞莎所有聖童都碰到這個卷軸，應該就夠了吧？」

「薩蘭屠殺聖塔洛的時候，切斷了魔乩與天上諸神之間原本有的聯繫。卷軸能帶回魔法，是因為它有能力激發與諸神之間的新聯繫，但要讓這種聯繫永久化，並徹底帶回魔法，我們需要進行神聖儀式。」雷坎恭敬地抽出卷軸。「我花了數年時間尋找三件聖器，幾乎全都徒勞無功。我雖然勉強找回了骨匕首，但我有時候會擔心薩蘭已經設法摧毀了其他聖器。」

「我不認為它們能被摧毀，」亞瑪芮說：「我父王曾命令他的將軍處理掉卷軸和太陽石，但他失敗了。」

「妳父親的將軍之所以失敗，是因為這些聖物無法被人類之手摧毀。它們是透過魔法被賦予生命。只有魔法能給它們帶來死亡。」

「所以我們做得到？」我追問：「我們還是能把魔法帶回來？」

雷坎第一次綻放微笑，他的金眸後面閃爍著希望。「『百年至日』即將到來，紀念天母贈與人類禮物的第十個世紀。這是給我們最後一次糾正錯誤的機會。這個機會也能讓魔法存活下去。」

「怎麼做？」札因問：「我們必須做什麼？」

雷坎展開卷軸，解讀其中的符號和圖畫。「在百年至日，一座神聖的島嶼會在歐瑞尼恩海的北岸出現。它是我們一座神殿的所在地。我們必須把卷軸、太陽石和骨匕首帶去那裡，朗誦卷軸上的古老咒語。如果我們完成儀式，就能製造新的血錨，恢復聯繫，確保魔法能再維持一百年。」

「而每個聖童就會變成魔乩？」亞瑪芮問。

「如果能在至日之前完成儀式，每一個年滿十三歲的聖童都會蛻變。」

百年至日，我在腦海裡重複這個詞彙，計算我們還剩多少時間。阿格巴婆婆的夏季畢業典禮總是落在月初，在一年一度的虎魚收穫之後。如果百年至日即將到來……

「且慢，」札因驚呼：「這表示剩不到一個月！」

「什麼？」我的心臟停止跳動。「我們如果錯過會怎樣？」

「如果錯過，歐瑞莎就再也不會見到魔法。」

我的胃袋下垂，感覺就像我被推下山。**一個月？如果錯過就再也沒機會？**

「可是魔法正在歸來。」札因搖頭。「它伴隨卷軸而歸。只要我們能讓所有聖童碰到它——」

「這麼做沒用，」雷坎打岔：「卷軸不會讓我們跟天母之間產生聯繫，只能點燃我們跟自己的姊妹神之間的連結。如果不進行儀式，魔法將在至日之後終結。唯一的辦法，就是重建魔乩與天母之間的聯繫。」

札因抽出地圖，雷坎畫出前往聖殿所在地的路線。我迫切希望那個地點在我們能力範圍內，但札因驚恐地瞪大眼睛。

「等等，」亞瑪芮舉起雙手。「我們有卷軸和骨匕首，可是太陽石在哪？」她期待地看著他的長袍，但他沒有拿出任何發光的石頭。

「打從它被沖上瓦里村的海岸，我就一直在追蹤它。我在伊貝吉追查一條線索時，我的靈魂召喚我回到這裡，我必須認定這是為了讓我見到你們。」

「所以它不在你手上？」我問。

雷坎搖頭，札因大發雷霆。「那我們該怎麼辦？光是前往那裡就需要一整個月！」

答案變得和牆上的畫作一樣鮮明。聖童永遠無法成為魔乩。薩蘭將永遠掌控一切。

「你沒辦法幫我們嗎？」亞瑪芮問。

「我能協助你們。」雷坎點頭。「但我的能力有限。只有女人能成為我們的巫母。我沒辦法進行那項儀式。」

「可是只有你了，」亞瑪芮急忙道：「你是僅存的聖塔洛！」

「事情不是這麼簡單。」雷坎搖頭。「聖塔洛不是魔乩。你們跟諸神之間的連結是維繫於你們的血液，而想完成儀式，就需要這種與天母之間的聯繫。」

「那麼有誰做得到？」

雷坎看著我，視線沉重。「魔乩，與諸神之間有所聯繫的人。」

我花了幾秒才聽懂雷坎的意思，而且差點笑出來。

「既然天母透過薩蘭的後代把卷軸交給妳，那麼祂的旨意再明顯不過。」

祂的旨意有問題，我差點回嘴。我沒辦法拯救魔乩。我連救自己都很勉強。

「雷坎，不。」我的內臟緊繃；亞瑪芮那天在市場上抓住我的時候，我也是同樣反應。「我不夠強。我甚至從沒施展過咒語。你說卷軸只把我跟奧雅連結起來。我跟天母之間也沒有聯繫！」

「這點我能改善。」

「那你改善你自己。改善札因！」我把我哥往前推，就連亞瑪芮也比我適合。

但雷坎拉著我的手，帶我往前走，繼續走過圓頂空間。他打斷我來不及說出口的反對之詞。

「諸神從不犯錯。」

⚹

我們爬上另一組石階時，我的額頭冒出汗珠。我們爬過一層又一層的階梯，朝山頂走去。每走一步，我的思緒都在扭擰翻滾，提醒我這麼做有多少種失敗的方式。

如果我們已經拿到太陽石……

如果皇家衛兵沒在追殺我們……

如果雷坎願意找別人來進行愚蠢的儀式……

我的胸口收緊，在失敗的威脅下窒息。爸爸歪斜的笑臉和眼裡的希望回到我的腦海。**只要我們沒有魔法，他們就永遠不會尊重我們。**

我們需要這場儀式。這是我們唯一的希望。沒有它，我們就永遠無法獲得力量。國王將永遠把我們當成蛆蟲。

「到了。」

我們終於來到階梯的頂端，來到外面，看到逐漸消失的日光。雷坎帶我們來到一座閃閃發光、從山頂升起的石尖塔前，遠在我們第一次進入的那座神殿上方。

雖然入口處有幾塊破裂的瓷磚，但整體結構完好。高聳的柱子支撐著結構，彎曲形成一排排優雅的拱門。「哇……」我驚呼，用手指劃過刻在每根柱子上的聖巴符文。這些符號在透過拱門而入的漸褪陽光下發光。

「這裡。」雷坎指向尖塔上唯一的固定裝置，一個黑曜石浴缸，裡頭是清澈的藍水。他接近時，液體開始冒泡，但我沒看到火焰。

「這是什麼？」

「妳的覺醒。等我完成儀式後，妳的靈魂將重新與天母之魂產生聯繫。」

「你做得到？」亞瑪芮問。

雷坎點點頭，嘴角勾起一絲笑意。「我以前就是這樣服侍我的族人，我為此受訓了一輩子。」他扣起雙手，目光柔和渙散。然後他突然轉身，看著札因和亞瑪芮。

「你們必須離開。」他指向他們倆。「讓你們來到這裡，我其實已經打破了幾個世紀的傳統。我不能讓你們旁觀我們最神聖的儀式。」

「不能才怪。」札因擋到我面前，以挑戰姿態繃緊肌肉。「我不會讓你和我妹妹獨處。」

「你該留下，」亞瑪芮輕聲道：「至於我，我確實沒資格觀看這場——」

「不。」札因把手伸到亞瑪芮面前，在她快步走下石階之前阻止了她。「留下，我們不在場，就別想進行儀式。」

雷坎噘起嘴脣。「如果你們要留下，就必須保密。」

「我們發誓。」札因揮個手。「我們什麼也不會說出去。」

「不要輕看這個誓言，」雷坎警告：「死者不會輕看。」

雷坎把目光轉向亞瑪芮，她嚇得幾乎融化。他沒說什麼，只是抓住黑曜石缸的邊緣。在他的接觸下，水瞬間沸騰。

我靠近浴缸時，喉嚨變得乾燥，一股新的蒸汽迎面而來。奧雅，幫幫我。我連賣條魚都會害得我的村子被徹底毀滅。我怎麼可能是魔乩唯一的希望？

「如果我答應接受這場儀式，你必須喚醒其他人。」

雷坎差點沮喪得吐口氣。「天母帶妳來這裡——」

「拜託你，雷坎。你必須答應我。我不可能是唯一的人選。」

雷坎咂咂舌，把我帶向浴缸。「好吧，」他退讓。「可是我必須先喚醒妳。」

我試探地走進浴缸，慢慢滑進去，直到水淹至我的頸部。我的衣服漂浮在我周圍，熱水撫慰了我的四肢，溫柔地驅逐了今天爬山所造成的負擔。

「我們開始吧。」

雷坎握住我的右手，從他長袍的褶皺中取出骨匕首。

「為了釋放神聖力量，我們必須犧牲對我們來說最神聖的東西。」

「你用的是血魔法？」札因向我走來，恐懼得身體僵硬。

「是的，」雷坎說：「可是你的妹妹會很安全。我會控制住一切。」

我的心跳加速，想起媽媽第一次使用血魔法後身體枯萎。那無盡的力量撕裂了她的肌肉。即使在療癒師的幫助下，她還是花了一整個月的時間才恢復行走能力。

她冒著這種風險施法，是為了挽救小時候差點淹死的札因，她這樣犧牲讓他得以保住性命。但這樣自我犧牲讓她奄奄一息。

「妳會很安全的，」雷坎向我保證，似乎看穿了我的想法。「這跟魔乩使用血魔法的時候不一樣。聖塔洛有能力引導。」

我點頭，儘管一陣隱隱作痛的恐懼感依然刺痛我的喉嚨。

「原諒我，」雷坎說：「這可能會痛。」

他用匕首劃過我的手掌，我痛得倒吸一口涼氣，咬牙忍住刺痛，傷口開始滲出鮮血。我的血液發出白光時，疼痛變成了震驚。

它滴進水中時，我覺得有某種東西離開了我，比一般的傷口更深的東西。紅色的血滴把清澈的藍色液體變成白色；隨著更多血滴下，藍水沸騰得更激烈。

「現在放鬆。」雷坎把洪亮的嗓音放輕成柔和的音色。我的眼睛顫抖著閉上。「清空思緒，深呼吸。把自己從世俗的煩惱中解放出來。」

我強忍反駁的衝動。世俗的煩惱多得我數不清。伊洛林的大火舔拭我的心靈，比希的尖叫聲迴盪在我的耳邊。王子的雙手掐住我的喉嚨。收縮。越來越緊。

但我的身體浸泡在熱水中時，壓力開始消退。爸爸的安全……伊南的怒火……每個重擔一一下沉。它們一波波地離去，直到連媽媽的死似乎都化為烏有。

「很好，」雷坎安撫道：「妳的精神正在被淨化。記住，無論妳感覺到什麼，我都在這裡。」

他把一隻手放在我的額頭上，另一隻手放在我的胸骨上，然後開始吟唱。「**Ọmọ Mama，Arabinrin Oya。Sí ebun iyebíye re。Tú idán mimo rẹ sile。**」

一種奇怪的力量在我的皮膚周圍旋轉。水以一種新的強度沸騰，它的熱量包圍我時，我的呼吸變得困難。

「**Ọmọ Mama——**」

天母的女兒，我在腦海裡重複。

「Arabinrin Oya——」

奧雅的姊妹。

「Sí ebun iyebíye re——」

揭露祢珍貴的禮物。

「Tú idán mimo rẹ sile。」

釋放祢的神聖魔法。

我們上方的空氣帶著刺麻的電能，比我以前感受過的更強烈。它超越了伊南印記的嗡鳴，蓋過了我第一次觸摸羊皮紙時感到的衝擊。我的指尖變得溫暖，綻放白光。雷坎吟唱時，力量在我的血管中流動，在我的皮膚底下發光。

「Ọmọ Mama，Arabinrin Oya——」

他的咒語越大聲，我的身體就反應得越強烈。雷坎把我的頭浸入水中時，魔法淹沒了我渾身上下每一個細胞。我的頭骨壓在浴缸的地板上，一種新的空氣進入我的喉嚨。我終於明白阿格巴婆婆那番話。

這種感覺就像第一次呼吸。

「Ọmọ Mama——」

魔法增長時，血管在我的皮膚上隆起，膨脹得即將爆開。在我的眼睛後面，一片片紅幕在我周圍翩翩起舞，如海浪般撞擊，如颶風般旋轉。

我迷失在它們美麗的混亂中時，瞥見了奧雅。火與風如精靈般在祂身邊起舞，像祂裙子上的紅絲綢一樣旋轉。

「Arabinrin Oya——」

祂的舞蹈令我著迷，點燃了我從未意識到被困在我體內的一切。它像火焰一樣灼燒我的身體，卻也像冰一樣冷卻我的皮膚，在未知的波浪中流動。

「**Sí ebun iyebíye re！**」雷坎在水面上方喊道：「**Tú idán mimo ṛe sile！**」

在最後一次浪潮中，海嘯掙脫了束縛，魔力流遍了我體內每一寸。它滲入每一個細胞，沾染了我的血液，充滿了我的心靈。在它的力量下，我同時瞥見了開始和結束，這些牢不可破的聯繫連結著我們所有的生命。

奧雅的紅色怒火在我周圍盤旋。

天母的銀眸發光……

「瑟爾莉！」

我眨眨眼，睜開眼睛，發現札因搖晃我的肩膀。

「妳還好嗎？」他問道，俯身越過浴缸邊緣。

我點頭，但說不出話。我無話可說。我身上只留下刺痛的感覺。

「妳站得起來嗎？」亞瑪芮問。

我試著把自己從浴缸裡推起來，但一這麼做，就覺得整個世界都在旋轉。

「別動，」雷坎指示：「妳的身體需要休息。血魔法抽取了妳的生命力。」

休息，我重複這兩個字。拿我們沒有的時間來休息。如果雷坎關於太陽石下落的線索是正確的，我們就需要去伊貝吉尋找它。沒有石頭，我就無法完成儀式，而且我們已經沒有時間了。再過三個星期就是至日。

「妳必須至少休息一晚，」雷坎似乎察覺到我多麼急切。「喚醒魔法就像增加了一種新的感官。妳的身體需要時間來適應這種負擔。」

我點點頭，閉上眼睛，靠在冰冷的石頭上。**妳明天再開始。前往伊貝吉，找到石頭。前往聖島。進行儀式**。

我不斷重複這些計畫，讓規律的文字節奏帶我入睡。**伊貝吉。石頭。島嶼。儀式**。

隨著時間經過，我的思緒消失在一片柔軟的黑暗中，離夢鄉只隔幾秒鐘。我幾乎要睡著時，雷坎抓住我的肩膀，拖我站起來。

「有人來了，」雷坎喊道：「快點！我們必須離開這裡！」

第十九章 伊南

——害我們千里迢迢——

——他們為什麼不說清楚她偷了什麼——

——如果那個混蛋以為我願意死在這道懸崖上——

「伊南，放慢點！」凱雅從下方喊道。我花了一點時間才意識到，她不僅僅是我腦海中的另一個聲音。

我離尚東布雷越近，它們就越大聲。

詛咒蒼天。衛兵們的抱怨，就像蜜蜂在我的頭顱裡群毆一樣嗡嗡作響。雖然我想排除它們，但無法壓抑體內的魔力；我只要稍微試著這麼做，我的腿就會從懸崖上滑落。

魔力造成的壓力扭曲了我體內的一切，就像病毒從內到外摧毀了我。但我別無選擇，我不能攀爬而削弱自己的力量。

我必須讓這團黑暗進來。

我壓制自己的魔力時，這種感覺比胸口的灼痛感還強烈。每次有哪個外來的想法進入我的腦海，我的皮膚就為之發麻。每一個外來的情緒都令我的嘴角下垂。

魔力在我體內竄動，就像一千隻毒蜘蛛爬過我的皮膚。它想把我占據得更徹底。這股力量想鑽進——

我踉蹌一步，立足點崩塌。

我腳下的石頭像雪崩一樣滾落。

我的身體撞到岩壁上時，我呻吟一聲，我的雙腳拚命擺動，尋找新的支撐點。

「伊南！」凱雅的喊聲從下方一塊岩架傳來，與其說是幫助我，不如說是分散我的注意力。我摸索路線時，她跟坐騎們以及其他士兵一起等待。

我在半空中擺動時，繩子和燧石從我腰帶的口袋裡滑出來。連同亞瑪芮的頭飾。

糟糕！

這麼做雖然危險，但我還是放開左手，及時抓住頭飾。我的腳找到新的立足點時，我無法對抗的回憶浮出水面。

「揮劍啊，亞瑪芮！」

父王的命令在宮殿地窖的石牆上反彈。在這個地底深處，他的命令就是法律。亞瑪芮的小手顫抖，幾乎舉不動鐵劍。

這次不是他強迫我們使用的木劍，木劍的鈍刃只會造成瘀傷，不會切開皮肉。鐵劍很鋒利，劍刃呈鋸齒狀。只要打得準，我們不只會瘀傷，而是會流血。

「我說了揮劍！」父王喊聲如雷，這是沒人能違抗的命令。但是亞瑪芮搖頭。她丟下劍。

它喀啦落地時，我緊閉眼睛。刺耳尖銳的每個聲響都傳達反抗的態度。

撿起來！我想吶喊。

至少她如果出手，我能保護自己。

「揮劍，亞瑪芮。」

父王的嗓音降低八度，低到足以碎石。

但亞瑪芮只是抱著身子，轉過身，淚水順著臉龐流下。父王只看到軟弱。但我後來覺得，她展現的可能是力量。

父王轉向我，陰沉的臉龐被火炬投來的閃爍陰影覆蓋。

「你的妹妹選擇她自己。身為國王，就必須選擇歐瑞莎。」

房間裡所有的空氣都消失了，牆壁彷彿朝我們逼近。父王的命令在我腦海中迴響。他命令我跟我自己戰鬥。

「揮劍，伊南！」怒火在他眼裡燃燒。**「你現在必須戰鬥！」**

亞瑪芮尖叫，摀住耳朵。我只想跑到她身邊，保護她，挽救她，向她保證我們永遠不用戰鬥。

「職責高過自我！」父王的嗓音變得沙啞。**「向我展示你能當個國王！」**

在那一刻，一切停止。

我揮劍向前衝去。

「伊南！」

凱雅的吼聲把我拉回現實，穿過了我的往日回憶。

我靠在山腰上，一隻腳依然懸空。我吆喝一聲，繼續攀爬，直到來到下一塊岩架。我用拇指摩擦亞瑪芮頭飾上的華麗徽印，汗水從我身上狂湧而出。

我們從未談過那件事，一次也沒有，就算過了這麼多年。亞瑪芮善良得不願提起，我則是害怕得不敢提起。

我們繼續過日子，彼此之間總是有一道無形隔閡。亞瑪芮再也不用回去那個地窖，我則是再也沒離開那個地窖。

我雖然肌肉顫抖，但還是把頭飾塞進口袋。我沒有時間能浪費。我辜負過妹妹，我不會重蹈覆轍。

我往上爬時，感覺一股魔乩之力前所未有地脈動，一股她無法控制的能量。她靈魂裡的海鹽味太過濃烈，蓋過了我鼻子下鳳梨花的丁香味。注意到我腳下被壓扁的梗莖，我停下來。

足跡……

她來過這裡。

她很近。

我很近。

殺了她，我抓著岩架，心臟怦怦直跳。**殺了她**。**殺了魔法**。

等那個女孩終於落入我的手上，這一切就值得了。我要奪回我的王國。

我繼續往上爬時，亞瑪芮的頭飾戳到我的身側。我當年沒能讓她免於父王的傷害。但今天，我要讓她免於她自己的傷害。

第二十章

瑟爾莉

「再快點！」我們穿過神殿大廳時，雷坎喊道。札因把我扛在肩上，緊緊摟住我的腰。

「是誰來了？」亞瑪芮問道，儘管她嗓音中的顫抖表明她已經知道答案。她的哥哥曾經在她身上留下傷疤。誰能保證這種事不會再次發生？

「我的棍子。」我呻吟。說話就讓我耗盡了體內所有能量。但我需要棍子才能戰鬥。我需要它來讓我們保命。

「妳連站都站不起來。」札因在我從他的背上滑下來之前抓住我。「閉嘴，看在諸神的份上，盡量抓緊我！」

我們來到大廳的盡頭，雷坎將手掌按在石頭上。紋身符號在他的皮膚上舞動，進入牆壁。他右臂上的聖巴符文都消失後，石頭咔噠一聲，向左右滑開，揭露一個金色的房間。我們踏進這個隱藏的神奇空間，這裡從地板到天花板都擺滿了薄薄的彩色卷軸。

「我們要躲在這裡？」札因問。

雷坎消失在一個大型架子後面，帶著一捧黑色卷軸回來。「我們來這裡，是為了找回這些咒語，」他解釋：「如果她要扮演巫母的角色，她的能力就需要變得成熟。」

在札因反對之前，雷坎已經把它們和儀式羊皮紙一起塞進我的皮革背包裡。

「好了，」雷坎說：「跟我來！」

在雷坎的引導下，我們以全新的速度穿梭於神殿的諸多轉角，沿著無盡的階梯往下走。另一堵牆滑開，我們來到失去光澤的神殿一側，叢林熱氣撲面而來。

在漸暗的陽光下，我頭痛欲裂。整座山的生命力都在發出尖叫。之前這裡是精神能量在嗡嗡作響，但現在神殿的地面上充斥著鬧鬼的尖叫聲和哭聲。被屠殺的聖塔洛，其影子般的魂魄像磁鐵一樣在我周圍盤旋，尋找回家的路。

喚醒魔法就像增加了一種新的感官。我想起雷坎說過的。**妳的身體需要時間來適應**。

問題是，我還沒適應。魔法粉碎了所有其他感官，讓我幾乎無法視物。札因匆匆穿過瓦礫時，我的視線忽明忽暗。雷坎正要帶我們進入叢林時，我突然想起一件事。

「奈菈！」

「等等，」札因急忙停步，朝雷坎低聲說道：「我們那頭獅子還在這裡。」

「我們不能冒險——」

「不！」我呼喊。札因用手摀住我的嘴，抑制我的聲音。不管有沒有衛兵追來，我不能丟下奈菈。我不會丟下我的老友。

雷坎沮喪地嘆口氣，但我們還是悄悄回到神殿。他示意我們待在一起，靠在神殿的一側窺視前方時，我的視線逐漸變得模糊。

在諸多骸骨和廢墟的墓地另一頭，我看到伊南伸手拉他那位將軍上來，剩下的士兵正在催促坐騎們爬過最後的岩架。他的眼裡有一種瘋狂的動力，他想找到我們的欲望變得比之前更深。我尋找在夢境中顫抖的王子，卻只看到掐住我喉嚨的那雙手。

在伊南前方，三名衛兵踢開地上的碎石和碎骨。他們很近。近得讓我們難以躲藏。

「Sùn，emí ọkàn，sùn。Sùn，emí ọkàn，sùn。」雷坎輕聲編織一道咒語，就像穿針引線，他的法杖劃著圓圈。這些文字召喚出一捲白煙，在空氣中扭曲旋轉。

睡吧，靈魂，睡吧，我翻譯他在說什麼。**睡吧，靈魂，睡吧……**

我們看著白煙像蛇一樣沿著地面滑行。它纏在最近一名衛兵的腿上，擠壓直到滲入他的皮膚。衛兵踉蹌向前，在一堆石頭後面倒下。他在雷坎的法術影響下翻白眼，然後陷入昏迷。

白煙滑出他的身體，以同樣的方式使下一個士兵失去行動力。他倒下時，伊南和上將把一頭凶惡的雪豹拉過邊緣。

「雷坎。」亞瑪芮嘶聲道，額頭冒出汗珠。按照這種速度，我們會來不及逃走。他們會及時發現我們。

雷坎吟誦的速度越來越快，移動法杖的動作就像在鐵鍋裡攪拌燉菜。白煙滑向最後一名衛兵，離奈菈只有幾秒鐘的距離。牠的黃色眼睛閃爍著捕食者的惡意。**不行，奈菈。拜託**——

「啊！」衛兵震耳欲聾的叫喊聲在空中響起。成群的鳥兒飛上天空。奈菈鬆開牠巨大的獠牙時，衛兵的大腿湧出鮮血。

伊南猛然轉過身，眼裡充滿死亡之怒。那雙眼睛落在我身上，瞇起來，就像捕食者終於找到獵物。

「奈菈！」

我的獅子穿過廢墟，在幾秒內就來到我們身邊。在其他人爭先恐後地上鞍前，札因先把我放在鞍座上。

伊南和上將拔劍時，札因拉扯轡繩。他們還來不及追上我們，奈菈已經開始奔跑，穿過山腰。牠逃跑時，碎石在牠的爪子下翻滾，滾落狹窄的岩架。

「那裡！」雷坎指向叢林的茂密草叢。「前方幾公里有一座橋。如果我們過橋後切斷它，他們就追不上了！」

札因猛拉奈菈的轡繩，牠以驚人的速度穿過叢林，避開藤蔓和大樹。我窺視樹叢之間，看到遠處的橋，但一陣凶猛的咆哮聲提醒我，伊南就在我們後面。我偷偷瞥向身後。他那頭雪豹穿過草叢時，粗大的樹枝在牠龐大的身軀上折斷。牠接近時露出可怕的牙齒，跟牠的主人一樣飢餓。

「亞瑪芮！」伊南喊道。

亞瑪芮渾身緊繃，用力抓著我。「再快點！」

奈菈已經施展出我從沒見過的速度，而且似乎就是有力量狂奔下去。牠的步伐延長了我們的生命，在我們和追兵之間拉開了必要的距離。

我們衝出草叢，在一條搖搖晃晃的橋前停下。枯萎的藤蔓串起腐爛的木頭；隨著一陣風吹來，整個結構都在震動。

「我們一一過橋，」雷坎下令：「它沒辦法同時撐住我們所有人的重量。札因，你帶瑟爾莉——」

「不。」我滑下鞍座，落在泥土上時差點倒下。我的兩條腿感覺像水，但我強迫自己變得強壯起來。「奈菈先過去——牠最花時間。」

「瑟爾——」

「快！」我尖叫。「我們沒時間了！」

札因咬緊牙關，抓住奈菈的韁繩。他引導牠穿過吱嘎作響的橋，聽見木頭呻吟時臉色鐵青。他們一通過，我就把亞瑪芮往前推，但她沒放開我的手臂。

「妳虛弱無力，」她沙啞道：「沒辦法一個人走過去。」

她把我拉到橋上，而我往下看的時候——這麼做是個錯誤——胃袋為之翻攪。在腐朽的木板下，只見鋒利岩石衝向天空，威脅著刺穿任何不幸摔落的人。

我閉上眼睛，抓住叢林藤蔓。它們已經岔裂磨損。恐懼緊緊抓住我的胸腔，我甚至無法呼吸。

「看著我！」亞瑪芮命令道，逼我睜開眼睛。雖然她自己也在顫抖，但她的琥珀目光中閃耀著強烈的決心。我的視線發黑，她抓住我的手，逼我走過一塊塊吱嘎呻吟的木板。我們走到一半時，伊南衝過茂密草叢，上將緊隨其後。

來不及了。我們逃不掉了——

「**Àgbájọ ọwọ̣ àwọn orisà！**」雷坎用法杖砸向地面。「**Yá mi ní agbára à rẹ！**」

他的身體爆發強大白光，圍繞著坐騎們的身軀。他丟下法杖，舉起雙臂。隨著這個舉動，坐騎們飄向空中。

伊南和上將從各自的雪豹背上滑落，驚恐地瞪大眼睛。雷坎一甩雙臂，兩頭坐騎飛下懸崖。

我的天啊……

牠們扭動著龐大的身軀，抓向天空。但牠們被岩石刺穿時，咆哮聲戛然而止。上將渾身散發可怕的憤怒。她從喉嚨裡發出一聲尖叫，跳起身，持劍衝向雷坎。

「你這蛆蟲——」

她向前猛衝，卻被雷坎的魔法困在原地。伊南急忙上前想幫她，但自己也被困在白光之中——被雷坎的法術網擒住的另一隻蒼蠅。

「快逃！」雷坎喊道，皮膚冒出青筋。亞瑪芮盡快拉我過橋，儘管我們的每一步都在削弱這座橋的強韌度。

「妳先過去，」我命令她：「這條橋沒辦法同時支撐我們倆！」

「妳不能——」

「我會過去的。」我逼自己睜開眼睛。「妳快跑。妳如果再不跑，我們倆都會掉下去！」

亞瑪芮眼帶淚光，但我們已經沒有時間能浪費。她快步過橋，跳到岩架上，撲倒在另一邊。

儘管我的雙腿顫抖，我還是向前推進，逼自己沿著藤蔓行走。**快啊**。雷坎的生命岌岌可危。

小橋發出可怕的吱嘎聲，但我繼續前進。我快到另一頭了。我來得及——

藤蔓斷裂。

橋在我腳下坍塌時，我的胃袋飛到喉嚨裡。我揮動雙臂，拚命試著抓住任何東西。橋撞在石崖上時，我抓住一塊木板。

「瑟爾莉！」札因從岩架上向下查看，嗓音嘶啞。我緊緊攀住板子，身體顫抖。此刻，我聽見木板裂開，我知道它撐不住了。

「爬啊！」

透過充滿淚水的模糊視野，我注意到斷橋形成了一道梯子。我跟札因伸來的手之間，只隔著三塊木板。

生與死之間，只隔著三塊木板。

爬！我命令自己，但我的身體沒動。**爬！**我再次尖叫。**動！快動啊！**

我用顫抖的手抓住上面的木板，把自己往上拉。

一。

我抓住下一塊木板，再次拉動；另一根藤蔓斷裂時，我的心臟跳進喉嚨。

二。

還剩一塊板子。**妳做得到。妳努力到現在，不是為了死在這裡。**我伸向最後一塊板子。

「不！」

木板在我的接觸下折斷。

時間在瞬間和永恆中流逝。狂風瘋狂地拍打我的背，把我捲向我的墳墓。我閉上眼睛，迎接死亡。

「啊！」

一股雷霆般的力量擠壓我的身體，震得我肺臟無氣。白光包裹我的皮膚——**雷坎的魔法**。

就像天神的手一樣，他的念力將我舉起，把我推入札因的懷抱。我轉身面對他的時候，上將掙脫了他的束縛。

「雷坎——」

上將的劍刺穿了雷坎的心臟。

他的眼睛凸出，嘴巴張開，法杖從手中掉落。

雷坎的血濺到地上。

「不！」我尖叫。

上將拔出劍。雷坎頹然倒下，在轉眼之間從我們的世界被奪走。他的靈魂離開他的身體時，湧入我的體內。有那麼一刻，我透過他的眼睛看到世界。

——和聖塔洛孩童們一起跑過神殿場地，金眼裡閃耀著無與倫比的歡樂——他靜止不動，讓巫母在他渾身每一寸上墨，塗上美麗的白色符號——他的靈魂一次又一次地撕裂，穿過他的族人被屠殺的廢墟——他進行他第一次也是唯一一次的覺醒時，他的靈魂前所未有地翱翔——

幻象結束時，一個呢喃聲續存，幾個字在我黑暗的腦海中飄動。

「**活下去，**」他的靈魂低語：「**無論如何，活下去。**」

第二十一章

伊南

在今天之前，魔法沒有臉孔。

它只存在於乞丐的故事和僕人們偷偷交換的故事。它在十一年前死了。它只活在父王眼裡的恐懼當中。

魔法沒有呼吸，它沒做出攻擊。

魔法沒有殺掉我的坐騎，沒有擒住我。

我凝視懸崖邊緣，魯菈癱軟的屍體被一塊鋸齒狀的岩石刺穿。牠睜著眼睛茫然凝視，鮮血染紅了牠的斑點毛皮。小時候，我曾目睹魯菈撕開一頭比牠大兩倍的野蠻猩猩。

面對魔法，牠毫無招架之力。

「一……」我喃喃自語，稍微後退，把視線從可怕的景象上移開。「二……三……四……五……」

我命令數字減慢我的脈搏，但我的心臟反而跳得更厲害。我們無招可用。無法反擊。

面對魔法，我們形同螻蟻。

我看著地上一排螞蟻，直到我感覺到靴子的金屬鞋跟下有某種黏稠的東西。我後退，跟著深紅色的滴液來到了魔乩的屍體旁，他的胸口還在滲血。

我打量他，第一次清楚看著一名魔乩。他活著的時候看起來比實際體型大三倍，就像一頭被白布籠罩的野獸。他把我們的坐騎拋到空中時，覆蓋在他黑皮膚上的符號發出光芒。隨著他的死，這些符號消失了。少了符號，他看起來莫名平凡。莫名虛空。

但即使死了，他的屍體也讓我的喉嚨被寒意纏繞。他曾把我的生命掌握在他手中。

他原本完全可以奪走我的性命。

我的拇指擦過父王的黯淡棋子；我從屍體旁邊後退時，感覺皮膚發麻。**我現在明白了，父王。**

面對魔法，我們都會死。

如果沒有魔法……

我的目光飄回到死者身上，回到獲得蒼天恩賜、比大地還強大的這雙手上。面對這種力量，歐瑞莎無法生存。但如果我能利用魔法來完成任務……

這項新策略成形時，一股苦澀的味道爬上我的舌頭。他們的魔法是武器，我的魔力也可能是武器。如果真有魔乩一揮手就能把我從懸崖上扔下去，那麼魔法就是唯一能讓我奪回卷軸的機會。

可是這個想法令我的喉嚨緊縮。如果父王在這裡……

我低頭看著棋子。我幾乎能聽見他的聲音。

職責高過自我。

無論代價或附帶損害。

即使要背叛我所知道的一切，我的優先事項就是保護歐瑞莎。我鬆開棋子。這是我第一次不再壓抑體內魔力。

它開始慢慢出現動靜，以零碎的動作爬過我的一條條肢體。我胸中的壓力被釋放了。我壓抑的魔力開始在我的皮膚底下攪動。在脈動的感覺中，我的胃袋攪動，翻騰我的每一分厭惡感。可是我們的敵人會用這種魔力對付我們。

如果我要履行職責、拯救我的王國，我也必須動用這種力量。

我沉進我體內綻放的暖意。我腳邊的喪命魔乩的意識慢慢浮現。跟其他人一樣，這團意識也是纖細的藍色，在他的頭頂上扭動。我用手觸摸它時，死者的本質首先襲來：一種淡淡的氣味，鄉村的感覺，宛如燒焦的木材和煤炭。

我噘起嘴脣，透過魔力進入他殘留的意識，伸手去接觸它而不是逃離。一道記憶開始在我腦海中閃現。一個安靜的日子，他的神殿充滿生機。他和一個小男孩手牽著手跑過修剪整齊的草地。

我越是不再壓抑我的魔法，這團畫面就變得越大。一股清新的山間空氣充斥我的鼻腔，一首遙遠的歌聲在我耳邊響起。每個細節都變得豐富又鮮明，彷彿儲存在他意識裡的記憶是我自己的。

隨著時間經過，新的知識開始沉澱下來。一個靈魂。一個名字。很簡單的名字……

雷坎——

金屬鞋跟在石崖上鏗鏘作響。

媽的！我嚇一跳，急忙收起魔力。

木材和煤炭的氣味瞬間消失，取而代之的是我胃部的劇烈疼痛。

我捏著鼻梁，因為稍早前被拋甩而頭暈。片刻後，凱雅從茂密的草叢中出現。被汗水浸溼的頭髮黏在她棕色的皮膚上，如今濺滿雷坎的血。她走近時，我伸手確保我的頭盔仍然蓋住我的頭。真險……

「橋斷了，我們完全沒辦法通行，」她嘆口氣，在我身邊坐下。「我探查了周圍一公里的範圍。既然橋被毀了，我們就沒辦法進入另一座山。」

我想也是。在我短暫接觸雷坎的回憶時，我已經猜到這個事實。他很聰明，選了能讓他們逃走的唯一一條路。

「我有跟他說不要這麼做。」凱雅卸下黑色胸甲。「我早就知道這麼做行不通。」她閉上眼睛。「他會因為他們的死灰復燃而責怪我。他再也不會用同樣的目光看著我。」

我知道她說的那種目光，彷彿她是太陽，而他是天空。

父王只把那種目光留給她，他在以為只有他們倆獨處的時候，會給她的那種目光。

我靠向一邊，摳摳我的靴子，不知道該說什麼。凱雅從沒在我面前崩潰過。在今天之前，我以為她從不崩潰。

我在她的絕望中看到我自己的絕望。我的讓步，我的失敗。可是我不能認輸。我必須當個更堅強的國王。

「別再悶悶不樂了。」我厲聲道。我們還沒輸掉這場仗。

魔法有了新的臉龐。

這只是意味著我必須用新的刀劍攻擊它。

「索科托有個崗哨。」我說。**找到那個魔乩。找到那個卷軸**。「我們可以用妳的火鷹通知他們橋梁倒塌的消息。如果他們派來一大批苦力勞工，我們就能再建一條橋。」

「棒透了。」凱雅雙手掩面。「這樣就更方便那些蛆蟲在恢復力量後回來殺了我們。」

「那種事發生之前，我們會先找到他們。」**我會殺了她**。我會拯救我們。

「憑著什麼線索找？」凱雅問：「光是集結人員和物資，就需要好幾天的時間。要造橋——」

「三天。」我打斷她。**她竟敢質疑我的計畫？**無論是不是上將，凱雅都不能違抗我的命令。

「如果他們通宵工作，就只需要三天。」我說下去：「我看過苦力團在更短的時間裡建造宮殿。」

「造了橋又有什麼用，伊南？就算我們造得出來，那個蛆蟲也早已人間蒸發。」

我望向懸崖對面。

那名少女的靈魂的海鹽味幾乎消失了，在叢林草叢中淡去。

凱雅說得對，就算有橋，對我們的幫助也有限。

等入夜後，我將完全感覺不到那個聖童。

除非……

我轉身望向神殿，回想起它讓我在腦海中聽見諸多說話聲。既然它對我產生那種效果，或許也能提升我的魔力的感知力。

「尚東布雷。」我在腦海中調整塞納棋的位置。「他們來這裡是為了尋找答案。也許我也能找到一些。」

沒錯，就是這樣。如果我發現是什麼因素增幅了我的魔力，就能用它來尋找那個女孩的蹤跡。我就只用這一次。

「伊南——」

「這麼做會成功的，」我打斷她的話：「妳召集苦力團的工頭們，帶領營造工程，我則負責搜索。那個女孩一定有在哪裡留下蹤跡。我會找出他們行蹤的線索。」

我把父王的棋子收進口袋；沒了它，空氣冰冷地撞擊我的皮膚。這場戰鬥還沒結束。這場仗才剛開始。

「送出消息，集結團隊。我要在天亮前看到工人們在這塊岩架上集合。」

「伊南，你身為隊長——」

「我不是以隊長的身分跟妳說話，」我打斷她：「而是以王子的身分命令妳。」

凱雅僵住。

我們之間有某種東西破裂，但我強迫自己的視線保持平穩。父王不會容忍她的脆弱。

我也不會。

「好吧。」她的嘴脣緊抿成一條線。「你的心願就是我的命令。」

她大步離開時，我在腦海中看到了那個魔乩的臉。

她該死的聲音及那雙銀眸。

我凝視著虛空，她的海鹽靈魂消失在叢林中。

「繼續逃吧。」我喃喃自語。

我會抓到妳。

第二十二章

亞瑪芮

在王宮裡，我房間的每一扇窗都只讓我看到宮內。父王在我出生後就蓋了新的側樓，堅持每扇窗只能面向中庭。我頂多只能看到皇家花園裡盛開的豹蘭花。**王宮就是妳唯一需要關心的**，我懇求他讓我看看其他景色時，父王會這麼說。**歐瑞莎的未來是在這些圍牆裡頭決定。妳身為公主，妳的未來也會在這些圍牆裡頭決定。**

我試圖接受他這番話，讓宮廷生活像滿足了母后那樣滿足我。我努力跟其他酋長及其女兒們來往。我試著在宮廷八卦中尋找樂子。但到了晚上，我常常會溜進伊南的房間，爬到陽臺上，俯瞰我們的都城。我會想像勒芶斯的木牆外面是什麼，我渴望見到的美麗世界。

有一天，我會對賓妲輕聲說。

有一天，我一定會如願以償。她會對我微笑。

我做這種白日夢時，從沒想像過叢林的地獄，一大堆蚊子、汗水和尖石。但在沙漠中待了四天後，我確信歐瑞莎能承載的地獄數量是無限多。沙漠沒有狐狸肉可以吃，也沒有水或椰奶可以喝。它只賜給我們沙子。

綿延不絕的沙山。

儘管圍巾緊緊裹在我的臉上，我還是難以呼吸，沙粒鑽進我的嘴巴、我的鼻孔、我的耳朵。沙粒的頑強只有烈日才能媲美，給這片荒涼廢土畫上的最後一筆。我們穿過沙漠的時間越長，我的手指就越想抓住奈菈的轠繩，把牠拉往反方向。但就算我們現在掉頭，我還能去哪？

我的親哥哥在追捕我。父王大概想要我的項上人頭。我幾乎無法想像母后這時候在編造多少謊言。也許如果賓妲還在王宮裡，我會冒險夾著尾巴爬回去，但就連她也死了。

我只剩下這片沙。

我閉上眼睛，想像她的臉，悲傷在我心中膨脹。只是稍微想著她，就足以讓我遠離這片沙漠地獄。如果她在這裡，她會微笑，對卡在她齒縫裡的沙粒一笑置之。她會在這一切當中發現美感。賓妲在所有事物當中都能發現美感。

還來不及阻止自己，我對賓妲的思念已經讓我想起更久遠的往事，讓我回到我們在宮中的日子。某天早上，我們還小的時候，我偷偷帶她進了母后的房間，急切地想向她展示我最喜歡的珠寶。我爬上梳妝臺時，不斷說著伊南要在軍事訪問中探訪的諸多村莊。

「真不公平，」我抱怨：「**他甚至能去伊科伊。他能親眼看到大海。**」

「**妳會有機會的。**」賓妲在後面逗留，雙手夾在身側。無論我多少次揮手要她過來，她都堅稱她不能這麼做。

「總有一天。」我把母后珍貴的祖母綠項鍊套在頭上，被它在鏡中閃爍的光芒迷住了。「**那妳呢？**」我問：「**等我們出宮的時候，妳想看到哪個村子？**」

「**什麼都好。**」賓妲的眼睛變得茫然。「**我想看到一切。**」她咬著下脣，臉上浮現笑容。**「我覺得我看到什麼景色都會很喜歡。我家裡沒一個人走出過勒芶斯的城牆。」**

「為什麼沒有？」我皺起鼻頭，站了起來，伸手去拿裝著母后的古董頭飾的盒子。它剛好就在我搆不到的地方。我向前傾身。

「亞瑪芮，不要！」

在賓妲的話阻止我之前，我已經失去了平衡。我整個人搖晃一下，打翻了盒子。整整兩秒後，其他東西全都掉到地上。

「亞瑪芮！」

我一直搞不懂母后怎麼會這麼快就趕到現場。她查看我搞出來的混亂時，她的嗓音在房間的拱形入口下迴響。

我說不出話來的時候，賓妲走上前。**「小的惶恐，王后陛下。我被告知要擦亮您的珠寶，亞瑪芮公主只是來幫忙。如果您必須懲罰誰，那個人應該是我。」**

「妳這懶惰的屁孩。」母后一把揪住賓妲的手腕。**「亞瑪芮貴為公主。她不是來幫妳做家務的！」**

「母后，事情不是——」

「住嘴，」母后厲聲道，咬牙切齒地把賓妲拖走。**「我們顯然對妳太寬容了。鞭子會讓妳懂事。」**

「不，母后！等一下——」

奈菈踉蹌一步，把我從我的罪惡深淵中拉了出來。札因努力避免讓我們摔落一座沙山時，賓妲的年輕臉孔從我的腦海中消失了。我抓住皮革腳鐙時，瑟爾莉俯下身，揉揉奈菈的毛皮。

「真對不起，孩子，」瑟爾莉安撫道：「我保證我們很快就會到那裡。」

「妳確定嗎？」我的嗓音聽來乾澀，就跟周圍的沙子一樣脆弱。但我不知道我喉嚨裡的腫塊是因為缺水還是想起賓妲。

「我們快到了。」札因回過頭，瞇眼阻擋陽光。即使他的眼睛幾乎完全閉上，他深褐色的目光還是緊緊地盯著我，害我臉頰通紅。「就算今天到不了伊貝吉，明天也會到。」

「可是如果太陽石不在伊貝吉？」瑟爾莉問：「如果雷坎的線索是錯的？我們離至日只剩十三天。如果東西不在那裡，我們就完蛋了。」

他不可能弄錯了……

這個想法使得我空空如也的胃袋翻騰。我在離開尚東布雷時懷抱的信念全數崩潰。**蒼天在上**。如果雷坎還活著，這一切會簡單許多。有他的指引和魔法，伊南就不會構成威脅。我們就會有機會找到太陽石。我們現在可能正在前往聖島去進行儀式。

但隨著雷坎的死亡，我們離拯救魔乩的目標就更遠了。而且我們的時間變得更為不足。我們正在走向自己的死期。

「雷坎不會指錯路。東西一定在那裡。」札因停頓，引頸查看。「而除非那是海市蜃樓，否則我們已經到了。」

我和瑟爾莉從札因的寬肩後面窺視。熱氣以波浪的形式從沙地上反彈，模糊了地平線，但隨著時間經過，一堵裂開的黏土牆在我們的視野中成形。令我驚訝的是，我們只是從四面八方進入沙漠城市的眾多旅人當中的三人。與我們不同的是，一些隊伍是乘坐由加固木材製成、飾以黃金的大篷車，從車上的大量裝飾來看，它們想必屬於貴族。

我瞇眼仔細觀察時，一股興奮的情緒蔓延全身。我小時候，曾在無意間聽到父王警告他的將軍們注意沙漠的危險，這片土地是由塑地師掌控。他聲稱他們的魔法能把每一粒沙子變成致命武器。那天晚上，賓妲幫我梳頭的時候，我跟她說我聽聞了什麼。

那不是事實，她糾正我。**沙漠中的塑地師愛好和平。他們透過魔法把沙子變成聚落**。

在那一刻，我想像一座沙城會是什麼樣子，不受管理我們的建築的法律和材料所限制。如果塑地師真的曾經統治沙漠，那麼他們宏偉的城市已經崩潰，跟著他們一起消失。

但在可怕的沙漠中走了四天後，伊貝吉的貧瘠聚落在我們眼前閃閃發光。這片荒涼廢土上看到的第一個希望。**感謝蒼天**。

也許我們真的會活下去。

我們穿過牆壁入口時，棚屋帳篷和黏土小屋迎面而來。就像勒苭斯的貧民窟一樣，這裡的沙屋粗壯而呈方形，沐浴在陽光下。最大的一間土屋聳立在一段距離外，上面印著我再熟悉不過的徽印：雕製雪豹在陽光下閃爍，張嘴露出鋒利的獠牙。

「是崗哨。」我沙啞道，在奈菈的鞍座上渾身緊繃。雖然皇家徽印是刻在泥牆上，卻像父王王座廳的絲絨橫幅一樣在我腦海中飄蕩。他在大掃蕩後廢除了舊的徽印，總是讓我感到安全的英勇牛角獅。相反的，他宣稱我們的力量將由雪豹來代表，這種猛獸無情又純粹。

「亞瑪芮。」瑟爾莉嘶聲道，令我驚醒過來。她下了鞍，用圍巾把臉裹得更緊，敦促我也照做。

「我們分頭行動。」札因從奈菈背上滑下，把自己的水袋遞給我們。「最好別讓人看見我們走在一起。妳們去找水。我找個住處。」

瑟爾莉點頭離去，但札因再次盯著我。

「妳還好嗎？」

我逼自己點頭，雖然我就是說不出話。看到皇家徽印一眼，我就覺得喉嚨裡塞滿沙子。

「別離開瑟爾莉身邊。」

因為妳很弱，我想像他不屑地說，雖然他的黑眼睛充滿善意。**因為妳雖然帶著劍，卻無力保護自己**。

他輕輕捏我的手臂，然後拉著奈菈的韁繩，朝反方向走去。我盯著他寬大的身軀，抑制著想跟上去的衝動，直到瑟爾莉嘶吼我的名字。

我們會很順利的。我的眼裡露出微笑，雖然瑟爾莉根本沒朝我的方向看來。我以為我跟她之間的關係在索科托後有所緩和，但我贏得的善意在我哥出現在神殿的那一刻被徹底粉碎。在過去的四天裡，瑟爾莉幾乎沒跟我說話，彷彿雷坎是我殺的。她唯一一次似乎在看著我的時候，我發現她盯著我的背影。

我保持在她身邊，我們沿著空蕩蕩的街道行走，徒勞地尋找食物。我的喉嚨尖叫著想要一杯冷水、一條新鮮的麵包、一塊美味的肉。但不同於勒芶斯的商業區，這裡沒有色彩繽紛的店面，也沒有令人垂涎三尺的美食展示。這個小鎮看起來幾乎跟周圍的沙漠一樣飢餓。

「老天。」瑟爾莉低聲咒罵，因為顫抖加劇而停步。儘管酷日無情灑下，她卻像泡在冰浴中一樣牙齒打顫。她在法力覺醒後就顫抖得越來越厲害，每次察覺到附近有亡魂時就會退縮。

「這裡有很多？」我呢喃。

一陣顫抖停止後，她喘著粗氣。「感覺就像走過墓地。」

「在這樣的高溫下，這裡搞不好真的是墓地。」

「誰知道呢。」瑟爾莉環視周圍，把圍巾拉得更緊。「每次有亡魂接近，我就嘗到血味。」

我感到一陣寒意，儘管渾身上下每個毛孔都滲出汗水。如果瑟爾莉能嘗到血味，我實在不想知道原因。

「也許——」我停頓一下，在沙地上停步，因為一群男子湧入街道。雖然披風和面罩遮住了他們的身子，但他們布滿灰塵的衣服上印有歐瑞莎的皇家徽章。

衛兵。

瑟爾莉伸手握住佩棍時，我害怕地緊緊抓住她。每個士兵都散發酒味，有些步伐踉蹌。我的腿軟得顫抖。

他們來得快，去得也快，消失在諸多土屋當中。

「冷靜點。」瑟爾莉推開我。我努力別讓自己屈膝跪在沙地上。她的眼裡沒有同情；跟札因不一樣，她的銀眸噴發怒火。

「我只是——」我的話語軟弱，雖然我以意志力命令它們堅強。「對不起。我被嚇了一跳。」

「如果妳要表現得像個小公主，乾脆去向衛兵自首吧。我來這裡不是為了保護妳，而是為了戰鬥。」

「妳這麼說不公平。」我抱住身子。「我也在戰鬥。」

「這個嘛，既然是妳父親搞出這個爛攤子，我建議妳戰鬥得更努力點。」

說完，瑟爾莉轉身，氣沖沖離去，踢起沙子。我面紅耳赤地跟在後面，這次小心保持距離。

我們繼續前往伊貝吉的中央廣場，那裡有錯綜複雜的街道，以及許多用紅土製成的方形小屋。我們走近時，看到更多貴族聚在一起，他們穿著鮮豔的絲綢長衫，身後跟著他們的隨從，非常引人注目。我雖然不認得任何人，但還是調整了圍巾，擔心即使最小的疏忽也會暴露我的身分。可是他們在這個離都城那麼遠的地方做什麼？這麼多貴族，只有苦力團的勞工人數比他們多。

我停頓片刻，對擠滿小路的大量人數感到震驚。在今天之前，我只曾瞥見被帶進宮裡工作的勞工——他們總是和藹、乾淨、整潔，令母后滿意。我以為他們過著跟賓妲一樣的簡單生活，在宮牆內平安無事。我從沒考慮過他們來自哪裡、他們原本可能會去哪裡。

「老天……」這幅景象幾乎讓我看不下去。這些勞工大多是聖童，人數超過村民，身上只穿著破布。他們黝黑的皮膚在烈日下起水泡，被看似烙在他們身上的泥土和沙粒所破壞。每個人看起來就像行走的骷髏。

「這是怎麼回事？」我輕聲問，數算被鎖鏈串起的孩童數量。他們幾乎都很年輕——即使最年長的看起來也比我年輕。我尋找他們想必正在開採的資源、新鋪設的道路、聳立於這個沙漠村莊的新堡壘。但我沒看到這類東西。「他們在這裡做什麼？」

瑟爾莉盯著一個和她一樣留著長白髮的黑膚女孩。這個工人穿著一件破破爛爛的白色連身裙，眼睛凹陷，幾乎毫無生命力。

「他們是苦力團的人，」瑟爾莉呢喃：「上頭叫他們去哪，他們就去哪。」

「不可能一直都這麼糟糕吧？」

「我在勒芶斯看過看起來更慘的勞工。」

她朝中央廣場的崗哨走去，我的內臟扭動。雖然我的胃裡沒有食物，但它因為得知真相而翻攪。這麼多年來，我坐在餐桌旁一言不發。

我茶來伸手的時候，很多人死亡。

我在井邊伸手裝滿我的水袋，避開衛兵斜眼投來的目光。瑟爾莉也要伸手裝水——

衛兵怒氣沖沖地舉劍劈下。

我們嚇得往後跳，心跳加速。他的劍嵌進瑟爾莉的手在幾秒前所在的木製井緣。她握著腰帶裡的棍子，手因憤怒而顫抖。

我的視線順著這把劍向上移，看向揮舞它的憤怒士兵。太陽晒黑了他的桃花心木皮膚，但他的眼睛閃耀著光芒。

「我知道你們蛆蟲不識字，」他朝瑟爾莉厲聲道：「但看在老天的份上，好歹學會數數吧。」

他用劍刃敲擊一個風化的告示牌。沙粒從木板的凹槽上落下，揭露了褪色的訊息：一杯水＝一枚金幣。

「你在開玩笑吧？」瑟爾莉火冒三丈。

「我們買得起。」我輕聲說，把手伸進她的背包裡。

「可是他們買不起！」她指向勞工們。其中幾人提著水桶，裡頭的水髒得就像全是沙子。但現在不是揭竿起義的時候。瑟爾莉為什麼不明白這點？

「我們真的很抱歉。」我走上前，換上最恭敬的語氣。我這句話說服力十足。母后會以我為傲。

我把三枚金幣放在衛兵手中，拿起瑟爾莉的水袋，我在裝水時要她後退。

「好了。」

我把一個水袋放進她的手裡，但瑟爾莉不屑地嘖一聲。她抓過水袋，回頭走向那群勞工，來到穿著白衣的黑膚女孩面前。

「喝水，」瑟爾莉催促：「快，趁工頭還沒看見。」

年輕的勞工沒浪費任何時間。她貪婪地喝水，想必已經渴了好幾天。她喝夠後，把水袋遞給銬在她前方的一名聖童。我不情願地把剩下兩個水袋交給其他工人。

「妳真好心。」女孩對瑟爾莉輕聲道，舔掉唇邊的最後幾滴水。

「對不起，我做不了更多。」

「妳做的已經夠多了。」

「你們為什麼有這麼多人在這裡？」我問道，試著無視我自己的口乾舌燥。

「工頭們派我們來這裡，是為了競技場。」女孩朝泥牆外幾乎看不到的某處點個頭。一開始的幾秒，紅色沙丘和沙浪沒有任何東西，但很快地，一座圓形劇場出現在視野中。

蒼天在上……

我從沒見過那麼龐大的建築。競技場由風化的拱門和柱子組成，橫跨沙漠，覆蓋了大部分的乾旱土地。

「你們正在建造它？」我皺起鼻頭。父王絕不會允許那些工頭在這裡建造這種大型建築。沙漠太乾旱，這片土地能容納的人數有限。

女孩搖頭。「我們在裡頭對打。工頭說我們如果獲勝，他們就會還清我們所有的債務。」

「對打？」瑟爾莉皺眉。「為了什麼？你們的自由？」

「還有財富，」女孩前方的勞工開口，水順著下巴滴下。「多得能填滿大海的金幣。」

「這不是他們要我們對打的原因，」女孩打岔：「那些貴族本來就很有錢，不缺金幣。他們要的是巴巴盧阿耶的聖物。」

「巴巴盧阿耶？」我問。

「掌管健康與疾病之神，」瑟爾莉提醒我。「每個天神都有個傳奇聖物。巴巴盧阿耶的是『大地的果實』，生命之寶。」

「它真的存在？」我問。

「只是個傳說，」瑟爾莉答覆。「魔乩父母哄聖童睡覺前說的故事。」

「它不是神話，」女孩說：「我親眼見過。與其說是寶石，不如說是石頭，但它真的存在。它能賜予永恆的生命。」

瑟爾莉歪著頭，身體前傾。

「妳說的這顆石頭，」她壓低嗓門：「長什麼樣子？」

第二十三章

瑟爾莉

太陽落入地平線時，競技場裡充斥著貴族醉酒的閒聊聲。雖然夜幕降臨，但這座圓形劇場閃耀著光芒，諸多燈籠掛在柱子牆上。我們在石製看臺上的成群衛兵和貴族之間推擠而過。我為了避免跌倒而抓住札因，在走過風化的沙階時步伐踉蹌。

「這麼多人是從哪來的？」札因咕噥。他強行穿過兩個裹著骯髒長衫的無魔者。雖然伊貝吉的居民頂多幾百人，看臺上卻擠滿成千上萬的觀眾，其中不乏商人和貴族。每個人都凝視著競技場地面上的大型火盆，為比賽感到興奮不已。

「妳在發抖。」我們坐下後，札因開口。雞皮疙瘩沿著我的皮膚上下移動。

「這裡有數以百計的亡魂，」我輕聲道：「很多人死在這裡。」

「畢竟這裡是勞工蓋的，不知道多少有工人犧牲。」

我點頭，拿起水袋啜飲，只想沖掉嘴裡的血味。無論我吃什麼、喝什麼，銅味就是不會消失。我周圍有太多亡魂被困在阿帕迪地獄。

我總是被教導說，歐瑞莎人在死後，受祝福的靈魂會上阿拉菲亞享有平靜。這個人將從地上的痛苦中解脫出來，進入一種只存在於諸神之愛當中的狀態。做為招魂師，我們的其中一項神聖職責是引導迷失的靈魂前往阿拉菲亞，而做為交換，這些靈魂會借給我們力量。

然而，被罪孽或創傷拖住的靈魂無法飄升去阿拉菲亞，無法從地上升起。他們被痛苦綁住，留在阿帕迪，一次又一次重溫生前記憶中最糟糕的時刻。

小時候，我懷疑阿帕迪是個神話，是個方便的警告，為了防止孩子們搗蛋。但身為法力覺醒的招魂師，我能**感覺到**這些魂魄所受的折磨、無盡的煩惱，還有永不結束的痛苦。我掃視競技場，不敢相信這些牆壁裡有這麼多亡魂被困在阿帕迪地獄。我從沒聽說過這種事。看在諸神的份上，這裡究竟發生過什麼？

「我們該四處看看嗎？」亞瑪芮輕聲說：「在競技場各處尋找線索？」

「等比賽開始再說吧，」札因說：「大家都被轉移注意力的時候會更容易。」

我們等待時，我的視線越過貴族們的華麗絲綢，觀察深坑裡的金屬地板。在周圍裂開的拱門和臺階的沙礫襯托下，金屬地板顯得格格不入。我在鋼鐵上尋找流血的跡象，像是劍的劈痕，或是野獸的爪痕，可是這塊金屬完好如新。**這究竟是什麼樣的比賽**——

鐘聲在空中響起。

這個聲響激起興奮的歡呼聲時，我睜大眼睛。每個人都站了起來，逼得我和亞瑪芮為了看清楚也得站起身。一個蒙面黑衣人走上金屬樓梯，來到一塊高於競技場地板的平臺時，歡呼聲更為熱烈。他散發一種奇怪的氣息，某種威嚴態度，某種金色……

主持人摘下面具，露出一張被太陽晒黑的淺棕色笑臉。他把一個金屬錐湊到嘴邊。

「大家準備好了嗎？」

群眾的凶猛咆哮令我耳鳴。遠方傳來深沉的隆隆聲，越來越響亮，直到——競技場地板兩側的金屬大門敞開，一道無盡大浪湧入。**這一定是幻象**。但數量難以估計的水確實湧入其中。水淹沒了金屬場地，如海浪般衝擊。

「這怎麼可能？」我低聲嘶吼，想起那些骨瘦如柴的勞工。那麼多工人瀕臨渴死，他們卻把水浪費在這裡？

「我聽不見你們的聲音，」主持人嘲弄道：「你們準備好欣賞**畢生難得一見**的大戰了嗎？」

在醉醺醺的人群尖叫下，競技場兩側的金屬門打開了。十艘木船一艘接一艘漂進來，在這片臨時大海中航行。每艘船大約十幾尺長，高桅杆，帆大張。它們漂浮在水上，船員們就位，操縱著一排排的木舵和大砲拉繩。

每艘船上都有一位衣著考究的船長掌舵。但我看到船員們的時候，我的心跳停止。

那個跟我們說了石頭一事的女孩，那個白衣勞工，坐在幾十個槳手中間，黑眸裡噙著淚水。她的胸腔起伏，手裡緊緊抓著一支槳。

「今晚，來自歐瑞莎各地的十名船長，將爭奪連國王都看不到的龐大財富。獲勝的船長和船員將沐浴於榮耀的海洋，無盡黃金之海！」主持人舉起雙手，兩名衛兵搬來一個裝滿閃亮金幣的大箱子。傳達敬畏和貪婪的驚呼聲席捲所有看臺。「規則很簡單——想贏，就必須殺死所有其他船隻的船長和船員。在過去兩個月裡，沒有人在競技場戰鬥中倖存下來。今晚是不是終於有人能加冕獲勝？」

人群再次爆發歡呼。船長們也發出呼聲，眼睛因主持人的話語而閃閃發光。不同於無助的船員，這些船長並不害怕。

他們只想贏。

「如果哪個船長今晚獲勝，將會有一個特別的獎品在等待，這是一個比我們之前提供過的任何獎品都壯觀的最新發現。我相信你們許多人今晚來此，就是因為聽說過它多麼偉大。」主持人在平臺上漫步，營造刺激氣氛。他再次把金屬錐舉到脣邊時，恐懼在我心中聚集。

「獲勝的船長能帶走的，不僅僅是金幣，也將獲得生命之寶，這個失傳已久的寶物是在最近才重見天日。巴巴盧阿耶的傳奇聖物，賜予永生的禮物！」

主持人從斗篷裡拿出一顆發光的石頭。我發不出聲音。它就是太陽石，燦爛耀眼，比雷坎驅動的那些壁畫更絢麗。這顆石頭跟椰子一樣大，其光滑的水晶表面底下綻放著橙黃紅三色光輝。它就是我們完成儀式的所需物品。

讓魔法歸來的最後一個關鍵。

「這顆石頭能賜予永生？」亞瑪芮歪起頭。「雷坎沒提到這點。」

「確實沒有，」我回話：「但它看起來確實能賜予永生。」

「妳覺得誰會贏——」

亞瑪芮話音剛落，震耳欲聾的爆炸聲在空中爆發。

第一艘船開火時，競技場為之震顫。

兩枚砲彈從金屬砲口激射而出，瞄準要害。砲彈擊上另一艘船的槳手，接觸的瞬間奪走了許多生命。

「啊！」劇痛撕裂我的身體，即使根本沒東西碰到我。濃濃的血腥味覆蓋我的舌頭，比以往任何時候都強烈。

「瑟爾！」札因喊道，至少我以為他有吶喊。在戰鬥喧囂下，我很難聽見他的聲音。隨著船的下沉，人群的歡呼和死者的尖叫混在一起，淹沒了我的腦海。

「我感覺到了，」我說話時咬緊牙關，以免發出哀號。「每個人，每個死亡。」

我無法逃脫的監獄。

砲彈的爆炸震動了牆壁。

又一艘船沉沒時，碎木在空中飛舞。鮮血和屍體如雨點般落水，受傷的倖存者則為了避免溺水而拚命掙扎。

每次有誰喪命，就會像雷坎的魂魄在尚東布雷那樣對我造成猛擊，流過我的心靈和身軀。

我的腦海裡湧動著亡魂們的破碎記憶。

我的身體承載著他們所有的痛苦。

我在痛苦中瀕臨昏厥，只能等待這場恐怖結束。

我在腦海中看到那名白衣女孩，但她現在被紅血淹沒。

我不知道這個場面持續了多久——

十分鐘？十天？

這場流血廝殺終於結束時，我虛弱得無法思考，無法呼吸。十艘船及其船長都被彼此炸碎，沒留下多少完整的殘骸。

「看來今晚也沒有勝利者！」主持人的嗓音劃過觀眾的呼喊聲。他揮舞著石頭，確保它能捕捉到光線。

它在緋紅大海上閃閃發光，在漂浮於木屑間的屍體上方綻放光芒。

這一幕讓人群尖叫得格外響亮。

他們想要更多血。

他們想再看到一場戰鬥。

「我們只能看看明天有沒有哪個船長能贏得這個大獎！」

我靠在札因身上，閉上眼睛。

照這樣下去，我們還來不及摸到那塊石頭就會死。

第二十四章 伊南

在遠方傳來的工頭喊聲當中，能聽見微弱的打鐵叮噹聲。凱雅不滿的咆哮聲最為響亮。她雖然不情願，但似乎還是在領導這些人員。在她指揮下的三天後，這座橋接近完工。

然而，雖然我們即將能前往山的另一邊，我還是沒能找到任何線索。無論我如何調查，這座神殿都是一個謎，一個我無法破解的無盡謎團。即使我放鬆對體內魔力的抑制，也不足以讓我追蹤到那個女孩的行蹤。我快沒時間了。

如果想要有機會找到那個女孩，我就必須動用我所有的魔力。

這個認知困擾著我，挑戰我所相信的一切。但另一個選擇更為糟糕。職責高過自我。歐瑞莎高過一切。

我深吸一口氣，一點一點地放開對魔力的最後束縛。我胸口的疼痛減輕了。隨著時間經過，魔力造成的刺痛湧上我的皮膚。

我希望大海的氣味會最先襲來，但就跟目前為止的每一天一樣，只有木材和煤炭的氣味充斥狹窄的大廳。

我又拐過一個轉角時，香味變得濃烈。一朵綠雲懸在半空中，我伸手穿過它，讓雷坎殘留的意識闖進我的腦海。

「雷坎，別！」

我拐過另一個轉角時，尖銳的笑聲響起。聖塔洛的記憶占據了我，我把身子靠在冰涼的石頭上。幻影孩童們從旁經過，一個個都在咯咯笑，赤裸的身體布滿顏料。他們的喜悅在岩壁上反彈迴響。

他們不是真的，我提醒自己，心臟在胸腔裡狂跳。但即使我試著抓住這個謊言，孩童眼中的頑皮光芒卻捍衛著真相。

我拿著火炬繼續前行，快步穿過神殿狹窄的大廳。有那麼片刻，空氣中瀰漫著一股海鹽味，被煤味籠罩。我拐過轉角，又出現一朵綠雲。我跑上前，在雷坎另一個意識在我腦海中閃現時咬緊牙關。他的木材氣味變得極為強烈。空氣挪動。一個輕柔的聲音響起。

「請問你有名字嗎？」

我渾身僵硬。亞瑪芮膽怯的模樣在我眼前出現。我的妹妹不安地看著我，琥珀眸子流露恐懼。一股酸味飄進我的鼻孔，刺激得我皺起鼻頭。**「每個人都有名字，孩子。」**

「噢，我不是有意冒犯——」

「雷坎，」他的嗓音在我腦海裡隆隆作響。**「奧拉米雷坎。」**

看到亞瑪芮時，我差點笑出聲；她穿著庶民服裝，看起來真荒謬。但即使經歷了這一切，她還是我認識的那個女孩：在一堵沉默之牆後面旋轉的複雜情緒。

我自己的記憶進入我的腦海——我們在斷橋兩端的短暫對視。我以為我會成為她的救星，但相反的，我成了她痛苦的來源。

「我的財富……增加了？」

我看到雷坎對那個魔乩少女的記憶。她在火炬的照射下栩栩如生。

「妳記得我們的語言？」

「零碎片段。」她點頭。**「我母親在我小時候教過我。」**

終於。雖然過了這麼多天，但海味還是像一陣風一樣向我襲來。然而，自從我們相遇後，這是女孩的形象第一次沒讓我想拔劍。透過雷坎的視線，她的輪廓柔和卻又鮮明。她黝黑的皮膚似乎在火炬光輝下閃閃發亮，照亮了她銀眸裡的靈魂。

她就是人選。雷坎的想法在我腦海中迴響。**無論如何，她必須活下去。**

「什麼事的人選？」我說出這個疑問。答覆我的只有寂靜。

少女和亞瑪芮的形象消失了，我盯著她們剛剛占據的位置。她的氣味也消失了。我試著再次觸碰這道閃現回憶，但什麼也沒發生。我只能往前走。

我的腳步聲在神殿的角落和縫隙中迴盪時，我感覺自己的身體發生了變化。壓抑我體內的該死魔力，使得我持續消耗體力，對我每次的呼吸都造成負擔。雖然我腦海中的魔力嗡鳴還是使得我的胃袋緊縮，我的身體卻陶醉於魔力獲釋而感到的自由。這種感覺就像我在水中淹沒多年，終於能出水換氣。

我深吸幾口氣，繼續走過神殿，以新的活力穿過大廳。我追著雷坎的幽魂，尋找答案，希望能再次找到那個女孩。我又拐過一個轉角時，他靈魂的氣味淹沒了我。我進入一個圓頂房間。在這裡，雷坎的殘留意識發出的脈搏比之前的都強烈。一朵綠雲似乎籠罩了整個空間。我還沒來得及做好準備，房間裡爆發白光。

雖然我站在陰影中，雷坎的意識卻朝參差不齊的牆壁投射光輝。我查看令人驚嘆的諸神壁畫，目瞪口呆。每一幅肖像都洋溢著絢麗的色彩。

「這是什麼？」我喃喃自語，對這幅壯麗景象感到敬畏。這些畫作極具表現力，似乎擁有生命。

我把火炬對準男女諸神，連同在祂們腳下跳舞的魔乩。這些作品氣勢磅礡，令人難忘。它瓦解了我被教導的一切。

父王讓我從小就相信，那些執著於神話的人是弱者。他們依靠他們永遠看不見的東西，把自己的生命奉獻給沒有臉孔的實體。

我選擇把我的信仰寄託於王位，寄託於父王，歐瑞莎。但現在，盯著諸神，我連話都說不出來。

我驚嘆於在祂們的接觸下湧現的海洋和森林，驚嘆於祂們親手創造的歐瑞莎世界。一層層的顏料似乎吐露著一種奇怪的喜悅，讓歐瑞莎充滿一種我不知道它能容納的光輝。

這些壁畫迫使我看到真相，證實了父王在王座廳告訴我的一切。諸神真的存在。活生生。祂們聯繫了諸多魔乩的生命。但如果這一切都是真的，為什麼其中一位天神跟我建立了聯繫？

我再次掃視每幅畫像，觀察著看似從諸神手中湧現的不同魔法。我來到一位穿著華麗鈷藍長袍的天神面前，停下腳步。一看到祂，我該死的魔力就發出光芒。

這位神明昂首而立，肌肉輪廓分明。一條深藍色掛布如披肩般橫跨他寬闊的胸膛，襯托出他深棕色的皮膚。青煙在他的手中扭動，就像隨著我的魔力而出現的纖細雲朵。我移動火炬時，感覺頭皮底下湧過一股能量脈動。另一朵藍雲出現時，雷坎的嗓音在我腦海中響起。

「奧瑞從天母的頭部取得了平靜，成了掌管思想、精神與夢境之神。在地上，祂跟祂的崇拜者們分享了這一獨特的禮物，讓他們能跟所有人類聯繫起來。」

「思想、精神與夢境之神……」我自言自語，把所有線索拼湊在一起。那些說話聲。其他人的情緒。我發現自己被困在其中的怪異夢境。就是祂。

這就是我的起源之神。

意識到這點，怒火在我心中翻騰。**祢有什麼權利這樣對我？**幾天前我還不知道這個神的存在，祂卻自作主張地毒害我？

「為什麼？」我的咆哮聲在這個圓頂房間裡迴響。我幾乎以為這位天神會回以喊聲，但答覆我的只有沉默。

「祢會為此後悔。」我喃喃自語，不確定自己是不是瘋了，還是祂在某個地方聽見了我的聲音，儘管世上這麼多噪音造成干擾。這王八蛋將為今天感到後悔。祂詛咒給我的魔法，將為所有魔法帶來末日。

我感覺內臟扭曲，我猛然轉過身，召喚該死的魔力時，胃袋更加緊縮。我沒辦法對抗這股力量。為了找到我需要的答案，我只能去一個地方。

我沿牆壁滑倒在地，閉上眼睛，讓周圍世界消失，讓魔法鑽過我的血管。想殺死這個詛咒，我就需要動用體內所有魔力。

我必須進入夢境。

第二十五章

瑟爾莉

「安全了嗎？」

亞瑪芮窺視遠離競技場戰場的石製走廊。搖搖欲墜的拱門在我們頭上彎曲，我們腳下是裂開的石頭。腳步聲過去後，亞瑪芮點點頭，我們衝了過去。我們在風化的柱子之間穿梭，避免被人看到。

場上最後一名男子死後，觀眾散場數小時後，衛兵排乾了競技場的紅海。我以為比賽的恐怖到此結束，但手杖的喀啦聲這時候在空蕩蕩的看臺上迴盪。衛兵們指揮另一批工人，清理沒被水沖走的血汙。我無法想像他們的折磨。收拾今晚的血腥場面，只為了迎來明天的大屠殺。

我會回來的，我做出決定。**我要拯救他們**。在我執行儀式，帶回魔法，確保爸爸安然無恙之後。我要召集一群塑地師，讓這座駭人建築沉入沙中。那個主持人將為每一個被白白犧牲的聖童付出代價。每個貴族都要為自己的罪行負責。

我們靠在一堵參差不齊的牆上，我讓復仇的念頭撫慰我。我閉上眼睛，盡可能集中注意力。太陽石攪動了我體內的魔導質。我睜開眼睛時，它的光芒顯得微弱，就像一隻消失在夜色中的螢火蟲。但隨著時間經過，這道光持續增強，直到太陽石的光輝溫暖了我的腳底。

「在我們下面。」我輕聲說。我們穿過空蕩蕩的大廳，走下樓梯。我們越靠近競技場的腐爛地板，就需要避開越多人。我們抵達底部時，與邪惡衛兵和可憐工人之間幾乎只有一指寬。他們的手杖喀啦聲蓋過我們的腳步聲。我們躲進一座石拱門下。

「它在這裡。」我嘶聲道，指著一扇巨大的鐵門。強光穿過縫隙，太陽石的熱量填滿了拱門。我用手指撫過金屬門的把手，一個生鏽的轉輪用巨大的掛鎖鎖住。

我抽出札因給我的匕首，塞進狹窄的鑰孔。我試著把刀尖往前推，但被錯綜複雜的鎖牙擋住。

「撬得開嗎？」他輕聲問。

「我在試。」這比一般的鎖複雜。想撬開鎖，我需要更鋒利的東西，帶鉤子的東西。

我從地上抓起一根生鏽的細釘，把它按在牆上，彎曲它的尖端。它彎曲後，我閉上眼睛，專注於鎖牙的細膩觸感。**耐心點**。阿格巴婆婆的昔日教誨在我腦海中迴響。**讓感覺成為妳的眼睛**。

聽到任何接近的腳步聲時，我的心跳加速，但我推動釘子時，鎖牙屈服了。只要再往左側稍微推一下……

細微喀啦聲傳來。掛鎖解開，我開心得差點哭出來。我抓住轉輪，向左轉，但金屬拒絕移動。

「卡住了！」

亞瑪芮把風時，札因使盡全力猛拉生鏽的轉輪。金屬發出的呻吟和尖嘯足以蓋過衛兵的叫喊聲，轉輪卻一動不動。

「小心點！」我嘶吼。

「我正在試！」

「試得更努力點——」

曲柄斷裂，轉輪被整個扯下。我們瞪著札因手裡的斷裂金屬。看在諸神的份上，我們現在該怎麼辦？

札因用身體撞門。門板被震得顫抖，但拒絕退讓。

「這樣會驚動衛兵！」亞瑪芮輕聲警告。

「我們需要那顆石頭！」札因輕聲回話：「不然我們要怎麼拿到它？」

札因每次撞門都讓我害怕，但他說得對。石頭離我如此之近，它的光芒就像剛點燃的火一樣溫暖著我。

我在心裡連番咒罵。**老天，如果有另一個魔乩在場幫忙……**焊鑄師能扭曲金屬門。導火師能融掉門把。

半個月，我提醒自己。**我們只剩半個月**。

如果要趕在至日儀式前弄到太陽石，就必須在今晚。

門板移動了一釐米，我倒吸一口涼氣。就快了。我能感覺到。只要再撞幾下，門就會被撞開。只要再撞幾下，石頭就是我們的了。

「喂！」

一名衛兵的隆隆嗓音在空中響起。我們僵住。腳步聲敲打石地板，以可怕的速度向我們逼近。

「這裡！」亞瑪芮指向離這道門不遠的一個區域，兩邊擺放著砲彈和火藥。我們蹲在木箱後面時，一名年幼的聖童快步進入房間，白髮在昏暗光線下閃閃發亮。幾秒後，他被主持人和另一名衛兵逼到牆角。看到藏著太陽石的那扇門半開，他們急忙停下腳步。

「你這蛆蟲。」主持人咬牙道：「你跟誰合作？是誰幹的？」

小男孩還來不及說話，主持人用手杖啪一聲將他打倒在地。他倒在石地上。他尖叫時，另一名衛兵也加入了毆打的行列。

我躲在箱子後面，被淚水刺痛眼睛。男孩的背脊早已布滿昔日傷痕，但這些禽獸都沒手下留情。他會被他們活活打死。

他會因我而死。

「瑟爾莉，別！」札因的嘶吼聲讓我愣了一秒，但不足以阻止我。我從藏身處衝出來，看到孩子時強忍嘔意。

他滿身是傷，背部鮮血淋漓。他的生命懸於一線，一根在我眼前磨損的細線。

「妳又是誰？」主持人怒火中燒，拔出匕首。他拿著黑色破魔石刀靠近我時，我的皮膚開始刺痛。又有三名衛兵趕來他身旁。

「感謝老天！」我擠出笑聲，尋找文字來解決這個問題。「我一直在找你！」

主持人納悶得瞇起眼睛，把手杖握得更緊。「找我？」他重複這兩個字。「在這個地窖？在石頭附近？」

男孩呻吟；一名衛兵踢他的頭部時，我微微顫抖。他一動不動地躺在自己的血泊裡。剛剛那一腳似乎是致命一擊。**但我為什麼感覺不到他的魂魄？**他最後一個回憶在哪？他最後的痛苦？如果他是直接去了阿拉菲亞，我可能就感覺不到他，但怎麼會有人被活活打死還能享有平靜？

我逼自己看著咬牙切齒的主持人。我現在無能為力了。男孩已經死了。而且除非我趕緊想辦法，否則我也會死。

「我就知道在這兒能找到你。」我用力嚥口水。我只剩一個藉口能用。「我想參加你的遊戲。讓我參加明天晚上的比賽吧。」

「妳不可能是認真的吧！」我們終於回到外頭安全的沙地時，亞瑪芮驚呼：「妳親眼目睹了那場大屠殺。妳有**感受**到。妳現在居然想參賽？」

「我想要石頭。」我喊道：「我想活下去！」儘管我滿腔怒火，被打死的那個男孩的形象又爬回我的腦海。

那種死法還比較好。**被活活鞭死也好過在船上被炸死**。但無論我如何努力說服自己，我知道這些話不是事實。這種死法沒有尊嚴，為了自己根本沒做過的事而被鞭打到斷氣，而且我甚至沒辦法超渡他的靈魂。我就算有這個意願，也沒辦法成為他需要的那種招魂師。

「競技場裡到處都是衛兵，」我咕噥。「既然我們今晚偷不到，明天也不可能偷得到。」

「一定有別的辦法。」札因打岔，他沾滿血跡的腳上黏著沙粒。「今晚發生了這些事，他一定把太陽石拿去其他地方了。如果我們能查明他將石頭移去哪裡——」

「再過十三天就是至日。這十三天裡，我們必須橫越歐瑞莎，乘船前往聖島。我們沒有時間查明它被藏在哪。我們必須拿到石頭，離開這裡！」

「如果我們陳屍在競技場上，太陽石對我們來說就沒有任何用處，」亞瑪芮說：「我們要怎麼活下來？沒有一個人活著離開那場比賽！」

「我們的玩法不會跟其他人一樣。」

我從背包裡抽出雷坎的一個黑色卷軸。標籤上的白墨文字微微閃爍，意思是「死者復活」。這個咒語是招魂師常用的法術，通常是新魔乩掌握的第一項技術。透過這個法術，被困在阿帕迪地獄的魂魄會前來幫助施法者，而做為交換，施法者會超渡這個魂魄，讓祂能前往來世。

在雷坎這些卷軸上所有的咒語中，只有這個是我已經知道的。以前，媽媽每個月都會帶領一群招魂師來到伊巴丹與世隔絕的山頂，使用這個咒語來清除被困在我們村裡的魂魄。

「我一直在研究這個卷軸，」我衝口道：「上面有個我母親以前經常施放的咒語。如果我能掌握它，我就能把競技場上的死靈變成真正的士兵。」

「妳瘋了嗎？」亞瑪芮喊道：「妳在看臺上的時候，因為那些亡魂而幾乎無法呼吸。妳花了幾個小時才恢復體力和行走的能力。如果妳在看臺上都應付不了那些魂魄，妳憑什麼認為妳在看臺下的戰場上能夠施法？」

「那些死者讓我不知所措，是因為我當時不知道該怎麼辦，場面不是由我控制。如果我學會這個咒語，能駕馭那些魂魄，我們就能擁有一支隱藏的軍隊。競技場裡有無數憤怒的亡魂！」

亞瑪芮轉向札因。「告訴她她瘋了，拜託。」

札因雙臂抱胸，改變姿勢，輪流看著我和亞瑪芮，衡量風險。

「妳先看看能不能掌握這個法術。之後我們再做決定。」

⚹

晴朗的夜晚給沙漠帶來酷寒，幾乎跟白天的烈日一樣嚴厲。雖然寒風吹散了伊貝吉周圍沙丘上的沙粒，但汗水還是順著我的皮膚滑落。這幾個小時，我一直嘗試執行咒語，但每次嘗試都比上一次更糟糕。過了一會兒，我不得不叫札因和亞瑪芮先回去我們租的小屋。至少我現在失敗也不會被他們看見。

我把雷坎的卷軸舉到月光下，試圖理解潦草地寫在聖巴符文下方的約魯巴語翻譯。自從法力覺醒後，我對古語的記憶變得精確，就跟我小時候一樣清晰。然而，無論我背誦多少遍，我的魔導質就是拒絕流動，沒有魔法產生。我越感到受挫，就越記得我不該獨自做這件事。

「拜託。」我咬牙。「**Oya，bá mi soro！**」

如果我冒著一切風險去做諸神的工作，為什麼在我最需要祂們的時候，祂們不在這裡？

我顫抖地吐口氣，屈膝跪地，撫過自己如今變得捲曲的頭髮。如果我在大掃蕩之前就是魔乩，我們的氏族學者會在我小時候教我咒語。她會清楚知道怎樣才能把我的魔導質誘導出來。

「奧雅，求求祢。」我看著卷軸，試著找出自己遺漏了什麼。這道咒語應該能產生「靈偶」：死者的靈魂轉生到我周圍的物質材料中。如果一切順利，這些沙丘當中應該會形成一具靈偶。但已經過了好幾個鐘頭，我甚至連一粒沙子都沒辦法移動。

我用手撫摸法術書時，手掌上的新傷疤使我停頓下來。我把手掌舉到月光下，檢查被雷坎用骨匕首劃傷之處。我想起我的血液綻放白光。魔導質的湧動令我興奮，這是只有血魔法才能帶來的眩目衝擊。

如果我現在使用血魔法……

想到這裡，我的心跳加速。施法將變得輕而易舉。我能輕易地讓大批回魂屍從地面升起。

但在這個想法進一步誘惑我之前，我腦海中浮現媽媽沙啞的嗓音。她凹陷的皮膚。她無力的呼吸。三名療癒師在她身邊不眠不休地照顧她。

向我保證，她在使用血魔法讓札因起死回生後，捏著我的手，對我低聲說。**現在就向我發誓，妳無論如何都不會使用這種法術。妳如果用了，就會死。**

我對她做出了承諾。我以日後將流過我體內的魔導質發誓。我不能違背我的誓言，因為我沒有足夠的力量來執行咒語。

可是如果這樣下去行不通，我還有什麼選擇？這麼做應該不會很難。不過幾小時前，魔導質還在我的血液裡震動。現在我卻什麼也感覺不到。

等一下。

我盯著自己的雙手，想起在我眼前被活活打死的那名年輕聖童。我感覺不到的不僅僅是他的魂魄。我已經好幾個小時沒感覺到死者的拉扯。

我再次看著卷軸，在字裡行間尋找隱藏的含意。這感覺就像我的法力在競技場枯竭了。我上一次有任何感受是在——

米諾莉。

那個白衣女孩。那雙茫然的大眼睛。

短時間內發生了太多事，所以我沒意識到女孩的亡魂已經讓我知道她的名字。

競技場的其他人在死後傳達了自己的痛苦，連同恨意。在他們的記憶中，我感受到衛兵揮鞭造成的刺痛。我在舌頭上嘗到淚水的鹽分。可是米諾莉帶我來到明納的泥地，她和她的尖鼻手足們在那裡耕作，為了在秋天收穫玉米。儘管烈日炎炎，工作艱辛，但他們每一刻都帶著微笑，伴隨著歌聲。

「Iwọ ni igbokànlé mi orisha，iwọ ni mó gbójú lé。」

我大聲唱出歌詞，我的聲音隨風飄揚。我重複歌詞時，一個深情的聲音在我腦海中高唱。

米諾莉在那裡度過了她最後的時刻，她離開了殘酷的競技場，回到了她心中的平靜農場。她選擇住在那裡。

她選擇死在那裡。

「米諾莉。」我在腦海深處呢喃咒語。**「Emí àwọn tí ó ti sùn，mo ké pè yín ní oní。Ẹ padà jáde nínú eyà mímo yín。Súre fún mi pelú ebun iyebíye rẹ。」**

突然間，沙子在我面前打轉。霧氣般的漩渦升起並以波浪狀旋轉，然後又落回地面，我向後退縮。

「米諾莉？」我大聲說出這個問題，雖然在內心深處知道答案。我閉上眼睛時，泥土的氣味充斥我的鼻腔。光滑的玉米種子從我指間滑落。她的記憶閃耀：生動，鮮明，栩栩如生。既然它以這樣的力量存在於我體內，我不得不相信她也一樣。

我堅定地重複咒語，把手伸向沙子。「**米諾莉，我今日召喚妳。以這個新元素出現，用妳寶貴的生命祝福我——**」

白色的聖巴符文從羊皮紙上跳出來，衝上我的皮膚。這些符號沿著我的手臂舞動，為我的身體注入新的力量，像潛水後第一次換氣一樣衝擊我的肺臟。沙子以風暴的勁道在我身邊盤旋時，一個沙粒質感的身影從旋風中出現，帶著生命體的粗糙輪廓。

「我的天啊。」我屏住呼吸，看到米諾莉的亡魂把一隻沙手伸向前方。她用沙粒手指擦過我的臉頰，然後整個世界變黑。

第二十六章

伊南

清新空氣灌滿我的肺。我回來了。夢境出現了。幾秒前，我坐在奧瑞的肖像前——現在，我站在一大片舞動蘆葦當中。

「成功了。」我難以置信地呼吸著，用手指撫過下垂的蘆葦綠莖。地平線仍然模糊成白色，像天空的雲一樣圍繞著我。但這裡跟之前不太一樣。上一次，這片田野是延伸到我的視線盡頭。這一次，枯萎的蘆葦在我周圍形成了一個緊密的圓圈。

我觸摸另一條根莖，對它的粗糙凹槽感到驚訝。我思索逃生路線和攻擊計畫，但我的身體有一種回家的感覺。這不僅僅是因為我不用壓制我的魔力，不僅僅是因為我覺得再次能夠呼吸。夢境的空氣蘊含著一種不自然的平靜，彷彿跟歐瑞莎的其他地方相比，我更屬於這裡——

集中精神，伊南。我伸手想拿我的塞納卒子，但在這裡什麼也沒摸到。我甩甩頭，彷彿能甩掉那些不可靠的念頭。這裡不是我的家園。這裡沒有平靜。這裡只是我體內該死的魔力的中心地帶。如果我完成了我需要做的事，這個地方其實根本不會存在。

殺了她。殺了魔法。我的職責在我腦海中翻騰，直到抓住我的核心。我別無選擇。

我必須繼續執行我的計畫。

我想像那個少女的臉孔。蘆葦被一陣突來的微風吹開。她像一團凝結雲一樣實體化，藍煙從她的腳飄到她的手臂，她的身體隨之成形。

我屏住呼吸，數算經過了幾秒。藍霧散去，我的肌肉緊繃；她的黑曜石形態擁有了生命。

她背對我站著，頭髮跟之前不一樣。原本如光滑布料般的白色直髮，如今在她的背部如波浪般傾瀉而下。

她轉過身，動作輕柔，優雅得幾乎不像來自這個世界。但她那雙銀眸看著我時，我又看到熟悉的叛逆眼神。

「看來你染了頭髮。」她指向遮蓋我的白髮的染料，一臉竊笑。「你最好多染一層。你的蛆蟲髮色還是有點看得見。」

媽的。我三小時前才染過頭髮。我本能地撫摸白紋。少女笑得更開心。

「我其實很高興你把我召來這裡，小王子。有件事我真的很想知道。你們倆是由同一個王八蛋撫養長大，亞瑪芮卻連一隻蒼蠅都殺不了。所以告訴我，你怎麼會成為你這種禽獸？」

夢境的平靜感瞬間蒸發。「妳這蠢貨，」我咬牙嘶吼：「妳竟敢誹謗妳的國王！」

「你在神殿那裡玩得還愉快嗎，小王子？看到他毀掉的一切，你有何感想？你覺得驕傲嗎？深受啟發？也想仿效？」

雷坎對聖塔洛族的回憶在我腦海中閃現。那些奔跑的孩子的淘氣眼神。神殿的廢墟和瓦礫清楚表明那些生命已被奪走。

我暗自希望那並不是出自父王之手。

罪惡感就像刺穿雷坎胸膛的那把劍一樣貫穿我。但我忘不了最重要的是什麼，**職責高過自我**。

那些人的死換來了歐瑞莎的生存。

「不會吧？」瑟爾莉走上前，態度挑釁。「你臉上是悔恨？小王子其實暗藏一顆小小的枯萎心靈？」

「妳太無知了。」我搖頭。「妳盲目得看不見真相。我父王曾經站在你們那一邊。他曾經支持魔乩！」

少女嗤之以鼻。我討厭她這種反應對我造成的感覺。

「妳的同胞殺了他的家人！」我喊道：「是**妳的**同胞引發了大掃蕩！」

她退後一步，就像肚子被我打了一拳。

「**你**父親的手下闖進我家裡，抓走我母親，這竟然是我的錯？」

一名黑膚女子的回憶清晰地填滿她的腦海，進而滲進我的腦海。和少女一樣，這個女人嘴唇豐滿，顴骨高聳，眼睛微微上翹。唯一的不同處是眼睛。這名女子的眼睛不是銀色，而是烏黑如夜。

這道回憶激起了少女的某種情緒。

某種黑色的東西。

充滿恨意。

「我等不及了，」少女呢喃，聲音極輕。「我真希望他早點知道你是誰。等你父親對付你這個親兒子的時候，讓我們看看你還有多勇敢。」

一股猛烈的寒意沿著我的脊椎滑下。**她錯了**。

父王願意原諒亞瑪芮的叛國罪。等我消滅了魔法，他也會原諒我。

「那種事永遠不會發生。」我故作堅強。「我是他兒子，魔法不會改變這點。」

「你說得沒錯，」她冷笑道：「我相信他會饒你一命。」

她轉身退進蘆葦叢中。我的信念隨著她的嘲諷而消失。父王的茫然目光侵入我的腦海。我周圍的空氣變得稀薄。

職責高過自我。我聽見他的聲音。冷酷。堅定不移。歐瑞莎必須永遠被擺在最高位。

就算這意味著我得死——

少女驚呼。我繃緊身子，猛然轉過身，掃視擺動的蘆葦。

「怎麼了？」我問。**難道我把父王的心靈召來了這裡？**

但什麼事也沒發生，至少沒有別人出現。少女踏入夢境的白色地平線，蘆葦在她腳下綻放。

它們幾乎長得跟我一樣高，一片伸向太陽的濃郁綠意。她又試探地向地平線邁出一步，蘆葦的波動擴大。

「怎麼回事？」就像海浪拍打沙灘，蘆葦鋪滿了地平線，推開了夢境的白色邊界。一股暖意在我體內嗡鳴。**我的魔法……**

她竟然在控制我的魔法。

「別動！」我命令。

但少女邁步飛奔，跑進白色空間。夢境屈服於她的任性，在她的統治下狂野又生機勃勃。她衝刺時，腳下的蘆葦變成柔軟的泥土、白色的蕨類植物，還有參天大樹。它們伸向天空，用鋸齒狀的葉子遮住太陽。

「停下來！」我大喊，跑過在她身後成形的新世界。魔法的湧動令我暈眩，它沿我的胸口滑落，在腦袋裡嗡鳴。

她無視我的吶喊，繼續奔跑，腳步如火，腳下柔軟的泥土變成了堅硬的岩石。直到面對一道高聳的懸崖，她才停下來。

「我的天啊。」看到在她的觸摸下出現的宏偉瀑布，她輕聲驚呼。它宛如冒泡的無盡白牆，傾瀉進入湖中，湖水湛藍得就像母后的璀璨藍寶石。

我困惑地盯著少女，腦袋仍因為魔力流動而脈動。懸崖邊上，翠綠的樹葉填滿了鋸齒狀石頭上的縫隙。在湖的外緣，一小排樹木模糊成白色。

「看在蒼天的份上，妳是怎麼做到的？」我問。這個世界有一種我無法否認的美感。它讓我渾身發麻，彷彿我喝下一整瓶蘭姆酒。

少女沒理我，而是脫下垂褶褲。她一聲吆喝，從懸崖上躍下，入水時濺起水花。她重新浮出水面時，我在岩架上俯身窺視，看到她渾身溼透。自從認識她以來，這是我第一次看到她露出笑容。她的眼裡流露真正的喜悅。我還來不及阻止，這幅畫面已經突然讓我想起往事。亞瑪芮的笑聲縈繞在我耳邊。然後是母后的叫喊……

「亞瑪芮！」母后尖叫著，在差點滑倒時抓住了牆壁。

亞瑪芮咯咯笑著跑開，身上的洗澡水滴在瓷磚地板上。雖然一大群奶媽和保母追著她，但都追不上這個鬥志旺盛的幼兒。亞瑪芮一旦決定逃跑，她們就已經輸了。

除非得到她想要的，否則她不會停止。

我從一個倒下的保母身上飛越而過，繼續奔跑，我笑得幾乎無法呼吸。我脫下上衣，然後把褲子甩到空中。家僕們在我們跑過時發笑，但一看到母后的怒視就收起笑聲。

我們來到皇家泳池時，成了兩個裸體的搗蛋鬼，跳進去時正好淋溼了母后最精美的長袍……

我想不起來亞瑪芮上一次笑得流鼻水是什麼時候。在我傷害她之後，她跟我的關係就再也不如以前。她的笑聲是留給賓妲那種人。

此刻，看著少女游泳，我想起那些往事，但我凝視得越久，就越不再想著我的妹妹。少女脫掉上衣，我的呼吸顫抖。水在她黝黑的皮膚周圍閃閃發光。

移開視線。我轉過頭，試著研究岩壁上的凹槽。**女人只會讓你分心**，父王會這麼說。**你必須專注在王位上**。

光是靠近這個少女，感覺就像一種罪過，我似乎即將違反把魔乩和無魔者隔離開來的法律。然而，儘管有這項規則，我還是忍不住回頭看她。她讓我沒辦法不盯著她。

這是伎倆，我做出決定。**為了影響我**。但她再次浮上水面時，我說不出話。

如果這是伎倆，那它成功了。

「真的嗎？」我勉強開口。我試著無視她在漣漪下的婀娜身形。

她抬起頭，瞇起眼睛，彷彿這才想起我的存在。「請見諒，小王子。自從你燒了我家後，這是我第一次看到這麼多水。」

伊洛林那些哭泣的村民又回到我的腦海。我把這個罪惡感像蟲子一樣壓扁。**謊言**。那是她的錯。

是她協助亞瑪芮偷走了卷軸。

「妳瘋了。」我交叉雙臂。移開視線。我繼續盯著她。

「如果你喝一杯水也得花一枚金幣，你就會做出跟我同樣的舉動。」

一杯水要一枚金幣？她潛入水下時，我陷入沉思。就算對國王來說，這種價格也太高了。沒人付得起這種錢，包括在——

伊貝吉。

我瞪大眼睛。我聽說過管理那個沙漠聚落的惡劣衛兵，他們絕對做得出斂財這種事，尤其在水源稀缺的地方。我拚命忍住笑意。我知道她在哪了。而她根本不知道我發現了這件事。

我閉上眼睛，想離開夢境，但亞瑪芮微笑的回憶阻止了我。

「我的妹妹，」我在隆隆水聲干擾下喊道：「她還好嗎？」

少女瞪著我許久。我不期望她答覆，但她眼裡燃燒著一種我無法判讀的情緒。

「她很害怕，」她終於回答：「也不該只有她該感到害怕。你現在是蛆蟲了，小王子。」她的眼神變得陰暗。「你也該害怕。」

✳

厚重空氣侵入我的肺部。

濃厚、沉重又灼熱。

我睜開眼睛，發現奧瑞的肖像聳立在我前面。**我回來了**。

「終於。」我忍不住微笑。這一切快結束了。等我抓住她，奪回那個卷軸，魔法的威脅將永遠消失。

我考慮接下來的步驟時，汗水從背上滴落。橋還有多久完工？我們能多快趕到伊貝吉？

我匆忙起身，抓起火炬。**我必須找到凱雅**。我轉過身時，才意識到她已經在這裡。

她舉著劍，對準我的心口。

「凱雅？」

她睜大淡褐眼睛。她的手微微顫抖，佩劍為之搖晃。她挪動身子，把劍穩穩地對準我的胸口。「剛剛怎麼回事？」

「什麼怎麼回事？」

「別裝了。」她咬牙道。「你剛剛在**喃喃自語**，你——你的頭部……被光芒圍繞！」

少女的話語在我耳邊迴響。

你現在是蛆蟲了，小王子。**你也該害怕**。

「凱雅，把劍放下。」

她遲疑不決。她的視線移向我的頭髮。**那條白紋**……

它一定又出現了。

「事情不是妳想的那樣。」

「我知道我看到什麼！」汗水從她的前額滴下，落在她的上脣。她舉著劍上前一步。我被迫退向牆壁。

「凱雅，是我，伊南。我絕不會傷害妳。」

「多久了？」她低語：「你從什麼時候成了**魔乩**？」她嘶聲道，彷彿這兩個字是詛咒。彷彿我跟雷坎一模一樣。我不再是她認識多年的那個男孩，她訓練多年的士兵。

「是那個女孩感染了我。這不是永久的。」

「你說謊。」她反感地齜牙咧嘴。「你是不是……你是不是在跟她合作？」

「不是！我是在尋找線索！」我上前一步。「我知道她在哪──」

「別過來！」凱雅尖叫。我僵住，舉起雙手。她的眼神彷彿我是陌生人。

她的眼裡只有強烈的恐懼。

「我是站在妳這邊的，」我呢喃：「一直都是。在伊洛林，我感覺到她往南走。在索科托，我感覺到她見過那個商人。」我用力嚥口水；凱雅向前邁出一步，我的脈搏加速。「我不是妳的敵人，凱雅。只有我有辦法找到她！」

凱雅瞪著我，手裡的劍抖得更厲害。

「是我，」我懇求道：「**伊南**，歐瑞莎的王儲，薩蘭王位的繼承人。」

聽到父王的名字，凱雅動搖了。她的劍終於掉在地上。**感謝蒼天**。我癱靠在牆上，雙腿顫抖。

凱雅雙手抱頭幾分鐘，然後看著我。「這就是為什麼你這一個星期都表現得很怪？」

我點頭，心臟還在拚命搥打胸膛。「我原本想告訴妳，但總覺得妳會做出剛剛的反應。」

「抱歉。」她靠在牆上。「但在那個蛆蟲對我做了什麼之後，我必須確定。如果你是他們之一……」她的目光又回到我的頭髮上。「我必須確保你站在我們這一邊。」

「我永遠跟你們同一陣線。」我抓住父王的棋子。「我從沒動搖過。我希望魔法消失。我必須維護歐瑞莎的安全。」

凱雅打量我，沒完全卸下防備。「那個蛆蟲在哪？」

「伊貝吉，」我衝口道：「我很確定。」

「那好。」凱雅挺直身子，收劍入鞘。「我來這裡，是因為橋蓋好了。如果他們在伊貝吉，我會集結一支隊伍，今晚就出發。」

「**妳**集結隊伍？」

「你必須立刻回宮裡，」凱雅說：「等國王發現你——」

我等不及了，少女的嗓音回到我的腦海。**我真希望他早點知道你是誰。等你父親對付你這個親兒子的時候，讓我們看看你還有多勇敢**。

「不！」我說：「妳需要我。沒有我的能力，妳就無法追蹤他們。」

「你的能力？你是個**累贅**，伊南。你隨時都有可能背叛我們，或是傷害你自己。而且如果有人發現你是誰？想想世人會對國王作何感想！」

「妳不能。」我朝她伸手。「他不會明白的！」

凱雅瞥向走廊，臉色陰沉。她開始後退。

「伊南，我的職責——」

「妳的職責是**服從我**。我命令妳停下來！」

凱雅拔腿就跑，穿過昏暗的走廊。我追上她，將她撲倒在地。

「凱雅，拜託——**啊！**」

她用手肘撞擊我的胸骨。空氣卡在我的喉嚨裡。她掙脫我的束縛，急忙起身爬上樓梯。

「救命啊！」她的尖叫聲變得驚慌，迴盪在神殿大廳裡。

「凱雅，別這樣！」這件事不能被人知道，沒人可以知道我是誰。

「他跟他們是一夥的！」她尖叫：「他從頭到尾——」

「凱雅！」

「阻止他！伊南是魔——」

凱雅僵住了，彷彿撞到一堵看不見的牆。

她的嗓音陷入沉默，她渾身每一條肌肉都在發抖。

青綠色的能量從我的手掌旋轉而出，飛到凱雅的頭骨上，就像雷坎的魔法一樣使她癱瘓。凱雅的心靈努力試圖掙脫我的精神控制，對抗一股我根本不知道自己能控制的力量。

不……

我瞪著自己發抖的雙手。我不知道是誰的恐懼在我的血管中湧動。

我真的是他們的一**員**。

我成了我在獵捕的怪物。

凱雅扭動掙扎，呼吸變得急促。我的魔力繼續膨脹失控。凱雅口中吐出一聲乏力的尖叫。

「放開我！」

「我不知道怎麼做！」我回喊，恐懼纏繞我的喉嚨。這座神殿增幅了我的能力。我越是試圖壓抑我的魔力，它就越拚命掙脫。

凱雅的痛苦叫喊聲越來越大。她的眼睛變紅，從耳朵滲出的血沿頸部流下。我的腦子一團亂。我心中所有的棋子都化為塵埃。我沒有辦法解決這個問題。如果她先前是害怕我，現在是痛恨我。

「拜託！」我哀求。我必須控制住她。她必須聽我的。我是她未來的國王——

「啊！」

凱雅的嘴唇發出顫抖的喘息聲，她翻白眼。束縛她的青綠光芒消失了。

她頹然倒地。

「凱雅！」我跑到她身邊，一手按在她的脖子上，感覺她的脈搏在我的指尖下微弱跳動。幾秒後，它幾乎消失了。

「不！」我大喊，彷彿我的哭聲能把她綁在人世間。她的眼睛滲血，流過鼻子。她的嘴角也出血。

「對不起。」我淚流滿面地哽咽道。我試著擦掉她臉上的血，卻只是把血在她的皮膚上抹得到處都是。我的胸口收緊，充滿了她血液的回音。

「對不起。」我的視線模糊。「對不起。真的對不起。」

「蛆蟲。」凱雅吐口氣。

然後一片寂靜，她的身體僵直了。

她的淡褐色眼睛失去光芒。

我不知道我抱著凱雅的遺體坐了多久。血滴在她黑髮上的碧綠水晶上。這種顏色象徵著我該死的魔力。它們閃爍時，鐵味和酒味充斥我的鼻腔。凱雅的意識碎片殘留於此。

我看到她見到父王的第一天；魔乩謀害他的家人後，她如何抱著他。艾貝里在他們腳邊流血致死時，他們在隱密的王座廳裡分享了一個吻。

吻凱雅的這個男人是個陌生人，我以前從沒見過的國王。對他來說，凱雅不只是他的太陽。她是他心中僅存的一切。

而我殺了她。

我猛然放下凱雅的屍體，退離這個血淋淋的爛攤子。我把體內魔力壓抑到極限，胸腔的痛楚讓我感到虛弱，這陣劇痛鋒利得就像一把劍。

這件事不能讓父王知道。

這件駭人聽聞之事未曾發生。

就算父王可能會原諒我是魔乩，也絕不會原諒我害死了凱雅。

過了這麼多年，魔法又一次奪走了他的愛人。

我後退一步，又一步。我一步步後退，直到我逃離這場可怕的錯誤。只有一個辦法能讓我擺脫這場混沌。

而她正在伊貝吉等候。

第二十七章

亞瑪芮

雖然比賽還沒開始，競技場裡卻已經充滿熱鬧的喧囂。醉醺醺的歡呼聲響徹石廳，每個觀眾都熱血沸騰。**我們的血**。我用力嚥口水，把拳頭按在身側，以掩飾雙手的顫抖。

勇敢點，亞瑪芮。勇敢點。

賓妲的嗓音清晰地在我腦海中響起，令我的眼睛刺痛。她還活著的時候，她的嗓音強化了我心中某種東西，但今晚她的話語被競技場的喊殺聲淹沒。

「他們會愛死這場比賽。」主持人露齒而笑，把我們三人帶到地底下。「這是第一次由女人擔任船長。因為妳們，我們能收取雙倍的門票錢。」

瑟爾莉嗤之以鼻，但沒平時那樣惡毒。「很高興我們的血稍微值更多錢。」

「新鮮事總是值更多錢。」主持人對她露出下流的微笑。「如果妳以後想**進這一行**，就最好記住我這句話。妳這種蛆蟲能帶來不少金幣。」

瑟爾莉在札因還來不及做出反應前抓住他的手臂，用殺氣騰騰的怒視瞪著主持人。她的手指沿著她的金屬棍滑動。

動手，我差點對她輕聲說。

如果她把主持人打得昏迷不醒，或許我們還有機會偷太陽石。什麼辦法都好過我們登上那艘船後等待著我們的命運。

「聊夠了。」瑟爾莉深吸一口氣，鬆開手上的佩棍。

我們繼續前進時，我的心往下沉。**我們正在走向死期**。

我們進入存放船隻的生鏽地窖時，指派給我們的船員們只有稍微抬頭。由於多年的辛苦工作，勞工們在巨大的木船船體中顯得渺小。雖然他們當中大多是聖童，但最年長的似乎只比札因大一、兩歲。一名衛兵解開他們的鎖鏈，在屠殺前的片刻虛假自由。

「儘管使喚他們。」主持人揮個手，彷彿勞工們是牛群。「你們有三十分鐘安排戰術，然後比賽開始。」

說完，他轉身離去，走出陰暗的地窖。他一走，札因和瑟爾莉就從我們的背包裡拿出麵包和水袋，分發給勞工們。我以為他們會狼吞虎嚥地吃下這微薄的盛宴，但他們只是瞪著受潮的麵包，彷彿第一次看到食物。

「吃吧，」札因勸誘：「但別吃得太快。吃慢點，否則會吐出來。」

一名年幼的聖童想拿起麵包咬一口，但被一個憔悴的女人攔住。

「老天。」我咕噥。這孩子看起來頂多十歲。

「這是什麼？」一名年紀較大的無魔者問道：「讓我們吃飽了好上路？」

「不會有人死的，」札因安撫他們：「遵守我的指示，你們就能帶著你們的性命和金幣離開這裡。」

如果札因有感受到我一半的恐懼，也沒有表現出來。他昂首而立，威風凜凜，聲音和步態都透著自信。看著他，我們幾乎能相信我們會沒事的。**幾乎**。

「別以為用麵包就能唬弄我們。」一個眼睛上帶有猙獰傷疤的女子開口：「就算我們贏了，你們也會殺了我們，自己留著金幣。」

「我們要的是那顆石頭。」札因搖頭。「不是金幣。跟我們合作，我保證你們能留著每一枚金幣。」

我觀察人群，其實有一點點希望他們反抗。如果沒有這群船員，我們就沒辦法上場。瑟爾莉和札因將別無選擇，只能棄賽。

勇敢點，亞瑪芮。我閉上眼睛，逼自己深呼吸。在這個地下環境，賓妲在我腦海中的嗓音變得更響亮、更強烈。

「你們別無選擇。」每個人都看著我，我臉頰泛紅。**勇敢點**。我做得到。這和宮裡的演講沒什麼區別。「這件事確實不公平也不正確，但它就是發生了。不管你們想不想和我們合作，你們都必須上那條船。」

我跟札因對視，他用手肘推我上前。我前進時清清喉嚨，強迫自己聽來堅強。「今晚的其他船長都只想贏，他們不在乎誰死、誰傷。**我們**希望你們活下去。但你們如果想活下去，就必須相信我們。」

船員們環顧地窖，然後轉向其中最強壯的一個人——一個幾乎跟札因一樣高的聖童。他走上前，背部刺繡般的疤痕為之挪移，他看著札因的眼睛。

我們等他做決定時，空氣似乎停止流動。他伸出一隻手時，我的腿幾乎癱瘓。

「你需要我們怎麼做？」

第二十八章

亞瑪芮

「挑戰者們就位！」

主持人的聲音在競技場下方響起，我的心臟抵著胸腔狂跳。剛剛的三十分鐘一下子就過去了，札因利用那段時間討論了戰術，分配了指揮權。他像一位經驗豐富、從多年戰爭中獲得智慧的將軍一樣領導大家。勞工們緊緊抓住札因說的每一個字，眼中閃爍著火花。

「好了。」札因點頭。「我們上。」

攝取了一些營養，加上燃起了新的希望，勞工們的動作變得明確。但所有人都拖著腳走上船的甲板時，我的腳沉重如鉛。洶湧的水聲逼近，讓我想起所有被惡水吞沒的屍體。我已經能感覺到水在拉扯我的四肢。

時候到了……

片刻後，比賽就要開始了。

半數的勞工在各自的划槳站安頓下來，準備給我們提供速度。其餘人員按照札因設想的高效率陣型陳列於船砲周圍：兩名勞工調整砲口的瞄準方向，另外兩人負責往大砲的後膛裡填充火藥。不久後，每個人都在船上。

只有我例外。

隨著水位上漲，我強迫自己的雙腳移動，登上了船。我走過甲板，想在一門大砲後面就位，但札因擋住我的去路。

「妳不需要這麼做。」

在可怕的聲響干擾下，我花了一點時間才聽懂札因的話語。**妳不需要這麼做**。

「只有三個人知道怎樣進行那個儀式。如果我們全上了船……」他清清嗓子，沒說出致命的念頭。「我歷經千辛萬苦來到這裡，不是為了白跑一趟。無論如何，我們當中**必須**有一個人活下來。」

妳不需要送死。

好吧。這兩個字滑到我的唇邊，拚命試圖逃出來。「可是瑟爾莉，」我沙啞道：「如果有誰不該上船，那個人應該是她。」

「如果她不上船，而我們也會有機會贏得這場戰鬥，那我會說服我妹別參戰。」

「可是——」競技場的水洶湧澎湃，濺到船上，我停止說話。整個地下空間將在幾分鐘後被水覆蓋，把我困在這個墓室裡。我如果要逃跑，只能趁現在。再過不久就來不及了。

「亞瑪芮，快離開，」札因催促：「拜託，如果不用擔心妳會不會受傷，我們就能更專心戰鬥。」

我們。我差點還有心情笑出來。在我們身後，瑟爾莉緊抓著欄杆，閉著眼睛，嘴唇緊閉，練習著咒語。她雖然明顯很害怕，但還是在戰鬥。沒有人允許她逃跑。

如果妳要表現得像個小公主，乾脆去向衛兵自首吧。我來這裡不是為了保護妳，而是為了戰鬥。

「我哥在追殺我，」我對札因輕聲道：「我父親也是。遠離這條船，並不會讓我或卷軸的祕密活下去，只能幫我爭取一點時間。」水濺到我腳上時，我走上前，加入船砲旁邊的一支隊伍。「我做得到。」我說謊。

我能戰鬥。

勇敢點，亞瑪芮。

這一次，我緊緊抓住賓妲的話語，把它們像盔甲一樣裹在我身上。我能勇敢起來。

為了賓妲，我什麼都必須做到。

札因凝視我片刻，然後點點頭，轉身離開，前往他的崗位。伴隨著一聲木材呻吟聲，小船隨著水流向前移動，帶我們上戰場。我們駛過最後一條隧道。觀眾的尖叫聲變得狂野，為我們的鮮血而瘋狂。我第一次感到好奇，父王是否知道這種「娛樂」的存在。他如果知道，會在乎嗎？

我用力抓住船的欄杆，徒勞地試圖安撫自己的神經。我還來不及做好準備，我們已經進入競技場，赤裸裸地暴露於世人眼前。

我對著這幅令人震驚的景象眨眼時，鹽水和醋的氣味如波浪般襲來。貴族們坐在競技場上方的前幾排座位，用拳頭敲擊欄杆，身上的鮮豔絲綢為之飄動。

我轉過身，跟另一條船上一個睜大眼睛的年輕聖童對視時，我的心臟收縮。他的茫然臉龐訴說了一切。

我們想活下來，其他人就必須死。

瑟爾莉捏捏雙手的指關節，走到船頭。在我們開打之前，她以脣形念著咒語，在周圍干擾下打起精神。

每一艘船進入戰場時，觀眾都為之咆哮，但我打量對手時，一個可怕的認知突然襲來。昨晚有十艘船。

今天有三十艘。

第二十九章

瑟爾莉

糟糕……

我不斷數算，只希望有人會宣布說哪裡弄錯了。我們不可能打得贏其他二十九艘。我們的計畫連對付九艘都很勉強。

「札因，」我跑向他，我的尖叫聲洩漏了我所有的恐懼。「我做不到！我沒辦法對付這麼多船。」

亞瑪芮跟來，顫抖得差點在甲板上跌倒。船員們尾隨而來，用無盡的疑問轟炸札因。我們蜂擁而至時，他的眼神變得狂野，試著專注在任何一件事上。接著，他繃緊下巴，閉上眼睛。

「大家安靜！」

他在喧鬧聲干擾下隆隆道，壓制了我們的哭喊。我們看著他觀察競技場，這時候主持人忙著煽動觀眾。

「阿比，你對付左邊那艘。迪利，妳對付右邊那艘。告訴船員們，我們如果瞄準比較遠的那些船，就能活得比較久。」

「可是如果——」

「快去！」札因以喊聲制止他們的反對，趕走了這對兄妹。「槳手們，」他接著道：「新計畫。你們其中一半負責划槳，讓我們這艘船保持移動。我們雖然不會有多少速度，但如果靜止不動就死定了。」一半的勞工們爭先恐後地回到各自在木槳旁的位置。札因轉身面對我們，我在他眼裡看到那位阿格邦冠軍。「其餘的人加入砲隊，瞄準前方的船隻。我想要穩定的砲火。但謹慎瞄準——火藥數量有限。」

「祕密武器呢？」船員當中最強壯的巴寇問道。

札因的領導力讓我感受到的短暫平靜消失了。我的胸腔用力收縮，一陣劇痛從我的身側傳來。**武器沒準備好**，我想喊道。**如果相信她，你們就會死**。

我能想像那幅畫面：札因在水面上尖叫，我屏住呼吸，試圖釋放我的魔法。我不是媽媽那種強大的魔乩。如果我無法成為他們需要的那種招魂師？

「它在控制之下，」札因安撫他：「你確保我們能活到使用它的那一刻就好。」

「有誰準備好……欣賞**畢生難得一見的大戰**？」

觀眾咆哮，回應主持人的挑釁。他們的尖叫聲甚至蓋過了他被放大的聲音。船員們分頭行動時，我抓住札因的手臂。我口乾舌燥得難以說話：「我的計畫是什麼？」

「跟之前一樣。我們只需要妳撂倒更多敵人。」

「札因，我沒辦法——」

「看著我。」他把雙手按在我的肩上。「媽媽是我這輩子見過最強大的招魂師。妳是她的女兒，我知道妳做得到。」

我的胸腔緊繃，但我不確定這是因為恐懼還是其他原因。

「去試就對了。」他捏捏我的肩膀。「哪怕只是一個靈偶也會有幫助。」

「十……九……八……七……」

「活下去！」他喊道，然後在軍械庫旁邊就位。

「六……五……四……三……」

我跑向船的欄杆時，歡呼聲達到震耳欲聾的程度。

「二……」

現在沒有退出的機會了。我們要麼拿到那顆石頭——

「一！」

——要麼為此而死。

號角響起，我跳下船，以極快的速度墜入溫暖的海中。我落水時，我們的船搖晃。

第一波砲火。

震波在水中擴散，在我的胸腔裡蕩漾。死者的靈魂使我周圍的空間變得寒冷，他們是今天這場比賽的第一批犧牲者。

好吧，我回想米諾莉的靈偶。亡魂們靠近時，雞皮疙瘩刺痛我的皮膚，我雖然閉著嘴，但舌頭還是嘗到血味而捲曲。這些魂魄渴求我的接觸，渴求能重獲生命。見真章的時刻來了。

如果我真的是招魂師，現在就必須展現出能力。

「Emí àwọn tí ó ti sùn，mo ké pè yín ní oní——」

我等靈偶們從我面前的水中旋轉而出，但只有幾個氣泡從我的手中逃脫。我再次嘗試，從死者當中汲取能量，但無論我如何集中注意力，靈偶都沒有出現。

媽的。我喉嚨裡的空氣變得稀薄，隨著我的脈搏加快而加速流動。我做不到。我沒辦法救我們——

一聲巨響從天而降。

我們旁邊的一艘船下沉時，我為之旋轉。屍體和碎木如雨點般落下。我周圍的水變紅。一具血淋淋的屍體從我身邊沉入水底。

諸神在上……

我的胸腔被恐懼擒住。

一發砲彈飛過右邊，可能來自札因的船。

拜託，我對自己做出指示時，肺裡的空氣進一步萎縮。我沒辦法把時間浪費在失敗上。我現在就需要我的魔法。

奧雅，求求祢。這句祈禱感覺很奇怪，就像學了一半、被完全遺忘的語言。但在我覺醒後，我跟祂的聯繫應該比以往都更牢固才對。我如果呼喚祂，祂必須回應。**幫幫我。引導我。把祢的力量借給我。讓我保護我哥，釋放被困在這裡的諸多靈魂**。

我閉上眼睛，將死者的電能集中在我的骨頭裡。我研究過那個卷軸。我做得到。我現在能成為招魂師。

「**Emí àwọn tí ó ti sùn**——」

一道淡紫色的光芒在我手中閃耀。強烈的熱量湧過我的血管。咒語推開了我的精神通路，允許魔導質流過。第一縷亡魂湧過我的身體，準備接受我的命令。不同於米諾莉，我對這個靈偶的唯一瞭解就是他的死法：砲彈撕開了他的五臟六腑。我為此感到胃痛。

我完成咒語後，第一個靈偶浮在我面前，一團由復仇慾、氣泡和鮮血組成的漩渦。

這個靈偶出現了人類的形狀，用我們周圍的水組成了它的身體。

雖然它的表情被泡沫遮住，但我能感覺到它好戰的決心。它是屬於我的士兵，死靈大軍的第一個士兵。

在最短暫的幾秒內，勝利感壓過了貫穿我全身肌肉的疲憊感。

我做到了。

我是招魂師，奧雅真正的姊妹。

一陣悲傷貫穿我全身。

真希望媽媽能在場目睹。

但我還是能向她的靈魂致敬。

我會讓每一個已經離世的招魂師為我感到驕傲。

「Emí àwọn tí ó ti sùn——」

憑著體內持續減少的魔導質，我吟唱咒語，又讓一個靈偶獲得生命。我指向一艘船，然後下達命令。

「擊沉它！」

令我驚訝的是，靈偶們以飛箭的速度貫穿水面。它們射向我的目標，在幾秒後就做出攻擊。

它們擊中目標，直接穿過船殼，水隆隆作響。木板如長矛般飛舞，隨著水湧入船內而扭曲。

我成功了……

我不知道該在天空中尋找奧雅，還是在我自己的手中尋找祂。死者之魂回應了我的召喚。它們屈服於**我的**意志！

水吞沒了整艘船，傾覆了船隻。但在我的興奮平息之前，諸多聖童紛紛墜入水中。

我急忙轉身，觀察這場附帶損害。墜海的船員們奮力上浮，朝競技場邊緣踢水而去。看到一個四肢無力的女孩落水時，我感到萬分恐懼。她失去知覺的身體開始像鉛塊一樣下沉時，我的胸口緊縮。

「去救她！」

我下達命令，但我和靈偶們之間的連結，就像我胸口裡最後一口氣一樣萎縮了。我已經能感覺到靈兵們正在消退，離開這地獄般的競技場，前往來世的安寧。我向上踢水時，靈偶們像角尾蝠鱝一樣潛水，在女孩沉到競技場底部之前將其包圍。

它們把她拉到一塊浮木上，讓她有機會活下去，這時魔導質在我的血管裡嗡嗡作響。

「呃！」我突破水面時咳嗽。靈偶們消失時，某種東西離開了我。我喘著粗氣，默默感謝它們的靈魂。

「你們看到沒有？」主持人隆隆喊道。競技場爆發呼聲，沒人知道是什麼東西擊沉那艘船。

「瑟爾莉！」札因從上方大喊，臉上掛著瘋狂的笑容，儘管我們被夢魘包圍。他的笑容散發出我這十幾年來從未見過的光芒；以前每次看到媽媽施展魔法時，他就會出現這種光芒。

「那個！」他指向被打沉的船。「多來一些！」

自豪感湧上我的胸膛，從內部溫暖了我。

我深吸一口氣，再次下潛。

然後我開始念咒。

第三十章

亞瑪芮

混沌。

在這一刻之前，我未曾真正理解過「混沌」這個詞彙。混沌意味著母后在午宴前的尖叫聲，意味著酋長們爭先恐後地在鍍金椅子上坐下。

此刻，混沌圍繞著我，貫穿我每一次的呼吸和心跳。血液飛濺於空中時，混沌歌唱；船隻炸成碎片時，混沌發出尖叫。

我匆忙來到船尾，在聽到一聲巨響時抱住腦袋。我們這艘船被另一發砲彈擊中船殼時為之搖晃。現在只剩十七艘船還浮著，但不知何故，我們仍在這場戰鬥中。

在我眼前，每個人都以無與倫比的精確動作移動，奮力作戰，儘管場面混亂不堪。槳手們驅動這艘船前進時，頸部肌腱突起；船員們把更多火藥裝入大砲的後膛時，汗水從臉上傾瀉而下。

上啊，我對自己喊道。**做些什麼。什麼都好！**

但無論多麼努力嘗試，我還是幫不上忙。我甚至無法**呼吸**。

砲彈貫穿另一艘船的甲板時，我的內臟顫抖。傷者的哭聲像碎玻璃一樣擊中我的耳朵。空氣中瀰漫著血腥味，讓我想起瑟爾莉以前說過的話。我們來到伊貝吉的那天，她嘗到了死亡的味道。

今天，我自己也嘗到了。

「敵船逼近！」札因指著煙霧之中的某處喊道。另一艘船接近，它的槳手們氣喘吁吁地準備好長矛。**蒼天在上……**

他們打算登上我們這艘船。

他們要把戰鬥帶到我們的船上！

「亞瑪芮，妳帶領槳手們！」札因喊道：「幫我指揮這場戰鬥！」

這位無畏的船長邁步飛奔，還沒注意到我雙腳癱軟前就消失了。我的肺臟喘著粗氣；為什麼我不記得如何呼吸？

妳曾經為此受訓。敵船接近時，我握緊佩劍。**妳曾經為此**流血。

然而，敵方船員們跳上我們這艘船的時候，我的指尖完全無法發揮我多年來被強迫學習的東西。我雖然試著彈出我的刀刃，但我的雙手只是在顫抖。**揮劍，亞瑪芮**。父王的嗓音在我耳邊響起，深深切入了我背上的傷疤。**舉劍，亞瑪芮。攻擊，亞瑪芮。戰鬥，亞瑪芮**。

「我做不到……」

過了這麼多年，我還是做不到。什麼也沒改變。我沒辦法移動。我沒辦法戰鬥。我只會站著不動。

我在這裡做什麼？看在老天的份上，我究竟在想什麼？

我當初明明可以不碰那個卷軸，回去我的房間；我可以在我房間裡哀悼賓妲。但我做了那個選擇，一個曾經看來再正確不過的重大決定。我以為我能為我的摯友報仇。

相反的，我只會害死自己。

我靠在船的一側，在船員們與入侵者搏鬥時躲起來。

他們的血灑在我的腳下。

他們的哀號響起，充斥我的耳朵。

混沌籠罩我，強烈得讓我幾乎無法視物。

我花了很長的時間才意識到，其中一把刀正在朝我揮來。

揮劍，亞瑪芮。

但我的四肢動彈不得。刀刃朝我的脖子颼然而來——

札因吶喊一聲，一拳打在這個男子的下巴上。

襲擊者倒下，但手裡的劍已經劃過了札因的胳臂。

「札因！」

「後退。」他大喊，抓住流血的二頭肌。

「對不起！」

「總之別擋路！」

他跑離時，我眼裡充滿羞愧的熱淚。

我退到船的後角。

我根本不該登船。

我根本不該在這裡。

我根本不該離開王宮——

雷鳴般的撞擊聲在我耳邊響起。

我們的船猛烈搖晃，把我震倒在地。船顫抖時，我抓住船的欄杆。

事情還是發生了。

我們這艘船被擊中了。

我還來不及爬起來，另一發砲彈已經穿過我們的甲板。木屑和煙霧在空中飛舞。整艘船一晃，船頭向上傾斜。我滑過血跡斑斑的甲板，濃煙灌進我的肺裡。

我抓住桅杆的底部，為了保命而拚命抱緊。大量的水沖過船上的屠殺現場。

又一次顛簸後，我們的船開始下沉。

第三十一章

瑟爾莉

「瑟爾莉！」

我回到水面，抬起頭。札因緊抓著船的欄杆，因為出力而咬緊牙關。他的衣服和臉上都是血，但我不知道那是不是他的血。

除了我們這艘之外，現在只剩九艘船漂浮在競技場中。這場血戰還剩九艘船。但我們的船尾在水面下呻吟。

我們的船要沉了。

我深吸一口氣，重新潛入水中。膽汁立刻湧上我的喉嚨。在紅血和碎片的阻礙下，我幾乎什麼也看不見。

我勉強保持睜開眼睛，奮力踢水。我每次向下划水，都是劃過濃稠的血水。

「Emí àwọn tí ó ti sùn——」

雖然我吟唱咒語，但指尖釋放出來的魔導質持續減少。我不夠強。我的法力瀕臨枯竭。但如果我做不到，札因和亞瑪芮就可能會死。我們的船將沉沒，我們能得到太陽石的機會將會消失。我們將沒辦法把魔法帶回來。

我瞪著掌心上的傷疤。媽媽的臉龐閃過我的腦海。

對不起，我對她的靈魂說道。

我別無選擇。

我張嘴咬自己的手。我的牙齒穿透皮膚時，我的嘴裡充滿了銅質的血腥味。鮮血蔓延到水中，散發出的白光環繞我的身軀。這團光遊走於我體內，在我的血液中震動，透過我的核心區域四處擴散，我的眼睛凸出。

魔導質撕裂我的血管，從裡到外灼傷我的皮膚。

「Emí àwọn tí ó ti sùn——」

我的眼睛後面閃過一波又一波的紅光。

奧雅再次為我起舞。

水在我周圍打轉，充滿激烈的新生命力。血魔法接管現場，執行我的意志。一支新的靈偶大軍在我眼前旋轉成形。

它們的水質皮膚冒著由血和白光組成的泡沫，出現風暴般的力量。又有十個靈偶甦醒，加入這支軍隊；它們的身體成形時，水為之轉動，把血液和碎片吸進皮膚裡，為我的死靈大軍製造新的盔甲。最後一個靈偶出現後，它們看著我。

「保住這艘船！」

我的靈兵們像雙鰭鯊一樣迅速游動，比視線中的任何船隻或大砲都強大。雖然我體內一團灼熱，但我的魔法帶來的快感壓倒了這場戰鬥的混亂。

它們聽從我無聲的指令，消失在砲彈造成的洞裡時，我感到狂喜。一秒後，船裡的水開始向外湧出。

太好了！

一瞬間，我們的船獲得了浮力，重返水面。船內所有的水都被排空時，靈偶們與木材結合，用它們含水的身體修補破洞。

成功了！

但我的驚奇沒能持續下去。

靈偶雖然消失了，但血魔法的湧動依然存在。

這股湧動貫穿我的時候，我感覺皮膚灼熱，彷彿血魔法正在撕裂我的器官。這種激烈力量貫穿我的肌肉。我的手開始發麻。

「**救命啊！**」

我試著尖叫，但氣泡湧入我的喉嚨。恐懼滲入我的骨頭。媽媽說得沒錯。

這種血魔法會毀了我。

我游到水面，但每次踢水都比上一次更困難。我的手臂失去知覺，然後輪到我的雙腳。

就像復仇的亡魂一樣，血魔法淹沒了我，緊貼我的嘴巴、胸口和皮膚。雖然我拚命試著游向水面，卻動彈不得。我們的船原本離我很近，但現在越來越遠。

「**札因！**」

深紅色的大海掩蓋了我的尖叫聲。

我肺裡僅存的空氣消失了。

水湧入我體內。

第三十二章

亞瑪芮

我抓住船的邊緣，船不再下沉，而是猛然停止，我的心跳為之加速。

「她做到了！」札因用拳頭敲著船的欄杆。「瑟爾，妳做到了！」

但發現瑟爾莉沒有重返水面時，札因臉上的笑意消失了。他不斷呼喊她的名字，喊得喉嚨嘶啞。

我靠在船的邊緣，掃視水面，焦急地在紅水中尋找她那顯眼的白髮。水上現在只剩一艘敵船，但瑟爾莉不見蹤影。

「札因，等一下！」

他跳下船，我們這艘船因此沒了船長。最後一艘敵船在水中轉彎，改變航向。

「就這樣，僅存的競爭對手們都沒有火藥了！」主持人喊道：「但只有一個船長能活到最後。想贏得比賽，只有一個船長能活下來！」

「札因！」我在船的邊緣尖叫，而隨著最後一艘敵船的接近，我的心臟為之震顫。我沒辦法靠自己。我們**需要**他來對付最後一艘敵船。

敵船的槳手們拚命划槳，操作大砲的人員則準備好刀劍。我們這艘的船員們放棄了各自的崗位，爭先恐後地搶奪掛在船上的長矛和刀劍。我雖然發抖，但他們毫無遲疑。他們已經做好準備，鬥志旺盛，準備結束這場地獄。

札因浮出水面，一隻手臂緊緊摟住失去知覺的瑟爾莉，我感到如釋重負。我從旁邊解開一根繩子，把它扔到邊緣；札因將它固定在瑟爾莉的雙臂下，大喊要我們把她拉上去。

我用力拉繩的時候，三名勞工來幫忙，把瑟爾莉拉到甲板上。敵船現在就在咫尺之遙。如果她能再次召喚她的靈偶，我們就能度過這場難關。

「快醒醒！」我搖晃瑟爾莉，但她絲毫不動。她的皮膚灼熱滾燙，鮮血從她的唇角滴落。

蒼天在上，再這樣下去行不通。我們必須把札因拉上來。我抓住套在瑟爾莉軀幹上的繩結，但在最後一個結解開之前，敵船已經撞上我們。

伴隨一陣狂野咆哮，我們的對手們跳上了我們這艘船。

我急忙站起，揮舞我的劍，就像一個孩子試圖用火把阻止獅子接近。我做出的刺擊毫無技巧可言，完全看不出我曾經苦練劍術多年。

揮劍，亞瑪芮，父王的嗓音在我腦海中隆隆響起，我回想起他命令我跟伊南對打時我流下的淚水。我當時丟下劍。我拒絕了。

然後我哥的劍劃開了我的背部。

此刻，我們的船員們投入戰鬥，獲勝的機會激勵他們，我的胃袋劇烈痙攣。他們輕而易舉地壓制了敵方船員，做出了致命的攻擊。發狂的男子們朝我們跑來，但在諸神的恩典下，我們的船員將他們砍倒。一個人死在離我幾步之遙的地方，嘴裡出血，脖子上插著一把小刀。

快結束吧，我哀求。**讓我能活下來！**

但就在我祈禱的時候，敵方船長突破戰陣，挺劍刺來。我做好戰鬥的準備，但接著意識到他不是朝我而來。他的劍是朝下瞄準，斜向一邊。

他的目標是瑟爾莉。

這個船長逼近時，時間凍結了，他閃閃發亮的刀刃越來越近。我周圍的一切都安靜下來。

然後，鮮血飛濺到半空中。

有那麼一瞬間，我因為太過震驚而無法意識到自己做了什麼。但這名船長倒下時，我的劍也跟著他落下。我的劍直直地貫穿了他的內臟。

競技場裡一片寂靜。煙霧開始散去。

主持人開口的時候，我沒辦法呼吸。

「看來我們有優勝者了……」

第三十三章
瑟爾莉

五百三十八，我的身體彷彿被撕裂了五百三十八次。

五百三十八條性命為了這場比賽而消亡，五百三十八個無辜的靈魂在我耳邊尖叫。

無盡的血海中，只見無數屍體漂浮在碎木之間。他們的存在汙染了空氣，在我每次呼吸時侵入我的肺部。

諸神啊，幫幫我們。我閉上眼睛，試著把這場悲劇拋諸腦後。這場悲劇從開始到結束，歡呼和稱讚都未曾停止。我們站在高臺上時，人群歡欣鼓舞，彷彿有理由慶祝這場血腥屠殺。

我身邊的札因緊緊摟著我；自從他把我從船上抱下來後，就未曾放手。他面無表情，但我能感覺到他的悔恨。

儘管他充滿競爭心的一面贏得了這場比賽，但我們身上仍沾滿那些倒下的人的鮮血。我們也許贏了，但這根本不是勝利。

在我右邊，亞瑪芮站著不動，雙手緊握她的無刃劍柄。自從我們下船後，她一個字也沒說，但勞工們告訴我，是她保護了我，並殺死了敵方船長。這是我第一次看著她時沒想到薩蘭或伊南。我只看到偷走了那個卷軸的女孩。

我看到戰士的種籽。

迪利和巴寇搬走裝滿金幣的箱子時，主持人勉強咧嘴一笑。他大概原本打算自己留著這些金幣，每一個死人換來的黃金。

我們的船員們被授予獎品時，觀眾歡呼，但沒一個勞工對賞金綻放微笑。今天的恐怖場面將夜夜縈繞於他們心頭，而如此一來，這些財富和能夠離開苦力團的自由也就不算什麼。

「快交出來。」我咬緊牙關，離開了札因的保護。「你已經得到了你想要的表演。快把太陽石交出來。」

主持人瞇起眼睛，棕色皮膚浮現堅硬的皺紋。

「表演永遠不會結束，」他把金屬錐從嘴邊拿開，對我嘶聲道：「尤其如果演員是蛆蟲。」

主持人這番話氣得我嘴唇抽搐。雖然我的身體感覺虛空，但我還是忍不住構思辦法。我需要召喚多少靈偶才能把他拖進血腥的殺戮現場，讓他淹死在他自己的紅海底部？

主持人想必察覺到我的無聲威脅，因為他臉上收起了冷笑。他退後一步，舉起擴音錐，轉身面對人群。

「而現在……」他的嗓音響徹整個競技場。他用言語推銷這場表演，儘管他的臉龐幾乎沒有掩飾心中沮喪。「我向各位呈現……永生之石！」

即使相隔一段距離，太陽石的暖意也滲入了我發抖的骨頭。熔岩般的橙光和黃光在它的水晶外表後面脈動。我像飛蛾一樣被它的聖光吸引。

最後一個關鍵，我想起雷坎的話語。有了卷軸、石頭和匕首，我們終於擁有了所需的一切。我們可以前往那座聖殿，進行儀式。我們可以把魔法**帶回來**。

「妳去拿吧。」札因把一隻手放在我的肩上，捏了捏。「不管發生什麼事，我就在妳身邊。」

「我也是。」亞瑪芮輕聲道，嗓音已經恢復。雖然乾涸的血跡覆蓋她的臉，但她的眼神令人安心。

我對她點頭，然後上前一步，伸手去拿那塊金石。我周圍的人群第一次安靜下來，他們的好奇心瀰漫在半空中。

我做好心理準備，因為我不知道拿著天母靈魂的碎片會發生什麼事。但我的手指一接觸到它拋光的表面，我就知道我不可能做好心理準備。

觸摸這顆石頭的瞬間，讓我充滿一種前所未有的強大力量，就像之前法力覺醒的時候。太陽石的能量溫暖了我的血液，讓湧動於每條血管的魔導質都充滿了電能。石頭的光芒穿過我的指縫時，人群發出驚呼。就連主持人也後退；在他的認知裡，這塊石頭只是噱頭的一部分。

能量繼續湧過我全身，像蒸汽一樣冒泡。我閉上眼睛，天母現身，比我所能想像的更為壯麗。

祂的銀眸在祂烏木色的皮膚上綻放強光，祂的頭飾上垂著水晶。緊致的白色鬈髮像雨點一樣落在祂的臉龐周圍，隨著祂身上散發的力量而扭曲。

祂的靈魂湧過我體內，就像閃電衝破雷雲。這不僅僅是呼吸的感覺。而是生命的本質。

「**Emí àwọn tí ó ti sùn——**」我低聲念出咒語的前面幾個字，感到前所未有的快感。憑藉太陽石的力量，我能從死人們當中召喚數百個靈偶。我能指揮一支所向披靡的大軍。

我們能橫掃這座競技場，殺掉主持人，懲罰每一個為這場殺戮大賽而歡呼的觀眾。但這不是天母想要的。這不是這些亡魂想要的。

尖叫的死者一個個穿過我體內，不是變成靈偶，而是逃離此地。這就像媽媽以前在每個滿月之夜帶領的淨化儀式，為了幫助魂魄們前往阿拉菲亞而進行的最後淨化。

靈魂們為了來世的安寧而逃離創傷時，我腦海中的天母形象開始消退。取而代之的是一位皮膚漆黑如夜的女神，一襲波浪狀的紅衣，一雙美麗的深褐色眼眸。

諸神在上。

奧雅在我的腦海中閃耀，就像黑暗中的火炬。不同於我在使用血魔法時看到的混沌，這道幻象擁有一種空靈的優雅感。祂一動不動，但彷彿整個世界都在祂面前發生了變化。勝利的笑容在祂的唇邊蔓延開來——

「**啊！**」我猛然睜眼。太陽石在我手中綻放奪目之光，我不得不移開視線。雖然一開始的刺激感已經消退，但我能感覺到它的力量在我的骨頭裡嗡鳴。彷彿天母的靈魂已經蔓延至我全身，縫合了血魔法留下的每一處傷口。

隨著時間流逝，耀眼的光芒褪去了，奧雅令人驚嘆的形象從我的腦海中消失了。我踉蹌向後，緊抓著石頭，倒進札因的懷抱。

「發生什麼事了？」札因呢喃，驚訝地瞪大眼睛。「空氣……感覺整個競技場都在顫抖。」

我把太陽石按在胸前，試圖抓住在腦海中飛舞的畫面。天母頭飾上的水晶的閃爍光芒；奧雅的肌膚像夜之女王一樣閃爍，黑暗而迷人。

媽媽當時一定就是這種感受……這個認知讓我心花怒放。這就是她為什麼深愛她的魔法。

這就是**活著**的感覺。

「永生者！」人群中的某人喊道，我眨眨眼，在競技場中恢復了方向感。這道喊聲傳遍每個看臺，直到所有人都加入這陣呼喊。他們高呼這個錯誤的頭銜，狂熱地讚美。

「妳還好嗎？」亞瑪芮問。

「再好不過。」我回以微笑。

我們有石頭、卷軸和匕首。

我們現在真的有機會了。

第三十四章

◇◀◇▶◇

亞瑪芮

慶祝活動過了幾個小時才平息，雖然我搞不懂怎麼會有人想為此慶祝。這麼多人白白犧牲。其中一條性命是被我奪走。

札因試圖幫我們擋開群眾，但我們離開競技場時，就連他也無法對抗觀眾的力量。他們擠在我們兩旁，在伊貝吉的街道上遊行，為了紀念這場比賽而幫我們創作了頭銜。瑟爾莉成了「永生者」，札因被稱作「指揮官」。而我經過時，觀眾喊出了最荒謬的稱號。他們再次高喊「獅王」的時候，我滿臉愁容。

我很想大聲糾正他們的錯誤：「獅王」應該改成「膽小鬼」或「冒牌貨」。我的眼裡沒有凶猛，我的心裡沒有暗藏凶獸。這個稱號只是個謊言，但在酒氣的助長下，沒有一個觀眾在乎。他們只是需要有臺詞可以喊，有東西可以讚美。

我們靠近租來的小屋時，札因終於幫我們擺脫了人群。在他的引導下，我們進入這間泥屋，然後輪流洗掉身上的血。

冷水從我身上流過時，我用力擦洗，急切地從我的肉體上擦去那個地獄留下的每一個殘餘物。水變紅的時候，我想起被我殺死的那個船長。**蒼天在上……**

當時好多血。

血從貼在他皮膚上的深藍色長袍裡滲出，流過我的皮鞋底下，沾染了我的褲管。在斷氣之際，船長顫抖地把手伸向口袋。我不知道他想拿什麼東西。他還沒來得及拿到，那隻手就失去了力氣。

我閉上眼睛，把指甲掐進掌心，深深地吐出一口顫抖的氣。我不知道何者更讓我不安：我殺了他，還是我能再來一次。

揮劍，亞瑪芮。父親的聲音在我耳邊輕輕響起。

我洗掉身上最後一點競技場的血汙時，把他從腦海中抹去。

在小屋裡，太陽石在瑟爾莉的背包裡發光，給卷軸和骨匕首映上紅色和向日葵的黃色。我昨天還不相信我們拿到了兩件聖物，但現在三件都在這裡。現在離百年至日還有十二天，我們有足夠的時間前往聖島。瑟爾莉能進行儀式。魔法終於能回來。

我不禁微笑，想像著從賓妲手中爆發的強光。她的光芒不再被父王的劍中斷，而是永恆不滅。我每天都能目睹的美景。

如果我們成功了，賓妲的死就會有些意義。賓妲的光輝將以某種方式傳遍歐瑞莎各地。她在我心中留下的洞也許有一天會癒合。

「覺得難以置信？」札因在門邊低聲說。

「類似。」我對他微微一笑。「我只慶幸事情結束了。」

「我聽說他們倒閉了。沒了金幣，他們就沒辦法賄賂工頭提供更多勞工。」

「感謝蒼天。」我想著所有犧牲的年輕聖童。雖然瑟爾莉超渡了他們的靈魂，但他們的死仍然壓在我的肩上。「巴寇告訴我，他和其他勞工會用這些金幣來償還更多聖童的債務。如果夠幸運，他們將能讓數百人離開苦力團。」

札因點頭，看著睡在小屋角落裡的瑟爾莉。她洗了澡，幾乎整個人被奈菈的柔軟毛皮遮住，體力在接觸太陽石後還沒完全恢復過來。看著她，我感覺不到她通常會讓我感到的那種不安感。船員跟她說是我結束了那場戰鬥的時候，她給了我一個近似微笑的表情。

「妳覺得妳父親知道這裡有這種比賽嗎？」

我猛然抬頭。札因移開視線，臉色變得僵硬。

「我不知道，」我輕聲說：「但他如果知道，我不確定他會不會阻止。」

一陣令人不自在的沉默降臨在我們之間，偷走了我們短暫的舒適。札因伸手去拿一捲繃帶，但痛得皺眉。他手臂上的疼痛想必太過劇烈。

「讓我來。」我走上前，避開他二頭肌周圍染紅的繃帶。這是他在戰鬥中唯一負的傷，因為我妨礙了他。

「謝了。」我把繃帶遞給他時，他咕噥。我的胃因為內疚而收緊，這種罪惡感啃咬著我的心。

「別謝我。要是我當初沒上船，你就根本不會受傷。」

「但我也會因此失去瑟爾。」

他以一種非常親切的表情看著我的眼睛，令我不知如何是好。我原以為他一定會怨恨我，但現在他對我表現得很感激。

「亞瑪芮，我一直在想……」他拿起繃帶捲，解開它，但又再次捲起。「我們經過貢貝的時候，妳應該去當地的崗哨。跟他們說妳被綁架了，我希望妳把一切罪名都推到我們頭上。」

「因為在那艘船上發生的事？」我試著保持語氣平穩，但音調還是有一點尖銳。他為什麼突然說這種話？他剛剛還說很慶幸有我在。

「不是！」札因拉近我們之間的距離，試探地把手放在我的肩膀上。他體格魁梧，動作卻散發一種令人驚訝的溫柔。「妳做得非常好。如果妳當時不在場，我根本不敢想像會發生什麼。可是妳當時的表情……妳如果留下來，我沒辦法保證妳不用再殺人。」

我盯著地面，數算黏土上的裂縫。他在給我一個脫身的機會。

他試著避免我的手染血。

我回想起在船上的那一刻，我當時為一切感到後悔，只希望我從一開始就沒偷走那個卷軸。這是我祈求的出路。我由衷想要的出路。

這麼做確實……

儘管我感到一陣羞愧，但我還是想像我如果自首會發生什麼事。只要有適當的說詞、足夠的眼淚，加上完美的謊言，我應該能說服他們。如果我出現時憔悴不堪，父王可能會以為我是被邪惡的魔乩綁架了。然而，我在想著這些可能性的時候，我已經知道我的答案是什麼。

「我要留下。」我吞下心裡想屈服於這個提議的欲望，把它深深地埋在心裡。「我有能力。我今晚已經證明了自己。」

「就因為妳能戰鬥，並不表示妳該——」

「札因，**不要**跟我說我該做什麼！」

他的話語像針一樣刺痛我，彷彿把我鎖進宮牆裡。

亞瑪芮，坐直！

別吃那個。

妳不能吃這麼多甜點——

不。

夠了。我曾經過著那種生活，也因此失去了我最親愛的朋友。既然我逃了出來，我就再也不會回去。既然我逃了出來，我就必須多做點什麼。

「我是公主，不是裝飾品。不要對我特別優待。這些痛苦是我父親造成的，但解決這個問題的人會是**我**。」

札因愣了一下，舉起雙手投降。「好吧。」

我歪起頭。「就這樣？」

「亞瑪芮，我希望有妳同行。我只是需要知道這是妳的選擇。妳拿走那個卷軸的時候，不可能知道事情會這樣發展。」

「噢……」我強忍笑意。**亞瑪芮，我希望有妳同行**。他的話語害我耳朵灼熱。札因其實希望我留下。

「那麼，謝謝你，」我輕聲道，靠向椅背。「我也想跟你們在一起。雖然你打呼真的有夠大聲。」

札因微笑，這個笑容柔化了他臉上每一個強韌線條。「妳自己的也不小耶，公主。按照妳打呼的方式，我其實早該叫妳獅王。」

「哈。」我瞇起眼睛，抓起我們的水袋，只希望自己的臉沒變紅。「你下次需要誰幫忙拿一捲繃帶給你的時候，我會記住這句話。」

我走出小屋時，札因咧嘴一笑，這個歪斜的笑容讓我覺得腳步輕盈。輕快的夜風像老友一樣迎接我，充斥著慶祝活動用的棕櫚酒的濃烈香味。

一個戴兜帽的女人發現了我，露出開心的笑容。「獅王！」她的呼喚激起了旁人的歡呼。雖然這讓我的臉頰泛紅，但這個稱號這次聽起來並沒有多大的違和感。我靦腆地揮手，繞過人群，消失在陰影中。

也許是我自己弄錯了。

也許我心中從頭到尾真的有一頭獅子。

第三十五章 伊南

魔乩發動攻勢。

凱雅被殺。

我正在追蹤卷軸。

——伊南

沙漠空氣死氣沉沉。

每次呼吸都割痛肺臟。

少了凱雅的連番指導，我的所有呼吸都混在一起，我一直想著她死在我的魔法下。

我這才意識到，與凱雅並肩騎行讓時間感覺沒那麼漫長。而我獨自旅行時，每一分鐘都覺得像一個鐘頭。晝與夜之間毫無界線。口糧消耗得很快，飲水也緊隨其後。

我抓起掛在這頭偷來的豹坐騎的鞍座上的水壺，擠出最後幾滴水。如果奧瑞真的在天上看著我，現在一定在哈哈大笑。

我派士兵們送回家的消息，應該快送到了。

我熟悉父王的個性，他一收到信就會調派衛兵，命令他們帶著罪魁禍首的頭顱回去，不然就別回去。但他根本不知道的是，他在追殺的怪物就是我。

罪惡感撕裂我的內心，就像我壓抑的魔力。父王永遠不會理解我正在多麼嚴厲地懲罰自己。

蒼天在上。

我壓抑魔力時，腦子裡嗡嗡作響。這股力量深入我的骨頭，比我想像的更廣泛。此刻，我對抗的不僅僅是胸口疼痛或呼吸急促，而是我的雙手不斷顫抖。凱雅眼裡的強烈恨意。她最後那句話裡的惡毒。

蛆蟲。

我不斷聽見這兩個字。我無法逃離的地獄。凱雅留下的這麼一句髒話，等於宣布我不適合當國王。這個誹謗貶低了我曾經為之努力的一切，我努力履行的職責。凱雅強加給我的宿命。

媽的。我閉上眼睛，逼自己別想起那天的她。在我傷害了亞瑪芮之後，是凱雅找到我，我躲在我房間最黑暗的角落裡，握著染血的劍。

我把劍扔到地上，凱雅把它放回我的手裡。

你很堅強，伊南。她微笑。**別讓那股力量嚇到你。你這輩子都會需要它。想成為國王，你就需要它**。

「力量。」我嗤之以鼻。我現在需要的就是那股力量。我只用了魔法來保護我的王國。凱雅應該比誰都明白這點。

出腦海。她死了。我沒辦法改變這件事。

我經過伊貝吉的黏土牆時，沙粒朝我的臉龐鞭笞而來。我把關於凱雅的念頭推

魔法的威脅依然存在。

我要殺了她。

此時夜深人靜，我以為這個沙漠聚落會陷入沉睡，但伊貝吉的街道上充斥著一些慶祝活動的餘韻。

下層貴族和村民拿著酒杯大口暢飲，一個比一個醉。

他們不時高喊神祕的稱號，為所謂的「獅王」、「指揮官」和「永生者」歡呼。沒人理會我這個邋遢士兵，沒人瞥一眼我身上已經乾掉的血跡。沒人意識到我是他們的王子。

我拉扯豹坐騎的轡繩，停在一個看似清醒得能記住自己名字的村民面前。我伸手拉出皺巴巴的海報。

然後我聞到大海的味道。

雖然我徹底壓抑了我該死的魔力，那股味道還是擊中了我，它非常獨特，就像大海飄來的微風。它像幾天來的第一滴水一樣撼動我。我突然明白怎麼回事。

她在這裡。

我拉扯轡繩，催促豹坐騎跑向氣味來源。

殺了她。殺了魔法。

我要拿回我的人生。

我在一條布滿沙粒的小巷裡滑行停下。這裡的海水味極為強烈。她在這裡，她

躲在某處，躲在其中一扇門後面。

我下了坐騎，拔出佩劍，喉嚨緊縮。劍刃反映月光。

我踹開第一扇門。

「你幹麼？」一名女子嚇得呼喊。即使腦海中的陰霾拖慢了思緒，我也看得出來這個女人不是她。

不是那個女孩。

不是我在找的人。

我深呼吸，再次尋找，讓海鹽味指引方向。是這一扇門。**這間**小屋。唯一擋住我的阻礙。

我踢開黏土門，衝進去，咬牙咆哮。

我舉起劍，準備戰鬥——

這裡沒人。

這裡只有摺起的床單，還有掛在牆上的舊衣服，全都沾有血跡。但小屋裡空無一人，只看得見獅子掉落的毛髮，還有那女孩明顯的氣味。

「喂！」屋外一名男子喊道，我沒轉身察看那人。

她原本在這裡。在這座城市，在這間小屋裡。

而現在，她消失了。

「你怎麼可以隨隨便便闖進——」一隻手抓住我的肩膀。

我在一瞬間用雙手掐住這名男子的喉嚨。

我用佩劍對準他的心臟，他發出尖叫。

「她在哪？」

「我不知道你在說什麼。」他喊道。

我把劍刃劃過他的胸口，一條細細的血痕出現。他的淚水在月光下幾乎呈銀色。

蛆蟲，那個少女用凱雅的嗓音呢喃道。**你永遠不會成為國王。你甚至連我都抓不到。**

我把男子的喉嚨掐得更緊。

「她在哪？」

第三十六章 瑟爾莉

在地獄般的沙漠旅行了六天後，賈貝河谷的茂密森林是深受我們歡迎的景象。這片丘陵地帶充滿生機，樹木茂盛，每棵樹的樹幹寬大得能容納一整間小屋。我們穿梭於這些高聳的巨樹，前往一條蜿蜒的河流，月光透葉灑下。河水的輕柔咆哮如歌聲般衝擊我的耳朵，像海浪撞擊一樣柔軟。

「這真令人放鬆。」亞瑪芮輕柔道。

「可不是嗎？感覺幾乎就像回到家裡。」

我閉上眼睛，聽著涓涓細流，想起我在清晨和爸爸撒漁網時的平靜感。在遙遠的海上捕魚時，感覺就像活在自己的世界裡。我只有在那時候才覺得真正安全，就連衛兵也碰不到我們。

我沉浸在這個記憶時，我的肌肉放鬆了。我已經好幾個星期沒覺得這麼平靜。三件聖器原本尚未湊齊，加上伊南追殺在後，我們的每一秒都感覺像是偷來的，充其量是借來的。我們原本缺乏儀式所需的道具，而且我們得到神器的機會遠小於被殺的機會。但現在，我們擁有了一切：卷軸、太陽石和骨匕首，三者都在我們的掌握之中。我難得感到無比輕鬆。距離百年至日還有六天，我終於覺得我們能贏。

「他們會不會把這件事說成故事？」亞瑪芮問：「關於我們？」

「他們本來就該這麼做。」札因嗤之以鼻。「我們為了魔法而歷經千辛萬苦，他們應該為我們訂定國定假日。」

「這個故事該從哪裡說起？」亞瑪芮咬著下唇。「標題該叫什麼？《魔法召喚者》？《魔法恢復者與聖器》？」

「聽起來不夠順口。」我皺起鼻頭，靠在奈菈毛茸茸的背上。「這種標題是禁不起時間考驗的。」

「更簡單一點的怎麼樣？」札因提議：「《公主與漁夫》？」

「聽起來像愛情故事。」

我翻白眼。我能聽見亞瑪芮嗓音裡的笑意。我如果坐起來，一定會看到札因也在微笑。

「聽起來確實像愛情故事，」我逗弄道：「可是這個標題就不夠準確了。如果這麼想要愛情故事，何不取名叫《公主與阿格邦選手》？」

亞瑪芮猛然扭頭，臉頰泛紅。「我的意思不是——我——我不是說——」她還說不出其他話，嘴巴已經閉上了。

札因瞪我一眼，但眼裡沒多少惡意。小小的挖苦就能讓他們倆都閉上嘴，我無法確定這究竟是可愛還是令人討厭。

「老天，這條河真大！」來到貢貝河旁邊時，我沿奈菈的尾巴滑下來，在泥濘河岸邊的大塊光滑石頭上站穩。水面很寬，蜿蜒地穿過森林的中心和巨樹群。我跪在泥濘中，把水送到唇邊，想起在沙漠中口乾舌燥的感覺。在這潮溼的空氣下，冰涼的水讓我覺得舒適，我很想把整個臉都泡進水裡。

「瑟爾，先別休息，」札因說：「前面會有水。我們還有一段路要走。」

「我知道，但先讓我啜飲一口吧。奈菈也該休息片刻。」

我揉揉奈菈的犄角，把臉貼在牠的脖子上；牠用鼻子磨蹭我，我不禁咧嘴笑。就連牠也討厭沙漠。我們離開沙漠後，牠的腳步變得格外輕快。

「好吧，為了奈菈，」札因讓步。「不是為了妳。」

他跳下來，蹲在河邊，小心翼翼地用水袋裝水。我嘴角上揚。惡作劇的機會實在讓我無法抗拒。

「我的天啊！」我指向某處。「那是什麼？」

「什麼——」

我衝撞他的身子。札因哀號一聲，撲通一聲掉進河裡。他爬回岸上，渾身溼透，冷得牙齒打顫，亞瑪芮倒吸一口涼氣。札因盯著我的眼睛，露出邪惡的笑容。

「妳死定了。」

「你得先抓住我再說！」

我還來不及逃跑，札因已經箭步衝來，抓住我的腿。他把我拉到水下時，我發出尖叫。水實在冰冷，就像阿格巴婆婆的木針一樣刺痛我的肌膚。

「天啊！」我急忙換氣。

「妳的惡作劇值得妳付出這種代價嗎？」札因笑道。

「我已經好幾年沒能整到你，所以我認為值得。」

亞瑪芮從奈菈背上跳下來，咯咯笑，搖搖頭。「你們兩個真誇張。」

札因露出賊笑。「我們是團隊，亞瑪芮。妳也該來共襄盛舉吧？」

「才不要。」亞瑪芮後退，但毫無機會反抗。札因像歐瑞莎河蟒一樣從水裡衝上岸。亞瑪芮只逃了幾尺就被他逮到。她尖叫著大笑，被札因扛在肩上時拚命求饒，我微笑著看著這一幕。

「我不會游泳。」

「水沒多深。」他笑道。

「我是公主。」

「公主都不泡澡嗎？」

「卷軸在我身上！」她把它從腰帶裡拿出來，讓札因想起自己提出的策略。為了避免一口氣失去三神器，我們決定由他攜帶骨匕首，亞瑪芮帶著卷軸，我保護太陽石。

「有道理。」札因從她手裡搶走卷軸，放在奈菈的鞍座上。「而現在，公主殿下，您的皇家泡泡浴正在等著您。」

「札因，別！」

亞瑪芮的尖叫聲如此響亮，嚇得鳥兒從樹上飛出。她墜入水中時，我和札因放聲大笑；她雖然在水中能站起來，但還是拚命掙扎。

「不好笑。」亞瑪芮發抖，但忍不住露齒而笑。「你會付出代價。」

札因鞠躬。「放馬過來。」

一種新的笑意浮現在我臉上，讓我即使坐在冰冷的河岸上也感到溫暖。我已經好久沒看到哥哥嬉笑玩耍。亞瑪芮拚命想把他壓在水底下，雖然她的體重頂多只有他的一半。札因配合她，假裝痛苦地嚎叫，假裝她可能會贏——

突然間，這條河消失了。

連同樹木。

奈菈。

還有札因。

我周圍的世界旋轉，一股熟悉的力量把我帶走。

旋轉停止後，我感覺蘆葦撓著我的腳，清新空氣充斥我的肺。

剛意識到自己在王子的夢境裡，我已經被推回了現實世界。

我喘著氣，捂著胸，河水的寒意再次襲上我的腳。夢境的閃光只持續了片刻，卻無比強大，比以往都強烈。意識到這一點時，一股寒意襲上我的心頭。伊南不只是在我的夢裡。

而是正在接近。

「我們得走了。」

札因和亞瑪芮笑得太大聲，沒聽見我。他再次把她抱起來，威脅要把她扔回水裡。

「別鬧了。」我朝他們踢水。「我們**得走了**。這裡不安全！」

「妳在說什麼？」亞瑪芮咯咯笑。

「是伊南，」我衝口道：「他很近——」

我的嗓音卡在喉嚨裡。一陣遠處的聲響持續逼近。

我們朝砰砰作響的聲源扭頭望去。

我一開始聽不出來那是什麼聲音，但它靠近時，我認出爪子穩定的拍打聲。聲響繞過河灣時，我終於看到我最害怕的景象：伊南朝我們飛馳而來。

他騎乘在大豹身上。

我們急忙爬上河岸，震驚情緒拖慢了我的腳步。剛剛還讓我們感到快樂的河水現在令我們感到沉重，強勁的水流讓亞瑪芮和札因寸步難行。**我們是笨蛋**。我們怎麼會這麼蠢？我們讓自己放鬆的那一秒，就是伊南終於抓住我們的那一秒。

伊南怎麼這麼快就越過了尚東布雷那座斷橋？他怎麼知道該往哪走？就算他以某種方式追蹤我們到了伊貝吉，我們也已經在六天前離開了那個地獄。

我急忙回到奈菈身邊，率先上鞍，緊緊抓住牠的韁繩。札因和亞瑪芮在我身後匆忙爬上。但在拉扯韁繩前，我轉過身——**我遺漏了什麼？**

之前與他同行的那些衛兵呢？殺了雷坎的那個上將呢？在倖免於聖塔洛的攻擊後，伊南肯定不會在沒有支援的情況下發動攻勢。

但儘管違背了所有合理的邏輯，我確實沒看到其他衛兵追來。這個小王子隻身一人。勢單力薄。

而且我打得贏他。

「妳在做什麼？」我們還沒邁步，我已經鬆開奈菈的韁繩，札因見狀發出尖叫。

「我來處理。」

「瑟爾莉，不！」

但我沒回頭。

我把背包扔到地上，從奈菈的背上跳下來，蹲伏著陸。伊南也停下自己的坐騎，下了鞍，亮出劍，準備血戰。豹坐騎低吼一聲，退到一邊，但伊南似乎沒注意到。他的制服沾染緋紅汙漬，他琥珀色的眼眸中燃燒著絕望，而且他看起來比之前瘦。他全身散發一種疲憊感，他的眼睛流露一種瘋狂。

他因為壓抑自身魔力而變得虛弱。

「等一下！」亞瑪芮嗓音顫抖。

儘管札因試圖阻止她，她還是從奈菈的鞍座上滑下來。她靈活的雙腳悄然踩過地面，試探地從我身邊走過。

亞瑪芮面無血色，我看到了困擾她一生的恐懼。我看到幾星期前在市集上抓住我的那個女孩。背部布滿傷疤的公主。

但她移動時，姿勢跟以往有些不同，穩定得就像競技場上的戰船。這種姿態使她得以接近她的兄長，她眼中的擔憂壓過了恐懼。

「發生了什麼事？」

伊南不再把劍對準我的胸口，而是對準亞瑪芮。札因跳下來準備戰鬥，但被我抓住手臂。「讓她試試。」

「別擋路。」伊南雖然嗓音帶有威嚴，但手在顫抖。

亞瑪芮停頓一秒，被反映於伊南佩劍的月光照亮。

「父王不在這裡，」她終於開口：「你不會傷害我。」

「妳言之過早。」

「也許你不知道你會不會傷害我，」亞瑪芮用力嚥口水。「但我知道你不會。」

伊南沉默許久，靜止不動，太過靜止。雲層移動，月光照耀，照亮了他們之間的空間。亞瑪芮上前一步，然後又一步，這次步伐更大。她把一手貼在伊南的臉頰上時，淚水充滿了他琥珀色的眼睛。

「妳不明白，」他沙啞道，仍然握緊劍。「它毀了她。它會毀了我們**每個人**。」

她？無論亞瑪芮是否知道伊南說的是誰，也顯然不在乎。她把他的劍尖引向地面，彷彿在安撫一頭野獸。

我第一次注意到她和她哥有多麼不一樣，她是圓臉，伊南則是方下巴。儘管兩人有著相同的琥珀眼睛和銅色皮膚，但相似之處似乎到此為止。

「那些是父王的話語，伊南。他的決定。不是你的。我們是獨立的個體，我們**自己**能做決定。」

「但他是對的。」伊南嗓音哽咽：「如果我們不阻止魔法，歐瑞莎就會被燒成灰燼。」

他的目光回到我身上，我握緊佩棍。**儘管試試看**，我想咆哮。我受夠了逃跑。

亞瑪芮引導伊南的視線，用纖細的雙手捧住他的後腦勺。

「父王不是歐瑞莎的未來，哥哥。我們才是。我們是站在正確的一邊。你也可以站過來。」

伊南瞪著亞瑪芮，而有那麼幾秒，我不知道他是誰。冷酷的隊長，小王子，還是害怕又崩潰的魔乩？他的眼睛裡有一種渴望，他想放棄戰鬥。但他抬起下巴時，我認識的那個殺手又回來了。

「亞瑪芮——」我喊道。

伊南把她推到一邊，向前衝來，劍對準我的胸口。我亮出棍子，跳到札因前面。亞瑪芮試過了。

現在輪到我。

伊南的劍擊中我的金屬棍，空氣為之震顫。我期待著反擊的機會，但既然真正的伊南覺醒了，他就不會鬆懈。他雖然疲憊，但攻勢猛烈，他對我的恨意驅動著他。然而，抵擋每一次攻擊時，我自己的怒氣也在累積。這個禽獸燒了我的村子，而且該為雷坎之死負責。他是我們所有問題的根源。

而且我能收拾他。

「看來你接受了我的建議，」我喊道，一個空翻避開了他的劍刃。「我幾乎看不見你的白頭髮。你這次染了多少層，小王子？」

我朝他的頭顱揮動棍子，意在致命，而不只是致殘。我受夠了戰鬥。我受夠了被他妨礙。

他俯身避開我的棍子，並迅速將劍刺向我的腹部。我避開危險，做出反擊。我們的武器再次互擊，發出刺耳聲響。

「你贏不了的，」我嘶吼，雙臂被震得發抖。「殺了我也無法改變你是誰。」

「無所謂，」伊南往後跳，又避開我的一擊。「只要妳死了，魔法也會死。」

他衝上前，吶喊一聲，高舉長劍。

第三十七章

亞瑪芮

雖然我和哥哥對打了那麼多年，但現在看著他，感覺就像看著一個陌生人。伊南的動作雖然比平時慢，但攻勢無情，由我無法理解的熾熱怒火驅動。他和瑟爾莉你來我往，他的劍和她的棍不斷發出敲擊聲。兩人隨著戰鬥而進入森林深處時，我和札因追上去。

「妳還好嗎？」札因問。

我很想說我沒事，但看著伊南，我感到心碎。經過這麼長的時間，他離正確的決定這麼近……

「他們會殺了彼此。」我呢喃，他們在恨意助長下的攻勢令我畏縮。

「不。」札因搖頭。「瑟爾會殺了他。」

我仔細觀察瑟爾莉的動作，有力又精確，不愧是她這種戰士。但她不是試著將他擊倒而已——而是為了殺掉我哥。

「我們必須阻止這場戰鬥！」我向前跑去，無視札因哀求要我留在後面。這場戰鬥將我們的手足推下一道山丘，深入森林覆蓋的山谷。我衝向他們，但離得越近，我反而越不知道該怎麼辦。我應該取出佩劍？還是毫無防備地衝進危險？他們以充滿復仇慾的方式衝向彼此，我不知道這兩個計畫能否阻止他們。我甚至不知道這兩個計畫能否讓他們猶豫。

但我奔跑時，一個新的困境讓我分心，我感覺到一些看不見的視線造成的壓力。我在任何地方都能認出這種重量，因為我一輩子都在宮牆裡承受它。

隨著這種感覺增強，我匆忙停步，尋找它的來源。**伊南是不是召來了其他士兵？**他的個性應該不會想單打獨鬥。如果有一支軍隊逼近，我們可能比我想像的更脆弱。

可是我沒看到歐瑞莎的皇家徽印，我只看到樹葉在上方挪移。我還來不及伸出佩劍，一陣鞭打聲響過半空中——

奈菈哀號一聲，摔倒在地，被厚實的套索纏住腿和鼻子。我轉身，看到一張網子蓋住牠龐大的身軀，牠就像被熟練的偷獵者輕鬆抓住。奈菈徒勞地掙扎，試圖獲得自由時，籠中的咆哮減弱成恐懼的嗚咽聲。牠的嗚咽變成了沉默。五名士兵從森林中出現，將牠拖走，牠無力反抗。

「奈菈！」札因立即做出行動，亮出剝皮刀。他以驚人速度向前衝，舉刀割向——

「啊！」

札因像一塊巨石一樣倒落在地，手腕和腳踝都被兩端繫有鉛墜的獵繩綁住。一張網子撒出，把他像叢林貓一樣困住，他的獵刀滑過森林地面。

「不！」

我追上他，甩出我的伸縮劍刃，心臟狂跳。我輕易地避開一條飛來的獵繩，但那五個抓走奈菈的人影再次出現時，我不知道該面向哪裡。他們在陰影中進進出出，戴著面具，全身黑衣。在短暫的閃光中，我瞥見他們珠子般的眼睛。**不是士兵……**

如果他們不是伊南的衛兵，那他們究竟是誰？他們為什麼要襲擊我們？他們的目的是什麼？

我朝第一個靠近的人揮劍，然後彎腰避開另一人的攻擊。每次攻擊都浪費了寶貴時間，札因和奈菈沒有的時間。

「札因！」更多蒙面人從黑暗中出現、將他拖走時，我朝他呼喊。他竭盡全力對抗獵網，但頭部遭到一記快速的打擊，使他全身癱軟。

「札因！」我朝一個衝來的襲擊者揮劍，但為時已晚。蒙面人抓住我的武器，將我繳械。另一人用溼布蓋住我的臉。

布的酸味造成惡毒的刺痛，我的視線發黑。

第三十八章

瑟爾莉

亞瑪芮的尖叫聲在樹林間迴盪。

我和伊南因此暫停戰鬥。我們扭頭查看，發現亞瑪芮在幾尺外與一個蒙面人纏鬥。

儘管她在掙扎，但被一隻黑色手套摀住了嘴。她翻白眼，然後眼神徹底茫然。

「亞瑪芮！」伊南朝她追去，我也跟上。但森林裡空無一人。我找不到奈菈。

我看不到札因。

「札因？」我靠在一棵樹上，觀察山谷中的樹木剪影。遠處一團塵土飛揚，我看到一個被網子纏住的身體，沉重而結實。一隻癱軟的手壓在繩索上。**糟糕……**

「札因！」

我朝那裡飛奔而去。

我不知道自己能跑得這麼快。

我彷彿又回到六歲那年，伸手去抓鎖鏈，試圖抓住媽媽。

我推開這道回憶，在黑夜中尖叫札因的名字。這不可能正在發生。不可能發生在我身上。不可能發生在札因身上。

不可能再次發生。

「札因！」

我的尖叫聲撕裂了我的喉嚨，我的雙腳在泥土上顫抖。我跑過試圖追上亞瑪芮的伊南身旁。我能救他——

「不！」

緊綁的獵繩纏住我的腳踝，將我拉倒在地。一張網子籠罩我的身體時，空氣從我的肺臟湧出。

「啊！」我再次尖叫，我被拉過森林時拚命掙扎。他們抓走了札因。他們抓走了亞瑪芮。

他們現在要抓走我。

石塊和樹枝撕扯我的皮膚，把我的金屬棍從我手裡打落。我試圖從地面上抓住札因的匕首，但它也逃脫了我的掌握。塵土飛進我的眼睛，在我眨眼時造成灼痛。這麼做沒用。我輸了——

拉扯我這張網子的繩索突然斷裂。

拖著我的兩個蒙面人因慣性而向前倒下，我的身體也停止移動。轉眼間，伊南箭步衝來，趁他們還在地上的時候發動攻擊。

其中一個蒙面人逃跑，似乎消失在寬闊的樹根下。另一人動作太慢，被伊南用劍柄撞擊太陽穴，膝蓋為之彎曲。

這個人倒地時，伊南轉向我。他重新調整握劍的姿勢。

他的眼裡燃燒著熊熊烈火。我用赤手撕扯繩索、試圖掙脫時，我的手指顫抖。伊南接近時，歐瑞莎的雪豹徽印捕捉到月光，讓我想起這個王權造成的所有痛苦。

衛兵的靴子。塵土中的血。媽媽脖子上的黑色鎖鏈。

他們如何踹倒札因。

他們如何把我甩在地上。

每一個新的記憶都壓縮我內心的一切，壓碎我的肋骨。伊南蹲下，用膝蓋固定住我的雙臂時，我屏住呼吸。

這就是結局——

伊南的劍刃在上方閃爍。

——**這就是開始**。

第三十九章

伊南

只差一步。

我朝女孩大步走去時，這個想法吞噬了我。她被困在網子裡，無力反抗。她沒有棍子。沒有魔法。

只要殺了她，我就完成了我的職責。我為歐瑞莎擊退了這個瘋女人。我在這場獵捕中犯下的所有罪行都會消失。唯一知道我有魔力的這個女人，會跟著那些罪行一起消失。

「喝！」我用膝蓋壓住她的雙臂，在她掙扎時更用力施壓。我舉起劍，用一隻手按住她的胸骨，傾斜劍身，準備將劍刃穿過她的心臟。

但我的手碰到她的胸口時，我的魔力在我的皮膚底下咆哮。一股無法阻擋的力量，比我感受過的任何魔力都強烈。

「啊！」我嘶喘。周圍世界消失在一團燃燒的藍雲中。我拚命掙扎，但無法脫身。

我的魔力壓住了我。

紅色天空。

淒厲尖叫。

鮮血淋漓。

一瞬間，女孩的整個世界在我眼前閃過。她的心碎撕裂了我自己的胸腔。

我不知道痛苦能有這麼強烈。

她爬上伊巴丹的覆雪山脈時，冰冷的岩石擊中我的赤腳。加羅夫米飯的溫暖香氣包圍了我。衛兵踢開他們家的木門時，我的心跳停止。歐瑞莎的衛兵。

我的衛兵。

看到他們，我為之窒息。彷彿有一頭猩猩掐住我的喉嚨。

一千個瞬間在我眼前閃現，一千個帶有歐瑞莎徽印的罪行。

衛兵的鐵拳碰撞她父親的下巴時，雪豹閃閃發光。

那條染血的鏈子纏住她母親的脖子時閃閃發亮。我全都看到了。父王創造的世界。

她被迫活在其中的痛苦。

「媽媽！」

瑟爾莉尖叫。這聲慘叫聽起來甚至不像來自人類。

札因把她壓在小屋的角落裡，絕望地試圖讓她遠離屋外的痛苦。

這些畫面迅速飛過。一片模糊，卻又無盡地漫長。

她為了追上她的母親而不停掙扎。

她來到樹前面時僵住——

蒼天在上。

這幅恐怖畫面烙在我的腦海中。魔乩被破魔石鏈纏身。死亡飾品。

吊在世人眼前。

這個傷口撼動了我的心。對活過那個夜晚的任何聖童下達的法令。

在父王的歐瑞莎中，這是魔乩唯一的結局。

我動用一切力量來對抗瑟爾莉的回憶，她的悲傷像復仇之河一樣淹沒我。

我整個人搖晃一下，猛然回到現實。

我的劍懸在她胸前。

詛咒蒼天。

我的手發抖。殺戮的時刻依然懸在我們之間，但我就是沒辦法讓自己動起來。

因為我只看到那個害怕又破碎的女孩。

這種感覺就像第一次見到她的時候一樣：魔乩背後的人類。嵌於痛苦的恐懼。以父王之名造成的悲劇。

父王……

真相造成灼痛，就像苦酒在我的喉嚨裡燃燒。

瑟爾莉的記憶中並沒有父王一直警告我提防的邪惡魔乩，我只看到被他撕裂的諸多家庭。

職責高過自我。他的信條在我耳邊響起。

我的父親。

她的國王。

這一切苦難的始作俑者。

我哀號一聲，把劍往下揮。我的速度使得瑟爾莉抽搐。

束縛她的繩索被我砍斷，落在泥土上。

她猛然睜眼，然後爬起身，等我揮劍。但我沒動手。

我不想再次代表歐瑞莎皇室給她造成痛苦。

瑟爾莉張嘴，疑問和困惑掛在她的嘴脣上。接著，她突然轉向泥土地上的蒙面人，因為意識到什麼而睜大眼睛。

「札因！」

她急忙站起，差點跌倒。她哥哥的名字在黑暗中迴盪。

沒人回應她，她屈膝跪地。我也不禁跟著跪下。

我終於知道真相。

但我實在不知道該拿這個真相怎麼辦。

第四十章 瑟爾莉

我不知道我在泥土地上躺了多久。

十分鐘。

十天。

一種我從未體驗過的寒意鑽進我的骨子裡。

孤獨的寒意。

我不明白。這些蒙面戰士究竟是誰？他們有什麼目的？他們身手極為迅速，我們不可能避得開。

除非一刻也不停地逃跑……

真相使我的舌尖感到苦澀。與奈菈的速度相比，即使是最快的蒙面人也算不了什麼。如果我們一直騎著奈菈趕路，這些人就無法伏擊我們。我哥和亞瑪芮就會安全。但我無視了札因的警告，而他付出了代價。札因總是為我付出代價。

當年，我想追上抓走媽媽的衛兵時，札因承受了他們的毆打，把我拖了回來。我在勒芶斯救了亞瑪芮後，札因放棄了自己的家園、團隊和過去。我決定與伊南決鬥時，被抓走的不是我，而是他。札因總是為我的錯誤付出代價。

起來，一個聲音在我腦海中響起，比以往更刺耳。**去追札因和亞瑪芮。現在就**

把他們救回來。

不管這些蒙面人是誰，他們都犯了一個致命的錯誤。我會確保這是他們這輩子最後一個錯誤。

我雖然覺得身子沉重如鉛，但還是拖著腳步，來到伊南和蒙面人所在的位置。伊南靠在樹幹上，皺著眉，依然捂著胸口。一看到我，他立刻握住劍柄，但還是沒做出攻擊。

他為了與我戰鬥而召集的烈火熄滅了；在它的灰燼中，他的眼睛下方出現了黑眼圈。他看起來比先前矮小。他的骨頭緊貼在失去血色的皮膚上。

他在壓抑魔力……我周圍的空氣開始降溫時，我意識到這一點。他在壓抑他體內的魔力。

他在讓自己再次變得虛弱。

為什麼？我瞪著他，愈加感到困惑。他為什麼幫我割開網子？他為什麼不再次朝我舉劍？

「為什麼」並不重要，一個刺耳的聲音在我腦海中響起。不管他有什麼理由，我還活著。

我如果再浪費時間，哥哥就可能會死。

我轉身背對伊南，用腳觸碰蒙面男孩的胸口。我有點想揭開他的面具，但看不到他的臉會讓我更輕鬆。先前把我拖過森林時，他看起來像個巨人。此刻，他軟弱無力的身體看起來很虛弱。毫無力量。

「你們把他們抓去哪了？」我問。

男孩動了動，但保持沉默。**錯誤選擇**。

最糟糕的選擇。

我撿起掉落的金屬棍，向下一刺，砸碎了他的手骨。男孩的激烈嚎叫響徹夜空，伊南猛然抬頭。

「回答我！」我咆哮：「你們把他們抓去哪了？」

「我不——啊！」他的尖叫聲越來越大，但還不夠響亮。我想聽他哭喊。我想看他流血。

我丟下棍子，從腰帶取出匕首。**札因的匕首⋯⋯**

我想起他在我走進勒芶斯之前把它放在我手裡，這道回憶貫穿了我的悲痛。

以防萬一，他那天對我說。

以防我害他有危險。

「告訴我！」我眼露凶光。「那女孩在哪？我哥在哪？你們的**營地**在哪？」

我的第一次攻擊是故意的，為了逼他說話而割傷他的手臂。但是傷口出血時，我體內某種理智線斷裂，某種我無法控制的野性。

我的第二擊速度很快，第三擊快得眼睛看不見。我一次又一次地劃傷他，發洩所有的痛苦，我的怒氣中最黑暗的部分掙脫束縛。

「他們在哪？」我的視線變得模糊時，我把刀插進他的手裡。媽媽消失在黑夜中。被網子纏繞的札因跟上她。「回答我！」我尖叫，再次把刀拔起來。「他們把他抓去哪了？**我哥在哪？**」

「喂！」

一個聲音從上面傳來，但我幾乎聽不見。他們奪走了魔法。他們奪走了媽媽。我不能讓他們也奪走札因。

「我要殺了你。」我把匕首移到蒙面男孩的心臟上，高高舉起。「我要殺了你——」

「瑟爾莉，住手！」

第四十一章

伊南

我伸出手，及時抓住她的兩隻手腕。

我拖她站起時，她渾身僵硬。

我們的皮膚接觸的那一刻，我的魔力開始湧動，即將再次將我吞沒在瑟爾莉的記憶中。我咬緊牙關，逼退這頭野獸。如果我再次迷失在她的腦海裡，天知道會發生什麼事。

「放手。」她厲聲道。她的嗓音依然承載著昔日所有的憤怒和凶猛。她完全不知道我看到了她的記憶。

我看到了她。

我無法阻止自己，而是仔細地觀察瑟爾莉，她的每條曲線。她的頸部弧線上的月牙形胎記。在她的銀眸中游動的白色斑點。

「放手。」瑟爾莉重複，這次更暴躁。她用膝蓋衝撞我的襠部，我及時往後跳。

「等一下。」我試著跟她講道理，但她的怒火找到了新的發洩口。她的手指緊握著她粗劣的匕首。她把手往後抬，準備攻擊。

「喂——」**瑟爾**。我想起這兩個字。沙啞的嗓音。她哥的聲音。札因叫她瑟爾。

「瑟爾，住手！」

這兩個字讓我覺得陌生，但瑟爾莉僵住，聽見自己的暱稱而發愣。她難過得皺眉。衛兵拖走她母親時，她也是這樣愁容滿面。

「冷靜點。」我放鬆手勁，藉此稍微表示相信她。「妳必須住手，否則妳會殺了我們唯一的線索。」

她盯著我，垂在她黑睫毛上的淚水落在她的臉頰上。又一個痛苦的記憶浮出水面，我必須做好準備才能擋住這個回憶。

「『我們』？」瑟爾莉問。

這兩個字從她嘴裡說出來，聽起來更加怪異。我和她根本不該有任何關聯。我和她根本不該是「我們」。

殺了她。殺了魔法。

事情原本簡單多了。這是父王會想要的。

這是他已經做到的。

但我又在腦海中看到被吊在樹上的那個魔乩。

歐瑞莎王權的無數罪行的其中一樁。

看著瑟爾莉，我終於得知我不敢問的問題的答案。我不能變得跟父王一樣。

我拒絕成為那種國王。

我放開她的手腕，但在心裡放開更多。父王的策略。他的歐瑞莎。我現在意識到我不想成為的那一切。

我的職責向來是我的王國，但它必須是為了一個更好的歐瑞莎。一個新的歐瑞莎。

一個王子和魔乩能共存的土地。一個我和瑟爾莉能成為「我們」的土地。

如果我要真正履行我對王國的職責，我就必須領導這種歐瑞莎。

「我們，」我重複，逼自己語帶自信。「我們需要彼此。他們也抓走了亞瑪芮。」

她打量我。她的眼神裡帶有希望，但她同時也在壓抑這份希望。「你十分鐘前還拿劍對準亞瑪芮。你只是想要那個卷軸。」

「妳有**看到**那個卷軸嗎？」

瑟爾莉尋找她在我們開打前把背包扔到哪，而發現它的時候，她的臉垮下來。他們抓走了她哥、她的坐騎、她的盟友。我們倆都需要的卷軸也失蹤了。

「不管我想追回來的是我妹還是那個卷軸，兩者都落在他們手上。所以以目前來看，妳我利害一致。」

「我不需要你。」瑟爾莉瞇起眼睛。「我自己能找到他們。」但她渾身散發害怕的氣息。

她害怕獨自一人。

「沒有我，妳就會被打昏在網子裡，能找到他們的唯一線索就會死在妳手上。妳真以為沒有我幫忙，妳也能對付那些戰士？」

我等她承認。她只是瞪著我。

「我會把妳罕見的沉默當作默認。」

她瞪著手裡的匕首。「只要你給我殺了你的理由——」

「妳居然以為妳殺得了我，這可真好笑。」

我們彷彿還在戰鬥一樣正面交鋒，一把無形的棍子壓在一把無形的劍上。瑟爾莉終於不再對抗我，而是回到那個在泥土中流血的男孩身邊。

「好吧，小王子。我們現在該怎麼做？」

聽她這樣輕蔑地叫我，我怒火中燒，但還是裝作沒聽見。一個新的歐瑞莎總得從某個地方開始。

「扶他坐起來。」

「為什麼？」

「看在蒼天的份上，照做就對了。」

她不爽地挑起一眉，但還是扶可憐的男孩坐起。他痛得呻吟，眼皮微微顫動。我走近時，一股令人不舒服的熱氣在我們之間的空氣蔓延。

我觀察這個蒙面人的狀況。**雙手骨折。身上的傷口多到我數不清。**他像布娃娃一樣癱靠在她手中。如果我們運氣不好，他會當場失血而亡。

「聽好。」我抓住他的下巴，逼他看著我的眼睛。「你如果想活下去，我建議你開始說話。我們的家人在哪？」

第四十二章

亞瑪芮

刺痛首先傳來，以一種使我清醒的強度在我的頭部四處跳動。灼痛緊隨其後，無數的割傷和擦傷刺痛了我的皮膚。

我慢慢睜眼，但黑暗依然存在；他們在我頭上套了一個粗花呢袋子。我深呼吸時，粗糙的織物黏在我的鼻子上，我徒勞地試著讓自己不要過度換氣。

他們為什麼這麼做？

我向前拉扯，但我的手臂把我往後拉，手腕綁在一根柱子上。**等等，這不是柱子**。我挪動身子，摸索粗糙表面。**是棵樹……**

看來我們還在森林。

「札因？」我試著喊道，但我的嘴被塞住了。晚餐吃的炸豬皮在我的胃裡翻騰。不管這些人是誰，顯然採取了一切措施來隱藏自己的身分。

我勉強聽到另一條線索——流水，其他俘虜挪動身子。除此之外沒有其他聲響。我被迫挖掘更多的記憶。

我雖然看不見，但還是閉上眼睛重溫先前遭遇的突襲：札因和奈菈消失在網子裡，還有使我昏厥的酸臭味。為數眾多的蒙面人，動作快速又靜悄，與陰影融為一體。這些怪異的戰士就是罪魁禍首。

是他們抓走了我們。

為什麼?這些人想要什麼?如果他們的目的是洗劫我們，顯然已經成功了。如果他們想殺了我們，我應該早就停止了呼吸。如此一來，他們應該有別的意圖，這場襲擊的背後有更大的目的。只要有足夠的時間，我遲早能找出答案，而且想出脫身的辦法——

「她醒了。」

我綳緊身子，在一個女性說話時保持不動。某個東西隨著腳步聲靠近而沙沙作響。她接近時，我聞到淡淡的鼠尾草味。

「我們該不該把小祖叫來?」

這一次，我聽出她拖長的尾音，我只有從東方的貴族們嘴裡聽過這種口音。我在腦海中想像父王的歐瑞莎地圖。除了伊洛林之外，只有來自瓦里這個東部村莊的貴族能在宮中聚集。

「小祖可以等。」一個男性嗓音回答她，他的話語帶有同樣的東方腔。他靠近時，從他身上升起的熱浪向我襲來。

「科瓦米，不要!」

袋子從我頭上被用力扯下，我的脖子被連帶向前猛拉。燈籠的光芒湧來，我的頭疼變得更劇烈。我強忍疼痛，觀察一切，我的視線變得模糊。

一張聖童的臉龐充斥我的視線，他狐疑地瞇起深褐色的眼睛，濃密的鬍鬚突顯了他稜角分明的下巴。他接近時，我注意到他的右耳戴著一個小型的銀環。這個男孩雖然表情凶狠，但年齡不會比札因大多少。

他身後站著另一名聖童，黑膚，貓眼，樣貌美麗，長長的白辮從她的背上滑下來，掛在她交叉的雙臂上。一個大型帆布帳篷圍繞著我們，搭建在兩棵龐大樹幹上。

「科瓦米，我們的面具。」

「不需要，」他答覆，灼熱的鼻息拂過我的臉。「難得是她有了危險，不是我們。」

另一個人坐在他身後，被綁在一根大樹根上，頭上套著一個粗花呢袋子。**札因**。認出他的形狀，我呼了口氣，但這個安心感並沒有持續多久。札因的頭套頂部滲出一塊汙漬，又厚又黑。他身上有多處割傷和瘀傷；把他運來這裡的過程一定很艱難。

「妳想跟他說話？」科瓦米問：「那就告訴我，妳從哪弄到這個卷軸。」

他在我面前揮動羊皮紙時，我血管裡的血液凍結了。**蒼天在上。他還拿走了什麼？**

「很想拿回妳的劍？」科瓦米似乎看穿了我的心思，從腰間拔出骨匕首。「我可不能把這種武器留在妳男朋友身上。」

科瓦米割斷了束縛我嘴巴的布條，即使在這個過程中劃傷了我的臉頰也毫不在意。

「妳只有一次機會，」他咬牙道：「別浪費力氣說謊。」

「我從皇宮裡拿的，」我衝口道：「我們的任務是讓魔法歸來。我是奉諸神之命。」

「我去叫小祖——」他身後的女孩開口。

「芙蕾珂，等一下。」科瓦米口氣尖銳。「沒有賈林，我們就必須帶著答案去找她。」

他回頭看著我，再次瞇起眼睛。

「一個無魔者和一個貴族奉命帶回魔法，身邊卻沒有一個魔乩？」

「我們有一個——」

我停頓，分析他這個簡單提問所透露的所有線索。我想起宮殿裡的午宴，我得在眾人的微笑和謊言背後尋找的真相。他以為我們只有兩個人。意思就是，瑟爾莉和伊南一定逃走了，不然就是未曾被抓。**他們倆可能依然安全……**

我無法決定我是否該為此感到希望。瑟爾莉和伊南如果聯手，應該能找到我們。但按照他們戰鬥的激烈程度來看，其中一人可能已經死了。

「謊話都說完了？」科瓦米問：「很好，給我說實話，妳是怎麼找到我們的？你們有多少人？妳這種貴族拿著這種卷軸做什麼？」

這種卷軸？

我的指甲抓過泥土。**當然**。我為什麼沒有立刻注意到？我說我要透過卷軸讓魔法回歸的時候，科瓦米連眼睛也沒眨。雖然他是聖童，但他第一次接觸卷軸也沒產生魔力反應。

因為這不是他第一次碰觸這個卷軸……

事實上，這個卷軸可能就是他和他的蒙面私刑者們的目的。

「聽著——」

「不，」科瓦米打斷我，接著來到札因身旁，扯掉他的頭套。札因幾乎沒有意識，他的頭癱軟地靠在一邊。看到科瓦米把骨匕首抵在札因的脖子上，我的胸中充滿焦慮。

「說實話。」

「我說的是事實！」我尖叫，拉扯身上的繩索。

「我們得把小祖找來。」芙蕾珂退到帳篷的入口處，彷彿這段距離讓她擺脫了恐懼。

「我們需要真相，」科瓦米厲聲道：「她在說謊。妳明明也看得出來！」

「別傷害他。」我哀求。

「我給過妳機會了。」科瓦米繃緊嘴唇。「這是妳的錯。我不能再次失去家人——」

「怎麼回事？」

我急忙望向帳篷的入口，看到一個年輕女孩走進，她握緊了拳頭。她椰子般的棕膚跟她的綠色襯衫形成鮮明對比。她的白髮披散在頭頂，蓬鬆如雲。她看起來頂多十三歲，但科瓦米和芙蕾珂在她出現時立正站好。

「小祖，我正想去找妳。」芙蕾珂急忙道。

「我想先問出答案。」科瓦米接話。「我的斥候在河邊看到他們。卷軸在他們手上。」

小祖睜大深褐色的眼睛，從科瓦米手中接過羊皮紙，掃視了它被風化的墨水。她用拇指撫摸符號的方式，給了我所有需要的答案。

「妳以前看過這個卷軸。」

女孩看著我，注意到我皮膚上的傷口，還有札因額頭上的淺傷。她盡力維持面無表情，但嘴角還是變得下垂。

「你們該直接叫醒我。」

「沒那個時間，」科瓦米說：「他們當時開始移動。我們如果再不行動，他們就會脫離我們的接觸範圍。」

「他怎麼了？」

「還有另外兩個，」芙蕾珂答覆：「他們跑掉了。還有賈林……」

「他們？」小祖問：「他們還有更多人？」

芙蕾珂愧疚地跟科瓦米對視一眼。「他還沒回來。他有可能被抓了。」

小祖臉色一沉，把手裡的卷軸抓得皺起。「你們沒去救他？」

「當時沒時間——」

「這不是由你決定！」小祖罵道：「我們絕不丟下任何人。我們的職責就是確保每個人安全！」

科瓦米的下巴垂到胸前。他挪動身子，雙臂抱胸。「重點是卷軸，小祖。如果更多衛兵會出現，我們就需要它。我評估了風險。」

「我們不是衛兵，」我打岔：「我們不是軍隊的成員。」

小祖瞥向我，然後走向科瓦米。「你害我們全都有了危險。希望你玩國王遊戲玩得很愉快。」

她的言詞雖然嚴厲，但字字哀傷。她皺著細細的眉毛，看起來比實際年齡還年輕。

「去我的帳篷裡召集其他人，」她指示科瓦米，然後指向札因。「小芙，幫他清理頭部的傷口，上繃帶。我可不希望他傷口感染。」

「那她怎麼辦？」芙蕾珂朝我的方向點個頭。「妳希望我們怎麼做？」

「什麼也不用做。」小祖把視線轉向我，表情又變得莫測難辨。「她哪裡也不去。」

第四十三章

伊南

寂靜包圍著我們。

濃厚沉重，懸於空中。我和瑟爾莉之間唯一的聲響，是我們在森林中最高的山丘上跋涉時的腳步聲。令我驚訝的是，雖然土壤柔軟而且獵網裝有鉛塊，但那些蒙面人並沒有留下更多痕跡。我每次發現什麼蹤跡，它似乎都消失了。

「往這裡走。」瑟爾莉帶路，探索樹林。

按照被我們審問的那個蒙面男孩的建議，我在樹幹上尋找他族人的彩繪符號：兩個背對彼此的新月符號形成的X。據他說，遵循這個低調的符號，是找到他們營地的唯一辦法。

「還有一個。」瑟爾莉指向左邊，改變了我們前進的方向。她以不屈不撓的決心攀登，我勉強跟上。失去知覺的蒙面男孩趴在我的肩上，壓在我的身軀上，讓我每次吸氣都很困難。我差點忘了我在壓抑魔力時呼吸有多痛苦。

與瑟爾莉對戰的時候，我被迫放棄壓抑魔力。我需要所有體力才能控制住魔力。而現在，我再次動用所有力量才壓住體內的魔力。無論我如何努力，還是可能感受到瑟爾莉的痛苦。這個威脅持續不斷，而且持續增長——

我的腳在泥土上打滑。我呻吟一聲，把腳後跟插進泥土裡，以免滑下山坡。如果滑倒，我的魔力就會獲得自由。

就像獅子逃出牢籠。

我閉上眼睛，瑟爾莉的生命力如潮水般湧入，先是冰冷又尖銳，然後是柔軟又溫暖。大海的味道環繞著我，清澈的夜空在黑浪映襯下熠熠生輝。我看到她和札因一起前往水上市場。她和她爸在椰子船上度過幾小時。

它的一部分，她的一部分，照亮了我心中的某些東西。可是這道光只持續了片刻。

然後我被她痛苦的黑暗淹沒。

蒼天在上。我壓抑這一切，把她的每個部分和這個病毒全都推開。它消失後，我感到輕鬆一些，儘管壓抑魔力所造成的壓力導致我的胸腔劇痛。她生命力裡的某些東西對我的魔力做出呼應，一有機會就刺激它。她的精神似乎在我身邊盤旋，如洶湧的大海般襲來。

「你在拖慢我的速度。」瑟爾莉在山頂附近朝我喊道。

「那要不要換**妳**來扛他？」我問：「我比較樂意看他在妳身上流血。」

「也許如果你停止壓抑你的魔力，就能承受額外的重量。」

也許如果妳關閉妳那悲慘的心靈，我就不需要耗費那麼多精力來把妳排拒在外。

但我咬住舌頭；並不是她思想的每個部分都很悲慘。她家人的記憶中交織著一種強烈的愛，是我從未感受過的。我想起與亞瑪芮對打的日子，想起因父王的憤怒而畏縮的夜晚。如果瑟爾莉擁有我的魔法，她會看到我的哪些部分？

我咬著牙完成最後的攀登時，這個問題一直困擾著我。我到達山頂後，放下俘虜，然後走到高原所在。風鞭笞我的臉，讓我渴望摘下頭盔。

我瞥向瑟爾莉；她已經知道我的祕密。這是打從我的頭髮上出現該死的白紋之後，我第一次不用躲藏。

我接近山坡的陡峭邊緣，解開頭盔，細細品味涼爽微風吹過頭皮的滋味。我已經很久沒能毫無畏懼地摘下頭盔了。

在我們下方，貢貝河谷的森林山丘蔓延於陰影和月光下。巨樹遍布大地，但從這裡望去，一個獨特的符號就變得清楚了。不同於整個森林中隨機分布的樹木，這片小樹林排列成一個巨大的圓圈。從我們的所在之處，能勉強看到蒙面人那特殊的X符號塗在一些樹的葉子上。

「他說了實話。」瑟爾莉顯得驚訝。

「畢竟我們沒有給他多少選擇。」

「話雖如此，」她聳肩。「他真要說謊還是可以說謊。」

在樹木的圓陣之間，豎起了一道由泥巴、石塊和縱橫交錯的樹枝組成的祕密牆壁。這堵牆雖然簡陋，但很高，能碰到幾尺高的樹幹。

兩個持劍的身影站在牆前，應該是在守衛著他們的大門。跟我們審問的那個男孩一樣，這些戰士也戴著面具，全身黑衣。

「我還是搞不懂他們是誰。」瑟爾莉低聲咕噥。我也有同樣疑問。除了他們的位置，我們從男孩身上唯一得知的另一件事是，他的夥伴們也在尋找卷軸。

「如果妳沒把他打得半死不活，也許我們能得到更多答案。」

瑟爾莉咬牙道：「要不是我痛扁了那小子，就根本不可能找得到這個地方。」

她大步向前，開始走過這片森林地帶。

「妳要去哪？」

「把我們的手足帶回來。」

「等等。」我抓住她的胳臂。「我們不能就這樣衝進去。」

「我能對付兩個人。」

「他們絕對不只兩個人。」我指向大門周圍的區域。在陰影的阻礙下，瑟爾莉花了幾秒才看清楚。那些隱藏的士兵極為靜止，完全融入了黑暗。「光是這一側就至少有三十人。這還不包括躲在樹上的弓箭手。」

我指向懸在樹枝上的一隻腳，那是茂密樹葉中唯一的生命跡象。「如果他們的陣型與地面上的人數相呼應，這應該表示樹上至少也有十五人。」

「那我們就在白天進攻，」瑟爾莉做出決定：「他們到時候就沒法躲藏了。」

「陽光不會改變他們的人數。我們必須認定，他們跟抓走了亞瑪芮和札因的那些人一樣武藝高強。」

瑟爾莉對我皺起鼻頭；我也注意到了。她哥的名字從我嘴裡說出來，這聽起來確實怪異。

她轉身，白色鬈髮在月光下微微閃爍。她的頭髮原本筆直如劍，但現在呈緊致的螺旋狀，被風吹得更為扭曲。

她的鬈髮讓我想起她小時候的回憶，那時的她還是個孩子，她的鬈髮比現在更緊致。她母親咯咯笑，試著把瑟爾莉的頭髮梳成一個髻，在女兒掙扎時召喚出神奇黑影將瑟爾莉固定在原地。

「我們該怎麼做？」瑟爾莉打斷我的思緒。我把注意力轉移到牆上，讓戰鬥的事實洗去她母親和她的頭髮的相關回憶。

「貢貝離這裡只有一天的騎行路程。如果我現在離開，早上就能帶衛兵回來。」

「你是認真的嗎？」瑟爾莉退後一步。「你想把衛兵攬和進來？」

「如果要進入那個營地，我們就需要一支部隊。我們還有什麼選擇？」

「那些衛兵是讓你有選擇。」瑟爾莉用一根手指戳我的胸口。「我可沒有。」

「那個男孩是聖童。」我指向俘虜。「如果那堵牆後面有更多聖童？他們現在拿到卷軸了。我們不知道我們會面對什麼。」

「當然，卷軸。又是那個卷軸。我居然蠢得以為這件事的重點是救出我哥或**你妹**——」

「瑟爾莉——」

「給我想個新辦法，」她要求。「如果那堵牆後面有聖童，而你叫來衛兵，我們就沒辦法把我們的手足救回來。你的士兵一出現，他們就會死。」

「這不是事實——」

「你敢把衛兵找來，我就讓他們知道你的祕密。」她交叉雙臂。「他們來這裡的時候，我會確保他們也殺了你。」

我後退一步，感覺胃袋扭擰。凱雅的劍又回到我的腦海。她握劍的姿勢充滿恐懼，她的眼睛充滿恨意。

我把手伸進口袋，握住父王的棋子時，一種怪異的悲傷感湧上心頭。我咬住所有我想回擊的字句。偏偏她說的都對。

「那麼，在沒有衛兵的情況下，妳提議我們怎麼做？」我追問：「沒有部隊，我看不出我們能突破那堵牆。」瑟爾莉看著營地，雙臂抱胸。儘管我們周圍的溼氣讓我流汗，她還是忍不住顫抖。

「我會把我們弄進去，」她終於開口：「一旦進去後，你我分道揚鑣。」

她雖然沒說出來，但我知道她在想著那個卷軸。進入這個營地後，卷軸爭奪戰只會更加激烈。

「妳在盤算著什麼樣的辦法？」

「不關你事。」

「既然我要把我的性命交在妳手上，就當然跟我有關。」

她的目光掃向我。鋒利，充滿懷疑。但接著，她把雙手按在地上，空氣中燃起一陣嗡鳴。

「Emí awọn ti o ti sun——」

她的話語使得大地順從她的意志。它吱嘎作響，破碎斷裂。一個土型人影在她的接觸下出現，透過她手上的魔法而成形。

「蒼天在上。」我忍不住對她的力量咒罵。她什麼時候學到這招？但她不在乎我知道什麼，而是轉身看著營地。

「這是靈偶，」她說：「會聽從我的指示行動。」

「妳能製造幾個？」

「至少八個，也許更多。」

「不夠。」我搖頭。

「它們很強大。」

「裡頭有太多戰士，我們需要更強大的部隊——」

「好吧。」瑟爾莉轉過身。「如果我們明天晚上進攻，我會在早上想出如何製造更多的辦法。」

她開始走離，但又停了下來。

「給你個建議，小王子。不要把你的性命交在我手上，除非你想結束這條命。」

第四十四章 瑟爾莉

汗珠浸透了我截短的襯衫，滴在山石上。我的肌肉因為練習一百個咒語所造成的壓力而顫抖，但伊南沒有放鬆。他從我們最近一次的對打中站了起來，從赤裸的胸膛上拍掉了堅硬的泥土。雖然我的上一個靈偶在他的臉頰上劃出一條紅腫傷口，但伊南還是擺出戰鬥姿態。

「再來一次。」

「媽的，」我喘道：「先讓我休息一下。」

「沒有休息的時間。如果妳做不到，我們就需要另外想辦法。」

「計畫本身沒問題，」我咬牙道：「你還需要證明什麼？我的靈偶很強大，不需要太多數量——」

「裡頭有超過五十名戰士，瑟爾莉。全副武裝、做好戰鬥準備的人員。如果妳以為八個靈偶就夠了——」

「對付你綽綽有餘！」我指向伊南眼睛上方的瘀傷，再指向他長袍右袖上的血跡。「你連對付一隻也很困難。你憑什麼認為他們能對付更多？」

「因為他們有**五十人**！」伊南厲聲道：「而我的力量不及平時的一半。妳拿我來做評估根本不準。」

「那就證明我錯了啊，小王子。」我握緊拳頭，只想讓他噴出更多貴族之血。「證明給我看我有多弱。證明給我看你究竟有多強！」

「瑟爾莉——」

「夠了！」我咆哮，把雙掌壓在地上。我的精神通路第一次在沒有咒語的情況下打開；我的魔導質流失，靈偶流動。它們在隆隆聲下成形，在我無聲的命令下從大地升起。十個靈偶衝過山丘時，伊南瞪大眼睛。

但就在攻擊前的那一剎那，他瞇起眼睛。一條靜脈在他的喉嚨上隆起。他的肌肉緊貼著他強壯的體格。他的魔力像暖風一樣浮現，加熱了我們周圍的空氣。

他劈開兩個靈偶，它們碎成泥土。他如電光般攻擊另外兩隻，同時閃避和攻擊。**媽的**。我咬住臉頰內側，嚼了幾下。他的動作比一般的衛兵快。

比一般的王子致命。

「Emí awọn ti o ti sun——」我再次吟唱，又賦予三隻靈偶新的生命。我希望這波進擊能拖慢伊南的速度，但在幾秒的瘋狂戰鬥後，只有他一個人站著。汗水順著他的額頭滾落，乾燥的泥土在他的腳下嘎吱作響。

他擊倒了十二隻靈偶還能站著。

「滿意了嗎？」他雖然喘氣，卻比我之前見過的更有生命力。汗水在他肌肉的曲線上閃閃發亮；這一次，他不僅僅是一具平凡的血肉之軀。他把劍插進地面的裂縫，臉龐漲得通紅。「如果我憑全力能擊倒十二隻，妳覺得五十個戰士會有什麼樣的成果？」

我把雙掌壓在峭壁上，我要製造一隻他無法擊敗的靈偶。地面隆隆作響，但我的魔導質已經耗盡，無法為新的靈兵賦予生命。若不訴諸血魔法，我就做不到。無論我多麼努力，就是沒有靈偶拔地而起。

我不知道伊南是看到我臉上的絕望，還是透過他的魔力感覺到了。他捏捏鼻梁，幾乎吐出一聲低沉的呻吟。

「瑟爾莉——」

「不。」我打斷他。我瞥向我的背包。太陽石躺在皮革下面，默默地誘惑著我。

如果使用它，我就能召喚出足以擊倒五十名戰士的大量靈偶。但伊南不知道我擁有它。既然那些蒙面人要那個卷軸，那他們應該也想要太陽石。我感到愈加沮喪，儘管我知道我是對的。我有機會取回卷軸和骨匕首，但如果太陽石落入錯誤的魔乩之手，那個人就會變得太強大，我將無法將它奪回。

可是如果我使用血魔法……

我低頭看著自己的手；拇指周圍的咬痕剛開始結疤。血祭將會綽綽有餘，但經歷了伊貝吉競技場那些事，我再也不想使用血魔法。

伊南用期待的眼神瞪著我，讓我更加確定該如何答覆。無論是太陽石還是血魔法，我都不能用。

「我只是需要更多時間。」

「我們**沒有**時間。」伊南用手梳理頭髮，上頭那條白紋似乎比以前更寬。「妳的力量根本不夠。既然妳做不到，我們就需要把衛兵叫來。」

他深吸一口氣，他魔力的暖意開始消退。他皮膚上的血色消失了。他壓抑魔力時，他的活力也跟著消失。

感覺就像他的生命被吸走了。

「也許問題不是我。」我的聲音嘶啞，我閉上眼睛。我討厭他讓我感到虛弱，我也討厭他削弱他自己的力量。「只要你使用你的魔法，我們就不會需要衛兵。」

「我不能。」

「沒能力還是沒意願？」

「我的魔法沒有攻擊力。」

「你確定嗎？」我追問，想起媽媽說過的故事，還有雷坎展示的心靈師畫像。「你從沒癱瘓過任何人？你從沒施展過精神攻擊？」

他的臉上閃過一絲光芒，我無法判讀的表情。他握緊劍柄，移開視線。隨著他把自身魔力壓得更深，空氣也變得更冷。

「看在老天的份上，伊南，拿點決心出來。如果你的魔法能救出亞瑪芮，你為什麼不盡你所能？」我靠近他，試著在語氣中加入溫柔。「我會幫你隱瞞你的蠢祕密。如果我們使用你的魔法來進攻——」

「不行！」

伊南的強硬語調嚇得我往後跳。

「我的答案是**不**。」他用力嚥口水。「我不能，我再也不會那麼做。我知道妳很討厭衛兵，但我是他們的王子。我向妳保證，我會控制住他們——」

我轉過身，朝山坡的邊緣走去。伊南喊我的名字時，我咬緊牙關，逼自己別拿棍子揍他。我將永遠救不回我的哥哥。我將永遠拿不回骨匕首或卷軸。我搖搖頭，對抗想要爆發的情緒漩渦。

「瑟爾莉——」

「告訴我，小王子。」我猛然轉身。「哪一種比較痛？你使用魔法時的感受？還是壓抑魔力時的痛苦？」

伊南僵住。「妳不可能能夠體會。」

「噢，我完全能體會。」我湊近他的臉，近到能看到他臉頰上的鬍碴。「只要向世人隱瞞你擁有魔力，你寧可讓你妹妹死去，寧可眼睜睜看著整個歐瑞莎被燒毀。」

「向世人隱瞞我的魔力，就是我保護歐瑞莎安全的**方式**！」隨著他的力量激增，空氣變得溫暖。「魔法是我們所有問題的根源，是歐瑞莎的痛苦根源！」

「你的**父親**才是歐瑞莎的痛苦根源！」我氣得嗓音顫抖。「他是個暴君，也是個懦夫。他永遠是這種人！」

「我的父親是妳的國王。」伊南靠近我。「一個試著保護人民的國王。他奪走了魔法，是為了確保歐瑞莎的安全。」

「那個禽獸奪走魔法，是為了屠殺數以萬計的人。他奪走魔法，是為了讓無辜者無法保護自己！」

伊南愣住。空氣持續加溫，罪惡感爬到他的臉上。

「他做了他認為正確的事。」他慢慢說道：「但他奪走魔法的決定並沒有錯。他做錯的是之後的迫害。」

我抓抓頭髮，伊南的無知讓我的皮膚感覺越來越熱。他竟然為他父親**辯護**？他為什麼就是看不到真相？

「我們的力量不足和我們受到的迫害是同一回事，伊南。沒有力量，我們就只是蛆蟲。沒有力量，國王就能把我們當渣滓！」

「力量不是答案，力量只會加劇衝突。也許妳不能相信我的父親，但如果妳能學會相信我，相信我的衛兵——」

「**相信**衛兵？」我大聲尖叫，隱藏在這片荒涼森林裡的每個戰士想必都聽到了我的聲音。「那些在我媽媽脖子上綁上鎖鏈的衛兵？那些把我父親打得半死的衛兵？那些一有機會就亂摸我，天天等著我被送進苦力團，好讓他們能奪走一切的衛兵？」

伊南瞪大眼睛，但還是強調：「我認識的衛兵都是好人。他們保障勒芶斯的安全——」

「我的老天爺。」我走離。我聽不下去了，我是白痴才以為我們倆能合作。

「喂，」他喊道：「我在跟妳說話。」

「我已經說完了，小王子。你顯然永遠不會懂。」

「妳也一樣！」他以費勁的步伐追來。「妳不需要魔法也能解決問題。」

「離我遠一點——」

「如果妳能瞭解我的想法——」

「滾——」

「妳不需要害怕——」

「我**總是**在害怕！」

我不知道哪個更令我震驚——我嗓音裡的力量，還是這些話語本身。

害怕。

我總是在害怕。

這是我多年前鎖起來的事實，是我努力克服的事實。因為當恐懼感出現時，我為之癱瘓。

我無法呼吸。

我無法說話。

我癱倒在地，用手掌摀住嘴巴，抑制啜泣聲。不管我有多強，我的魔法有多大的威力，這都沒用。在這個世界上，他們會永遠恨我。

我會永遠都在害怕。

「瑟爾莉——」

「不，」我啜泣道：「別說了。你以為你明白那種感受，但你其實不明白。你永遠不會明白。」

「那就幫助我明白。」伊南跪在我身邊，謹慎地保持距離。「拜託，我想明白。」

「你做不到的。他們為了你而打造這個世界，讓這個世界充滿對你的愛。他們從不在街上罵你，從沒砸過你家的門。他們沒有拽著你母親的脖子，把她吊起來，向全世界展示。」

說出真相後，我完全無法阻止自己。我抽泣時胸口起伏。我的手指因恐懼而顫抖。

害怕。

真相造成的痛楚就像一把最鋒利的刀。

無論我怎麼做，我永遠會害怕。

第四十五章　伊南

瑟爾莉的痛苦如雨點般落下。

它滲進我的皮膚。

我的胸膛隨著她的啜泣而起伏，我的心因她的痛苦而撕裂。

這段時間，我一直感到一種前所未有的驚恐。它粉碎了我的靈魂。

它摧毀了我所有的求生意志。

她的世界不可能是這樣……

這不可能是父王建立的世界。但她的痛苦越是抓住我，我就越意識到：這種恐懼一直存在。

「如果你的衛兵在這裡，一切也會一樣破碎，一樣絕望。在他們的暴政下，沒有所謂的人生。我們唯一的救贖就是力量。」

話一出口，瑟爾莉的啜泣聲就安靜下來，彷彿她想起了一個更深層的真相，能逃避痛苦的方法。

「你的人，你的衛兵——他們只不過是殺手、強姦犯和盜賊。他們和罪犯之間的唯一區別，就是他們身上的制服。」

她站起身，用手掌擦掉眼裡的淚水。

「你想騙自己也隨你，小王子，但不要在我面前裝無辜。我不會讓你父親逍遙法外。我不會讓你的無知平息我的痛苦。」

說完，她消失了。她輕柔的腳步聲消失在寂靜中。

那一刻，我意識到我真的錯了。

我就算能進入她的腦海也沒用。

我永遠無法理解她所有的痛苦。

第四十六章

亞瑪芮

父王常常消失在王宮裡的某個房間。每一天，總是在中午十二點半。他會從王座上站起，穿過主殿，由艾貝里上將和凱雅指揮官伴隨左右。

在大掃蕩之前，我會跟在他們後面，好奇心驅使著我細瘦的雙腿。每一天，我都看著他們沿著那些冰冷的大理石階向下消失，直到有一天我決定跟蹤他們。

我的腿太短，所以我只好抓著雪花石膏欄杆，一階一階地往下走。我想像一個擺滿了莫莫餡餅和檸檬蛋糕的房間，甚至可能有閃閃發亮的玩具。但我接近底部時，並沒有聞到柑橘和糖的甜味。我沒聽到歡樂或笑聲。冰冷的地窖裡只有喊叫聲。

只有一個小男孩的尖叫聲。

一聲巨響在空中響起——凱雅用拳頭毆打一個僕人的臉。凱雅的手指上戴著鋒利的戒指；她痛打僕人時，戒指切入了他的皮膚。

看到那個血淋淋的男孩時，我想必有發出尖叫。我一定有尖叫，因為他們都轉過頭來瞪著我。我不知道那個僕人的名字。我只知道他是為我整理床鋪的人。

父王把我抱起來，靠在他的髖部上，頭也不回地把我抱了出去。「**監獄不是適合公主的地方。**」他那天說。

凱雅再次揮拳，又一聲喀啦作響。

太陽下山，漫長的白晝進入黑夜時，我想起父王的話。我不禁好奇，如果他現在能見到我，他會說什麼。也許他會親自把我吊死。

我無視肩膀的壓力，拉扯身上的束縛，儘管繩子把我的手腕摩擦得又紅又腫，但我還是持續掙扎。我把繩子在鋸齒狀的樹皮上來回摩擦了一天後，雖然纖維有些受損，但我需要把它磨損得更厲害才能掙脫。

「老天。」我嘆口氣，汗水聚集在我的嘴脣上方。這是我第十次在帳篷裡尋找更鋒利的東西。然而，除了札因之外，這裡唯一有的東西就是泥土。

我唯一能瞥見外面的一次，是芙蕾珂進來給我們送水的時候。在帳篷的門簾後面，我看到科瓦米怒目而視。骨匕首依然在他手裡。

一陣戰慄貫穿我，我閉上眼睛，用力深呼吸。我忍不住一直想像著那把匕首抵在札因脖子上的畫面。要不是他微弱的呼吸聲，我無法確定他還活著。雖然芙蕾珂已經清理並包紮了他的傷口，但他目前為止動都沒動一下。

我必須在他們回來之前把他弄出去。我必須想辦法救出他、匕首和卷軸。已經過了一個晚上。離百年至日只剩五天。

帳篷的門簾打開了，我暫停動作。小祖終於回來了。她今天穿著一件黑色長衫，裙襬縫著綠色和黃色的珠子，看起來甜美可愛。現在的她不像昨晚進來的那個好戰的孩子，而是更符合她年輕女孩的身分。

「妳是誰？」我問：「妳有什麼目的？」

她幾乎沒看我一眼，而是跪在札因的身邊。

「求求妳。」我的心跳加快。「他是無辜的。不要傷害他。」

小祖閉上眼睛，把她的小手放在札因頭上的繃帶上。她的手掌散發柔和的橙光時，我的呼吸變得急促。這道光雖然一開始微弱，但越來越亮，讓帳篷裡充滿暖意。來自她手裡的光芒持續擴大，直到徹底包圍札因的頭部。

魔法……

我感到當初目睹賓妲手裡綻放光芒時所感到的敬畏感。和賓妲一樣，小祖的魔法也很美，完全不像父王形容的那麼恐怖。但她是怎麼做到的？她的魔法怎麼來得這麼快？大掃蕩發生時，她一定還是個嬰兒。她現在低聲說的咒語是在哪學的？

「妳在對他做什麼？」

小祖沒回答我，而是咬牙皺眉，太陽穴冒出汗珠，手微微顫抖。札因的皮膚被光芒包圍，原本清晰可見的傷口縮小消失。黑色和紫色的瘀傷完全褪去，他變回了曾經與我並肩作戰的英俊少年。

「感謝蒼天。」聽到札因呻吟，我的身體放鬆了，這是我們被綁架後他第一次發出聲音。雖然他仍然昏迷不醒，但他還是在繩子的束縛下稍微挪動。

「妳是療癒師？」我問。

小祖瞟我一眼，但好像根本沒看到我。她專注於我皮膚上的擦傷，彷彿在尋找更多她能修復的東西，彷彿她需要進行治癒的這個欲望不僅僅存在於她的魔法，也存在於她的內心。

「求求妳，」我再次嘗試。「我們不是妳的敵人。」

「而我們的卷軸卻在你們手上？」

我們的？我把心思集中在這三個字上。她、科瓦米和芙蕾珂都是魔乩，這不可能是巧合。這個帳篷外面一定還有更多魔乩。

「我們不是只有兩個人。科瓦米沒能抓到的那個女孩是魔乩，一個強大的招魂師。我們去過尚東布雷。有個聖塔洛揭露了那個卷軸的祕密——」

「妳在說謊。」小祖雙臂抱胸。「妳這種無魔者不可能見得到聖塔洛。妳究竟是誰？其餘的軍隊在哪裡？」

「我跟妳說的是事實。」我的肩膀垮下。「我跟科瓦米說的也是事實。如果你們都不願意相信我，那我也無能為力。」

小祖嘆口氣，從長袍裡取出卷軸。她展開它時，卸下了強硬的態度，而是顯得悲傷。「我上次看到這個東西的時候，我正躲在一艘漁船底下。我被迫看著皇家衛兵砍死我的妹妹。」

蒼天在上……

小祖的聲音也有同樣的東方腔。看來凱雅取得卷軸時，小祖一定也在瓦里村。凱雅以為自己殺掉了所有的新魔乩，但小祖、科瓦米和芙蕾珂顯然找到活下來的辦法。

「我真的很遺憾，」我輕聲道：「我無法想像那是什麼感受。」

小祖沉默許久。一種疲倦感壓在她身上，使她看起來比實際年齡老得多。

「大掃蕩發生時，我還是個嬰兒。我甚至不記得我爸媽長什麼樣子。我只記得害怕。」小祖彎下腰，拉扯腳下的野草，直到它們的根鬚從地上拔起。「我一直好奇，帶著這種可怕回憶活下去會是什麼樣子。我已經不用再做這種想像了。」

賓妲的臉在我的腦海中浮現：她燦爛的笑容，她耀眼的光芒。有那麼一刻，這些回憶閃耀著它所有昔日的光輝。

然後它變成紅色，沾滿她的血。

「妳是貴族。」小祖起身朝我走來，眼中燃起新的火光。「我幾乎能在妳身上聞出來，我不會讓妳的王室毀了我們。」

「我站在你們這一邊。」我搖頭。「放了我，我能向妳證明這點。那個卷軸不僅能把魔法還給觸摸它的人，它也是某個儀式的一部分，能讓魔法重返這片土地。」

「難怪科瓦米對妳提高警覺。」小祖後退。「他認為妳是被派來滲透我們的。看妳說謊說得這麼巧妙，我覺得他可能是對的。」

「小祖，求求妳——」

「科瓦米。」她沙啞道。他進來時，她抓住自己長袍的領口。

他的手指撫過骨匕首的刀刃，臉上的威脅顯而易見。

「是時候了嗎？」

小祖點個頭，下巴顫抖，緊閉雙眼。

「抱歉，」她低聲說：「但我們必須保護自己。」

「妳出去吧，」科瓦米指示她：「妳不需要目睹接下來的畫面。」

小祖擦擦眼淚，從帳篷裡退了出去，看了我最後一眼。她離去後，科瓦米進入我的視線。

「希望妳已經準備好說實話。」

第四十七章 伊南

「瑟爾莉？」

我喊她的名字，雖然我不認為她會對我做出回應。從她先前逃離我的方式來看，我有點懷疑我能找到她。

太陽開始下沉，消失在地平線上的山丘後面。我靠在樹上休息時，扭曲的陰影在我周圍伸展。

「瑟爾莉，拜託。」我在喘息之間呼喚，而一道疼痛穿透我的身體時，我抓住了樹皮。我跟她吵架後，我的魔力讓我感到強烈的灼痛。光是呼吸就讓我的胸口劇烈痙攣。「瑟爾莉，對不起。」

但這聲道歉在森林中迴盪時，這幾個字感覺空洞——我不知道我在為什麼抱歉。因為我不理解她的感受？還是因為我是我父王的兒子？針對他做過的一切，任何道歉似乎都微不足道。

「一個新的歐瑞莎。」我喃喃自語。大聲說出口，聽起來更可笑。我跟問題本身就有著千絲萬縷的關聯，我竟然還以為我能解決任何問題？

蒼天在上。

瑟爾莉不僅僅讓我的思緒變得混亂而已。她的存在就瓦解了我被教導的一切，我知道自己需要的一切。夜幕降臨，我們仍然沒有計畫。沒有她的靈偶，我們就會因為這些蒙面人而失去一切。我們的手足，還有卷軸——

一陣痛楚刺痛我的腹部。我痛得跪下，抓住樹幹來支撐身子。我的魔力拚命試圖浮出水面，就像狂野的雪豹般。

「媽媽！」

我閉上眼睛，腦海裡迴盪著瑟爾莉的尖叫聲，任何孩子都不該發出的苦澀哭聲，她不該目睹的創傷。

要讓魔法永遠消失，每個魔乩都必須死。只要他們嘗過那種力量，就會拚命試著把它帶回來。

父王的臉孔進入我的腦海。語調沉穩，眼神茫然。

我當時相信了他。

儘管我感到恐懼，但我欽佩他堅定不移的氣勢。

「你嗓門會不會太大了點？」

我猛然睜眼；不知道為什麼，在瑟爾莉面前，我的魔力就是平靜了下來。

「你哭成那樣，我很驚訝那些戰士沒把你也抓走。」

瑟爾莉上前一步，進一步安撫了我的魔力。我沿著樹幹滑到地上時，她的精神力量就像涼爽的海風一樣降臨在我身上。

「這不是我的錯，」我咬牙低聲說：「它造成了疼痛。」

「只要你接受它，它就不會造成疼痛。你的魔力攻擊你，是因為你反抗它。」

她維持臉色嚴肅，但我對她語氣中的憐憫感到驚訝。她走出陰暗處，靠在一棵樹上。她的銀眸又紅又腫；雖然我們吵架是滿久以前的事，但她臉上還是看得到淚痕。

突然間，重溫她昔日的痛苦，我感覺這種懲罰對我來說還不夠嚴厲。我只有承受片刻的痛苦，這個可憐的女孩則是承受了一輩子。

「這表示妳願意與我並肩作戰？」我問。

瑟爾莉雙臂抱胸。「我別無選擇。札因和亞瑪芮依然受困。我沒辦法靠自己把他們救出來。」

「可是靈偶怎麼辦？」

瑟爾莉從背包裡拿出一顆發光的球體；凱雅的昔日對話在我腦海中響起。從水晶外表下脈動著橙紅光芒來看，這個物體只可能是太陽石。

「如果他們在找卷軸，那他們也會想要這個。」

「這東西一直在妳手上？」

「我怕它被奪走所以一直沒拿出來，但它能幫我製造我們需要的所有靈偶。」

我點頭；她的計畫難得聽來可行。有這個東西就應該夠了，但現在的問題還不止這些。

你的人，你的衛兵——他們只不過是殺手、強姦犯和盜賊。他們和罪犯之間的唯一區別，就是他們身上的制服。

她的話語在我腦海裡迴盪，不再是一根棍子壓在我的劍上。發生了那一切後，我們回不去了。我們其中一人必須退讓。

「妳問過我何者更痛，」我逼自己說出我不想說出來的話語。「使用我的魔力所造成的感覺，還是壓抑它所感到的痛苦。我不知道答案。」我握住失去光澤的塞納棋子，把注意力集中在它刺痛我手掌的感覺上。「兩種我都討厭。」

少許眼淚刺痛了我的眼睛。我清清喉嚨，拚命想壓住淚水。我只能想像，如果父王現在看得到我，他朝我揮來的拳頭會有多快。

「我痛恨我的魔力。」我壓低嗓門。「我討厭它毒害我的方式。但更重要的是，我討厭它讓我討厭自己。」我集中所有力氣，才能抬頭看著瑟爾莉的眼睛。看著她，激起了我心中每一個恥辱。

瑟爾莉的眼睛再次出現淚光。我不知道我的哪句話擊中了她的心弦。她的海鹽靈魂似乎在收縮，我第一次希望她的靈魂留下。

「你的魔力不是毒。」她的嗓音顫抖。「你才是。你壓抑它，抗拒它。你隨身帶著那可悲的玩具。」她大步走來，從我手中搶走塞納卒子，把它舉在我面前。「這玩意兒是破魔石，你這白痴。想不到你的手指頭還沒掉下來。」

我盯著黯淡的棋子，金色和棕色的鏽跡掩蓋了它原本的顏色。我一直以為這東西是漆成黑色，但它其實就是用破魔石做的？

我從她手裡拿走它，輕輕握著，感受它對我的皮膚造成的刺痛。我原本一直以為我只是把它握得太緊。

原來如此……

這種諷刺差點讓我笑出來。這個認知讓我回到我得到它的那一刻。父王把它「送」給我的那一天。

在大掃蕩之前，我們每星期都會下塞納棋。在那一個小時裡，我的父親不僅僅是個國王。每個棋子和每個動作都是一個教導，為了我日後領導全國所傳授給我的智慧。

但在大掃蕩後，他沒時間玩遊戲，沒時間陪我。有一天，我犯了一個錯：我把棋具帶進王座廳，父王把棋子甩到我的臉上。

別碰，我彎下腰想撿起它們時，他厲聲咆哮。**清理是僕人的工作，不是國王的**。

這顆棋子是我設法挽救的唯一一顆。

我盯著黯淡的金屬時，羞恥感在我身上擴散。

這是他給我的唯一禮物，但其核心就是仇恨。

「這原本是我父親的。」我輕聲道。取自鄙視魔法之人的祕密武器。創造出來是為了摧毀像我這樣的人。

「你抓緊它的樣子，就像孩子抓緊毯子。」瑟爾莉長嘆一聲。「你為一個永遠會因為你的本質而恨你的人而戰。」

和她的頭髮一樣，她的銀眸在月光下熠熠生輝，比我見過的任何眼睛都更犀利。我盯著她。

我盯著她，雖然我需要說話。

我把棋子丟在泥土地上，踢到一邊。我必須在沙地上畫出一條界線。我一直是頭綿羊。我的王國需要我表現得像個國王時，我是頭綿羊。

職責高過自我。

這個信條在我眼前瓦解，帶著父王的謊言一起消失。魔法或許危險，但剷除它所造成的罪孽並沒有讓王權變得更好。

「我知道妳不能相信我，但給我一個機會證明自己。我會帶我們進入那個營地。我會把妳哥帶回來。」

瑟爾莉咬脣。「我們找到那個卷軸的時候？」

我遲疑不決；父王的臉龐在我腦海中閃過。**如果我們不阻止魔法，歐瑞莎就會被燒成灰燼。**

但我看到的大火都是出自他的手。他的手，還有我的手。我這輩子都獻給了他。我不能再忍受他的謊言。

「它是妳的，」我做出決定：「不管妳和亞瑪芮打算做什麼……我都不會阻攔。」

我伸出一手，她盯著我的手；我不知道我的話語對她來說是否足夠。但過了很久，她把手掌放在我的手上，她的接觸讓我感到一種奇妙的暖意。

令我驚訝的是，她的手上長滿老繭，也許是因為使用棍棒而變得強韌。我們鬆手後，避開了彼此的眼睛，而是盯著夜空。

「所以我們真的要行動？」她問。

我點頭。「我要讓妳看看我能成為什麼樣的國王。」

第四十八章

瑟爾莉

奧雅，請務必讓我們成功。

我默默祈禱，心臟壓著胸腔狂跳。我們穿過陰影，蹲在蒙面人營地的外圍。我的計畫原本看來完美，但到了行動的時候，我不禁一直想著它所有可能失敗的方式。如果札因和亞瑪芮不在裡頭？如果我們必須對付魔乩？而且伊南怎麼辦？

我瞥向他，一看到他就感到不安。要進行我的計畫，我就必須把太陽石交給小王子；這要麼意味著我失去理智，要麼我已經輸掉了這場戰鬥。

伊南凝視前方，咬緊牙關，數算大門周圍的守衛人數。他穿著的不是平時的盔甲，而是那名俘虜所穿的黑色服裝。

依據他給我的感受，我還是不知道該對他作何感想。看著他被誤導的仇恨，我又想起大掃蕩之後那段最黑暗的日子。我當時痛恨魔法。我責怪媽媽。

我咒罵諸神把我們造成這種人。

我試著忘記昔日痛苦時，感覺喉嚨裡彷彿出現一個腫塊。我依然能感覺到腦海中那個謊言的影子，它逼我痛恨我自己的血脈，讓我想扯掉我的白髮。

薩蘭那些謊言所引發的自我厭惡，幾乎將我吞噬殆盡。但他已經奪走了我的母親。我不能讓他也奪走真相。

大掃蕩之後的幾個月，我堅守著媽媽的教誨，將它們深深地烙在我心中，直到它們像血液一樣貫穿我。不管這個世界怎麼說，我的魔法都是美麗的。即使沒有魔力，諸神也賜了我一份禮物。

但伊南的眼淚把那一切都帶了回來，這個世界強迫我們吞下的致命謊言。薩蘭做得很好。

伊南對自己的恨意超過我對他的恨意。

「好了，」他輕聲道：「是時候了。」

我花了很大的力氣才鬆開手指，把我的背包遞給他。

「別太勉強自己，」他警告：「也別忘了，把一些靈偶留在後方，以便防禦。」

「知道了，知道了。」我翻白眼。「你快開始行動吧。」

雖然我不想產生任何感受，但伊南走出陰影，大步走向大門時，我的胃袋為之緊繃。我又想起握住他那隻粗糙的手的感覺。他的觸摸讓我感到一種怪異的安心感。

在入口站崗的兩個蒙面人把武器對準他，躲藏在陰影中的那些人也為之挪動。我聽見上方傳來撥弦聲：張弓搭箭。

雖然我知道伊南也能察覺到，但他走路的姿態自信滿滿。他走了幾百尺，來到我和入口之間時才停下來。

「我來做交易，」他宣布：「我有你們想要的東西。」

他把我的背包丟在地上，拿出太陽石。我真該讓他提前為接觸太陽石所產生的感受做好準備。儘管相隔一段距離，我還是聽見驚呼聲。

一陣顫抖從他的手傳到他的頭部，他的手掌脈動著柔和藍光。我不禁好奇，奧瑞是否出現在他的眼睛裡。

而這場表演正是蒙面人們所需要的。幾個人從陰影中現身，開始包圍他，舉起武器準備攻擊。

「跪下。」一個蒙面女子咆哮，小心翼翼地帶領夥伴走出大門。她用斧頭指向某處，點個頭，把更多戰士從藏身之處引出來。

老天。人數早已超越我們的估計。**四十……五十……六十？**還有多少人在樹上瞄準他？

「先把俘虜帶出來。」

「我們得先把你綁起來。」

木門敞開。伊南打量著女首領，然後後退一步。

「抱歉。」伊南轉過身。「我恐怕沒辦法做這筆交易。」

我從灌木叢裡跑出來，拔腿衝刺。伊南像投擲阿邦球一樣用盡全力投擲太陽石，它以驚人速度飛過空中，我縱身一躍才抓住。我把它抱在胸前，翻個筋斗落在地上。

「啊！」太陽石的力量灌入我體內時，我發出嘶喘，感到一種令我陶醉的快感。熱量在我的皮膚底下爆發，力量激增，點燃了我血液中所有的魔導質。

在我的眼睛後面，我瞥見奧雅的另一面，紅色絲綢在祂的黑色皮膚上閃閃發光。風吹動祂的裙襬，捲起祂的頭髮，使得珠子在祂臉上翩翩起舞。

祂伸出手時，一道白光從祂的手掌中散發出來。我感覺不到自己的身體，但能感覺到自己對祂伸手。剎那間，我們的手指彼此擦過——

世界隆隆作響。

「抓住她！」

有人在我身後喊道，但我聽不清楚。魔法從我的血液中咆哮，我感覺到四面八方的諸多魂魄。它們呼喚我，像海嘯一樣升起。它們的聲響壓倒了生者的聲音。

這些靈魂衝向我，就像被月亮拉動的潮汐。

「Emí awọn ti o ti sun——」

我把一隻手插進大地。在我的觸摸下，一道深深的裂痕在地面擴散。

我們腳下的大地發出呻吟，一支死靈大軍從泥土裡崛起。

它們從地面上旋轉而出，就像一團由樹枝、岩石和土壤組成的颶風。它們的身軀因我的魔法銀光而硬化。我釋放這團風暴。

「進攻！」

第四十九章

亞瑪芮

一道尖銳的劈啪聲在空中響起。

科瓦米的拳頭撞到札因的下巴時，我不禁畏縮。

札因的腦袋歪向一邊，布滿一團團的血跡和瘀傷。

「別打了！」我尖叫，淚水順著臉頰流下。鮮血滴進札因的眼裡，小祖所有的治療成果都被瓦解了。

科瓦米轉身，抓住我的下巴。「還有誰知道你們在這裡？你們其餘的士兵在哪？」他雖然動手打人，嗓音卻很緊繃，幾乎帶著絕望，彷彿他的舉動也傷害了他自己，正如它傷害了我。

「**沒有**所謂的士兵。你去找到跟我們一起旅行的魔卍，她能證明我說的一切都是事實！」

科瓦米閉上眼睛，深呼吸，一動不動，這使得我渾身不寒而慄。

「來到瓦里村的那些人，模樣很像妳。」他從腰間拔出骨匕首。「他們**說話方式**也像妳。」

「科瓦米，求求你——」

他把匕首插進札因的腿裡。我不知道誰喊得更大聲，我還是他。

「如果你很生氣，就傷害我吧！」我徒勞地拉扯身上的束縛。我希望他把刀子用在我身上。他要打就打我，要揍就揍**我**。

就像打擊心臟的攻城錘，賓妲強行進入我的腦海。她也受過苦，她代替我受苦。科瓦米再次刺向札因的大腿，我再次大叫，我的視線因新的淚水而模糊。他用顫抖的手拔回匕首，把刀刃移向札因的胸口時，他的顫抖加劇。

「這是妳最後一次機會。」

「我們**不是**你們的敵人！」我衝口道：「瓦里村那些衛兵也殺了我們愛的人！」

「妳說謊。」科瓦米嗓音沙啞。他穩住手，把刀刃往後拉。「那些衛兵**是**妳的人。他們才是妳愛的人——」

門簾被掀開。芙蕾珂匆忙進來，來到科瓦米身旁。

「我們遭到攻擊。」

科瓦米臉色一沉。「她的衛兵？」

「我不知道。他們好像有個魔乩！」

科瓦米把骨匕首塞進芙蕾珂的手裡，跑出帳篷。

「科瓦米——」

「妳待在這兒！」他喊道。

芙蕾珂轉過身，觀察現場。我的淚水，還有從札因腿上湧出的鮮血。她摀住嘴，接著把匕首丟在泥土地上，然後逃離了帳篷。

「札因？」我問。他咬緊牙關，靠在樹根上。血跡蔓延在他的褲管上。他慢慢眨眼，雖然他的眼睛腫得幾乎閉上。

「妳還好嗎？」

最痛苦的淚水刺痛了我的眼睛。他被毆打，被刺傷，他卻問我好不好。

「我們得逃出這裡。」

我以一種全新的狂熱拉扯束縛我手腕的繩索。繩索的纖維開始斷裂，發出劈啪聲。雖然繩索啃咬我的皮膚，但我的胸腔充滿了另一種疼痛。這感覺就像在王宮的時候，我的束縛是金鏈子。我當時真該以我現在的戰鬥方式跟他們戰鬥。

如果我有多付出一點努力，賓妲現在就會還活著。

我咬緊牙關，把腳跟插進泥土裡。我呻吟一聲，把腳跟靠在樹皮上，利用我的整個身體來拉扯繩索。

「亞瑪芮。」札因的嗓音變得更微弱。他失血太嚴重。樹皮劃破了我的腳底，但我更用力拉扯繩索。

揮劍，亞瑪芮。

父王的嗓音在我腦海中響起，但我需要的不是他的力量。

勇敢點，亞瑪芮。安撫我的是賓妲。

我要當個名副其實的獅王。

「啊！」我痛得尖叫，聽起來幾乎像怒吼。芙蕾珂的聲音從外面傳來，門簾被掀開——

束縛我的繩索斷裂。我在慣性作用下往前俯衝，臉朝下倒在泥土地上。芙蕾珂衝向骨匕首。我急忙起身，撲向她。

嚨。趁她呼吸困難的時候，我用手肘撞擊她的腹部。

「啊！」她痛得呻吟，被我撞倒在地。她抓住了骨匕首，但我用拳頭刺了她的喉

骨匕首從她手裡掉落，我抓住它的象牙刀刃。接觸它的瞬間，讓我充滿了寒意，一種奇異而狂暴的力量。

揮劍，亞瑪芮。

我又想起父王的臉。嚴肅。毫不寬容。

我早就警告過妳了。如果我們不戰鬥，這些蛆蟲就會要我們的命。

但瞪著芙蕾珂的時候，我看到科瓦米眼裡的痛苦。我看到壓在小祖細瘦肩膀上的沉重恐懼。我看到父王造成的所有悲傷，他已經奪走的生命。

我不能跟父王一樣。

魔乩不是我的敵人。

我丟下匕首，舉起拳頭，扭腰出拳，拳頭擊中她的下顎。她的腦袋為之扭轉。她翻白眼，失去意識。

我從她身上跳下來，抓起匕首，割斷綁住札因手腕的繩索。繩索才剛落地，我已經開始用它綁住他的大腿。

「妳快逃。」札因試著催我離開，但他的雙臂無力。「沒時間了。」

「別說話。」

他的皮膚摸起來溼潤。我把繩子綁緊後，傷口出血的速度變慢了。但他想睜開眼睛都很勉強。我的急救措施可能還不夠。

我窺視帳篷外面——一些沒戴面具的人影四處奔跑，這種混亂能為我們提供掩

護。我雖然看不到營地的邊界，但我們至少能跟隨人潮。

「好吧。」我從樹上折下一根樹枝，然後鑽回帳篷，把這根臨時拐杖放在札因的右手上。我把他的另一條胳臂勾在我的肩上，我固定住自己的膝蓋，以免被他的體重壓得屈膝。

「亞瑪芮，不。」札因一臉痛苦，呼吸淺而急促。

「別出聲，」我厲聲責備他：「我絕不會丟下你。」

有我支撐他，加上有拐杖保持平衡，札因用沒受傷的那條腿邁出第一步。我們休息最後幾秒後，走向帳篷的門口。

「我們不會死在這裡。」我說。

我不允許。

第五十章

伊南

我眼前的環境宛如迷宮。

由面具和土靈偶組成的迷宮。我在這場混亂中衝刺，躲避刀刃，跳過樹根，進入大門。

更多蒙面人跑了出來，試著理解這個混亂場面是怎麼回事。瑟爾莉的靈偶們像山丘一樣拔地而起。它們蜂擁而至，就像一場無人能逃的瘟疫。

成功了。我奔跑時忍不住微笑。這是一種全新的戰鬥，超出我想像的混亂塞納棋。

我周圍的戰士們紛紛倒下，被瑟爾莉的靈偶抓住時尖叫。像蟲繭一樣，泥土士兵用自己的身軀包裹住蒙面人，把他們固定在地上。

這是魔法場面第一次讓我感到興奮。魔力不是詛咒，而是恩賜。一名戰士朝我衝來，但我甚至不用拔刀，因為一隻靈偶撞到他身上，使得他再也無法對我造成妨礙。

我從這名倒下的戰士身上跳過時，土靈偶抬起頭。它雖然沒有眼睛構造，但我能察覺到它的視線。我靠近大門時，一股寒意襲來。

「啊！」

這個喊聲很遙遠，卻似乎在我的腦海中迴響。海水的氣息在波動。

我轉過身，發現一支箭貫穿了瑟爾莉的胳臂。

「瑟爾莉！」

又一支箭飛過，這一次射中了她的側身。箭矢的衝擊力將她擊倒在地。幾隻新的靈偶站起，迎頭擋下箭陣。

「你快去！」她在這場混戰中看到我，朝我吶喊。她一隻手緊握太陽石，另一隻手壓住側身的傷口。

我的腳像水泥一樣沉重，但我不能無視她的指示。大門離我只有幾尺。我們的家人和卷軸還在裡頭。

我向前推進，穿過大門，進入營地。但在我能繼續前進之前，一個不同的景象使我停下了腳步。

一名體格魁梧的聖童跑出大門，他的雙手和臉龐沾有血跡。不知道為什麼，這幅景象就是讓我想到札因。

但最令我不安的，是煙霧和灰燼的氣味。他從旁跑過時，這股味道極為強烈。我一開始不明白為什麼，直到我轉過頭，看到這個聖童的手開始著火。

導火師……

這幅景象使我停下腳步，重新點燃了父王一直烙在我腦海裡的恐懼。就是這種魔乩燒死了父王的第一個家庭。這種怪物導致父王發動戰爭。

狂野的火焰在魔乩的手上肆虐，在耀眼的紅雲中翻滾。火焰在夜色中顯得格外明亮，響亮的劈啪聲宛如咆哮。這個聲響淹沒我的耳朵時，變成了尖叫聲。父王的家人當時一定提出了徒勞的哀求。

隨著導火師的出現，一波新的箭雨從樹上射下，迫使瑟爾莉後退。她沒辦法一次應付這麼多威脅。

太陽石從她手中掉落。

糟糕！

在接下來的恐怖場面即將到來前，時間彷彿停止。導火師衝向太陽石。這想必就是他從頭到尾的意圖。

瑟爾莉朝石頭伸手，痛苦的臉龐被導火師手中的火焰照亮。但她沒能抓到它。

導火師的手指只是稍微擦過石頭，整個人就爆發烈火。

火焰在他的胸膛裡燃燒，從他的喉嚨和手腳射出。

詛咒蒼天。

我從沒見過這種景象。

這場大火吞噬一切。空氣燃燒到令人灼傷的程度。導火師腳下的地面被燒得通紅。光是他的存在就融化了他周圍的泥土，就像鐵匠熔鑄的金屬。

我的腳比我的大腦先做出行動。我飛奔穿梭於巨樹和擋路的癱瘓蒙面人之間。我沒有計畫，沒有可行的進攻計畫，但我還是奔跑。

我拚命前進時，導火師把著火的雙手放在臉前。隔著火光，他幾乎顯得困惑，似乎不知道該怎麼辦。

但就在他握緊拳頭的時候，他的姿勢散發一種黑暗氣息，一種新的威力，新發現的真相。他現在擁有力量了。

而且是他渴望使用的力量。

「瑟爾莉！」我尖叫。

他大步走向她。一群靈偶以復仇之姿發動衝鋒，但他直接擊破它們，在它們分裂成燃燒碎片時毫不動搖。

瑟爾莉試著從地上爬起來戰鬥，但傷得太重。她再次倒下時，導火師舉起一隻手掌。

「不！」

我衝上去，把自己擋在他的手和瑟爾莉的身體之間。我面對導火師的火焰時，恐懼和腎上腺素湧過我體內。

一顆火彗星在他手中扭動，它的熱量扭曲了空氣。

我的魔力在我的胸腔裡攀升，竄上我的手指。我想到我的魔力束縛凱雅的心靈。我舉起雙手準備戰鬥——

「住手！」

導火師僵住。

他轉向聲源時，我一頭霧水。一個年輕女孩走過營地，擔憂地皺起細眉。

月光照亮她的臉龐，把她的白髮照得閃閃發亮。她來到我們身邊時，盯著我自己頭上的一綹白髮。

「他們跟我們一樣。」

導火師手裡的火彗星熄滅。

第五十一章 瑟爾莉

他試著保護我。

在所有的問題和困惑中，這件事最令我驚訝。伊南拿起太陽石，把它放在我手裡的時候，我想著他竟然試著保護我。他把我抱起來，把我緊緊抱在他胸前時，我想著他竟然試著保護我。

伊南跟隨一名白髮少女，扛著我走過大門。我們經過時，戰士們紛紛摘下面具，露出白髮。門後面幾乎每一個人都是聖童。

這是怎麼回事？

我試著在痛楚的干擾下理解這一切：導火師、無數的聖童、一個似乎領導著他們的孩子。但我們終於看到他們的營地時，我不再想著這一切可能意味著什麼。

巨樹群的中心是幾個山谷的交會處，凹陷處在地面形成一個窪地，一個寬闊的平原，到處都是明亮的帳篷、貨車和手推車。炸芭蕉和加羅夫米飯的甜味從遠方飄來，彷彿讓我不再聞到自己傷口的血味。我在人群中隱約聽到約魯巴語，我只有在小時候才見過這麼多聖童聚在一起。

我們經過一群聖童，他們在一個高大的薰衣草花瓶周圍獻花。**是祭壇**。為了向天母致敬。

「這些人是誰？」伊南詢問被稱作小祖的女孩。「你們都在做些什麼？」

「請先給我一點時間。我保證，我會把你們的朋友們還給你們，也會回答你們的問題，但我需要一點時間。」

小祖對她身邊的一名聖童低聲說話，那是一個穿著綠花紋裙的女孩，白髮上綁著相配的頭巾。

「他們不在帳篷裡。」聖童輕聲報告。

「那就去找到他們。」女孩嗓音緊繃。「他們沒走出大門，所以不可能跑遠。告訴他們，我們見到了他們的朋友。我們知道他們說的是實話。」

我繃緊脖子，想聽得更清楚，但疼痛在我的體內擴散。我扭動時，伊南把我抱得更緊。他的心跳聲在我耳邊脈動，穩定又有力，就像潮汐的波峰。我不禁靠向他的心跳聲。再一次，我最大的困惑又攀升了。

「那個導火師原本會殺了你。」我呢喃。剛剛光是待在那個魔乩附近就灼傷了我的皮膚。我的皮膚現在依然發癢泛紅，手臂上有一處燒傷起泡。

這讓我想到我當時以為自己快死了。在那時候，魔法第一次不是我的盟友。而是幾乎成了我的末日。

「你當時在想什麼？」我問。

「妳那時候有危險，」他回答：「所以我什麼也沒想。」

他伸手輕觸我下巴的一處擦傷。在他的觸摸下，一種怪異的顫意貫穿我。任何可能的反應都在我的喉嚨裡亂作一團。我不知道該說什麼好。

伊南仍然沐浴在觸摸太陽石所造成的光芒中。他的魔力尚未收回體內，所以他的銅色皮膚充滿了健康的色澤。在燈籠的照映下，他的骨頭線條顯得優雅而流暢，不再是粗糙而突出。

「先用這裡湊合吧。」小祖把我們帶進一個帳篷裡，這裡已經搭好了幾張臨時小床。

「把她放在這裡。」小祖指向一張小床，伊南小心翼翼地讓我躺下。我的頭碰到粗糙的棉花墊時，我逼自己別嘔吐。

「我們需要烈酒和繃帶來處理傷口。」伊南說。

小祖搖頭。「我會處理。」

她把雙掌按在我側身的傷口上，我痛得畏縮。她吟唱時，一種灼熱感刺痛了我的體內。

「Babalúayé，dúró ti mí bayi bayi。Fún mi ní agbára，kí nle fún àwọn tókù ní agbára——」

我用力抬起頭；小祖的手底下閃爍著明亮的橙色光芒。她的觸碰造成的疼痛，變成了一種令我麻木的溫暖。我體內的灼熱感冷卻成一種鈍痛。

她手上的柔和光線滲進我的皮膚，蔓延至每一塊撕裂的肌肉和韌帶。

小祖的魔法治癒我的傷口時，我長吐一口氣。

「妳還好嗎？」

我抬頭，這才意識到我捏著伊南的手。我放手時，感覺臉龐發熱，我接著用手指撫過被箭矢刺穿的地方。溼血還沿著我的皮膚滴下，但傷口已經完全癒合。

我的腦海裡再一次浮現諸多疑問，而因為我不再感到劇痛，它們的聲音變得更大了。過去這一小時裡，我看到了比我這十年來更多的各類魔法。

「妳得開始說明一切。」我觀察小祖。她棕膚上的赤褐色澤令我感到莫名熟悉，就像每兩個月一次會航行前往伊洛林的漁民，他們用鹹水鱒魚換我們煮熟的虎魚。

「這裡究竟是怎麼回事？這是什麼地方？骨匕首和卷軸在哪？我們的手足在哪？妳說我哥在妳──」

帳篷的門簾被掀開時，我暫停說話；亞瑪芮跌跌撞撞地進來，扶著半昏迷的札因。我急忙起身協助她。我哥遍體鱗傷，幾乎站不住。

「你們做了什麼？」我咆哮。

亞瑪芮拔出骨匕首，對準小祖的脖子。「快幫他治療！」

女孩後退，舉起兩隻手掌。

「把他放下。」她深吸一口氣。「我現在會回答你們所有的問題。」

⚹

祖萊卡──小祖──治療札因的腿和頭部時，我們默默坐著。在她身後，科瓦米和芙蕾珂立正站著，姿態緊繃。

科瓦米挪動身子時，我把手移到我的背包上，在它底下尋找太陽石的熱量。我看著科瓦米的時候，還是不禁會想到他的臉龐被火焰包圍。

我靠在奈菈身上，慶幸能在小祖命令夥伴釋放我的坐騎後跟牠團聚。我把背包塞到牠的爪子後面，不想被人看到它和裡頭的石頭。然而，小祖開始因念咒而四肢顫抖時，我發現自己很想把太陽石拿出來借給她。

看著小祖，我感覺彷彿回到五歲那年，拿著繃帶和幾盆熱水跟在媽媽身後。每當村裡那位女療癒師無法獨自照料伊巴丹最嚴重的病人時，她就會和我媽一起工作。她們倆會並排坐著，那位療癒師使用自己的魔法接觸病人，媽媽則阻止病人嚥下最後一口氣。**頂尖的招魂師不只能指揮死神，小瑟爾。我們也能幫助人們活下去。**

我盯著小祖的小手，想起媽媽的手。小祖雖然年輕，卻展現了強大的魔法能力。我們得知她是第一個觸摸那個卷軸的聖童後，一切都開始變得合理。

「我當時沒意識到自己擁有什麼。」她說話時，因施法而疲憊得嗓音沙啞。芙蕾珂遞給她一個裝著水的木杯。小祖點頭表示感謝，然後喝了一口。「薩蘭的衛兵來到瓦里村，發動攻擊時，我們沒有做好準備。他們奪走卷軸後，我們差點沒能逃脫。」

伊南和亞瑪芮面面相覷，以眼神無聲交談。亞瑪芮臉上也出現伊南一整天都帶著的愧疚。

「逃出瓦里村後，我知道我們需要找個安全的地方，一個衛兵無法追捕我們的地方。一開始只是幾個帳篷，但我們向歐瑞莎的聖童們發送暗語訊息後，營地規模開始擴大。」

伊南愣了一下。「你們在一個月內就建立了這個聚落？」

「感覺沒花那麼久。」小祖聳肩。「諸神彷彿不斷差遣聖童來這裡。我還沒弄清楚怎麼回事，這個營地就完成了。」

小祖臉上露出一絲微笑，但她轉向亞瑪芮和札因時，笑意消失。她用力嚥口水，低下頭，上下撫摸自己的雙臂。

「我們對你們做的那些事——」小祖改口：「我**允許**他們做的事……我真的很抱

歉。我向你們保證，那讓我覺得很難受。但我們的斥候看到一名拿著卷軸的貴族時，我們不能冒險放過。」她緊閉雙眼，細細的淚水流了出來。「我們不能讓瓦里村的遭遇在這裡重演。」

小祖的眼淚讓我自己的眼睛感到刺痛。科瓦米難受得皺起臉龐。我很想因為他如何對待札因而恨他，但我做不到。我自己也好不到哪裡去。說起來，我比他更惡劣。要不是伊南阻止了我，我會為了逼供而刺死那個蒙面聖童。他會成為趴在泥土地上的屍體，而不是現在躺在小床上，等著接受小祖的治療。

「對不起，」科瓦米勉強開口，嗓音低沉緊繃。「但我跟夥伴們承諾過，我會盡一切手段確保他們安全。」

我再次想起他臉上的火焰，但不知何故，現在覺得沒那麼可怕。雖然他的魔法嚇得我血液失溫，但他是為他的同胞而戰。**我們的**同胞。就連諸神也不會因此責怪他，我又怎麼能怪他？

小祖用手掌擦掉臉頰上的淚水。在這一刻，她看起來比這個殘酷世界所允許的更年輕。我忍不住伸手把她拉進我的懷裡。

「我真的很抱歉。」她在我肩上哭泣。

「沒關係。」我揉揉她的背。「妳那麼做是為了保護妳的族人。妳做了妳必須做的。」

我看著亞瑪芮和札因，他們點頭表示同意。我們沒辦法怪她，因為換作我們，也會做出同樣舉動。

「拿去。」祖萊卡從黑色襯衫的口袋裡拿出卷軸，塞在我手裡。「不管妳需要什麼，這裡每個人都會支持妳。他們之所以聽我的，是因為我是第一個接觸到卷軸，但如果亞瑪芮說的是真的，那麼諸神選了妳。無論妳有何吩咐，我們都會照做。」

我不自在得渾身發麻。我沒有能力領導這些人。我連領導我自己都很勉強。

「謝謝妳，可是妳在這裡做得很好。妳繼續保護這些人安全吧。而我們的職責是前往扎里亞，還得弄艘船。離至日只剩五天了。」

「我在扎里亞有親戚，」芙蕾珂開口：「我們能相信的商人。如果我跟你們一起去，我能把他們的船隻提供給你們。」

「我也一起去。」祖萊卡抓住我的手，她這隻小手明顯讓我感覺到她的希望。「這裡的人數足以保護這個地方，我也相信你們用得著一個療癒師。」

「如果你們願意讓我參加……」科瓦米欲言又止，清清喉嚨，強迫自己對上札因和亞瑪芮的眼睛。「我想跟你們並肩作戰。火焰向來是很好的防禦手段。」

札因冷冷地瞪著科瓦米，揉著自己受傷的大腿。小祖雖然幫他止了血，但法力不足以消除所有疼痛。

「保護好我的妹妹，否則你下一次閉上眼睛的時候，會發現自己腿上插了一把刀。」

「我能接受。」科瓦米伸出一手，札因跟他握了手。歉意在他們雙手之間傳播時，一陣舒適的沉默充斥了整個帳篷。

「我們得慶祝一番！」小祖臉上綻放燦爛的笑容，明亮又天真，讓她看起來就像她應該成為的孩子。她的喜悅充滿感染力，就連札因也忍不住露齒而笑。「我一直想做一些有趣的事，一種能將營地中每個人聚在一起的方式。我知道這麼做不符合時節，但我們應該明天舉辦一場阿喬遊慶典。」

「阿喬遊？」我俯身向前，不敢相信自己的耳朵。在我小時候，慶祝天母和諸神誕生的活動就是我一年中最美好的時光。爸爸總是會給我和媽媽買配套的長袍、絲綢和串珠，長長的珠子披在我們的背上。在大掃蕩前的最後一次阿喬遊中，媽媽存了一整年的錢，就為了買鍍金的髮環在我的頭髮上編辮子。

「它一定會很完美。」小祖興奮得話語加快。「我們可以在帳篷裡整理出空間，並舉行開幕遊行。我們要為神聖故事找個地方。我們可以搭建一個舞臺，讓每個魔乩接觸卷軸。每個人都能看著自己的魔力歸來！」

一絲猶豫貫穿我全身，伴隨著科瓦米的火焰燃燒聲。不過一天前，把這些聖童都變成魔乩還是個夢想，但我現在認真思索這件事。更多的魔法就意味著更多的潛力，也意味著太陽石更可能落入壞人的手中。但如果我密切盯著它……如果這些**聖童都跟隨小祖……**

「妳意下如何？」小祖問。

我來回看著她和科瓦米，他綻放微笑。

「聽起來很棒，」我做出決定。「它將是大家永生難忘的阿喬遊。」

「那儀式怎麼辦？」亞瑪芮問。

「如果我們在慶祝結束後立刻出發，會有足夠的時間。我們還有五天時間到達扎里亞，而芙蕾珂的船能把我們所需的時間縮短一半。」

小祖容光煥發，彷彿臉龐本身發出光芒。她握緊我的手，我對她這隻手給我帶來的暖意感到驚訝。這不只是個結盟關係，更是我們這個社群的開始。

「那我們就這麼做！」小祖也抓住亞瑪芮的手，興奮得幾乎跳上跳下。「這是我們起碼該做的。我想不出更好的辦法向你們四個人致敬。」

「三個人。」札因做出糾正，澆熄了我才剛萌芽的興奮情緒。他朝伊南點個頭。「他跟我們不是一夥的。」

伊南和札因對視時，我覺得胸口緊繃。我知道這一刻遲早會來，我只是希望我們能有更多時間。

小祖僵硬地點個頭，察覺到緊張氣氛。「我們讓你們自行討論。如果要為明天做好準備，我們就有很多事要做。」

她站起身，科瓦米和芙蕾珂跟上，現場一片寂靜。我被迫瞪著手裡的卷軸。接下來該怎麼辦？我們該——**我們算是「我們」嗎？**

「我知道這會讓人很難接受。」伊南先開口：「可是你和亞瑪芮被抓走的時候，事情就改變了。我知道我這樣要求很過分，可是既然你妹能學會相信我——」

札因猛然轉身看著我，他的怒視就像棍子一樣擊中我的腹部。他的表情傳達了一切：**拜託妳跟我說這不是真的。**

「札因，要不是因為他，我也早就被抓走了——」

因為他當時想親手殺了我。那些戰士發動攻擊時，他還想用他的劍刺穿我的心臟。

我深吸一口氣，從頭來過，雙手撫過我的佩棍。我不能搞砸這件事。我必須說服札因聽我的。

「我原本不相信他，至少一開始不是。但是伊南有跟我並肩作戰。我有危險的時候，他奮不顧身地保護我。」我的嗓音似乎變得微弱。我沒辦法看著任何人，所以只是瞪著自己的手。「他看到、感覺到一些我永遠沒辦法向任何人說明的東西。」

「妳要我怎麼相信？」札因交叉雙臂。

「因為……」我轉頭看著伊南。「他是魔乩。」

「什麼？」亞瑪芮瞠目結舌，扭頭看著伊南。雖然我早就注意到她有瞥見他頭上的白紋，但她現在終於恍然大悟。

「這怎麼可能？」

「我也不知道，」伊南說：「這是在勒芶斯的時候發生的。」

「就在你把我們的村子燒成灰之前？」札因咆哮。

伊南繃緊下巴。「我當時不知道——」

「可是你在砍死雷坎的時候已經知道了。」

「是他攻擊了我們。我的上將當時擔心我們有危險——」

「還有你昨晚想殺掉我妹的時候？你那時候就是魔乩嗎？」札因試著起身，但痛得齜牙咧嘴，一手壓住大腿。

「我來幫你。」我作勢要扶他，但札因甩開我的手。

「拜託妳告訴我，妳沒這麼蠢。」他的眼底閃過另一種痛楚。「妳不能相信他，瑟爾。無論他是不是魔乩，他都不是我們這一邊的。」

「札因——」

「他曾經試著**殺了**妳！」

「拜託你。」伊南開口：「我知道你沒理由相信我，但我不想再戰鬥了，我們的目標是一致的。」

「什麼目標？」札因嗤之以鼻。

「一個更好的歐瑞莎。一個像你妹這樣的魔乩不必天天生活在恐懼中的王國。我想讓它變得更好。」伊南的琥珀眼睛盯著我。「我想跟你們一起改善它。」

我逼自己撇過頭，深怕臉上會洩漏什麼。我望向札因，希望伊南的話語有稍微打動他。但他拚命握緊拳頭，前臂為之顫抖。

「札因——」

「想都別想。」他皺著眉站起身，走向帳篷出口，努力忍耐腿部的疼痛。「妳總是有辦法把事情搞砸，現在又何必破例？」

第五十二章

亞瑪芮

「伊南，等一下！」

長長的兩排帳篷之間的草地走道擠滿聖童，我從他們當中推擠而過。他們好奇的目光使我的腳步更加沉重，但不足以讓我不再想著腦海中的問題。札因離開時，瑟爾莉去追他，徒勞地試圖說服他。接著，我哥也追著她，把我一個人留在那個帳篷裡。

聽到我的嗓音時，伊南停了下來，但沒轉身。他的目光跟隨著瑟爾莉，看著她消失在人群中。他轉向我的時候，我不知道我應該先問哪個問題。

我感覺彷彿回到宮牆內，他離我那麼近，卻又好像遠在天邊。

「妳該找祖萊卡幫妳治療。」他抓起我的手腕，查看繩索在我皮膚上造成的深紅瘀傷和乾血。我之前扶著札因時，沒想著自己的疼痛，但現在傷口持續傳來悸痛；涼風吹過我的手腕時，傷口更是彷彿在燃燒。

「等她休息之後再說。」我把手縮了回來，交叉雙臂，把它們隱藏起來。「她在治療札因後已經筋疲力盡，而她還得照顧賈林。我不希望她太操勞。」

「她跟妳很像。」伊南雖然微笑，但笑意沒有深及眼睛。「妳以前每次有什麼想法，而且知道妳能如願以償的時候，臉上常常會出現那種瘋狂的表情。」

我知道他說的是哪種表情，他自己也有這種表情。他會笑得非常開心，鼻頭會皺起來，眼睛幾乎瞇起。正是這種眼神讓我晚上起床，溜進皇家馬廄裡，或一頭扎進廚房裡的一桶糖裡。在那時候，一切都簡單許多。在那時候，我和他之間沒有被父王和歐瑞莎分隔開來。

「我一直想把這東西交給妳。」伊南把手伸進口袋。我以為是來自父王的死亡威脅，而看到我那個閃閃發亮的頭飾時，我幾乎無法呼吸。

「怎麼會？」他把它放在我手上，我嗓音沙啞。

它雖然有著凹痕、鏽斑和血跡，但握住它還是溫暖了我的胸口。這感覺就像稍微接觸到賓妲。

「我從索科托開始就帶著它。我覺得妳應該會想拿回去。」

我把頭飾緊緊抱在胸前，盯著他，一股感激之情湧上心頭，可是這只是讓我們的現實變得更加嚴峻。

「你真的是魔乩？」我觀察伊南頭髮上的白紋，忍不住提出這個疑問。無論有沒有拿回這個頭飾，我還是不明白的是，他的能力是什麼？為什麼他有，而我沒有？如果是諸神選擇誰能收到祂們的恩賜，那祂們為何選擇伊南？

伊南點個頭，撫摸頭髮上的白紋。「我現在也不知道我是怎麼成為魔乩，或是為什麼。我在勒苭斯碰到那個卷軸時，事情就這樣發生了。」

「父王知不知道這件事？」

「我不是還活著嗎？」伊南試著讓語氣聽來輕快，但藏不住傷痛。我不禁想起賓妲死於那把劍下。我完全能想像父王也用那把劍貫穿伊南的胸膛。

「你是怎麼做到的？」

隨著唯一重要的疑問終於出現，其他所有問題都隨之消失。我想起我每次在瑟爾莉面前為他辯解的時候。我原本以為我瞭解我哥，但現在，我好像根本不認識他。

「我能明白受到父王影響的感覺，可是他不在這裡，」我說下去。「你從頭到尾都在對抗你自己，我怎麼確定我能相信你？」

伊南垂下肩膀，抓抓頸後。

「妳是沒辦法確定，」他答覆：「但我會贏得妳的信賴。我保證。」

換作以前，這些話語已經足夠，但賓妲的死仍然在我的記憶中留下傷痕。我不禁想起所有的跡象，我明明有過機會讓她脫離宮廷生活。只要我當時更警惕一點，我的朋友就不會死。

「這些人，」我抓著她的頭飾。「他們對我至關重要。我愛你，伊南，可是我不會允許你像傷害我那樣傷害魔乩。」

「我知道。」伊南點頭。「但我以王位發誓，那不是我的目標。瑟爾莉讓我明白我對魔乩的看法多麼錯誤。我知道我犯了錯。」

說出瑟爾莉的名字時，他的嗓音變得柔和，彷彿想起一段美好的回憶。他轉身在人群中尋找她時，我心中湧出更多疑問，但我暫時把它們擱置一邊。我無法理解她做了什麼來改變我哥的想法，但現在唯一重要的是，這種改變將永遠存在。

「為了你好，我希望你不會再犯錯。」

伊南把我上下打量一番，表情莫測難辨。

「這是威脅？」

「這是承諾。如果我察覺到任何背叛，你將面對的是我的劍。」

我跟他不是第一次以劍交鋒。如果那一刻真的再次到來，也絕不會跟上次一樣。

「我會向妳，你們每個人，證明我自己。」伊南宣布：「妳是站在正確的一邊。我唯一的意圖就是也站在同一邊。」

「很好。」我俯身擁抱他，緊抓他的諾言。

但他的雙手摟住我的背時，我只想到他的手指就在我的傷疤上方。

第五十三章

瑟爾莉

隔天早上，小祖匆匆進入我的帳篷。

「我有好多東西要給妳看。」她搖晃我的胳臂。「瑟爾莉，**快來嘛**。現在快中午了！」

在她的刺激下，我決定配合她。我坐起身，把手指伸進我頭髮上的新鬈髮，抓撓頭皮。

「快快快。」小祖把一件無袖的紅色襯衫塞進我的懷裡。「大家都在外面等。」

她離開時，我給札因一個微笑，但他一直背對著我。雖然我看得出來他醒著，但他沒發出任何聲音。昨晚在我們之間燃燒的那陣令人不安的沉默又回來了，沮喪的嘆息和空洞的話語充斥了我們的帳篷。無論我道歉多少次，札因都拒絕回應。

「你想不想一起來？」我輕聲問：「走走路也許對你的腿有幫助。」

他毫無反應。我彷彿在對空氣說話。

「札因……」

「我留在這兒。」他挪動身子，伸展脖子。「我不想跟**任何人**說話。」

我想起小祖的話語。我猜她說的大家應該是指科瓦米和芙蕾珂，但伊南大概就在外面。如果札因依然心情惡劣，那麼看到伊南大概只會讓一切更糟。

「好。」我套上襯衫，用小祖借給我的藍紅紋頭巾綁起頭髮。「我很快就回來。我會試著帶些食物回來給你。」

「謝了。」

我在心裡重複他這兩個字。既然札因現在願意表達感激之意，也許一切遲早會改善。

「瑟爾。」他回頭看著我的眼睛。「小心點。我不希望妳和他單獨在一起。」

我點個頭，走出帳篷，札因的警告讓我覺得腳步沉重。但我一踏入營地，所有的沉重感就煙消雲散。

陽光灑滿寬闊的山谷，每一畝蔥鬱綠地都爆發出生機。年輕的聖童們在臨時棚屋、帳篷和推車組成的迷宮中忙碌穿梭。每個人都是白髮閃耀，襯衫和長袍上編織著鮮豔的圖案。這感覺就像天母的誓言擺在我的眼前，過了這麼久之後終於成真。

「諸神在上。」我轉身掃視這一切時，小祖揮手要我過去。我從沒在某一個地點見過這麼多聖童，更別提這麼多……喜悅。人群在山丘之間歡聲笑語，白髮編成飄逸的辮子。他們的肩膀、步態和眼睛都傳達一種令我感到陌生的自由。

「小心！」我舉起雙手，微笑著看著一群小孩子跑過。人群中年齡最大的看起來二十幾歲，沒一個超過二十五歲。在我們眼前所有的聖童當中，二十幾歲的這些人最令我感到意外，因為我這輩子沒有在監獄或苦力團之外的地方遇到這麼多成年聖童。

「等妳好久了！」小祖勾住我的胳臂，臉上的笑容幾乎比她的臉還大。她拉我走向伊南和亞瑪芮所在的那輛黃色推車旁邊。看到我，亞瑪芮露齒而笑，但發現札因沒來，她的臉就沉了下來。

「他想休息。」我答覆了她沒說出口的疑問。**而且他不想看到妳哥。**

伊南看著我，他身上的鈷藍長袍和合身的紋路長褲讓他顯得帥氣。沒了他平時那套制服的粗糙線條和鋸齒狀金屬，他看起來不一樣，變得比較柔和，比較溫暖。他頭髮上的白紋閃閃發亮，這一次難得沒隱藏在頭盔或黑色染料底下。我們的目光在彼此身上徘徊，但只過了一秒鐘，小祖就插進我們之間，把我們倆都往前拉。

「我們是有了一些進展，但如果要為今晚做好準備，我們還有很多事要做。」她說話的速度似乎是每秒一百萬尺，總是在說完某個想法之前就發現她另外要說什麼。

「我們要在這裡說古老的故事。」小祖指向一個臨時搭建的舞臺，它占據了兩個帳篷之間的草地。「有個來自吉梅塔的聖童要說故事。你們一定要見見她，她真的很迷人。我們覺得她應該會成為喚浪師。噢，還有這裡！我們會在這裡讓所有聖童觸碰卷軸。我等不及目睹了，那一定會很神奇！」

祖萊卡以女王般的魅力穿過人群。在她經過時，聖童們停下來瞪視，對我們指指點點、竊竊私語，因為她牽著我的手。我平時很討厭被人這樣瞪著，但今天發現自己陶醉其中，畢竟他們的眼神不像衛兵或無魔者那樣覺得我很礙眼。這些聖童的目光帶著一種敬畏，一種新的敬意。

「接下來是最棒的部分。」小祖指著一片用彩繪燈籠和彩色布料裝飾的寬敞空地。「開幕遊行將在這裡舉行。瑟爾莉，妳非參加不可！」

「噢，我建議妳別讓我參加。」我拚命搖頭，但小祖抓住我的手腕跳上跳下時，我不禁哈哈笑。她的喜悅充滿感染力，就連伊南也忍不住微笑。

「妳一定會表現得很好！」她睜大眼睛。「我們這裡還沒有過招魂師，而且奧雅的服裝一定很適合妳，紅色長裙，金色上衣——伊南！你不覺得她看起來一定會很美嗎？」

伊南瞪大眼睛，結結巴巴，來回看著我和小祖，彷彿我們當中有誰能讓他免於回答。

「小祖，不用了，」我揮手拒絕她。「我相信妳能找到其他人選。」

「這樣大概也好。」伊南恢復說話能力。他的目光在我身上逗留片刻，然後移開視線。「不過，沒錯，我認為瑟爾莉會看起來很美。」

我的臉頰升溫；亞瑪芮打量我們的時候，我的臉變得更燙。我轉過身，把注意力集中在別處，試著無視伊南的答覆讓我心裡有些刺麻的事實。我又忍不住想起他扛著我進入這個營地。

「小祖，那是什麼？」我指向一輛黑色推車，許多聖童在那裡排隊。

「芙蕾珂在那裡給他們畫上氏族徽章。」小祖眼睛發亮。「妳也得畫一個！」

「氏族徽章？」亞瑪芮困惑得皺起鼻頭。

小祖指著畫在自己脖子上的符號，然後拉著伊南和亞瑪芮的手往前跑。「它們很美。快來，你們一定要去看看！」

小祖動作很快，帶著他們深入人群。我原本也想加快步伐，但這個營地就是讓我想放慢速度。我每次經過某個聖童，都會瘋狂地想像他們可能變成什麼樣的魔乩。我左手邊這個可能會成為呼風師，右手邊那個可能會成為先知。既然氏族有十個，搞不好我面前就有個未來的招魂師——

一個身穿紅黑衣物的陌生人撞到我。他抓住我的腰，在我跌倒前扶住我。

「抱歉。」他微笑。「我的腳就是喜歡跟著我的心亂走。」

「沒關係……」我不禁愣住。這個陌生人是我從沒見過的類型，顯然不是歐瑞莎血統的後裔。他的膚色像砂岩，帶有濃厚的銅色。歐瑞莎人是圓眼，而這個人的眼睛是稜角分明的內雙，襯托出他的灰色虹膜。

「我叫羅恩。」他再次微笑。「很榮幸見到妳。希望妳願意原諒我這麼笨拙。」他的口音有明顯的氣音和捲舌音。他一定是商人，來自另一片土地的貿易者。

終於。

我上下打量這個年輕人。札因跟我說過，他參加歐瑞莎各地的阿格邦比賽時偶爾會遇到外國人，但我自己從沒遇過。這些年來，我聽過人們描述擁擠市場中的獨特商人，還有穿越歐瑞莎最繁忙城市的旅人。我一直希望有人會來伊洛林，但沒一個來到我們的東海岸。

諸多疑問充斥我的腦海，但我意識到他的一手仍然貼在我的背上。我退開他的接觸，感覺臉頰升溫。我不該盯著他，但從羅恩上揚的嘴角來看，我幾乎確定他喜歡被我盯著。

「下次見。」他眨動一眼，盯著我的眼睛，大步走離。但他還來不及踏出第二步，伊南再次出現，一把抓住他的手臂。

看著伊南的手，羅恩眼裡的笑意消失了。「我不知道你有什麼意圖，兄弟，不過你這種舉動可能會害你失去一隻手。」

「扒竊也是。」伊南繃緊下顎。「把東西還來。」

灰眼陌生人瞥我一眼，接著不好意思地聳個肩，從垂褶褲的口袋裡取出一根伸縮棍。我瞪大眼睛，急忙摸索我空空如也的腰間。

「你是怎麼做到的？」我把棍子搶回來。阿格巴婆婆有訓練我們察覺扒手，我早該注意到他的手。

「撞到妳的時候就得手了。」

「那你為何逗留？」我問：「既然你手法這麼俐落，應該早就能脫身了。」

「我沒辦法抗拒。」羅恩綻放狐狸般的笑臉，露出有點太白的牙齒。「從妳身後，我只看到漂亮的棍子。我當時不知道它是在一個漂亮的女孩身上。」

我瞪他一眼，但這只讓他笑得更開心。「就像我剛剛說的，親愛的——」他微微鞠躬。「下次見。」

說完，他邁步離去，走向一段距離外的科瓦米。他們以熟人的問候方式握住對方的拳頭，交換我聽不見的字句。

科瓦米看我一眼，然後他們倆消失在帳篷裡。我不禁好奇，科瓦米跟那種人見面會做些什麼。

「謝了。」我對伊南說，撫摸棍子上的刻飾。這是伊洛林唯一留給我的紀念品，我跟以前那個人生之間唯一的聯繫。我想起阿格巴婆婆，只希望能再次見到她和爸爸。

「如果知道一個迷人微笑就能讓妳分心，我早就試試這一招了。」

「不是因為他的笑容。」我抬起下巴。「我只是從沒見過來自另一片土地的人。」

「啊，就因為這個？」伊南咧嘴笑，這個笑容雖然很淺，但完全卸除了我的心防。在我們相處的時間裡，我在他臉上看過憤怒和痛苦之類的種種情緒，但這次是第一次看到類似微笑的表情。這個笑容在他的臉頰上形成一個酒窩，使他琥珀眸子周圍的皮膚皺起。

「怎麼了？」他問。

「沒什麼。」我盯著自己的棍子。他穿著長袍，加上綻放笑容，我很難相信我眼前這個人是小王子──

「啊！」

伊南的笑臉變得扭曲。他咬緊牙關，抓住自己的側身。

「怎麼了？」我一手貼在他背上。「要不要我把小祖找來？」

他搖搖頭，沮喪地吐口氣。「這不是她能治療的問題。」

我困惑地歪起頭，然後才明白他的意思。他身上的鈷藍長袍讓他顯得很不一樣，所以我沒注意到他周身的空氣很冰涼。

「你在壓抑你的魔力。」我感覺心一沉。「你不需要這麼做，伊南。這裡沒人知道你是誰。」

「不是這個原因。」伊南勉強站直。「這裡有太多人，我必須控制住這股力量。如果我不壓住它，就可能有人受傷。」

我再一次瞥見持劍朝我衝來的破碎小王子；我知道他很害怕，但他真的這麼害怕他自己？

「我能幫你。」我放下手。「至少稍微幫忙。你如果學會怎樣控制它，它就不會讓你這麼難受。」

伊南拉扯長袍的領口，雖然領口並沒有束縛住他的脖子。「妳不介意？」

「不介意。」我抓住他的手臂，帶他遠離人群。「來吧，我知道一個地方。」

✳

一旁的貢貝河的流水聲在空中迴響。我以為這個環境可能會讓伊南平靜下來，但現在我們坐下時，我意識到我自己也需要平靜下來。小祖說要我帶領魘乩時，我感到的緊張情緒再次歸來，而且這次更強烈。我不知道怎樣幫助伊南，我自己還在摸索我的招魂魔法。

「告訴我。」我深吸一口氣，故作自信。「你的魔力是什麼感覺？它什麼時候給你造成最強烈的感受？」

伊南嚥口水，抽搐的手指彷彿拿著一個沒有形體的東西。「我不知道。我對它一點也不瞭解。」

「拿著。」我從口袋裡掏出一枚銅幣，放在他的掌心裡。「別再扭來扭去，看得連我都覺得渾身發癢。」

「給我錢幣做什麼？」

「用它來轉移注意力，以免你的魔力讓你感到難受。把精神集中在錢幣上，冷靜下來。」

伊南再次微笑，這次笑得很開心，笑意深及他的眼睛，他的眼神變得柔和。他用拇指撫摸錢幣中心的獵豹圖案，這個圖紋表明這是歐瑞莎貨幣。「這好像是我第一次拿著銅幣。」

「啊，」我反感得想吐。「這種事實你就別說出來吧，否則我真的會吐出來。」

「抱歉。」伊南掂掂這枚錢幣的重量。「還有，謝謝妳。」

「想謝我，就學會控制自己的力量。你上一次真的讓魔力流動出來是什麼時候？」

伊南陷入沉思，讓銅幣在指間滾動。「那座神殿。」

「尚東布雷？」

他點頭。「它增幅了我的能力。我當時試著找妳的時候，坐在奧瑞的一幅肖像底下，然後……我也不知道是怎麼回事。那是我第一次覺得有某種力量是我能控制的。」

夢境。我回想我們上次在那座神殿的時候。我當時說了什麼嗎？我是不是洩漏了什麼線索？

「你這種能力是怎麼運作？」我問：「我有時候覺得，你彷彿把我的腦海當成一本書在讀。」

「與其說讀書，倒更像解謎，」伊南糾正我。「雖然這方面並不總是很清楚，但當妳的想法和情緒很強烈的時候，我也會感覺到。」

「你在每個人身上都能這樣感覺到？」

他搖頭。「不是同一種程度。面對其他人的時候，我的感覺像在淋雨。但妳的就像一道海嘯。」

他這番話的力量使我愣住，我試著想像那會是什麼模樣。那種恐懼，痛苦，我記憶中的媽媽被抓走的畫面。

「聽起來很可怕。」我呢喃。

「也不一定總是可怕。」他盯著我，彷彿能直視我的心，直視我的一切。「有時候感覺很神奇，甚至美麗。」

我感覺心花怒放。我的一綹頭髮垂到面前，伊南把它撥到我耳後。他的手指撫摸我的皮膚時，我的脖子起雞皮疙瘩。

我清清喉嚨，移開視線，無視腦袋裡的脈動聲。我不知道這是怎麼回事，但我知道我不能讓自己有這樣的感覺。

「你的魔力很強大。」我集中精神。「信不信由你，但這股力量對你來說其實很自然。你本能地引導了大多數的魔乩需要強大咒語才能施展的力量。」

「我能怎樣控制它？」伊南問：「我該怎麼做？」

「閉上眼睛，」我指示：「跟著我重複。我雖然不知道心靈師的咒語，但我確實知道如何向諸神求助。」

伊南閉上眼睛，緊緊握住銅幣。

「很簡單——**Ori，bá mi soro**。」

「Ba me sorro？」

「**Bá mi soro**。」我微笑著糾正他的發音。約魯巴語在他的嘴脣上聽來很笨拙，這反而讓我覺得可愛。「重複這幾個字。想像奧瑞。敞開心扉，尋求祂的幫助。這就是魔乩要做的。有諸神在身邊，我們永遠不孤單。」

伊南低下頭。「祂們真的一直都在？」

「一直都在。」我回想起我背棄祂們的那些年。「即使在最黑暗的時期，諸神也總是在我們身邊。不管我們是否承認祂們的存在，祂們總是為我們安排了計畫。」

伊南握起銅幣，一臉沉思。

「好吧。」他點頭。「我想試。」

「Ori，bá mi soro。」

「Ori，bá mi soro，」他低聲吟唱，手指勾轉著銅幣。一開始什麼也沒發生，但隨著他繼續吟唱，空氣開始升溫。一道柔和藍光在他手中出現，這道光悄悄地接近我。

周圍世界旋轉時，我閉上眼睛，這種灼熱感就跟那天一樣。旋轉停止時，我來到了夢境。

但這一次，蘆葦搔過我的腳的時候，我不必感到害怕。

第五十四章 伊南

夢境裡的空氣像旋律一樣嗡鳴。柔和。共振。

我隔著湖水，看著瑟爾莉裸露的肌膚。

她像一隻黑羽天鵝，滑過波光粼粼的波浪，神情從容，那是我從未見過的表情。彷彿在某個瞬間，整個世界並沒有壓在她的肩上。

她潛入水中幾秒，然後重新浮出水面，抬起她黝黑的臉龐，面對上方的光線。她閉著眼睛時，她的睫毛長得似乎沒有盡頭。在她的肌膚襯托下，她的鬈髮看似銀色。她轉向我時，我屏住呼吸。一時間，我忘了如何呼吸。

忘了如何思考。

我曾經以為她長著一張怪物的臉。

「說真的，你如果一直在旁邊盯著看，這樣很像變態。」

我忍不住露齒而笑。「妳想用這招刺激我加入妳？」

她微笑。美麗的笑容。說完，我瞥向太陽。她轉身時，我渴望再次瞥見她剛剛的模樣，那種暖意蔓延到我的骨子裡。在這股衝動下，我脫下襯衫，跳進水裡。

我游過波濤洶湧的水面時，瑟爾莉朝水浪吐起唾沫。水流以意想不到的力量將我往下拉。我拚命掙扎，直到我回到水面。

我游離咆哮瀑布時，瑟爾莉打量我們身後的森林——它的盡頭延伸至我的視野外面，遠遠超出了上次在湖邊的白色邊界。

「我猜這是你第一次進入水裡？」瑟爾莉喊道。

「妳怎麼看出來的？」

「你的臉，」瑟爾莉回答：「你感到驚訝的時候，表情看起來很白痴。」

我的脣邊綻放笑容，我在她面前越來越常笑。「妳好像很喜歡損我？」

「這種感覺幾乎就跟拿棍子揍你一樣爽。」

這一次換她露齒而笑。這讓我自己的笑意也跟著加深。她跳起來，仰面漂浮，穿梭在漂蕩的蘆葦和睡蓮之間。

「我要是有你的魔力，一定會天天待在這兒。」

我點頭，但不禁感到好奇：如果她沒進來，我的夢境會是什麼樣子。我創造的只有枯萎的蘆葦。但有瑟爾莉在這裡，整個世界都在流動。

「妳在水裡似乎很自在，」我說：「沒想到妳不是喚浪師。」

「也許下輩子吧。」她把一隻手穿過湖水，看著水從她的指間流過。「我也不知道為什麼。我喜歡伊巴丹的湖泊，但它們跟大海相比就根本算不上什麼。」

她的記憶像火花一樣點燃了我的記憶：她小時候的眼睛睜得大大的；她對永無止境的海浪感到的敬畏。

「妳住過伊巴丹？」我游向她，聞到她的更多氣味。雖然我從沒去過那個北方村子，但瑟爾莉的回憶鮮明得讓我身歷其境。我驚嘆於在山頂看到的壯麗景色，我把清新的山間空氣吸進肺裡。她對伊巴丹的記憶有著特別的暖意。她母親的愛就像一張毛毯。

「我在大掃蕩之前住過那裡。」與我一起重溫這些時刻時，瑟爾莉的嗓音有些顫抖。「但在之後……」她搖頭。「那裡有著太多回憶，我們沒辦法繼續待在那兒。」

我的胸口出現一個內疚的深坑，沾染了燒焦的人肉味。我小時候從王宮裡看到的那些大火重新燃起，無辜的生命在我眼前焚燒。我像壓抑自身魔力一樣壓抑那個回憶，我只想忘記的那一天。但現在看著瑟爾莉，我想起了那些痛苦。淚水。死亡。

「我們原本不該住在伊洛林。」瑟爾莉比較像在自言自語。「但後來，我看到大海。」她不禁微笑。「爸爸告訴我，我們永遠不用離開那裡。」

在這個夢境中，瑟爾莉的心碎讓我難以承受。伊洛林就是她的幸福，我卻把它燒成灰。

「對不起。」這幾個字強行而出。聽見自己說出什麼，我更痛恨自己。這幾個字聽起來如此微不足道，在她的傷痛面前毫無分量。「我知道我沒辦法改變過去，沒辦法改變我做了什麼，但……我能重建伊洛林。等這一切結束後，它會是我的優先項目。」

瑟爾莉發出一聲苦笑，聽來苦悶，毫無喜悅。

「繼續說這種天真的話吧。你只會證明札因說的是對的。」

「什麼意思？」我問：「他說了什麼？」

「他說等這一切結束後，我們當中有一個人會死。他擔心那個人會是我。」

第五十五章 瑟爾莉

我不知道我為什麼在這裡。

我不知道我為什麼誘導伊南跳進水裡。

我不知道為什麼他每次接近我時，我會覺得心中小鹿亂撞。

這只是暫時的，我提醒自己。**這甚至不是真的**。等這一切結束後，伊南不會穿著長袍。他不會歡迎我進入這個夢境。

我試著想像我認識的那個狂野戰士，那個拿劍朝我衝來的小王子。但我只看到他砍斷蒙面人的獵網，將我從中解救出來。我看到他擋在科瓦米的烈火前面。

他有一顆善良的心。亞瑪芮很久以前的話語在我腦海中迴響，我當時以為她是在否認事實，但她其實看到了他良善的一面，只是我沒看到？

「瑟爾莉，我永遠不會傷害妳。」他搖頭，神色痛苦。「因為我看到了真相。」

他抬起眼睛看著我的時候，真相洩漏了出來。我不敢相信我沒更早意識到。他一直扛著的罪惡感和憐憫……**老天**。

他一定看到了一切。

「我原以為我父親別無選擇。他一直告訴我，他做的一切都是為了保護歐瑞莎。但自從我看到妳的記憶……」他欲言又止。「任何孩子都不該經歷那些事。」

我轉身看著湖面漣漪，不知道該說什麼，不知道該有何感受。他看到我心中最糟的一面，我向來不認為我能與人分享的一面。

「我父親是錯的。」伊南的嗓音如此輕柔，差點被瀑布聲蓋過。「也許我應該更早意識到這一點，但我現在唯一能做的，就是努力彌補那些錯誤。」

別相信他，我警告自己。**他活在幻想和美夢裡**。但隨著他做出的每個承諾，我的心都為之膨脹，希望每一個都能成真。伊南抬頭看著我的時候，我看到亞瑪芮眼裡始終閃耀的樂觀情緒。他真的下定了決心要這麼做。

他真的希望歐瑞莎能改變。

既然天母透過薩蘭的後代把卷軸交給妳，那麼祂的旨意再明顯不過。雷坎的話語在我的腦海中迴盪時，我盯著伊南，被他堅毅的下顎線條和鬍碴迷住了。如果來幫助我的是薩蘭的後裔，諸神是真的希望伊南能統治這片土地，改變那些衛兵？這就是我們要做的？這就是為什麼祂們賜予他魔力？

伊南更靠近我，我的心跳加速。我該拉開距離。但我保持不動，固定在原處。

「我不希望再有人死去，」他輕聲道：「我不能再讓我家人的手沾上鮮血。」

漂亮的謊言。他這些話只是漂亮的謊言。但如果真是如此，為什麼我就是不想拉開距離？

老天，他現在有穿衣服嗎？我的視線掃過他寬厚的胸膛，每一塊肌肉的曲線。但在我看到水下的任何東西之前，我猛然抬起眼睛。看在天母的份上，我在做什麼？

我強迫自己游過瀑布，直到我的背脊靠在懸崖邊上。這真荒謬。我為什麼讓他把我帶來這裡？

我希望洶湧的瀑布能把伊南擋在另一邊，但在片刻後，他穿過層疊的水流，來到我旁邊。

離開這裡。我命令自己的兩條腿踢水，但我被他的柔和微笑擒住了。

「妳希望我離開這裡嗎？」

是的。

這是我需要說的。但他游得越近，我就越希望他留下。他在靠得太近之前停了下來，迫使我做出回應。

我希望他離開這裡嗎？

雖然我的心怦怦直跳，但我知道答案。

「不。」

他的笑容消失了，目光變得更柔和，我以前從沒在他臉上看過這種表情。別人這樣看我的時候，我只想把他們的眼睛挖出來。但不知道為什麼，在伊南的注視下，我想要更多。

「我能不能……」他臉頰通紅，無法表達他的欲望。但他不需要說出來，因為我也確實想要同樣的東西。

我點個頭，他舉起一隻顫抖的手，拂過我的臉頰。我閉上眼睛，被他簡單的撫摸所吸引。它的熱度貫穿我的胸腔，沿我的脊椎擴散。他的手滑過我的臉頰，伸進我的頭髮，他的手指撓著我的頭皮。

老天……

如果有衛兵看到這一幕，一定會當場殺掉我。伊南就算貴為王子，也可能因此被丟進牢裡。

但雖然我們的世界有其規則，伊南的另一隻手還是將我拉近，邀請我卸下防備。我閉上眼睛，身體前傾，靠近小王子，就算我不該靠得這麼近。

他的嘴擦過我的脣——

「瑟爾莉！」

我身體一晃，一下子回到現實世界。

我猛然睜眼時，看到札因把伊南拉開。札因揪住他的長袍衣領，把他拉起來，甩到地上。

「札因，住手！」我匆忙起身，擋在他們倆之間。

「離我妹遠一點！」

「我還是先離開比較好。」伊南看我幾秒，然後走向樹林。他把那枚銅幣緊緊握在手裡。「我會在營地。」

「你什麼毛病？」伊南一離開聽力範圍，我就厲聲咆哮。

「**妳**才什麼毛病？」札因怒吼：「老天，瑟爾，妳跑來這裡做什麼？我以為妳受傷了！」

「我在試著幫他。他不知道怎樣控制他的魔力。它給他造成痛楚——」

「看在老天的份上，他是敵人。如果他覺得痛，這對我們來說是好消息！」

「札因，我知道你很難相信，但他想改善歐瑞莎。他要試著讓所有魔乩都能在這裡安全生活。」

「他是不是在對妳洗腦？」札因搖頭。「這就是他的魔法？瑟爾，妳雖然缺點一大堆，但我知道妳沒**這麼**天真。」

「你不懂。」我移開視線。「你也向來不用懂。你是人見人愛的完美無魔者，但我每天都得提心吊膽。」

札因後退一步，彷彿被我打了一拳。「妳以為我不明白每天擔心自己隨時會死的感受？」

「那就給伊南一個機會！亞瑪芮只是個公主。等魔法歸來後，她並不是王位的首要繼承人。如果我能說服王儲，未來的歐瑞莎國王就會站在我們這一邊！」

「真希望妳能聽見妳嘴裡吐出來的屁話。」札因拉扯自己的頭髮。「他根本**不在乎**妳，瑟爾。他只想鑽進妳的雙腿之間！」

我感覺臉頰灼熱，難過又羞愧。這不是札因。這不是我愛的哥哥。

「看在老天的份上，他是殺了我們母親的那個人的兒子。妳究竟有多飢渴？」

「你還不是想要亞瑪芮！」我尖叫：「你有比我好到哪裡去？」

「因為她不是殺人凶手！」札因吼回來：「她沒把我們的**村子**燒成灰！」

我周圍的空氣嗡嗡作響。札因發表長篇大論時，我的心壓著胸腔狂跳。他的話割痛了我，比我以前遇過的任何攻擊還要尖銳。

「爸爸會怎麼說？」

「別把爸爸扯進來——」

「或是媽媽？」

「閉嘴！」我咆哮。空氣中的嗡鳴加劇成火熱的脈動聲。我的怒火中最黑暗的部分正在沸騰，儘管我試著壓制它。

「老天，如果她知道妳趁她死後成了王子的妓女——」

魔力從我身上湧出，熾熱又狂暴，在沒有咒語導引的情況下翻騰。一道暗影如長矛般從我的手臂上扭動而出，帶著死靈之怒做出攻擊。

這一切都發生在一瞬間。札因哀號。我踉蹌後退。

他抓住自己的肩膀。

他的指間滲血。

我瞪著自己顫抖的雙手，看著纏繞在上頭的死亡暗影。幾秒後，影子消散。

但是傷害已經造成。

「札因……」我搖頭，眼睛湧出淚水。「我不是故意的，我發誓，我不是有意傷害你！」

札因瞪著我，彷彿不認識我，彷彿我背叛了我們擁有的一切。

「札因——」

他從我身邊走過，神情嚴肅，毫無寬恕。

我屈膝跪地，強忍抽泣。

第五十六章 瑟爾莉

我一直待在聚落的外圍，直到日落。在這片樹林裡，我不用面對任何人，我不用面對我自己。

沒辦法繼續坐在黑暗中的時候，我回到我的帳篷，祈禱我不會遇到札因。我遇到小祖，對她說了一些話，讓她感到失望了。

穿著絲質長袍的亞瑪芮一看到我就朝我跑來。

「妳跑哪去了？」她抓住我的手，把我拉進她的帳篷，幾乎用蠻力脫掉我的衣服，把一件裙裝套在我頭上。「慶祝活動快開始了，我們甚至還沒幫妳弄好頭髮！」

「亞瑪芮，拜託別——」

「不要浪費力氣跟我吵。」她拍開我的手，逼我坐著別動。「這些人是以妳為榜樣，瑟爾莉。妳必須呈現出該有的模樣。」

看來札因沒跟她說……

這是唯一的解釋。亞瑪芮像個姊姊一樣把胭脂塗在我的嘴脣上，在我的眼睛周圍抹上木炭，然後要我對她做同樣的事。她如果知道真相，一定只會感到害怕。

「妳的頭髮變得有夠捲。」她把我的一綹鬈髮往後固定。

「這大概是因為魔力。我媽的頭髮以前也像這樣。」

「很適合妳。我還沒弄完頭髮，妳看起來已經夠美了。」

我臉頰通紅，我凝視著她強迫我穿上的絲袍。它的紫色圖案與鮮豔的黃色和深藍色交織在一起，在我深色的皮膚上閃耀著光芒。我撫摸珠飾領口，只希望亞瑪芮能把這套裙裝還給借給她的那人。我不記得上一次穿裙裝是什麼時候；沒有織物覆蓋我的腿，我覺得赤身裸體。

「妳不喜歡這件？」亞瑪芮問。

「這不重要，」我嘆口氣。「我不在乎我穿什麼，我只希望今晚早點結束。」

「是不是發生了什麼事？」亞瑪芮小心翼翼地窺探。「妳今天早上還等不及參加這場活動。小祖剛剛告訴我，說妳不想跟他們分享那個卷軸？」

我緊抿嘴唇，抓住身上的長袍布料。看到小祖臉上的笑意消失，讓我充滿了另一種羞愧感。這些人指望我領導他們，我卻根本控制不住我自己的魔力。

而且不只我的魔力……

科瓦米的烈火給我留下了熾熱的記憶，我一想到就覺得皮膚刺痛。雖然我說服自己我沒有什麼好害怕的，但現在我感覺到的只有恐懼。如果小祖當時沒辦法控制他呢？如果小祖當時根本沒出現？要不是科瓦米收起了火焰，我現在根本不會在這裡。

「時機不適合，」我終於開口：「離至日只剩四天——」

「那為什麼不現在就把這些聖童的力量還給他們？」亞瑪芮更用力抓住我的頭髮。「拜託妳，瑟爾莉，告訴我。我想瞭解。」

我屈膝抱胸，閉上眼睛，幾乎對亞瑪芮的話語綻放笑容。我還記得她曾經看到魔法而畏縮。而現在，令我畏縮的是她如此努力地為魔法而戰。

我試著驅逐我對札因那張臉孔的記憶，他以前從沒那樣冷漠地看著我。我認出他眼中的恐懼。科瓦米觸碰太陽石而且著火的時候，我也是用同樣方式看著他。

「是因為伊南？」看我沉默不語，亞瑪芮追問：「妳擔心他會做出什麼事？」

「伊南不是問題。」至少不是**這個**問題。

亞瑪芮停頓，放開我的頭髮，在我身邊跪下。她挺起背脊和肩膀，在一身借來的金色連衣裙的襯托下，看起來就像個真正的公主。

「我和札因被抓走的時候，發生了什麼事？」

雖然我的心跳漏了一拍，但我還是保持表情一片空白。「我說過了——我跟妳哥聯手合作，為了救你們倆。」

「瑟爾莉，拜託妳，我需要妳說實話。我愛我哥，真的，可是我從沒看過他這一面。」

「哪一面？」

「違抗我父親。**為**魔乩而戰？他發生了某種變化，我知道跟妳有關。」

她看著我，眼神表示她什麼都知道，我羞得臉紅。我想起那個夢境，我跟他的嘴唇幾乎互觸的時候。

「他得知了真相。」我聳個肩。「他看到妳父親做了什麼、他的衛兵們現在在做什麼。他想找個辦法來彌補這一切。」

亞瑪芮雙臂抱胸，挑起一眉。「妳一定把我當成瞎子或是蠢蛋，而妳知道我不是瞎子。」

「我聽不懂妳在說什麼——」

「瑟爾莉，他有**盯著妳看**。他笑得就像——老天，我根本不知道該怎麼形容。他對妳綻放的笑容，是我以前從沒見過的。」我看著地面，她抓住我的下巴，強迫我對上她的眼睛。「我希望妳快樂，瑟爾，我真的希望。可是我熟悉我哥的個性。」

「這話什麼意思？」

亞瑪芮停頓，把另一綹鬈髮往後固定。「要麼他即將背叛我們，要麼其他事情正在發生。」

我把下巴從她手裡掙脫出來，轉向地板。罪惡感滲透了我全身。

「妳這種口氣像札因。」

「札因很擔心，他也完全有理由擔心。我是能說服他，但我得先弄清楚我是不是真的該說服他。」

妳不該說服他。

這是顯而易見的選擇。但不管他做了什麼，伊南扛著我進營地的這個回憶仍然很強烈。我閉上眼睛，深呼吸。

我不記得我上次在別人懷裡覺得如此安全是什麼時候。

「妳跟我說伊南心地善良的時候，我以為妳是個傻瓜。我現在也覺得自己有點像傻瓜，但我親眼目睹了他的為人。他讓我免於被小祖的夥伴擄獲，他為了救妳和札因而盡一切力量。在他能搶走卷軸逃跑的時候，他留了下來。他有試著救我。」

我停頓下來，尋找她想聽的話語，那些我幾乎不敢大聲說出來的字句。

「他有一顆善良的心。我覺得他終於開始使用那顆心了。」

亞瑪芮的雙手抽搐，她把兩隻手緊緊壓在胸前。

「亞瑪芮——」

她用雙臂摟住我，緊緊抱住。我驚訝得僵住。我不知道還能做什麼，所以慢慢地回抱她。

「我知道妳一定覺得這很荒謬，我只是……」她撇開視線，擦去眼角即將掉下來的淚水。「伊南一直被卡在錯與對之間。我只是想相信他能做出正確的事。」

我點頭，想著我想從伊南身上得到的東西。我討厭自己今天多少次想著他，想著他的嘴唇、他的微笑。無論我如何壓抑這種渴望，它依然存在：我渴望再次感受他的撫摸……

更多淚水即將從亞瑪芮的眼眶滑落時，我用長袍的袖子幫她擦掉。

「別哭了，」我命令：「小心妝會花掉。」

亞瑪芮嗤之以鼻。「我的妝花掉是妳害的吧。」

「我跟妳說了我上眼影的功力很差！」

「妳明明會舞棍弄棒，為什麼手還會抖成那樣？」

我們咯咯笑，這個笑聲陌生得令我驚訝。但札因衝進帳篷時，我們的笑聲消失了。他看著我的眼睛，停下腳步。

一開始，他的眼神把我當作陌生人，但他心中某些東西正在融化。

「怎麼了？」亞瑪芮問。

札因下巴顫抖，垂眼看地。「她……瑟爾看起來像媽媽。」

他的話語刺穿了我的心，同時也溫暖了我。札因以前從沒這樣說過媽媽。我有時候以為他真的忘了她。但我跟他目光相遇時，我意識到他和我一樣，他像對待空氣一樣帶著媽媽，每次呼吸都會想到她。

「札因——」

「遊行要開始了。」他轉向亞瑪芮。「妳們最好快點。」

說完，他轉身離去，我感覺心臟扭擰。

亞瑪芮牽起我的手。「我去跟他談談。」

「不。」我強忍舌頭上的苦澀感。「他也只會對妳生氣。」而且不管妳說什麼，**那一切依然都是我的錯**。

我站起來，拉拉裙裝的袖子，撫平一條根本不存在的褶痕。我這輩子犯了那麼多錯，我後悔的事情太多了。但這一次……我願意付出一切代價來彌補。

帶著沉重的心情，我走向出口，假裝自己的心一點也不痛。但在我離開之前，亞瑪芮再次抓住我的手，強迫我留下。

「妳還沒解釋妳為什麼不願意分享卷軸。」亞瑪芮站著打量我。「一整個山谷的聖童們都等著成為魔乩。我們為什麼不順他們的意？」

亞瑪芮這番話像阿格巴婆婆的巴掌一樣打中我，就像貫穿雷坎胸口的那把劍。他們放棄了一切，好讓我有這種機會，我卻只是丟掉了它。

我第一次想著在今晚分享卷軸時，一直想像新的魔法將傳播的所有美好和快樂。我們終於能體會到大掃蕩之前的日子。魔乩將再次掌權。

但現在，每個微笑的聖童都讓我想到他們可能造成的所有痛苦：塑地師撕裂我們腳下的大地；招魂師失控而釋放死亡浪潮。我不能隨隨便便就讓他們重獲魔法。

必須先準備好規則、領導者，還有計畫。

而且，如果我現在做不到，我又怎能完成儀式？

「亞瑪芮，這件事很複雜。如果有人失控呢？如果居心不良的人摸到太陽石？我們搞不好會喚醒一個致病師，害大家全都死於瘟疫！」

「妳究竟在說什麼？」亞瑪芮抓住我的肩膀。「瑟爾莉，妳為什麼會開始說這些？」

「妳不懂……」我搖頭。「妳沒看到科瓦米能做什麼。當時要不是小祖阻止他……如果擁有那種力量的人是苦力團的工頭或妳父親——」想到那團烈火，我感覺口乾舌燥。「想像一下，他如果能召喚火焰就能焚化多少人！」

這一切從我身上傾瀉而出，困擾了我一整天的恐懼和慚愧。「至於札因——」我開口，但根本說不出來。如果連我都不能指望自己能控制我的魔力，又怎能指望未經考驗的魔乩能成功？

「長久以來，我以為我們需要魔法才能生存，但現在……現在我不知道該怎麼想。我們沒有計畫，沒有辦法能制訂規則或建立控制。如果就這麼讓魔法歸來，無辜的人可能會受到傷害。」

亞瑪芮沉默許久，讓我的話語在半空中悶燒。她的眼神變得柔和，她拉著我的手。

「亞瑪芮——」

「跟我來。」

她把我拖到帳篷外，我立刻深感震撼。我們在帳篷裡的時候，整個聚落活躍了起來。山谷充滿青春活力，被柔和的燈籠映上紅光。充滿生命力的音樂和雷鳴般的鼓聲在我們的皮膚上共鳴，美味的肉餡餅和甜美的芭蕉味從我們的鼻子底下飄過。每個人都隨著歡快的音樂起舞，在遊行的興奮氣氛中歡笑。

在節慶的狂熱氛圍中，我看到伊南，他穿著深藍色的外袍和配套的褲子，看起來比任何人都帥。他注意到我的時候，驚訝得目瞪口呆。在他的注視下，我的胸口顫動。我移開視線，逼自己別再出現這種感受。他朝我們走來，但在追上之前，亞瑪芮拉著我穿過人群。

「快來，」她回頭對他喊道：「我們不能錯過！」

我們在人群中穿梭而過，慶祝者們在我們身邊推來擠去。我雖然有點想哭，但還是扭轉脖子掃視人群，渴望獲得他們的喜悅、他們的生活。

歐瑞莎的孩子們盡情跳舞，彷彿今天就是世界末日，每一步都在讚美諸神。他們的嘴讚美解放的狂喜，他們的心唱著約魯巴的自由之歌。聽到我的語言，我曾經以為我永遠只能在腦海裡聽到的話語，我的耳朵開心得跳舞。這些約魯巴字句輕盈得似乎照亮了空氣。

彷彿整個世界都能呼吸。

「妳看起來真美！」小祖看著我，對我微笑。「每個男孩都會搶著跟妳跳舞，雖然我認為妳可能已經有舞伴了。」

我歪起頭，順著她的手指望去，看到伊南；他的眼睛像狩獵的雄獅一樣追蹤我。我想抓住他的目光，抓住他這樣看著我時在我皮膚底下造成的快感。但我強迫自己轉身。

我不能再次傷害札因。

「Mama－orisà Mama－orisà Mama，àwá un dúpe pé egbo igbe wá——」

我們越靠近會場中心，歌聲就越響亮。這讓我回到伊巴丹的山區，媽媽那時候也唱這首歌哄我入睡。她的歌聲飽滿柔和，就像天鵝絨和絲綢。我呼吸著這熟悉的感覺時，一個擁有強勁歌喉的嬌小女孩引領著人群。

「Mama，Mama，Mama——」

諸多歌聲以蒼天之歌填滿這個夜晚時，一個有著淺棕皮膚和短白髮的年輕聖童走進這個圈子。

她身穿華麗藍袍，看起來就像雷坎描繪的葉瑪亞，拿走了天母之淚的女神。這名聖童隨著歌聲旋轉，一瓶水擱在頭頂上。合唱達到頂峰時，她將水拋向空中，張開雙臂，讓水灑在她的皮膚上。

這名聖童旋轉著離開圈子，而芙蕾珂進入其中時，人群響起歡呼聲。她黃袍上的珠子在她的皮膚上挪移，反映光線，閃閃發亮。她用她的微笑逗弄每個人，尤其是科瓦米。人群的期待達到高峰時，她的雙手爆發光芒。金光的火花從她手中射出時，人群歡呼，與她一起在營地中跳舞。

「Mama，Mama，Mama——」

一個個聖童進入圈子裡，每個人都穿得像天母之子。雖然他們不會魔法，但他們的模仿讓人群充滿歡樂。

最後，一個與我年齡相仿的女孩走上前。

她穿著飄逸的紅色絲綢，一頂串珠頭飾在她的皮膚上閃爍。

奧雅……我的姊妹神。

雖然這個聖童不如我的幻象中的奧雅那般璀璨，但也散發一種神奇氣場。和芙蕾珂一樣，她有著長長的白色鬈髮，隨著她舞動時如紅絲般在她周身旋轉。

她在一隻手裡拿著象徵奧雅的獅毛短鞭。

她沿著圓圈旋轉鞭子時，聖童們的讚美聲越來越響亮。

「妳是這個的一部分，瑟爾莉。」亞瑪芮扣著我的手。「不要讓任何人奪走這個魔法。」

第五十七章

亞瑪芮

雖然遊行結束了，但音樂和舞蹈一直持續到深夜。我一邊看熱鬧，一邊咬著莫餡餅，品嘗在我嘴裡融化的蒸豆餅。一個聖童端著一盤椰子馬卡龍走過，我拿了一個，甜椰子碰到我的舌頭時，我感動得差點哭出來。

「終於。」

札因的呼吸使我耳朵發癢，在我的脖子上傳來一陣愉悅的刺麻感。他難得獨自一人，這個晚上一大堆聖童女孩試著引起他的注意。

「你說什麼？」我問，吞掉剩下的椰子馬卡龍。

「我一直在找妳。妳很難找。」

我擦掉嘴唇上的食物碎屑，拚命掩飾我在這個慶祝活動上吃個不停。我這身裙裝一開始很合身，但現在已經覺得腰間的布料有點緊。

「這個嘛，一大堆女孩兒擋住你的每條路，你確實應該很難找到我。」

「我深感抱歉，公主殿下。」札因笑道：「但妳得知道，想接近這裡最漂亮的女孩是要花時間的。」

他的微笑變得柔和，就像他那天晚上把我扔進河裡，在我試圖把他扔回去的時候那種笑容。這是他罕見的一面；而經歷了在那之後發生的一切後，我不確定何時才能再次看到他這一面。

「怎麼了？」

「我只是在想……」我聳個肩，回頭看著跳舞的大批聖童。「我一直在擔心你。你雖然很寬容，但在那個帳篷裡被那樣折磨不可能很輕鬆。」

「嗯……」札因露齒而笑。「我確實能想出很多更好的方法，來和一個女孩一起被關在帳篷裡過夜。」

我臉紅得一定跟我身上的金色裙裝一樣明亮。「我猜那天晚上確實是我第一次和一個男孩過夜。」

札因嗤笑。「符合妳夢想中的畫面嗎？」

「我也不知道……」我把一根手指按在嘴脣上。「我沒想到會是那種綑綁場面。」

令我驚訝的是，他放聲大笑，我從沒聽過他笑得這麼大聲。這個笑聲令我心花怒放。上一個被我逗得開懷大笑的人是賓妲。沒說出來的話語在我心裡游動，但在我做出回應之前，一陣輕笑引起了我們的注意。

我轉過身，看到幾個帳篷外的瑟爾莉在人群邊緣跳舞。她笑著啜飲一瓶棕櫚酒，把一個聖童孩子轉來轉去。雖然我為她的喜悅而露出笑容，但札因臉色變得陰沉，露出他在帳篷裡表現出來的悲傷。但札因注意到伊南時，悲傷徹底消失了。我的哥哥盯著瑟爾莉，彷彿她是一片白玫瑰當中唯一一朵紅玫瑰。

「你看到那個沒有？」我抓起札因的手，把他拉向一群歡呼的聖童。他回握我的手時，我的胃裡一陣顫動。

札因的寬肩將人群分開，就像牧人穿過羊群。片刻後，我們來到圓圈中心的舞者旁邊，這裡活力四射。她的珠飾裙裝在月光下閃爍，突顯了她臀部的每一次搖晃。她身體的每一條曲線都隨著節拍震顫，每一次發力都讓人群興奮不已。

札因把我往前推，我急忙抓住他的胳臂。「看在老天的份上，你幹麼啦？」

「進去，」他笑道：「該讓我看看妳的舞藝了。」

「你喝了太多棕櫚酒。」我發笑。

「如果我進去跳呢？」札因問：「如果我願意跳，妳也願意嗎？」

「當然不願意。」

「這是保證？」

「札因，我說了不——」

他跳進圈子裡，嚇了舞者一跳，整個人群為之後退。很長的一刻，他一動不動，而是假裝一臉嚴肅地打量每個人。但是歌曲的號角聲響起時，他幾乎在舞蹈中爆發。他猛烈搖晃身子，彷彿有火蟻掉進他的褲子裡。

我笑得喘不過氣，為了站直而抓住身旁的一個聖童。札因的一舉一動都激起更多歡呼，讓圍觀者的圈子擴大一倍。

他搖晃肩膀，撲倒在地時，那名舞女再次加入陣容，在這個空間周圍旋轉。我的皮膚隨著她的移動而發麻，她每次擺動臀部時都散發誘惑力。她用調情的眼神盯著札因，害我不高興得皺眉。但我不該感到驚訝吧？畢竟他笑容親切，身體強壯又威武——

兩隻布滿繭皮的手抓住我的手腕。很大的手。**札因的手**。

「札因，不！」

他的惡作劇壓倒了我的恐懼。我還搞不懂怎麼回事，已經站在舞圈中央。無數道視線落在我身上，我渾身僵住，動彈不得。我轉身想逃，但札因緊緊抓住我，旋轉我的身子，讓全世界看到。

「札因！」我尖叫，但我的恐懼化作了我無法停止的笑聲。我們移動時，興奮情緒在我心中盤旋，我笨拙的雙腳居然跟上了節奏。有那麼一刻，周圍群眾彷彿消失了，我只看到札因——他的微笑，他和藹的棕色眼睛。

我能這樣度過一輩子，在他安全的懷抱中旋轉歡笑。

第五十八章

伊南

我從沒見過瑟爾莉這麼美的模樣。

她牽著一個年輕聖童的手，穿著一身柔軟的紫色裙裝，閃閃發亮，就像在人群中旋轉的女神。她靈魂中的海鹽味超越了節慶食品的濃郁香氣，撼動了我。

就像大浪把我拉進海裡。

看著她，我幾乎能忘了魔乩，忘了王權，忘了父王。這一刻，我能想到的只有瑟爾。她的笑容照亮了整個世界，就像無星之夜的滿月。

她沒辦法繼續旋轉下去後，給了孩子一個擁抱。她親吻他的額頭時，他開心得尖叫。但他一跑開，三個年輕人就上前接替了他的位置。

「不好意思——」

「嗨，我叫迪卡——」

「妳今晚看起來真美——」

看著他們對她大獻殷勤時，我不禁微笑。他們每一個都比身旁的夥伴更大聲。那三人喋喋不休的時候，我摟住瑟爾莉的側身，捏了一下。

「可以跟我一起跳支舞嗎？」

她猛然轉身，勃然大怒，然後才意識到是我。她微笑時，她的喜悅令我震驚。

然後她表達出渴望，還有一絲恐懼，看來她想到札因。我把她拉近。「我帶妳去他看不到的地方。」

一股暖意從她的身體流向我，我加強手勁。

「我就當妳答應了。」

我抓住她的手，帶她穿過人群，無視她的追求者們投來的怒瞪。我們朝營地邊緣的森林走去，遠離慶祝和舞蹈。涼爽空氣令人舒暢，夾雜著濃郁的營火、樹皮和潮葉的味道。

「你確定沒看到札因？」

「確定。」

「那麼——啊！」

瑟爾莉踉蹌跌倒，少女的咯笑聲從她嘴裡逸出。我忍住自己的笑聲，要去幫她時，一股蜂蜜棕櫚酒的味道飄進我的鼻子。

「老天，瑟爾，妳喝醉了？」

「我真希望我有喝醉，釀這個酒的人顯然不知道自己在做什麼。」她拉著我的手，把體重撐在一棵樹上。「看來剛剛跟薩林一直轉圈讓我付出代價了。」

「我幫妳弄些水來。」

我轉身要走，但被瑟爾莉拉住胳臂。

「留下。」她的手指滑到我的手上。在她的觸碰下，一種快感從我身上掃過。

「妳確定？」

她點頭，又咯咯笑。她悅耳的笑聲把我吸引過去。

「你邀我跳舞。」她的銀眸裡閃過一絲淘氣的光芒。「我想跳舞。」

就像剛剛包圍瑟爾莉的那些狂熱男孩，我上前一步，近得足以捕捉到她鼻息中最微弱的棕櫚酒味。我的手滑過她的手腕時，她閉上眼睛，深呼吸。她的手指掐進樹皮。

她的反應讓我渾身每一顆細胞都充滿渴望，一種我未曾經歷過的衝動。我竭盡全力逼自己不要吻她，不要讓我的手撫過她的曲線、把她壓在樹上。

她的眼睛再次睜開時，我彎下腰，好讓我的嘴唇擦過她的耳朵。「如果我們真的要跳舞，妳就必須動起來，小瑟爾。」

她僵住。

「不准那樣叫我。」

「妳可以叫我『小王子』，我不能叫妳『小瑟爾』？」

她的雙手垂到身側。她撇過臉。

「只有我媽那樣叫我。」

老天。

我放開她，我真想用頭捶樹。「瑟爾，對不起。我不——」

「我知道。」

她盯著地面。她的嬉鬧態度消失了，現在整個人淹沒在悲傷的大海中。但接著，一股恐怖的浪潮湧上她的心頭。

「妳還好嗎？」

她突然抱住我，把頭埋在我的胸膛上。她的恐懼滲入我的皮膚，纏住我的喉嚨。這種恐懼吞噬了她——原始而強大——就像那天在森林裡。只不過現在困擾她的不僅是王權，而是從她自己的手裡竄動而出的死靈暗影。

我用雙臂緊緊摟住她，我願意為了消除她的恐懼而付出任何代價。我們就這樣站了很久，消失在彼此的懷裡。

「妳聞起來像大海。」

她抬頭，對我眨眼。

「妳的靈魂，」我澄清：「它總是聞起來像大海。」

她瞪著我，我看不懂她的表情。我沒有花太多時間試圖看懂它。能夠在她的眼睛裡迷失，能夠只存在於她的銀色目光，這樣就夠了。

我幫她把一綹鬆散的鬈髮撥到她耳後，她又把臉埋在我的胸膛上。

「我今天失控了。」她哽咽道：「我傷了他。我傷了**札因**。」

我把我的心靈打開得更大一些，稍微超越釋放的程度。瑟爾莉的記憶如潮水般湧上岸。

我感受到了一切，札因的惡毒話語，還有失控的暗影。罪惡感、恨意、她的魔法留下的羞愧。

我把瑟爾莉抱得更緊，她也回擁了我，這讓我感到一陣暖意。「我也失控過一次。」

「有人受傷嗎？」

「有人死了，」我輕聲說：「我愛過的人。」

她稍微後退，抬起頭，眼裡滿是淚水。「所以你害怕你的魔力？」

我點頭。凱雅之死的罪惡感如刀刃般在我心中扭轉。「我不想再讓其他人受傷。」

瑟爾莉靠回我的胸口上，沉重地吐口氣。「我不知道該怎麼辦。」

「關於？」

「魔法。」

我瞪大眼睛。我完全沒料到會從她的嘴裡聽到這種自我懷疑。

「這明明就是我想要的，」瑟爾莉朝慶祝活動揮個手。「是我為之奮鬥的一切，但我一想到發生了什麼……」她欲言又止，滿腦子想著札因流血的肩膀。「這些人是好人，他們的心靈很純正。但是，如果我讓魔法歸來，而一個心術不正的魔乩試圖控制它，這會造成什麼後果？」

我很熟悉她這種恐懼，感覺就像我自己的恐懼。但不知道為什麼，這種感受已經不像之前那麼強烈。即使回想起科瓦米的火焰，我腦海中浮現的第一個畫面就是祖萊卡指示他住手時，他的烈火顫抖熄滅。

瑟爾莉張嘴想再說下去，但一個字也沒說出來。我凝視著她豐滿的雙脣。她咬脣的時候，我盯她盯了稍微太久。「這真的很不公平。」她嘆氣。

我低頭看著她，很難相信我們倆都處於清醒狀態。我有多少次想這樣抱著她？感受她的回抱？

「而你能隨意地在我的腦海裡起舞，我卻根本不知道你的腦袋裡在想什麼。」

「妳真的想知道？」

「我當然想知道！你知不知道我覺得多麼尷尬——」

我把她壓在樹皮上，嘴貼在她的脖子上。我撫摸她的背脊時，她倒吸一口涼氣。一聲輕哼從她的唇間吐出。

「這個，」我呢喃。我每說一個字，我的嘴就擦過她的肌膚一次。「我在想的就是這個。這就是我的想法。」

「伊南。」她喘息，聲音沙啞。她的手指掐進我的後背，把我抱得更緊。我全心全意想要她。我想要這個，時時刻刻。

有著這個慾望，一切都變得清晰。一切都開始變得合理。

我們不需要害怕魔法。

我們只需要彼此。

第五十九章

瑟爾莉

妳不可以這麼做。

妳不可以這麼做。

妳不可以這麼做。

無論我重複這句話多少次，我的慾望都像失控的坐騎一樣暴衝。

札因如果發現了，一定會殺了我們。但即使這個想法在我的腦海中閃過，我的指甲還是深深地扎進了伊南的背脊。我把他抱向我，直到我能感覺到他身體所有堅硬的線條。我想感覺更多。我想感覺**他**。

「跟我一起回勒芶斯。」

我強迫自己睜開眼睛，不確定是否聽錯。「什麼？」

「如果妳想要自由，就跟我一起回勒芶斯。」

這種感覺就像潛入伊巴丹冰冷的湖泊，一種發自內心的震撼把我從我們的幻想中拉了出來。在這個幻想世界中，伊南只是一個穿著帥氣長袍的男孩；他是魔乩，不是王子。

「你明明保證過不會妨礙我——」

「我也會履行這個承諾，」伊南打斷我。「可是瑟爾莉，妳誤會了我的意思。」

我的心靈周圍開始豎起高牆，我知道他能感覺到這些牆壁。他後退，雙手從我的背上滑到我的臉頰上。

「妳把魔法帶回來後，貴族一定會竭盡全力阻止妳。大掃蕩會不斷地再次發生。這場戰爭不會結束，除非一整代的歐瑞莎人滅亡。」

我移開視線，但我在內心深處知道他說的是事實。這就是為什麼我的恐懼不會消失，我沒辦法允許自己慶祝。小祖建立了一個人間天堂，但等魔法歸來後，這個美夢就會結束。魔法不會給我們和平。

它只是給我們一個能戰鬥的機會。

「為什麼我回去勒芶斯就能解決這些問題？」我問：「就在我們談話的這一刻，你的父親急著要我的腦袋！」

「我父親是在害怕。」伊南搖頭。「他是被誤導了，但他的恐懼是有道理的。王室只見過魔乩帶來的破壞。他們從沒經歷過這種畫面。」他指向營地，臉上洋溢著希望，使得他的笑容幾乎在黑暗中發光。「祖萊卡在一個月內開創了這裡，而勒芶斯的聖童人數比歐瑞莎其他地方都多。試想一下，如果有王室資源支持，我們能完成什麼。」

「伊南……」我想抗拒，但他把我的一綹頭髮拉到我耳後，拇指順著我的頸部滑下。

「如果我父親能看到這個……能看到**妳**……」他只是觸摸一下，我內心的一切就為之顫抖，推擠了我的懷疑。我靠向他，渴求更多。

「他會看到妳給我看的。」伊南緊緊抱著我。「今天的魔乩不是他對抗過的魔乩。

如果我們在勒苟斯建立這樣的殖民地，他就會明白他其實沒有什麼好怕的。」

「這個聚落之所以能存在，是因為沒人知道我們在哪裡。除了被鐵鏈鎖在苦力團裡，你父親絕不會允許魔乩在任何地方聚集。」

「他到時候別無選擇。」伊南的手握得更緊，第一次燃起了反抗的火花。「等魔法回歸後，他就沒有能力奪走魔法。不管他是否在一開始就同意我的觀點，也遲早會明白什麼才是最好的。我們將能第一次統一為同一個王國。我和亞瑪芮將領導這個轉變。如果妳在我們身邊，我們就能做到。」

一團希望之火在我心中點燃，我應該撲滅的火焰。伊南的願景開始在我腦海中成形，塑地師能塑造的建築物，阿格巴婆婆能傳授給大家的技術。爸爸再也不用擔心繳稅。札因能一輩子專注於阿格邦——

我還來不及完成這個想法，罪惡感就湧上心頭。從哥哥的指縫流出的鮮血澆滅了所有的興奮。

「這麼做沒用的，」我輕聲說：「魔法還是太危險。無辜之人可能會遭到池魚之殃。」

「換作幾天前，我也會說同樣的話，」伊南後退。「但妳今天早上證明我錯了。我只上了一節課，就意識到我有朝一日真的能控制自己的能力。如果我們教魔乩如何在指定的殖民地做同樣的事，他們就能在受訓後重新進入歐瑞莎。」

伊南眼睛發亮，話語開始變得急促。

「瑟爾莉，想像一下歐瑞莎能變成什麼樣子。小祖這種療癒師能根除疾病。塑地師和焊鑄師的團隊能消除王國對苦力團的需求。蒼天在上，想像一下有妳的靈偶打頭陣，軍隊會變得多麼強大。」

他的額頭靠在我的額頭上，離我太近了，害我沒辦法冷靜思考。

「到時候會是全新的歐瑞莎。」他平靜下來。「我們的歐瑞莎。沒有戰亂，沒有戰爭，只有和平。」

和平……

打從我學會這兩個字，已經過了很多年。我只有在夢裡才能享有和平，在伊南懷裡感到的舒適。

有那麼一瞬間，我允許自己想像魔乩的紛亂結束。不是透過刀劍和革命，而是透過和平。

透過伊南。

「你是認真的？」

「再認真不過。瑟爾，這是我需要的。我想守住我對妳許下的每一個承諾，但我一個人做不到。妳不能只靠魔法。但如果我們攜手合作……」他的脣邊綻開一抹甜美的笑容，把我吸引了進去。「我們將勢不可擋。歐瑞莎從沒見過的團隊。」

我望向他身後，看著跳舞的聖童們，在人群中看到了跟我一起跳舞的那個小男孩。薩林轉動他太多圈，害他倒在草地上。

伊南把手從我的臉頰上移開，扣起我的手指；他把我拉進懷裡時，他的暖意就像一條柔軟的毯子一樣鋪在我身上。「我知道妳我就是註定該合作。」他把音量壓低成呢喃。「我認為……妳我就是註定該在一起。」

他的話語令我頭暈目眩，不然就是因為我喝了酒。儘管意識有點模糊，我還是知道他說得對。只有這麼做能保障大家的安全，只有這個決定能結束這場無盡的鬥爭。

「好。」

伊南看著我。希望的火花在他周圍嗡鳴，就像空氣中微弱的鼓聲。

「真的？」

我點頭。「我們得說服札因和亞瑪芮，但如果你是認真的——」

「瑟爾，我這輩子從沒這麼認真過。」

「我的家人也必須去勒芶斯。」

「我完全贊同。」

「而且你還是得重建伊洛林——」

「這將是塑地師和喚浪師做的第一件事！」

我還來不及提出下一個反對意見，伊南已經摟住我，把我抱起來轉了一圈。看他笑得這麼開心，我不可能不回以微笑。他放下我的時候，我發笑，過了幾秒才不再覺得天旋地轉。

「我們好像不該在森林裡轉圈圈的時候決定歐瑞莎的命運。」

他咕噥表示同意，慢慢把雙手從我的側身滑到我臉上。「我們大概也不該做這種事。」

「伊南——」

我還來不及解釋我們為什麼不能這麼做，還來不及說明札因剛磨好了斧頭、離我們只有幾個帳篷，伊南已經把嘴壓在我的唇上，我的周圍一切都消失了。他的吻溫柔而有力，輕輕推著我。而且他的嘴脣很……柔軟。

我沒想到嘴脣能這麼柔軟。

這雙嘴脣照亮了我渾身每一個細胞，朝我的背部送來暖意。他終於後退時，我的心跳快得就像剛結束了一場戰鬥。伊南慢慢睜開眼睛，臉上露出溫柔的笑容。

「抱歉……」他用拇指撫過我的下脣。「妳想回營地嗎？」

是的。

我知道我該做什麼。我大概需要做什麼。但現在我嘗到味道後，我身上所有的自制都斷裂了。

伊南睜大眼睛，因為我抓住他的頭，把他的嘴壓回我的脣上。

自制等明天再說。

今晚我想要他。

第六十章

亞瑪芮

札因把我轉來轉去的時候，我咯咯笑得好像已經好幾年沒笑過。他彎下腰想再次抬起我，但突然停了下來，讓我留在地上。他收起了原本從一耳咧到另一耳的笑意。我順著他的視線望去，剛好看到伊南抓住瑟爾莉的臉，吻了她。

我的老天爺！

我忍不住倒抽一口氣。我早就感覺到他們之間有什麼東西點燃了，我只是沒想到它會點燃得這麼快。但現在觀察伊南如何吻瑟爾莉，我腦海裡只醞釀著更多疑問。他溫柔地抱著她，他的手在她身上游走，他把她**拉向他**——

我臉頰通紅，移開視線，他們這種擁抱親密得讓我不敢再看下去。但是札因沒跟我一樣感到害臊，反而瞪得更用力。他渾身每一塊肌肉緊繃，他的眼神變得嚴厲，所有的喜悅都消失無蹤。

「札因……」

他從我身邊掠過，準備以我未曾目睹過的憤怒展開攻擊。

「札因！」

他移動的方式彷彿看不見我，彷彿他在掐住我哥的喉嚨之前不會停下來。然後瑟爾莉抓住伊南，把他的嘴拉到她的脣上。

看到這一幕，札因停步，踉蹌後退，彷彿挨了一拳。然後他的理智線突然斷裂，就像一根樹枝被捏成兩半。

他從我身邊走過，走進聖童的人群，穿過慶祝活動，進入營地。他衝進他的帳篷，我拚命跟上他。他繞過奈菈和瑟爾莉的背包，抓住他斧頭的握柄——

「札因，不要！」

他把斧頭塞進背包，彷彿根本沒聽見我尖叫。他接著把他的斗篷、食物……還有他其餘的行李都塞進去。

「你在做什麼？」

札因沒理我，而是用力把他的斗篷塞進背包裡，彷彿它也吻了他的妹妹。我伸手想碰他，但他聳肩避開了我。「札因——」

「怎樣？」他吼道，我愣了一下。他停頓下來，長嘆一聲。「抱歉，我只是——我受夠了。我玩完了。」

「你『玩完了』是什麼意思？」

札因把皮革繫帶纏在背上拉緊。「我要走了。妳如果願意，可以跟我一起走。」

「且慢，你說什麼？」

札因沒有停下來回答我。我還來不及說什麼，他已經衝出了帳篷的門簾，丟下我，走進外頭涼爽的夜晚。

「札因！」

我急忙追他，但他完全沒打算等我。他氣沖沖地走過營地，完全丟下了先前的歡慶氣息。他快步越過野草時，我能聽到貢貝河微弱的轟鳴聲。我終於追上他的時候，他已經來到下一個山谷。

「札因，**拜託你！**」

他停步，但雙腿僵硬，彷彿隨時會走。

「你能不能走慢一點？」我哀求。「拜託你——先深呼吸一下！我知道你討厭伊南，可是——」

「我根本不在乎伊南。大家想怎樣就怎樣，總之我不奉陪。」

他殘酷的話語凍住了我的胸口，粉碎了他之前放在我心裡的所有暖意。我雖然雙腿顫抖，但還是逼自己前進。「你很不高興。我能理解，可是——」

「不高興？」札因瞇起眼睛。「亞瑪芮，我受夠了為保住性命而戰，我受夠了為每個人的錯誤付出代價。我受夠了盡我所能地保護她的安全，而她把我的用心良苦當成狗屁！」他低下頭，垂下肩膀。自從我見到他以來，這是他第一次顯得渺小；看到他這副模樣，我感到不安。「我一直期待她長大，但既然有我伺候她，她又何必長大？有我在旁邊等著收拾她的爛攤子，她又何必改變？」

我走近一步，抓住他的手，手指夾在他粗糙的手指之間。「我知道他們的關係令人困惑……但我向你保證，我哥的用意是純正的。瑟爾莉原本比誰都討厭伊南，而如果她現在對他有這種感覺，這一定有某種意義。」

「意思就是什麼也沒變。」札因甩開我的手。「瑟爾莉在做蠢事，而後果遲早會在她臉上炸開。妳如果願意，可以等著看那場爆炸，但我受夠了。」他的嗓音沙啞。「我本來就不想蹚這個渾水。」

札因再次走離，我感覺心被割了一刀。這不是我認識的那個男人，不是我開始……

愛上的那個男人？

「愛」這個字在我的腦海裡浮動，但我沒辦法把它說成是愛。愛這個字太強烈，不適合我的感受，不適合我被允許的感受。但儘管如此……

「你從沒放棄她，」我朝他的背影喊道：「從來沒有，一次也沒有。即使她讓你付出了一切代價，你依然總是在她身邊。」

就像賓妲。我的腦海裡浮現出朋友俏皮的笑臉，這個笑容照亮了寒冷的夜晚。札因的愛就跟她一樣熱烈，沒有條件——即使在他不該這麼做的時候。

「為什麼挑現在？」我說下去：「經歷了那麼多事，你為什麼挑現在離開？」

「因為他毀了我們的家園！」札因猛然轉身過來，咆哮時頸部隆起一條血管。「人們溺死。孩童們**死亡**。為了什麼？那個禽獸追殺了我們好幾個星期，她現在居然想原諒他？擁抱他？」札因嗓音變得緊繃，他停頓下來，慢慢握緊又鬆開拳頭。「我可以保護她免於很多傷害，但如果她要變得這麼愚蠢，這麼魯莽——她遲早會害死自己。我不想留下來旁觀。」

說完，他轉過身，拉緊背包，走向黑暗中的深處。

「等等。」我喊道，但札因這一次沒有放慢腳步。他邁出的每一步都讓我心跳更為沉重。他真的要這麼做。

他真的要走。

「札因，求求你——」號角響起，劃破黑夜。

更多號角聲加入，扼殺了慶祝活動的鼓聲，我們倆都僵住了。

我轉身，心往下沉，因為騷擾了我一輩子的皇家徽印出現在我的視野中，在一件件制服上閃閃發光。雪豹的眼睛似乎在黑暗中閃爍。

父王的人馬來了。

第六十一章　瑟爾莉

伊南的雙手滑到我的大腿上時，我猛然吸口氣。他的觸摸讓我身體的每一個部分炸開，我很難專心回吻他。但我的嘴脣忘記要做什麼的時候，伊南沒浪費任何一秒。他帶電般的吻從我的嘴移到我的脖子上，激烈得讓我難以呼吸。

「伊南……」

我臉紅了，但沒必要隱藏這種反應。他知道他的吻對我造成了什麼影響，他的觸摸讓我多麼灼熱。如果我的情緒像海嘯一樣襲擊他，那麼他一定知道我多麼想要現在這一刻。我的身體多麼渴望他的雙手在我身上摸索遊走……

伊南把前額靠在我的額頭上，然後把雙手滑到我的後背上。「相信我，瑟爾。跟妳對我所做的相比，我對妳所做的根本算不了什麼。」

伊南抱著我的時候，我的心在顫抖，我閉上眼睛。他俯下身來再次吻我——

響亮的號角聲響起，空中響起一種撞擊聲。

「那是什麼？」我問。另一聲撞擊聲響起時，我們急忙分開。

伊南握緊我的手，冷汗直冒。「我們得走了。」

「怎麼回事？」

「瑟爾，快——」

我掙脫他的手，奔向活動場地的邊緣。慶祝的音樂聲停止了，每個人都試著找出聲音的來源。人群中爆發一種安靜的歇斯底里，而隨著它的傳播，越來越多人提出疑問。但隨著時間經過，號角的源頭變得清晰。

大批皇家衛隊穿過大門，朝俯瞰山谷的山頂進發。他們的火炬火焰照亮了黑天，在黑夜襯托下顯得格外熾烈。

有些士兵已經搭好箭，有些則亮出鋒利的刀刃。其中模樣最猙獰的幾人拉著一群野豹，這些凶獸咬牙切齒，口吐唾沫，渴求追殺獵物。

伊南來到我身旁。看到這一幕，他停下腳步，臉頰失去血色。他扣住我的手。部隊的指揮官走上前，刻在他鐵甲上的金色線條讓他顯得與眾不同。他把一個錐體舉到嘴邊，我們都能聽到他的叫喊聲。

「這是給你們的唯一一次警告！」他的嗓音劃破寂靜。「你們如果不配合，我們將動用武力。把卷軸和女孩交出來，這裡就不會有人受到傷害。」

聖童們開始竊竊私語，恐懼和困惑如病毒般在群眾中擴散。有些人試圖逃離人群，有個孩子開始哭。

「瑟爾，我們得走了。」伊南重複，再次抓住我的手臂。但我的雙腿失去知覺。我甚至沒辦法說話。

「我不會再次警告你們！」指揮官喊道。「把他們交出來，否則我們將以武力奪取！」

最初的片刻裡，什麼也沒發生。

然後人群出現動靜，一開始很小，但群眾在幾秒後分裂。人們讓出一條路，讓某人從中走過。她嬌小的身子向前走。她的白髮舞動。

「小祖……」我低語，克制著想跑上前、把她拉回人群裡的衝動。

她昂首而立，態度堅強，雖然年輕但充滿抗拒姿態。她的翠綠長袍在風中飄揚，在她的棕色皮膚上閃閃發光。

雖然她只有十三歲，整個軍團卻都舉起了武器。弓兵拉弓，劍兵調整豹坐騎的韁繩。

「我不知道你們指的是哪個女孩，」小祖喊道，風傳達了她的嗓音。「但我能向你們保證，那個卷軸不在我們手上。這是一場和平的慶祝活動。我們聚在這裡只是為了紀念我們的血脈。」

隨之而來的寂靜幾乎震耳欲聾，讓我的手顫抖得無法平息。

「求求你們——」小祖走上前。

「不許動！」指揮官吶喊拔劍。

「如果有必要，你們可以搜查這裡，」小祖答覆：「我們會願意接受檢查。但求求你們收起武器。」她舉起雙手做投降狀。「我不希望任何人受傷——」

事情發生得很快。太快。

上一秒，小祖還站著。

下一秒，一支箭貫穿了她的身軀。

「小祖！」我尖叫。

但這聽起來不像我的聲音。

我聽不見自己的嗓音。我什麼也感覺不到。

小祖低頭查看，用小手握著箭桿時，我的肺臟洩氣。這個愛笑的少女拉扯帶有歐瑞莎恨意的武器。

她拚命出力，四肢顫抖，勉強向前邁出一步。她不是後退，不是讓我們來保護她。

而是前進，為了保護我們。

不……

淚水灼燒我的視線，沿我的臉龐迅速落下。一個療癒師。一個孩子。她最後的時刻卻被仇恨汙染。

鮮血在她長袍的絲綢上蔓延開來。染血的翠綠布料變暗。

她雙腿一軟，倒在地上。

「小祖！」我飛奔上前，就算我知道她已經沒救了。

那一刻，整個世界炸開。

衛兵們發動攻勢，箭矢齊飛，劍光閃爍。

「瑟爾，快來！」伊南拉扯我的胳臂，把我往後拉。但他試圖把我引開時，我的腦海裡只有一個念頭。糟糕。

札因。

伊南還來不及反對，我已經邁步跑離，在返回山谷時不只一次踉蹌。驚恐尖叫充斥夜空。聖童往四面八方奔逃。

我們徒勞地飛奔，拚命躲避弓箭手釋放的箭雨。聖童一一倒下，被看似永無止境的箭陣射穿。

然而，隨著歐瑞莎的近戰人員在群眾中擴散，弓兵不再是最大的恐懼來源。士兵們放出狂暴大豹，讓牠們的尖牙直接刺進聖童的肉身。騎在牠們背上的鎧甲衛兵們在人群中推擠而過，舉起利劍，斬殺擋路的每一個人，毫不寬容，殘酷無情。

「札因！」我的尖叫聲是哀號合唱中的其中一個聲音。他不能像媽媽那樣死去，他不能離開我和爸爸。

但我跑得越遠，倒在地上的屍體就越多，死於失血的亡魂也越多。迷失在人群中的薩林發出嚎叫，尖銳的尖叫聲壓過了其他哭聲。

「薩林！」我尖叫，衝向我曾經摟在懷裡轉圈的可愛男孩。一名衛兵騎著一頭狂豹朝他奔去。薩林舉起雙手投降。

他沒有魔法，沒有武器，無力反抗。

但衛兵不在乎。

他舉劍劈下。

「不！」我尖叫，看到這一幕而心痛。刀刃直接劈開了薩林瘦小的身子。

他在倒地前已經氣絕。

他茫然的眼睛使我的血液、心臟和骨頭感到冰涼。

我們贏不了。我們活不了。我們從頭到尾都沒有一線生機——

這種感受深深地衝擊我，就像我跳動的心臟一樣強勁。

它撼動了我血液中的魔力，它從我的肺裡抽出空氣。

科瓦米從我身邊跑過，奔向戰鬥的中心，手裡緊緊握著一把匕首。

然後他割開自己的一隻手掌。

血魔法。

我從骨髓裡感到驚恐。

感覺就像世界慢了下來，科瓦米享有的最後這幾秒被拉長了。他的血液泛著白光，濺在地上。

剎那間，象牙色的光輝包圍了他，像天神之光一樣照亮他黝黑的皮膚。

光芒伸及他的頭頂時，決定了他的命運。

一團火焰從他的皮膚上炸開。

悶燒的餘燼從他的體內向外射出，火焰在他周身燃燒，烈火從他的四肢爆發，從他的嘴、手臂和腿噴出。火勢高達數尺，強烈得足以照亮黑夜。科瓦米開始攻擊時，衛兵們震驚得暫停攻勢。

他把雙拳向前揮出。火流以悶燒火浪的形式穿過這個聚落，焚燒了前方的一切，灼燒了衛兵，破壞了營地。

空氣中瀰漫著焦肉味，夾雜血腥味。

死亡來得太快，士兵們甚至來不及尖叫。

「**啊！**」科瓦米把夜色染紅時，他痛苦的叫喊聲高過其他聲響。血魔法撕裂了他，強硬而無情。

它比魔乩能靠自己召喚的任何火焰都要猛烈。他燃燒著天神之力，但它也燒穿了他。

他黝黑的臉龐變得通紅，血管從內部撕裂，皮膚起水泡，皮肉燙傷，露出一條條肌肉和堅硬的骨頭。他沒辦法控制住魔法。他沒辦法壓制它。

血魔法活生生地吞噬了他，但他還是把最後一口氣用在戰鬥上。

「科瓦米！」在山谷邊緣的芙蕾珂發出尖叫。一個強壯的聖童把她往後拖，阻止她衝進熊熊烈焰。

科瓦米的喉嚨噴出一道火焰漩渦，逼得衛兵們退得更遠。他用最後幾秒的生命攻擊衛兵時，聖童們做出反應。我的同胞四處逃竄，穿過火牆，離開這片荒地。

他們活了下來，逃離了衛兵的無情攻勢。

因為科瓦米，因為他的魔法，他們得以生存。

我凝視著這團火光，感覺彷彿整個世界停止運轉。叫喊聲和尖叫聲減弱，化為虛無。原本的慶祝活動只剩一片黑暗。伊南的承諾在我眼前上演，我們的歐瑞莎，世界不允許他履行的約定。**和平**。

我們永遠不會享有和平。

只要我們沒有魔法，他們就永遠不會尊重我們。爸爸的話語在我腦海裡沸騰。**他們需要知道我們能反擊。既然他們燒了我們的房子，我們也要燒掉他們的房子**。

科瓦米發出最後一聲吶喊，如死星般爆發。火焰向四面八方炸裂，在地上留下他的殘屍。

隨著最後一抹餘燼落下，我感覺心臟被撕開。我不敢相信我竟然否認了爸爸說過的真相。他們永遠不會允許我們繁榮昌盛。

我們會永遠活在恐懼中。

我們唯一的希望就是戰鬥。戰鬥，而且獲勝。

想獲勝，我們就需要我們的魔力。

我需要那個卷軸。

「瑟爾莉！」

我猛然抬頭。我不知道自己這樣靜止不動多久了。世界似乎慢動作轉動，被科瓦米的犧牲拖慢了速度，拖著我所有的痛苦和內疚。

札因和亞瑪芮從一段距離外靠近，騎在奈菈的背上。札因引導奈菈穿過混亂場面，朝我接近。亞瑪芮把我的背包緊緊抱在胸前。

但他說出我的名字時，其他衛兵注意到了。「**那個女孩，**」他們對彼此喊道：「**那個女孩！是她！**」

我還來不及邁出一步，幾隻手已經環住我的雙臂。

我的胸口。

我的喉嚨。

第六十二章 亞瑪芮

太陽升入山谷時，我的喉嚨強忍哭聲。陽光照亮了舉行遊行的燒焦空地，歡樂之地所留下的焦黑遺跡。

我凝視著我和札因共舞的焦土，想起他如何轉動我，想起他的笑聲。

現在只剩下血。屍體。灰燼。

我閉上眼睛，用手摀住嘴，徒勞地試著擋住這個令人痛苦的景象。這裡雖然死寂，但聖童們的呼喊聲仍在我腦海中迴盪。隨之而來的是殺害他們的士兵的咆哮聲，還有刀劍劈開血肉的聲響。我不忍看著眼前這幅景象，但札因掃視這團混亂，在每一張倒下的面孔中尋找瑟爾莉。

「我沒看到她。」

札因的嗓音輕如呢喃，彷彿如果再大聲一點，他內心的一切都會破裂：他的憤怒、他的痛苦、又被奪走一個家庭成員而感到的心痛。

我忍不住想起伊南：他的承諾，還有他潛在的謊言。雖然我沒有勇氣在死者當中尋找他，但我能在內心深處感覺到答案。

這片土地上沒有伊南的屍體。

我完全不想相信這是他的所作所為，但我其實根本不知道該怎麼想。如果他沒有背叛我們，那衛兵們是如何找到我們的？我的哥哥現在在哪？

奈菈在我們身後嗚咽，我學瑟爾莉那樣撫摸牠的鼻子。牠用鼻尖蹭我的手時，我感覺喉嚨緊縮。

「我覺得她被他們抓走了，」我試探地說：「我父親會下這種命令。她太重要，他們不能殺掉她。」

我希望這番話會給他帶來希望，但札因的表情保持不變。他盯著地上的屍體，呼吸急促。

「我做過承諾。」他嗓音沙啞。「媽媽死的時候，我做過承諾。我說過我會永遠保護她。我發誓我會照顧她。」

「你有做到，札因。你一直有做到。」

但他迷失在他自己的世界裡，一個我的話語無法觸及的地方。

「還有爸爸……」他渾身僵硬，握緊拳頭，試著停止顫抖。「我跟爸爸說過。我——我跟他說過我會……」

我把手放在札因的背上，但他避開我的觸碰。札因強忍過的每一滴眼淚彷彿都在這時候湧了出來。他屈膝跪在泥土地上，把握緊的拳頭用力按在腦袋上，我擔心他這麼做會傷到自己。他的心在流血，他的心痛衝破了心中每一面牆。

「你不能放棄。」我跪在札因身邊，擦去他的眼淚。雖然經歷了這麼多苦難，他始終保持堅強。但這一次的損失沉重得難以承受。「卷軸、石頭和匕首依然在我們手上。在我父親取回這些神器之前，他的手下會讓她活命。我們能救她，前往神殿。我們還是能做出彌補。」

「她不會招供的，」札因呢喃：「以免我們有危險。他們會折磨她。」他的雙手抓緊泥土。「她跟死了沒兩樣。」

「瑟爾莉比我認識的任何人都堅強。她會活下來。她會奮戰下去。」

但札因搖頭，完全沒被我說服。「她會死。」他緊緊閉上眼睛。「她會丟下我。」

奈菈的嗚咽聲越來越大，牠用鼻尖磨蹭札因，試著舔掉他的眼淚。這個景象粉碎了我內心的一切，摧毀了最後幾個完整的碎片。這種感覺就像看著賓妲掌心爆出魔光，結果被父王用劍刺穿了她的胸口。父王讓多少家庭因此破碎，讓多少人哀悼死去的親人？我會允許他繼續破壞多少個家庭？

我站在山丘上，轉向貢貝鎮，歐拉辛博山脈前的一縷煙塵。我想起父王戰情室裡的地圖，回想標記他那些軍事基地的X符號。畫面在我腦海中浮現時，一個新的計畫成形。我不能讓札因失去妹妹。

我不會讓父王獲勝。

「我們得走了。」我說。

「亞瑪芮——」

「現在。」

札因抬頭。我伸手抓住他的手，擦掉他臉上的骯髒淚痕。

「貢貝郊外有一座衛兵要塞，她一定被抓去那裡了。如果我們進得去，就能把她救出來。」

我們就能終結我父親的暴政。

札因以哀傷的眼神瞪著我，抗拒試圖綻放的希望之光。「我們要怎麼進去？」

我轉身望向貢貝在夜空下的輪廓。「我有個計畫。」

「會成功嗎？」

我點頭，第一次沒有對戰鬥感到害怕。我再次成了獅王。

為了札因和瑟爾莉，我將再次成為獅王。

第六十三章

瑟爾莉

破魔石手銬灼傷了我的皮膚，燒傷了我的手腕和腳踝。黑色鎖鏈把我懸在牢房的地板上，讓我無法施展咒語。另一股溫暖的氣流從通風口漏出，汗水沿著我的皮膚滴落。這種熱氣想必是故意的。

熱氣會使得即將到來的痛苦更嚴重。

活下去……雷坎的話語迴響，在我面對死亡時對我做出嘲諷。

我跟他說過這是個錯誤。我跟他說過了，我跟每個人都說過了。我求過他們不要把這個機會浪費在我身上；現在看看我做了什麼。國王準備屠殺我們的時候，我忙著歡笑、旋轉和接吻。

金屬鞋底在外面叮噹作響。他們靠近我的門時，我害怕得畏縮。如果這個牢房是格柵門，我會比較好受，至少我能先做好心理準備。但他們是把我關在一個鐵箱裡。只有兩支燃燒的火炬讓我免於黑暗。

不管他們打算做什麼，顯然不想被衛兵們看見。

我用力嚥口水，徒勞地試著讓嘴裡不那麼乾燥。**妳以前做過這種事**，我提醒自己，**次數多得數不清**。有那麼一刻，我懷疑阿格巴婆婆成天鞭打我其實不是為了懲罰我，而是為了讓我做好準備。她經常打我，所以我擅長挨打，擅長放鬆身體來減輕疼痛。她是否能察覺到我的生命將這樣結束？

媽的。淚水刺痛我的雙眼，我為我造成的那些屍體感到羞愧。小比希。雷坎。祖萊卡。

他們都是白白犧牲。

這全是我的錯。我們根本不該留在那個營地。軍隊顯然以某種方式跟蹤我們來到那個營地。如果我們不在那裡，那些聖童或許就不會死。小祖就能活下來……

我的思緒放慢。

我想起札因的怒瞪。想到這裡，我的心臟為之糾結。是伊南引來那些士兵？

不。

我強忍膽汁般的恐懼，感覺喉嚨灼熱。他不會做出這種事。我們一起經歷了那麼多，他不可能做出這種事。他有過太多機會可以背叛我，他可以在不奪走那些無辜生命的情況下拿走卷軸。

亞瑪芮的臉取代了札因，她的琥珀眸子裡充滿憐憫。**要麼他即將背叛我們，要麼其他事情正在發生**。

伊南的笑容打破他們的仇恨，我想起他在吻我前給我的溫柔注視。但它發黑，扭曲，燃燒，直到它以他的手勁纏住我的喉嚨——

「不！」我閉上眼睛，想起他怎樣抱著我。**他救過我**。兩次。而且他有再次試著救我。這不是他幹的。不可能是他幹的。

金屬喀啦聲傳來。

門外的第一道鎖被打開。我為疼痛做好準備，我在心裡堅守著我所剩無幾的美好事物。

至少札因還活著。至少他和亞瑪芮活了下來。憑藉奈菈的速度，他們一定已經走遠了。我必須專心想著這一點。至少這方面還算順利。至於爸爸……

想起我曾祈禱能再次看到的那張歪斜笑臉時，我眼裡泛起灼熱淚水。等他發現這件事，他這輩子就再也不會笑了。

我閉上眼睛，淚水掉落，像小刀一樣刺痛。我希望他已經死了。

我希望他永遠不會經歷這種痛苦。

最後一道鎖解開了，門吱嘎打開。我做好準備。

但看到伊南站在門口時，我建立的每一道防禦都為之瓦解。

小王子在兩個副手的陪同下走進，我忍不住拉扯鎖鏈。這幾天看著他穿素色長袍和借來的襯衫，我忘了他穿衛兵制服看起來是多麼冷酷。

不……

我拚命在他身上尋找那個許諾給我全世界的男孩，我差點為了那個男孩而放棄一切。

但他的眼神冷漠。札因是對的。

「你這個騙子！」我的尖叫聲在牢房裡迴響。

騙子這兩個字還不夠，缺乏我需要的殺傷力，但我腦子裡一團亂。我用力抓著金屬鎖鏈，刺痛了皮膚。我需要疼痛來轉移注意力，否則我的眼淚會狂湧而下。

「你們出去。」伊南命令副手，眼神彷彿我毫無價值，彷彿我幾小時前不在他的懷裡。

「殿下，她很危險，我們不能——」

「這是命令，不是建議。」

兩名衛兵面面相覷，但還是不情願地離開。他們的確不能違抗寶貴王子的命令。

聰明。我搖頭。我知道伊南為什麼要支開他們。他頭髮上原本閃閃發亮的白紋藏在一層新的黑色染料底下。小王子不能被任何人發現真相。

這就是他從頭到尾的計畫？

我拚命克制情緒，保持面無表情。我不會讓他看到我的痛苦。我不會讓他知道他害我多麼痛苦。

門扉關上，這裡只剩我們倆。聽到衛兵們遠去時，他看著我。再也聽不到他們的聲響後，他僵硬的臉龐才變回我認識的男孩。

伊南的琥珀目光充滿恐懼，他向我走來，盯著我衣服上最大片的血跡。一股溫暖的空氣湧進我的肺部——我不知道我什麼時候停止了呼吸。我不知道我是什麼時候開始這麼需要他。

我搖頭。「這不是我的血。」我呢喃。**至少現在還不是**。「那到底是怎麼回事？他們是怎麼找到我們的？」

「慶祝活動。」伊南低下頭。「聖童們去了貢貝買東西。幾個衛兵起疑，跟蹤了他們。」

老天。我忍住了想湧出來的新一波眼淚。因為一場慶祝活動而慘遭屠殺，我們根本不該舉行的慶祝活動。

「瑟爾，我們沒有多少時間了，」他急忙道，嗓音緊繃而嘶啞。「我現在才有機會接近妳，但一個軍用篷車剛剛停靠了，有人會來這裡，而等他們到來的時候……」伊南轉向門口，確認外面沒有聲音。「瑟爾，我需要妳告訴我怎樣銷毀那個卷軸。」

「什麼？」我一定聽錯了。我們經歷了那麼多，他不可能認為這麼做是答案。

「只要妳告訴我怎樣銷毀它，我就能保護妳。只要魔法有可能歸來，父王就會殺了妳。」

老天。

他甚至沒意識到我們已經輸了。沒人去朗讀它，那個卷軸就毫無意義。但我不能讓他知道這點。

他們如果發現這點，就會殺了我們每個人，無論性別年齡。在我們滅絕之前，在他們用恨意把我們的存在從這個世界上抹去之前，他們不會罷手。

「──他們很凶殘，瑟爾。」伊南用力嚥口水，我回過神。「妳如果不說出來，就會死。」

「死就死。」

伊南滿臉愁容。「妳如果不招，他們會用刀子逼妳說出來！」

我感覺喉嚨緊縮；我已經猜到他們會這樣對待我。我不能說。

「流血就流血。」

「瑟爾，求求妳。」他上前一步，用雙手捧著我瘀青的臉頰。「我知道我們曾想著那些計畫，但妳必須明白一切都變了──」

「一切當然都變了！」我尖叫。「你父親的手下殺了小祖！薩林！那些孩子。」我搖頭。「他們根本無力戰鬥，衛兵卻還是把他們全殺光！」

伊南痛苦得臉龐扭曲。他的士兵。他的手下。我們再一次遭到沉重打擊。

「瑟爾莉，我知道。」他嗓音沙啞。「我知道。我每次閉上眼睛，只看到她的屍體。」

我移開視線，強忍淚水。小祖的燦爛笑容充滿我的腦海，她無盡的喜悅，她的光芒。我們這時候應該在前往扎里亞的路上。她和科瓦米應該還活著。

「他們不該攻擊，」伊南呢喃。「祖萊卡不應該死。可是那些士兵以為妳在用卷軸製造一支魔乩大軍，再加上科瓦米的舉動……」

伊南欲言又止。他原本的悲傷似乎都被恐懼取代。

「科瓦米在幾秒內就消滅了三排的士兵，把他們活生生燒死。他燒毀了那個營地。要不是他燒死了自己，我們可能已經死了。」

我反感得仰起身子。看在諸神的份上，他在胡說些什麼？「科瓦米是為了保護我們而犧牲了自己！」

「但妳想像一下衛兵會作何感想。」伊南匆忙道：「我知道科瓦米用意純正，但他做得過頭了。多年來，我們一直被警告要注意這種魔法，而科瓦米表現出來的破壞力比父王說的更可怕！」

我眨眨眼，盯著伊南的臉孔。準備拯救魔乩的那個未來國王跑哪去了？為了保護我而擋在烈火前面的那個王子在哪？我不認識這個為自己聲稱痛恨的一切找藉口的膽小男孩。又或許，我其實太瞭解他。

也許真相是：他就是個心靈破碎的小王子。

「別誤會，那場襲擊確實令人髮指。我知道我們必須處理這件事。但現在，我們必須做出行動。士兵們都害怕像科瓦米這樣的魔乩會再次出手。」

「很好。」我捏緊鎖鏈，掩飾手的顫抖。「讓他們害怕。」

讓他們嘗嘗他們讓我們吞下的恐懼。

「瑟爾莉，求求妳。」伊南咬牙。「不要選擇這麼做。我們還是可以團結我們的人民。**跟我合作**，我會想出辦法讓妳回去勒茵斯。我們會用更安全的辦法挽救歐瑞莎，不用魔法的辦法——」

「你究竟哪裡有問題？」我的喊聲在牆上反彈。「沒有什麼好挽救的！既然他們做出了那種事，就沒有什麼要挽救！」

伊南瞪著我，眼裡有些淚光。「妳以為這是我想要的？妳以為我在跟妳一起構思新王國後想看到**這種事**發生？」我看到他眼裡反映我的悲痛。我們那個夢想已經死了，歐瑞莎永遠看不到的那個未來。「我原本以為事情能變得不一樣。我原本**希望**事情能變得不一樣。但經過我們目睹的事情後，我們別無選擇。我們不能讓人民擁有那種力量。」

「選擇永遠存在，」我嘶吼：「而你的衛兵已經做出了選擇。如果他們以前害怕魔法，那他們現在應該嚇得魂飛魄散。」

「瑟爾莉，不要害死妳自己。那個卷軸是我說服他們讓妳活著的唯一辦法。如果妳不告訴我們怎樣銷毀它——」

門外又傳來一聲咔噠聲。門打開時，伊南後退一步。

「我有說你們可以進來嗎——」

他突然住嘴，臉上失去血色。

「父王？」

伊南驚訝得張開嘴脣。

他雖然沒戴王冠，但一看就知道是國王。

他的氣勢宛如風暴，空氣在他周圍變暗。門關上時，諸多情緒如海浪般衝擊我。看著謀殺了媽媽的這個人的冷酷眼睛，我忘了如何呼吸。

諸神啊，幫幫我。

我不知道這是夢境還是夢魘。我的皮膚因前所未有的怒火而發熱，我的脈搏卻因恐懼而震顫。打從大掃蕩後的最初幾天，我就一直在想像這一刻，想像與他面對面會是什麼感覺。我太多次在腦海中想像殺了他，幾乎能出書詳述殺掉他的所有辦法。

薩蘭國王把一手放在伊南的肩上。他兒子渾身僵住，彷彿等著挨揍。看到伊南眼中閃過的恐懼，我還是不禁感到難過。我看過他崩潰的模樣，但從沒看過他這一面。

「衛兵告訴我，你跟蹤她而找到了那群暴民。」

伊南筆直地站著，繃緊下顎。

「是的，父王。我正在盤問她。如果你願意先在外面等，我一定會問出我們需要的所有答案。」

伊南的嗓音如此平穩，我差點相信了這個謊話。他想讓他父親遠離我。他一定知道我快死了。

想到這裡，我感到一陣寒意，但也很快得到一種超凡脫俗的平靜感。薩蘭造成的恐懼感確實無可否認，但並沒有壓倒我的復仇慾。

在這個人——這個惡人身上——是整個王國。一個充滿仇恨和壓迫的國家正在盯著我的臉。雖然那天在伊巴丹破門而入的是衛兵，但他們只是他的工具。

看到他，我的心臟彷彿停止跳動。

「殺掉凱雅上將的……」薩蘭壓低嗓門。「就是這女孩？」

伊南睜大眼睛，望向我，但薩蘭順著他的視線看去時，伊南意識到自己犯錯。不管他現在說什麼，都無法阻止歐瑞莎國王接近我。

即使在這個悶熱的房間裡，薩蘭的存在也讓我感到寒意。他拿著破魔石佩劍靠近時，我皮膚上的灼熱感愈發強烈。離他這麼近，我能看見他深褐皮膚上的麻點，夾雜在他鬍鬚裡的老年白毛。

我等著聽見他出言辱罵我，但他對我投來的眼神似乎更可怕，冷漠，冰涼，彷彿我是從泥濘中被拖出來的野獸。

「我兒子似乎認為妳知道上將是怎麼死的。」

伊南瞪大眼睛，情緒全寫在他臉上。

有人死了，我想起他在慶祝活動上說過的話。我愛過的人。

原來那個人不是別人……

就是凱雅。

「我問了妳一個問題，」薩蘭的嗓音讓我回過神。「我的上將發生了什麼事？」

你的魔乩兒子殺了她。

薩蘭身後的伊南愣了一下，應該是讀了我的心思而感到驚恐。它們是我應該向世界大聲疾呼的祕密，我應該當場吐出來的祕密。但是伊南的驚恐就是讓我沒辦法說出來。

所以我只是撇開臉，沒辦法看著眼前這個下令處死我母親的禽獸。如果伊南真的站在我這邊，那麼在我死後，這個小王子說不定就是聖童唯一的希望——

薩蘭抓住我的下巴，逼我看著他。我整個人顫抖。薩蘭眼裡的平靜爆發成狂暴怒火。

「我建議妳最好回答我，孩子。」

的確。我最好照做。

最好現在就讓薩蘭知道真相，讓他試著親手殺掉伊南。如此一來，伊南將別無選擇，只能反擊，殺掉他的父親，奪取王位，讓歐瑞莎不再飽受薩蘭的仇恨汙染。

「妳在盤算著什麼吧？」薩蘭問：「妳在默念咒語？」他用力抓著我，他的指甲刺得我下巴出血。「妳敢輕舉妄動，我會親自把妳這雙惡毒的手砍下來。」

「父——父王。」伊南嗓音微弱，但還是逼自己前進。

薩蘭回頭瞥他一眼，眼裡仍然燃燒著怒火。但伊南顯然還是以某種方式說服了他。他猛然放開了我的臉，把手指在長袍上擦了擦，嘴角下垂。

「我猜我應該生自己的氣。」他輕聲道：「聽好，伊南，我在你這個年紀的時候，我以為蛆蟲的孩子可以活下去，我以為他們不需要被殺掉。」

薩蘭抓住我的鎖鏈，強迫我對上他的眼睛。

「在大掃蕩後，你們應該會急著跟魔法撇清關係才對。你們應該害怕，應該聽話。但我現在明白，你們這種人就是不受教。你們這些蛆蟲都渴望那個汙染你們血液的疾病。」

「你明明能在不殺我們的情況下奪走魔法。你不用把我們打成爛泥！」

我拉扯鎖鏈時，他跳了起來，像狂暴的獅子一樣狂野。我真想釋放由我最黑暗的怒火所激發的魔法。這個怒火之所以產生，是因為他奪走了一切。

我試圖掙脫破魔石，在黑色鎖鏈的束縛下竭盡所能試圖召喚魔力，一種新的灼熱感灼燒我的身軀。我徒勞地反抗時，我的皮膚冒出煙霧。

薩蘭瞇起眼睛，但我拒絕沉默，因為我的血液正在沸騰，我的肌肉拚命想掙脫束縛。

我拒絕讓我的恐懼扼殺真相。

「你迫害我們，把我們的血與骨當成地基，在上頭建立了你的王權。你犯的錯並不是沒殺光我們，而是以為我們永遠不會反抗！」

伊南走上前，繃緊下巴，來回看著我們。薩蘭發出一聲漫長的低笑，眼中的怒火再次爆發。

「妳知不知道我覺得你們這種人哪裡有意思？你們總是從故事的中間開始說起。彷彿我父親沒有為你們爭取人權，彷彿**你們**蛆蟲沒有活生生燒死我的家人。」

「你不能因為少數人的反叛而奴役整個民族。」

薩蘭咬牙切齒。「當上國王，想怎樣都行。」

「你的傲慢將是你的末日。」我朝薩蘭的臉吐口水。「不管有沒有魔法，我們都不會放棄。不管有沒有魔法，我們**會**拿回屬於我們的東西！」

薩蘭咬牙低吼：「妳這隻快死的蛆蟲還真是大言不慚。」

蛆蟲。

就像媽媽。

就像每一個被他下令屠殺的兄弟姊妹。

「你最好現在就殺了我，」我呢喃：「因為那些神器你一樣也拿不到。」

薩蘭慢慢露出像叢林貓一樣的陰險微笑。

「噢，孩子。」他笑道：「妳話說太早了。」

第六十四章 伊南

地窖的牆壁彷彿壓迫而來。我被困在這個地獄裡，竭盡全力才維持站立，而不是在父王的怒視下畏縮。我呼吸困難的時候，瑟爾莉卻奮勇反抗。她跟平時一樣勇敢頑強。

她不在乎自己的生命安全。

她不怕死。

住口，我想對她尖叫。**別說了！**

她越是說話，父王就越想打垮她。

他捶打門板。用力敲門兩聲後，金屬門立刻被打開。要塞的醫師走來，身旁是三名副手，全都盯著地板。

「這是怎麼回事？」我嗓音沙啞。我再次壓抑體內的魔力，所以說話有些困難。另一股熱空氣從通風口噴出，汗水從我的皮膚上傾瀉而下。

醫師瞥向我。「王子殿下是否——」

「你要聽的是我的命令，」父王打斷他：「不是他的。」

醫師急忙上前，從口袋裡掏出一把鋒利的小刀。他用刀子割向瑟爾莉的脖子時，我逼自己別發出叫聲。

「你在做什麼？」我喊道。醫師用刀子挖來挖去的時候，瑟爾莉咬緊牙關。

「住手！」我驚慌地喊道。**不能在這裡釋放魔力，這時候不行**。

我正想衝上前，但父王用手按住我的肩膀，勁道大得讓我差點跌倒。我驚恐地看著醫師在瑟爾莉的脖子上切出一個淺淺的十字形傷口。他用搖搖晃晃的手把一根粗大的空心針頭插進裸露的靜脈。

瑟爾莉試著把頭往後縮，但一名副手按住她。醫師取出一小瓶黑色液體，準備把血清倒進針頭裡。

「父王，這麼做明智嗎？」我轉向他。「她掌握著情報。她能找到剩下的那些神器。只有她瞭解那個卷軸——」

「夠了！」父王把我的肩膀按得疼痛。我激怒了他。如果我再說下去，他只會對瑟爾莉施加更多痛苦。

醫師回頭看著我，彷彿在尋找讓他停手的理由。然而，父王用拳頭敲擊牆壁後，醫師將血清從空心針頭的一個開口倒進去，直接注入她的靜脈。

瑟爾莉渾身抽搐，血清在她的皮膚底下擴散。她的呼吸淺短又急促，她的瞳孔擴大。

我感覺胸腔緊繃，血流在腦子裡強烈脈動。

我只稍微感受到他們對她造成的痛苦……

「別擔心。」父王開口，把我的悲痛誤認成失望。「她無論如何都會把她知道的說出來。」

瑟爾莉肌肉緊繃，鎖鏈為之震顫。我靠在牆上，因為我自己的大腿也在顫抖。

我竭力保持嗓音平穩。想救她，我就必須保持冷靜。

「你給她注射了什麼？」

「能讓這隻小小蛆蟲保持清醒的東西。」父王微笑。「在我們得到我們需要的東西之前，不能讓她昏過去。」

一名副手從腰間抽出匕首。另一人撕開瑟爾莉的裙裝，露出她光滑的背脊。士兵把刀刃舉在火炬的火焰上。金屬加溫，變得通紅。

父王走上前。瑟爾莉的痙攣加劇，激烈得另外兩名副手不得不按住她。

「我佩服妳的鬥志，孩子。妳能撐到現在，確實令我刮目相看。但我身為國王，就必須提醒妳妳是什麼身分。」

刀子灼燒她的皮膚，她強烈的痛苦滲進我的腦海。

「啊！」瑟爾莉的喉嚨發出令人毛骨悚然的尖叫，彷彿把我撕裂。

「不！」我喊道，衝向副手。

我朝一名抓住瑟爾莉的衛兵揮拳，朝另一人的腹部踢一腳。

我的拳頭擊中拿刀割傷她背部的副手，但父王這時大喊。

「制住他！」

兩名衛兵立刻抓住我的雙臂。整個世界都變成白色，焦肉味充斥我的鼻腔。

「我就知道你沒膽子看下去。」父王的失望情緒比瑟爾莉的尖叫聲還強烈。「把他帶出去，」他厲聲道：「快點！」

我不用透過聽力就能感受到父王的命令。我雖然奮力試圖向前，但還是被推了回來。瑟爾莉的尖叫聲愈加激烈。

她離我越來越遠。

她的啜泣和尖叫聲在金屬牆上反彈。她的焦肉冷卻後，我辨認出一個「M」字形狀。

瑟爾莉的呼吸變淺後，副手開始刻下「蛆蟲」的第二個字母「A」。

「不！」

他們把我丟進外頭的走廊。門砰的一聲關上。

我拚命捶門，我的指關節因此破皮流血，但沒有一個人出來。

快想辦法！我用頭撞門，腦袋裡的脈動更為強烈，她的尖叫聲越來越大。我進不去。

我必須把她救出來。

我沿走廊奔跑，但拉開距離也無法讓我減輕痛苦。我跌跌撞撞跑過時，兩旁的人員們擔憂地看著我。

他們蠕動嘴脣。

他們在說話。

但在瑟爾莉的尖叫聲干擾下，我聽不見他們在說什麼。她的尖叫聲穿過門板而來，在我的腦海裡更為刺耳。

我衝進最近的廁所，甩上門，勉強扣上門鎖。

我能感覺到他們開始刻下第三個字母「G」，彷彿這個曲線是刻在我自己的背上。

「啊！」

我用顫抖的手抓住瓷水槽的邊緣。我拚命嘔吐，胃酸刺得我喉嚨疼痛。我感覺強烈的天旋地轉。我使盡所有力氣才沒昏倒。我必須撐下去。

我必須把瑟爾莉救出來——

我嘶喘。

涼爽空氣像磚頭一樣打在我臉上，把溼草的氣味灌進我的肺裡。枯萎的蘆葦搔過我的腳。

夢境。

意識到這裡是夢境，我跪坐起來。

但我沒有可以浪費的時間。我必須救她。我必須把她帶進這個空間。

我閉上眼睛，想像她的臉。她痛苦的銀眸。他們在她背上又刻下了什麼字母？在她的心靈裡？在她的靈魂裡？

幾秒後，瑟爾莉出現了。她喘著氣，渾身半裸。

她用雙手抓著泥土。

她的眼神茫然。

她盯著自己顫抖的手指，不知道自己在哪裡。

不知道自己是誰。

「瑟爾莉？」

不對勁。我花了一秒才意識到哪裡有問題。她的精神力量不再像海潮那樣洶湧澎湃。

她靈魂裡的海鹽味消失了。

「瑟爾？」世界似乎在我們周圍縮小，把模糊的白色邊界拉了進來。她靜止不動，靜止得我不確定她有沒有聽見我的聲音。

我朝她伸手。我的手指擦過她的皮膚時，她發出尖叫，向後爬。

「瑟爾——」

她的眼睛閃爍著某種野性，她的顫抖變得更劇烈。

我走向她時，她往後爬，整個人崩潰破碎。

我停步，舉起雙手。看到她這副模樣，我的心好痛。她不再是我認識的那個戰士，不再是朝父王吐口水的鬥士。我根本沒看到瑟爾。

我只看到父王丟下的一具空殼。

「妳安全了，」我呢喃：「這裡沒有人能傷害妳。」

但她眼裡滿是淚水。「我感覺不到它，」她喊道：「我什麼也感覺不到。」

「感覺不到什麼？」

我走向她，但她搖搖頭，用腳把自己推過蘆葦叢。

「它不見了。」她重複：「它消失了。」

她蜷縮在蘆葦叢中，因無法擺脫的痛苦而扭動。

職責高過自我。

我把手指掐進泥土裡。

父王的嗓音在我腦海裡大聲喊話。**職責高過一切**。

我看到科瓦米的火焰，它燒毀了前方的一切。我的職責是預防那種事發生。

我的職責是確保歐瑞莎的生存。

但這個信條聽來空洞，它在我的身體裡鑿出一個洞，就像那把刀挖開瑟爾莉的背脊。

如果意味著摧毀我愛的女孩，光是職責並不足以說服我。

第六十五章

亞瑪芮

這麼做一定會成功。

蒼天在上，這麼做非成功不可。

和札因一起穿行於貢貝鏽跡斑斑的建築之間的小巷時，我抱著這個閃爍的希望，融入陰影和黑暗。

貢貝是一座鋼鐵和鑄造廠之城，工廠一直運作到深夜。在大掃蕩之前，這裡是由焊鑄師建立起來，金屬結構以不可思議的形狀豎立彎曲。

不同於由階級劃分的勒芶斯，貢貝是分成四大區，住宅區跟鐵工廠分開。聖童在窗戶布滿灰塵的建築裡工作，鍛造隔天等著出貨的歐瑞莎貨物。

「等等。」札因攔住我，一群鎧甲衛兵從旁經過。「行了。」他們離去後，他輕聲說，但他的嗓音缺乏平時有的鬥志。**這麼做一定會成功**，我在腦海裡重複，希望我也能說服札因。**等這件事結束後，瑟爾莉一定會平安無事**。

我們繼續前進，從雜亂狹窄的磨坊街道進入市中心，周圍是高聳的鋼鐵結構。隨著鐘聲響起，下班的工人們包圍了我們，每個人身上都沾滿灰塵和金屬造成的燒痕。我們跟著人群走向夜色下的音樂和鼓聲。酒的香氣取代了煙臭味，我們眼前出現一堆酒館，每個都坐落在一個生鏽的小型圓頂結構底下。

「他會在這裡嗎？」我問。我們走到一個特別破舊的結構前，裡頭的嗡嗡聲比其他地方更輕柔。

「這裡最適合。我去年來貢貝參加歐瑞莎大賽時，肯楊和他的團隊每晚都帶我來這裡。」

「很好。」為了讓札因安心，我露出微笑。「這樣就夠了。」

「別這麼肯定。就算我們找到他，我也不確定他會不會幫忙。」

「他是聖童。他別無選擇。」

「聖童很少有選擇。」札因用指關節敲敲金屬門。「他們如果有選擇，通常會選擇顧自己就好。」

我還來不及說什麼，門上一道小縫滑開了。一個沙啞的嗓音厲聲道：「暗語？」

「洛伊什。」

「這個暗語太舊了。」

「噢……」札因停頓，彷彿正確的暗語能憑空出現。「我只知道這個暗語。」

門後面的男子聳肩。「暗語每星期都會變。」

我把札因推到一邊，踮起腳尖，勉強窺視縫隙裡頭。「我們不住在貢貝，先生。請幫幫我們。」

男子瞇起眼睛，從小縫裡吐出口水。我反感得後退。「沒有暗語就別想進來，」他厲聲道：「尤其是貴族。」

「先生，拜託你——」

札因把我推到一邊。「如果肯楊在這裡，你能不能讓他知道我來了？札因·阿德波拉，來自伊洛林？」

小縫的板子猛然闔起。我沮喪地盯著金屬門。如果我們進不去，瑟爾莉就跟死了沒兩樣。

「有其他辦法能進去嗎？」我問。

「沒有，」札因呻吟。「這個辦法果然沒用。我們在浪費時間。我們站在這裡的時候，瑟爾很可能已經死——」他說不下去，閉上了眼睛，吞下所有情緒。我展開他握緊的拳頭，伸手去摸他的臉，雙手放在他的臉頰上。

「札因，相信我。我不會讓你失望。如果肯楊不在這裡，我們可以去找別人——」

「老天。」門打開了，一個魁梧的聖童出現，黝黑的雙臂覆蓋著華麗的袖型刺青。「看來我欠卡妮一枚金幣。」

他捲曲的長白髮在頭頂盤成一個髮髻。被他用雙臂環住的時候，札因竟然顯得有些矮小。

「老兄，你怎麼跑來了？我要再過兩星期才要把你的隊伍打得屁滾尿流。」

札因勉強發笑。「我比較擔心你的隊伍。聽說你扭傷了膝蓋？」

肯楊拉起褲管，露出固定在大腿上的金屬支架。「醫生說在預選賽之前會痊癒，不過我不擔心啦。我睡覺都能打贏你。」他慢慢把目光移到我身上，彷彿在細細品味。「拜託妳告訴我，妳這個小美人來這兒不是為了看札因輸掉比賽。」

札因推了肯楊一把，肯楊哈哈大笑，勾住札因的脖子。令我驚訝的是，肯楊感覺不到札因忍住的絕望情緒。「他沒問題，老迪。」肯楊轉向酒館的門衛。「我保證。

我能為他擔保。」

嗓音粗啞的男子從門邊窺視。他看起來只有二十幾歲，但臉上布滿傷疤。「女孩也是？」他對我點個頭。札因牽起我的手。

「她沒問題，」札因為我擔保。「她什麼也不會說出去。」

老迪猶豫了一下，但還是後退，讓肯楊帶我們進去。雖然在我從他的視線中消失之前，他一直盯著我。

我們進入光線昏暗的酒館時，鼓聲在我的皮膚上迴盪。這個圓頂空間人滿為患，客人都很年輕，看起來都跟肯楊或札因差不多年紀。

每個人都在陰影中進進出出，被閃爍的微弱燭光籠罩。燭光照亮了牆壁上斑駁的油漆和鏽斑。

在後側角落，兩名男子在阿希克鼓的布面上拍打著輕柔的節奏，另一名男子敲打著巴拉風木琴的按鍵。他們從容地演奏，用活潑的樂聲填滿了鐵壁空間。

「這是什麼地方？」我在札因耳邊呢喃。

雖然我以前從沒去過酒館，但我很快意識到這裡為什麼需要暗語。在所有客人當中，幾乎每個人都是白髮，形成了一片由聖童組成的海洋。少數幾個能進來的無魔者，顯然都跟屬於這裡的聖童有交情。一對對情侶手拉手坐在一起接吻，緊貼彼此的身軀。

「這種酒館叫做『托酌』，」札因答覆：「聖童在幾年前開始建立這種酒館，在大多數的城市都有。這是少數幾個能讓聖童安全聚會的地方。」

我突然覺得剛剛那個門衛謹慎是應該的。我只能想像衛兵會多麼想掃蕩這種聚會。

「我跟這些傢伙比賽了好幾年，」肯楊帶我們走向後側的一張桌子時，札因低聲說：「他們很忠誠，但戒心很重。讓我來跟他們談。我會慢慢說服他們。」

「我們沒時間慢慢說服他們，」我輕聲回話：「如果我們沒辦法說服他們戰鬥——」

「如果我沒辦法說服他們同意，就根本不會有戰鬥。」札因用手肘輕輕推我一下。「我知道我們時間緊迫，但想說服他們，我們必須慢慢來——」

「札因！」

我們接近坐在一張桌子旁的四名聖童，他們發出歡呼，我猜他們就是肯楊的阿格邦隊員。他們一個比一個魁梧。就連札因稱作伊瑪妮和卡妮的雙胞胎女孩也幾乎跟他一樣高。

札因的存在激起了笑容和歡笑。每個人都站起來，拍拍他的手和背，拿即將到來的阿格邦錦標賽取笑札因。我一直想著札因指示我慢慢來，但他的朋友們都只想著阿格邦比賽，根本沒注意到札因的世界正在分崩離析。

「我們需要你們幫忙。」我打破他們的喧鬧，說出我在進來這裡之後的第一句話。團隊停下來盯著我，彷彿第一次注意到我。

肯楊啜飲一口鮮橙色的飲料，轉向札因。「說吧，你需要什麼？」

札因解釋我們岌岌可危的處境時，他們默默坐著，而聽到聖童聚落淪陷時，他們沉默不語。他告訴他們一切，包括卷軸的來歷、即將舉行的儀式，最後是瑟爾莉被捕。

「兩天後就是至日，」我補充道：「如果我們想成功，就需要盡快採取行動。」

「我靠，」伊菲嘆氣，剃光的腦袋反映燭光。「我很遺憾。但既然她被關在裡頭，就不可能出來了。」

「一定有什麼是我們能做的！」札因指向費米，一個理平頭的強壯聖童。「你父親能不能幫忙？他不是一直有在賄賂衛兵？」

費米的臉色變得陰沉。他突然一言不發地起身，差點撞翻了桌子。

「他們在幾個月前抓走了他父親。」卡妮壓低嗓門。「一開始是稅金方面出了問題，但……」

「三天後，他們發現了他的屍體。」伊瑪妮說完。

蒼天在上。費米穿過人群，我盯著他。又一個被父王的權力欺壓的受害者。這讓我們更有必要立刻採取行動。

札因的臉垮下來。他伸手抓住某人的金屬杯，杯子被他抓得凹陷。

「事情並沒有結束，」我開口：「如果沒辦法賄賂衛兵，我們就闖進去。」

肯楊嗤之以鼻，大灌一口飲料。「我們肌肉發達，這並不表示我們是蠢蛋。」

「這麼做怎麼會蠢？」我問：「你們不需要靠體格，只需要你們的魔力。」

聽到「魔力」兩個字，大夥全都愣住，彷彿我說出了髒話。每個人都轉過頭來看著彼此，但肯楊用銳利的目光盯著我。

「我們沒有魔力。」

「現在還沒有。」我從背包裡抽出卷軸。「但我們能讓你們恢復力量。要塞是設計用來對付凡人，不是對付魔乩。」

我以為至少有一個人想仔細查看這東西，但每個人都只是盯著卷軸，彷彿它是即將爆炸的炸藥。肯楊退離桌邊。

「你們該離開了。」

伊瑪妮和卡妮立刻起身，各抓住我的一隻胳臂。

「喂！」札因咆哮，掙扎時被伊菲和肯楊壓住。

「放手！」

酒館裡的客人都看著我們，不想錯過這場好戲。雖然我又踢又叫，但女孩們並沒有鬆手，而是快步來到門口，彷彿這麼做才能保命。但聽到伊瑪妮呼吸短促，感覺到卡妮把我抓得更緊，我開始意識到怎麼回事。

她們不是在生氣……

她們是在害怕。

我用伊南幾個月前教過我的一招掙脫了她們的手。我抓住我的劍柄，用力一彈，伸出了劍刃。

「我來這裡不是為了傷害你們。」我壓低嗓門。「我只想把你們的魔法帶回來。」

「妳究竟是誰？」伊瑪妮問。

札因終於掙脫了肯楊和伊菲。他推開聖童們和雙胞胎女孩，來到我身旁。

「她是跟我在一起的。」他強迫伊瑪妮後退。「你們只需要知道這個。」

「沒關係。」我走出札因的陰影，走出他的保護圈。酒館裡每一隻眼睛都盯著我，但我難得沒有退縮。我想像母后在一大群酋長面前，她只要稍微挑眉就能控制整個現場。我現在必須召喚那種力量。

「我是亞瑪芮公主，薩蘭國王的女兒，而且……」雖然這是我第一次說出這種話，但我現在意識到我別無選擇。我不能讓我的血統擋住我的路。「而且我是歐瑞莎未來的女王。」

札因驚訝地皺眉，但沒讓自己沉浸在震驚情緒裡太久。酒館裡爆發似乎永遠不會平息下來的交頭接耳聲。札因成功地讓人群安靜下來。

「十一年前，我的父親奪走了你們的魔法。如果我們現在不採取行動，就會失去唯一一次能把它帶回來的機會。」

我掃視這間托酌酒館，看有誰想挑戰我或再次把我趕出去。幾個聖童起身離去，但大多都留下了，渴望聆聽更多訊息。

我攤開卷軸，舉起它，讓他們看到上面的古老文字。一名聖童俯身去觸摸它，一陣空氣從他的手中噴發，他嚇得尖叫。這場意外的示範為我提供了我需要的所有證據。

「有一種神聖的儀式，能恢復你們與諸神的聯繫。如果我和我的朋友沒能在兩天後完成那項儀式，魔法就會永遠消失。」**而且我父親會跑遍大街小巷，再次屠殺你們。他會刺穿你們的心臟。他會像殺了我的朋友一樣殺了你們。**

我環視周圍，看著每個聖童。「這關係到的不只是你們的魔法，而是你們的生存。」

竊竊私語聲持續下去，直到人群中有人喊道：「我們必須怎麼做？」

我走上前，收起佩劍，抬起下巴。「有個女孩被關在貢貝郊外的衛兵要塞。她就是關鍵。我需要你們的魔法來救她出去。你們如果救她，就等於救了你們自己。」

現場沉默許久。每個人都站著不動。但肯楊仰起身子，雙臂抱胸，露出我無法解讀的表情。

「就算我們想幫忙，那個卷軸能給我們的魔法也不夠強大。」

「別擔心。」我從瑟爾莉的背包裡拿出太陽石。「只要你們答應幫忙，我能處理這個問題。」

第六十六章 伊南

瑟爾莉的尖叫聲在平息許久後依然縈繞在我心頭。

淒厲。

刺耳。

雖然她破碎的意識停留在夢境裡，但我跟她身體的實體連結仍然存在。她痛苦的迴聲灼傷我的皮膚。痛楚有時候嚴重得讓我呼吸都痛。我敲父王的門時，努力掩飾痛苦。

不管有沒有魔法，我都必須救她。我已經辜負過瑟爾莉一次。如果我讓她死在這裡，我就永遠不會原諒自己。

「進來。」

我打開門，壓住體內的魔力，踏進了父王徵用的指揮官宿舍。他穿著絲絨睡袍，站著查看一幅褪色的地圖。他沒散發仇恨的跡象，甚至連一絲厭惡的情緒也沒有。

對他來說，在一個女孩身上刻下「蛆蟲」一詞只是家常便飯。

「你想見我。」

父王刻意沉默許久。他拿起地圖，舉在光線下，一個紅色的X標誌著那個聖童山谷。

我在這一刻意識到，祖萊卡的死、瑟爾莉的尖叫，這對他來說都不算什麼。因為他們是魔乩，所以對他來說不值一提。

他成天宣揚「職責高過自我」，但他的歐瑞莎並不包括魔乩。向來沒有。

他不只是想抹去魔法。

他也想抹去魔乩。

「你令我蒙羞。」他終於開口：「你不該在審問犯人的時候做出那種表現。」

「我不認為那是審問。」

父王放下地圖。「你說什麼？」

沒什麼。

他期望我這樣回答他。

但瑟爾莉在我腦海的角落抽泣顫抖。

我拒絕拿別的詞彙來美化「折磨」這件事。

「我沒獲得任何有用的情報，父王。你有嗎？」我提高嗓門。「我唯一獲得的情報，是你能讓一個女孩尖叫得多大聲。」

令我驚訝的是，父王露出微笑。但他的笑容比他的憤怒更危險。

「你的旅行讓你變得更堅強了。」他點頭。「很好，但不要浪費你的力氣保護那個——」

蛆蟲。

我早就知道父王要說這兩個字。他就是這樣看待他們每個人。

他也會這樣看待我。

我來到鏡子前面，查看自己的倒影。白色髮紋再次被黑色染料覆蓋，但天知道這能持續多久。

「我們不是第一個承擔這個重擔的人，竭盡全力確保我們的王國安全。布拉托人、波爾多根人——他們都因為沒有全力對抗魔法而滅亡。你要我放過蛆蟲，讓歐瑞莎遭受同樣的命運？」

「那不是我的意思，不過——」

「那種蛆蟲就像野獸，」父王說下去：「他們不會隨隨便便就說出真相。你必須打垮他們的意志，讓他們懂得聽話。」他回頭看著羊皮紙，在伊洛林上面又畫下一個X記號。「你當時如果願意繼續在場旁觀，就會明白這一點。到最後，那隻蛆蟲跟我說了我需要知道的一切。」

一滴汗珠從我的背上流下。我握緊拳頭。「一切？」

父王點頭。「那個卷軸只能用魔法來銷毀。在艾貝里上將失敗後，我已經猜到這一點，但那個女孩證實了這件事。有她在我們手上，我們終於擁有了我們需要的一切。等我們拿回卷軸，就會讓她來銷毀它。」

我的心臟彷彿跳進喉嚨裡，我必須閉上眼睛才能保持冷靜。「所以她會活下去？」

「暫時。」父王用手指撫過標示著聖童山谷的X記號。紅墨水很濃稠，看起來就像血。

「也許這樣也好，」他嘆道：「畢竟她殺了凱雅。給她一個痛快算是恩賜了。」

我渾身僵硬。

我用力眨眼，眨得太用力。

「什——什麼？」我結巴道：「她是這麼說的？」

我想再說些什麼，但每個字都卡在我的喉嚨裡。我想起凱雅的恨意。**蛆蟲**。

「她承認去過那座神殿。」父王的口氣彷彿這個答案再明顯不過。「凱雅的遺體就是在那裡被發現。」

他拿起一塊小小的青綠色水晶，上面沾了血。他把它舉到光線下的時候，我的胃袋為之扭曲。

「那是什麼？」我問，雖然我已經知道答案。

「某種殘留物。」父王嘴角下垂。「那隻蛆蟲把這種東西留在凱雅的頭髮裡。」

父王把我的魔法殘留物捏碎，化為塵土。它破裂時，我聞到鐵和酒味。凱雅的靈魂的味道。

「你找到你妹妹的時候，殺了她。」父王比較像是在自言自語。「為了保證你們倆的安全，我願意消滅很多人，但我無法原諒她在凱雅之死中扮演的角色。」

我握住劍柄，逼自己點個頭。我幾乎能感覺到刀子在我背上刻下「叛徒」這兩個字。

「我很遺憾。我知道——」**她曾經是你的太陽**。「我知道……她對你曾經多麼重要。」

父王勾轉戒指，沉浸在情緒裡。「她當時不想去。她擔心這種事會發生。」

「我認為跟她自己的死亡相比，她更害怕讓你失望。」

我們都是這麼想。向來如此。

尤其是我。

「你打算拿她怎麼辦？」我問。

「誰？」

「瑟爾莉。」

父王對我眨眨眼。

他忘了她有名字。

「醫師正在治療她。我們認為卷軸在她哥哥手上。明天我們會利用她來拿回卷軸。它在我們手上之後，她會徹底銷毀它。」

「在那之後，」我追問：「銷毀卷軸之後呢？」

「她會死。」父王回頭看著地圖，畫出一條路線。「我們將在歐瑞莎各處展示她的屍體，提醒人們違抗我們會有什麼下場。誰敢稍微造反，就會被我們殲滅，毫不寬貸。」

「如果有別的辦法呢？」我開口，瞥向地圖上的諸多城市。「如果我們聆聽他們的抱怨——把那個女孩當成大使？她有……她有她愛的人們。我們可以利用他們來管住她。我們能控制的魔乩。」每一個字都像背叛，但父王沒打斷我，所以我繼續說下去。我別無選擇，我必須盡一切代價救她。「我在旅行時看到了一些東西，父王。我現在瞭解聖童了。如果能改善他們的處境，我們就能徹底平息叛亂的可能性。」

「我父親當年也這麼想。」

我倒吸一口涼氣。

父王從沒提到他的家人，我對他們的貧瘠瞭解來自八卦和宮殿周圍的竊竊私語。

「他以為我們能結束他們遭受的迫害，建立一個更好的王國。我當時也這麼想，但他們後來殺了他，還有我愛的每一個人。」父王用一隻冰涼的手勾住我的脖子。「相信我，我們真的沒有其他辦法。你也看到那個導火師對他們的營地做了什麼。」

我點頭，雖然我真希望我當時沒目睹。我親眼看到人們被瞬間燒死而來不及尖叫，所以我實在沒辦法反駁父王。

父王加強手勁，幾乎讓我感到疼痛。「把我的話聽進去，現在就學會這個教訓，以免為時已晚。」

父王上前擁抱我。如此陌生的觸感讓我震驚得渾身僵硬。他上一次摟著我，是在我小時候，在我用劍劃傷亞瑪芮之後。

能向自己妹妹揮劍的男人，才是能成為偉大國王的男人。

有那麼一秒，我允許自己感到自豪。

妹妹流血時，我很開心。

「我原本不相信你。」他後退。「我原本不認為你能成功。但你保護了歐瑞莎的安全。這一切都會讓你成為偉大的國王。」

我說不出話，只是點頭。父王轉身看著地圖。他要跟我說的已經說完了。我沒有其他話可說，於是離開房間。

感受，我命令自己。**感受些什麼**。父王給了我我想要的一切。經過這麼長的時間，他終於相信我會成為偉大的國王，但門砰一聲關上後，我兩腿癱軟，滑坐在地上。那一切都毫無意義，因為瑟爾莉被鎖鏈纏身。

第六十七章

伊南

我等到父王睡著。

等到衛兵們離開崗位。

我坐在陰影裡觀察。醫師離開她的牢房時，鐵門發出呻吟聲。

他的臉龐因緊張而蒼白，他的衣服沾染她的血。看到他，我的意圖更為強烈。

找到她。拯救她。

我快步走過地板，把我的鑰匙插進鎖孔。門扉呻吟打開時，我為眼前的景象做好心理準備。

但我根本無法做好準備。

瑟爾莉渾身癱軟，身體幾乎毫無生氣，撕裂的衣服被鮮血浸透。這個景象在我體內撕開了一個洞。

父王竟然覺得魔乩才是禽獸。

我找出正確的鑰匙時，慚愧和憤怒在我心中翻騰。這無關於魔法，而是關於她。

我解開束縛她手腕和腳踝的鐐銬，把她從它們的囚禁中解脫出來。我把她抱在懷裡，摀住她的嘴。她醒來時，我蓋住她的尖叫聲。

她的痛苦在我身上擴散。醫師給她上的縫線已經裂開了。她的傷口出血。

「我感覺不到它。」她在我的皮膚上嗚咽。我調整手臂，給她背上的繃帶施壓。

「妳會感覺到它的。」我試著安撫她。**她究竟在說什麼？**

她的心靈就像一堵牆，不斷重演她承受的折磨。

沒有海洋，沒有精神力量，沒有大海的味道。我只看得見她的痛苦。她活在痛苦的監獄裡。

「別救我了。」我們爬上一個空蕩蕩的樓梯間時，她用指甲抓住我的肩膀。「我失血太嚴重。丟下我。」

她血液的熱度滲過我的指縫，我更用力壓住她的背。

「我們會找個療癒師。」

衛兵們的靴子在拐角處喀啦作響。我躲進一個空房間裡，等他們經過。她痛得畏縮，強忍一聲尖叫。我把她更緊緊地貼在我的胸口上。

走廊無人後，我爬上另一段樓梯。我的每一步都令我心跳加速。

「他們會殺了你，」我奔跑時，她呢喃：「他會殺了你。」

聽見她這番話，我鼓起勇氣。

我現在不能想著自己的危險。現在唯一重要的是救她出去。我必須把瑟爾莉救出去——

呼喊聲首先響起。

接下來是高溫。

一道來自上方的爆炸穿過堡壘牆壁時，我們撲倒在地。

第六十八章 亞瑪芮

要塞塔樓聳立在貢貝的地平線上，就像一座鋼鐵王宮，在黑夜中投下陰影。部隊守衛著每一個角落，巡邏中的空隙只有數秒。我們等著巡邏南牆的衛兵通過時，我的心臟彷彿在喉嚨裡跳動。我們只有三十秒的機會。我向諸神祈禱，希望我們只需要三十秒。

「你準備好了嗎？」我對費米耳語，走出為我們提供掩護的肯基利巴灌木叢。自從接觸太陽石後，他的雙手就不再靜止不動，而是不斷地撫摸自己的手指、鬍鬚和歪鼻。

「準備好了。」他點頭。「我很難解釋，但我能感覺到它。」

「好。」我把注意力放回巡邏隊身上。「他們下一次經過後，我們就過去。」

衛兵們一拐過轉角，我和費米立刻跑過經過修剪的野草地。札因、肯楊和伊瑪妮緊隨在後，待在陰暗處，以免被上層的士兵注意到。儘管托酉酒館裡的許多聖童都同意幫忙，但只有肯楊和他的團隊願意觸摸卷軸、喚醒體內的魔力。我原本希望這些人就足以對付堡壘，但他們五個人不是各個都能戰鬥。

魔力甦醒後，我們發現卡妮是療癒師，伊菲則是馴獸師。既然缺乏可以迅速攻擊的魔法，他們如果進去就會有危險。值得慶幸的是，肯楊是導火師，費米是焊鑄師，伊瑪妮是致病師。雖然人數沒我期望的那麼多，但隨著太陽石引發的法力甦醒，也許有他們就夠了。

「十五秒。」我嘶聲道，喘著氣，跟夥伴們來到南牆。費米把雙手放在冰冷的金屬牆上，以頂尖焊鑄師的優雅動作在凹槽和鋼板上移動。他摸索著我看不見的東西，隨著巡邏兵逼近而使我覺得太過緩慢。

「十秒。」

費米閉上眼睛，更用力地把手按在金屬牆上。隨著時間流逝，我感覺胸口緊縮。

「五秒！」

突然間，空氣變得緊繃。費米的手裡綻放綠光。金屬牆像水一樣蕩漾開來。裂痕出現後，我們急忙鑽進去，盡可能安靜地潛入要塞。費米剛鑽進裂縫後，外面傳來了沉重的腳步聲。巡邏隊經過之前，他及時封起了牆壁。

感謝蒼天。

我慢慢吐出一大口氣，在下一場戰鬥開始前細細品味這小小的勝利。我們進來了。

但接下來才是困難的部分。

周圍的牆壁上掛著許多拋光的劍，映出我們焦急的面孔。**這裡一定是軍械庫……**如果這座要塞的結構跟勒茍斯的一樣，這裡想必靠近上層的指揮官宿舍。意思就是，牢房一定在下方——

門把扭動。我舉起一隻手，示意大家在軍械庫門吱嘎打開時先躲起來。我聽到一名衛兵接近的聲響，在他進入時在閃閃發亮的劍上看到他的倒影。

我看著這名衛兵，數算他走的每一步。他很近。只要他再踏出一步，我們就能——

「上！」我嘶吼。

札因和肯楊出擊，把衛兵撂倒在地。他們把一塊布塞進他嘴裡時，我跑去關上門，以免任何聲音洩漏出去。我回來的時候，士兵的尖叫聲已經被蓋住了。我蹲下身子，拿出佩劍，把冰冷的金屬壓在他的脖子上。

「你如果發出尖叫，我就割開你的喉嚨。」

我沒想到自己的口氣這麼惡毒。我只在父王的嗓音中聽過這種惡意，但這招有用。

我從他嘴裡扯下布的時候，他用力嚥口水。

「那個魔乩俘虜，」我厲聲道：「她在哪？」

「什——誰？」

札因抽出斧頭，舉在衛兵的頭上，看他還敢不敢裝無知。

「牢房在底層！在所有樓梯底下，最右邊那個！」

費米踢了衛兵的額頭，對方失去意識，重重撞地時，我們跑向門口。

「接下來怎麼辦？」札因問我。

「我們等候。」

「等多久？」

我觀察掛在肯楊脖子上的沙漏計時器，看到沙粒已經流過了四分之一的刻度。

第二波的人呢？

「他們應該已經——」

一陣雷鳴般的轟鳴聲在我們腳下的鋼鐵中迴盪。要塞震動時，我們靠在牆上，保護頭部，以免被從牆上掉下來的劍打中。更多爆炸聲從外面響起，接著是衛兵奔跑吶喊的聲響。我把門打開一條縫，看著士兵們跑過。他們衝向一場我祈禱他們永遠找不到的戰鬥。

那些不願喚醒自身魔力的聖童願意從遠方發動攻勢。我們用酒館的酒製造了將近五十個燃燒彈，其他人則製作了用來發射炸彈的彈弓。隔著一段距離，聖童們應該能在衛兵靠近前發動襲擊，並乘坐坐騎逃離。衛兵被轉移注意力的時候，我們將趁機逃跑。

等雷鳴般的腳步聲安靜下來後，我們逃出軍械庫，沿著要塞中心的樓梯井下樓。我們沿一段段樓梯飛奔而下，前往這座鐵塔的低樓層。只要再下幾層樓，我們就能救出瑟爾莉。然後我們要直接前往聖島。時限還剩兩天，我們會及時趕上儀式。

但我們下了另一層樓後，被一群士兵擋住去路。他們舉劍時，我別無選擇，只能尖叫。

「攻擊！」

肯楊率先出擊，他的高溫使空氣變暖時，我害怕得渾身發麻。一股強大的紅光在他的拳頭周圍盤旋；他一拳轟出，火流爆發，將三名衛兵擊飛到牆壁上。

費米接著向前衝去，用他的金屬魔法將衛兵的刀劍液化。他們停步時，伊瑪妮走上前。我們這個致病師恐怕是最恐怖的戰力。

她的雙手洩漏深綠色的能量，把士兵們困在一片毒雲中。雲接觸到衛兵的那一刻，他們為之崩潰，皮膚泛黃，慘遭疾病肆虐。

儘管有更多衛兵湧進，但魔乩的力量勢不可當，充滿威脅。在太陽石激發的強大魔力驅動下，他們以本能釋放魔法。

「我們走。」我說。

札因趁亂把身子貼在牆邊，鑽過這場戰鬥。我也照做，在另一邊跟他會合，跑下另一個樓梯間去營救瑟爾莉。有著這種魔力，沒有人能阻擋我們。沒有一個士兵會擋在我們面前。我們能擊敗軍隊。我們甚至能面對——

父王？

衛兵們從四面八方包圍著父王，在他跑過上層時保護他免受攻擊。他查看這場騷動時，他那雙深褐色眼睛找到我，就像獵人盯著獵物。他震驚地踉蹌了一步，但很快就恢復鎮定。看到我參加這場襲擊，父王的怒火爆發了。

「亞瑪芮！」

他的目光凍結了我的血液。但這一次，我有我的劍。這一次我不怕揮劍。

勇敢點，亞瑪芮。

我清楚聽見賓妲的聲音。我在腦海裡看到她的血。我**現在**就能為她報仇。我能斬殺父王。有魔乩對付衛兵，我能用劍砍下父王的腦袋，對他造成的所有屠殺，他殺死的每一個可憐靈魂做出報應……

「亞瑪芮？」

札因拉回我的注意時，父王消失在走廊盡頭的一扇鐵門後面。**費米能輕易地融化那扇門……**

「妳在做什麼？」

我對札因眨眨眼，沒出聲。

我沒時間能解釋。

我總有一天要跟父王決鬥。

今天，我必須為瑟爾莉而戰。

第六十九章

伊南

另一道爆炸響起時，我把瑟爾莉抱在胸前。要塞搖晃，黑煙瀰漫在空氣中。尖叫聲沿鐵牆迴盪，喊聲穿過燒焦的門。

我跑進一個房間，望向鐵欄杆窗外。儘管火焰炸毀了要塞的牆壁，但沒有敵人出現。士兵們渾身著火而發出尖叫，豹坐騎害怕得四處逃竄。

這是一場無與倫比的混亂，我想起科瓦米的火焰帶來的所有恐懼。魔乩再次出手，我的士兵在他們的攻勢下倒下。

「不！」

我從窗前跑開，望向鐵門外，這時一聲慘叫從我頭上的地板上傳來。烈火、金屬與疾病展開攻勢，無數士兵倒下。

帶頭衝鋒的人員被導火師的火焰焚化。弓箭手們遭到一名焊鑄師的攻擊——一個面帶鬍鬚的魔乩反轉了每支箭頭，鋒利的金屬直接穿過射手的護甲。

但最可怕的是一個面帶雀斑的女孩。致病師，死亡的使者。深綠色的致病雲從她手中噴湧而出。只要吸進一口毒氣，士兵們就全身僵硬。

大屠殺……

這是大屠殺，不是戰鬥。

發動攻勢的只有三名魔乩，但打得士兵們潰不成軍。

這比聖童營地的破壞場面更慘烈。至少在營地的時候，士兵們是先發制人。但現在，他們似乎完全有理由害怕。

父王是對的……我現在無法否認。不管我想要什麼，如果魔法歸來，我的王國就會這樣陷入火海。

「伊南……」瑟爾莉嗚咽，她溫熱的血液順著我的手流下來。歐瑞莎未來的關鍵在我的懷裡流血。

職責的壓力拖慢了我的腳步，但我現在聽不進職責的要求。無論如何，瑟爾莉都必須活下去。等她安全後，我會找到阻止魔法的方法。

我快步穿過空蕩蕩的走廊時，戰鬥持續升溫。我登上另一個樓梯間。又一聲爆炸。

要塞震動，把我從臺階上震下來。我們跌倒時，我緊緊抓住瑟爾莉；這一次，她無法壓抑她的尖叫聲。

另一場爆炸襲來時，我把我們靠在牆上。再這樣下去，瑟爾莉會在逃出去之前就失血而亡。

快想辦法。

我閉上眼睛，把瑟爾莉的頭靠在我的脖子上。要塞的構造圖在我腦海中閃過。我尋找出路。在衛兵、魔乩和燃燒彈的阻礙下，我們無法逃脫。但我們不需要逃出去……因為他們是要來救她。她不需要逃出去。

而是他們需要進來。

那間牢房！我起身。他們一定正在前往那間牢房。我們快步下樓時，瑟爾莉痛得尖叫。她的哀號加入這個夜晚的痛苦喧囂。

「我們快到了，」我們穿過最後一條走廊時，我輕聲說：「再撐一下。他們來了。我們回牢房裡。然後札因會……」

亞瑪芮？

我一開始沒認出我的妹妹。我認識的那個亞瑪芮不敢握劍。

但眼前這個女人看起來準備好殺戮。

亞瑪芮沿走廊跑向我們，札因緊隨其後。一名衛兵舉劍衝向她時，她迅速地在他的大腿上劃開一條傷口。札因接著攻擊那人的頭部，將士兵擊暈。

「亞瑪芮！」我喊道。

她匆忙停步。看到我懷裡的瑟爾莉時，她目瞪口呆。她和札因急忙來到我們面前。他們就是在這時候看到她身上的血。

亞瑪芮伸手摀嘴，但札因比她更顯得驚恐。他的嘴裡發出呼吸困難的聲音——介於嗚咽和呻吟之間，他整個人似乎變得矮小。看到他這麼魁梧的人顯得瘦弱，感覺很奇怪。

瑟爾莉把頭從我的脖子上移開。「札因？」

他丟下斧頭，跑向她。我把瑟爾莉交給他的時候時，我看到她背上的紗布一片紅。

「瑟爾？」札因低聲說。鬆散的繃帶揭露了她所有的傷口。我應該先叫札因和亞瑪芮做好心理準備，但看到刻在瑟爾莉背上血淋淋的「蛆蟲」一詞，不可能有人能事先做好心理準備。這幅景象令我心碎。我只能想像札因有多難過。他抱著她，抱得太緊，但現在不是批評他的時候。

「快走，」我催促他們。「父王在這裡，更多衛兵會到來。你們拖得越久，就越難逃脫。」

「你要跟我們一起走嗎？」

亞瑪芮語調裡的希望令我難受。一想到要丟下瑟爾莉，我就覺得胸腔緊繃。但這不是我的戰鬥，我不能陪在他們身邊。

瑟爾莉回頭看著我，沾染淚水的眼裡滿是恐懼。我把一隻手放在她的額頭上。在我的手掌下，她的皮膚感覺滾燙。

「我會找到妳。」我呢喃。

「可是你的父親——」

又一道爆炸。走廊裡瀰漫濃煙。

「快走！」要塞搖晃時，我喊道：「趁走得掉的時候快離開！」

札因帶著瑟爾莉穿過煙霧瀰漫的混亂場面。亞瑪芮正要追上去，但猶豫停步。

「我不能丟下你。」

「快走，」我催促：「父王不知道我做了什麼。我如果留下，就能試著從內部保護妳。」亞瑪芮點個頭，跟在札因身後，舉著劍，接受了我的謊言。看著他們消失在樓梯間時，我癱靠在牆上，粉碎了自己想追上去的欲望。他們贏得了這場戰鬥。他們履行了職責。

我要拯救歐瑞莎的這場戰鬥才剛剛開始。

第七十章

瑟爾莉

逃出要塞的過程一片模糊，就像一幅由瘋狂和痛苦構成的畫作。

在這段期間，我背上的傷口每次撕裂都造成灼熱劇痛。我雖然視線發黑，但還是知道我們逃出來了，因為要塞的熱氣被涼爽的夜間空氣取代。奈菈載我們逃到安全地帶時，夜風鞭笞著刻在我皮膚上的傷口。

這些人……

這些魔乩特地來救我。他們得知真相的時候會做出什麼反應？真相就是，我早已破碎不堪。我已經沒用了。

在黑暗中，我試著用任何辦法來感受魔力的衝擊。但沒有暖意流過我的血管，我的心中沒有湧出力量。我只感受到士兵那把小刀留下的灼熱刀傷。我只看到薩蘭的黑眼睛。

在我的恐懼完全成形之前，我暈了過去，不知道經過了多少時間，也不知道我們去了哪裡。我從朦朧意識中醒來後，發現長滿老繭的一雙手環抱我的身體，把我從奈菈的鞍座上抬起來。

札因……

我永遠不會忘記，他在看到我的時候所流露出來的絕望。我唯一一次看到這種表情，是在大掃蕩之後，他當時發現媽媽的屍體被鎖鏈綁住。他付出了這麼多努力，我不能再給他一個擺出這種表情的理由。

「撐下去，瑟爾，」札因輕聲道：「我們快到了。」他讓我趴在地上，露出我慘不忍睹的背部。這些傷口引起了眾人的驚呼聲，一個男孩甚至開始哭泣。

「試試看就對了。」一個女孩催促。

「我——我只治療過割傷、瘀傷之類的，可是這個——」

我在一名女子的接觸下痙攣，沿我的背脊蔓延的劇痛令我渾身僵硬。

「我沒辦法——」

「媽的，卡妮，」札因喊道：「在她失血而死之前快做點什麼！」

「別擔心，」亞瑪芮安撫道：「來，觸摸這塊石頭。」

女人的雙手向下壓時，我再次畏縮，但這一次感覺它們很溫暖，就像伊洛林周圍的潮汐池一樣溫暖著我。這道暖意穿過我的身體，緩解了疼痛和痠痛。

這股暖流交織於我的皮膚底下時，我第一次鬆了一口氣。然後我的身體把握住睡覺的機會。

⚹

柔軟的大地在我腳下變得平坦，我立刻知道自己在哪裡。附近傳來洶湧的水聲，蘆葦拂過我赤裸的雙腿。換作別的日子，瀑布會呼喚我靠近點。

但今天，它們聽起來不對勁。聽起來尖銳，就像我的尖叫。

「瑟爾莉？」

伊南進入我的視線，他瞪大的眼睛裡滿是擔憂。他向前邁了一步，但停了下來，彷彿擔心再靠近一點我就會崩潰。

我其實想崩潰。

我想跪倒在泥土地上哭泣。

但最重要的是，我不想讓他知道他父親是如何打垮我。

伊南眼裡充滿淚水，他把目光轉向地面。

我跟著他，腳趾在柔軟的土地上蜷縮。

「對不起，」他好像想道歉個不停。「我知道我該讓妳休息，但我必須確認妳……」

「平安無事？」我替他說完，雖然我知道他為什麼說不出這四個字。

在經歷了這一切之後，我不知道我是否還能再次感覺「平安無事」。

「妳有沒有找到療癒師？」他問。

我聳個肩。有。我痊癒了。在我們的夢境中，這個世界的恨意沒有刻在我的背上。我能假裝我的魔力依然在我的血管中流動。我在說話、感覺還有**呼吸**的時候不會覺得辛苦。

「我……」

在這一刻，他的表情就像我背上的傷疤一樣令我難受。

打從我遇見伊南以來，我在他的琥珀雙眸裡見過太多情緒。仇恨、恐懼。悔恨。我看過一切。一**切**。

但從沒看過他現在的表情。

憐憫。

不。我被憤怒擒住。我不會讓薩蘭也奪走這個。我想看到他流露的眼神，是把我當作歐瑞莎唯一的女孩。我想看到的眼神，是讓我知道我們能改變世界。但他現在這種眼神，把我看得支離破碎，好像我永遠不會變得完整。

「瑟爾——」

我把他的臉拉到我面前時，他住口。有了他的觸摸，我能推開疼痛。有了他的吻，我能變回慶祝活動上的那個女孩。

背上沒被刻下「蛆蟲」一詞的女孩。

我退後。伊南一直閉著眼睛，就像我們第一次接吻之後。但這一次，他面露難色。

彷彿我們的吻給他造成了疼痛。

我們雖然四唇相接，但這個擁抱感覺跟之前不一樣。他沒有用手指撫過我的頭髮，沒有用拇指擦過我的嘴唇。他的雙手懸在空中，不敢移動，不敢去感受。

「你可以觸碰我。」我呢喃，逼自己別哽咽。

他皺起眉頭。「瑟爾，妳不會希望我這麼做的。」

我再次將他的嘴拉到我的唇上，他深吸一口氣，肌肉在我的接吻下放鬆。我們分開後，我把前額貼在他的鼻尖上。「你不知道我想要什麼。」

他的眼皮顫抖睜開，這一次，我稍微看到我想看到的那種眼神。我看到那個想帶我回他帳篷的男孩，他當時的眼神能讓我假裝我們毫無煩惱。

他的手指掠過我的嘴唇，我閉上眼睛，測試他的自制力——他的指關節擦過我的下巴，然後——

——**薩蘭抓住我的下巴，逼我看著他。我整個人顫抖。薩蘭眼裡的平靜爆發成狂暴怒火。我的呼吸卡在喉嚨裡。他的指甲刺得我皮膚出血時，我吞下恐懼，竭盡全力不哭出來。**

「我建議妳最好回答我，孩子——」

「瑟爾？」

我的指甲掐進伊南的脖子。我需要這樣抓住他，來阻止自己哭泣、雙手顫抖。

「瑟爾，怎麼了？」

擔憂的情緒又回到他的嗓音裡，就像一隻蜘蛛在草地上爬行。我需要的那種眼神正在崩潰。

就跟我一樣。

「瑟爾——」

我用力吻他，打破了他的猶豫、蔑視和罪惡感。我靠向他的觸摸時，淚水從我的眼中滑落，我迫切地想感受我們之前有過的感受。他把我拉近，試著維持動作溫柔，卻又把我抱得很緊。彷彿他知道，他如果放手，一切就結束了。我們都知道在另一邊等著我們的是什麼。

他的手抓住我的後背，抓住我的大腿時，我的喉嚨發出一聲喘息。每一個吻都把我帶到一個新的地方，每一個撫摸都把我從痛苦中拉出來。

他的雙手滑過我的背，我用雙腿環住他的腰，遵從他無聲的命令。他把我放到蘆葦床上，輕輕放下我。

「瑟爾……」伊南呢喃。

我們動作太快，但我們不能放慢速度。因為當這個夢結束時，它會跟著結束。現實會帶來打擊，尖銳、殘酷又無情。

我到時候一看到伊南的臉就會看到薩蘭。

所以我們接吻，緊緊抱著對方，直到一切都消失。一切都消失了；每一個傷疤，每一個疼痛。在這一刻，我只存在於他的懷抱中。我活在他的懷抱中。

伊南後退，痛與愛在他琥珀眸子後面旋轉。還有別的情緒。更嚴肅的情緒。也許是再見。

我這時意識到我想要這個。

經歷了那一切，我需要這個。

「繼續。」我輕聲道，伊南的呼吸為之顫抖。他貪婪地看著我的身體，但我仍然能感覺到他的克制。

「妳確定？」

我把他的嘴拉到我的唇邊，用一個緩慢的吻讓他閉嘴。

「我想要這個。」我點頭。「我需要你。」

他把我拉近時，我閉上眼睛，讓他的撫摸淹沒我的疼痛。就算只是片刻。

第七十一章
瑟爾莉

我的身體比我的心靈先醒來。儘管灼熱的疼痛有所改善，但我的後背仍然傳來陣陣刺痛。我站起身時，還是會感到疼痛，痛得我整個人僵住。**這是哪裡？**

我凝視在我的小床周圍豎起的帆布帳篷。我腦海中一片模糊，只記得伊南的擁抱。想到這裡，我的心怦怦直跳，把我拉回了他的懷裡。他的某些部分仍然讓我覺得很近——他柔軟的嘴唇，有力的雙手。但其他部分感覺如此遙遠，彷彿是上輩子的事。他說過的話，我們流過的淚。蘆葦搔過我的背，我再也見不到的蘆葦——

——副手在我背上刻字時，薩蘭那雙黑眼盯著我。

「我身為國王，就必須提醒妳妳是什麼身分——」

我抓住粗糙的床單。疼痛在我的皮膚上擴散。有人進入帳篷時，我抑制住呻吟。

「妳起來了！」

一個長著雀斑、淺棕皮膚、滿頭白色辮子的魁梧魔乩走到我身邊。我對她的觸摸感到畏縮，但暖意穿過我的棉質束腰外衣時，我鬆了一口氣。

「卡妮。」她自我介紹。「很高興看到妳醒了。」

我又看了她一眼。我依稀想起兩個長得像她的女孩參加阿格邦比賽。「妳有個姊妹？」

她點頭。「雙胞胎，但我比較正。」

我試著對她的玩笑綻放笑容，但感受不到喜悅。

「有多嚴重？」

我的聲音聽起來不像我自己的。不再是。它聽起來微弱、空虛，就像乾枯的井。

「噢，這個嘛……我相信只要過一段時間……」

我閉上眼睛，等著聆聽真相。

「我雖然縫合了傷口，但……我認為會留下疤痕。」

我身為國王，就必須提醒妳妳是什麼身分。

我又看到薩蘭的眼睛。冰冷。

沒有靈魂。

「但我是新手，」卡妮急忙道：「我相信更優秀的療癒師能消除那些疤痕。」

我點頭，但已經覺得無所謂了。就算療癒師能消除我背上的「蛆蟲」一詞，疼痛也永遠不會消失。我揉揉變色而且布滿傷痕的手腕，破魔石手銬燒傷了這一處的皮膚。

這些傷疤也永遠不會消失。

帳篷的門簾再次掀開，我轉身。我還沒準備好面對任何人。但我聽見了。

「瑟爾？」

他的嗓音很輕柔，不像我哥的聲音，這個人聽來害怕又慚愧。

我轉身時，他縮進帳篷的角落。我從小床上起身。為了札因，我能吞下恐懼。我能強忍所有淚水。

「嘿。」他喊道。

我用雙臂環住札因的胸膛時，感覺背脊刺痛。他緊緊抱著我，我的疼痛加劇，但我還是讓他用力擠壓，以確保我沒事。

「我當時離開了。」他的嗓音微弱。「我生了氣，所以離開了慶祝活動。我當時太衝動了……我不知道——」

我退離札因，擠出笑容。「我的傷勢只是看起來嚴重而已。」

「可是妳的背——」

「沒事的。多虧了卡妮，我身上甚至不會留下疤痕。」

札因瞥向卡妮，幸好她只是微笑以對。他打量我，很想相信我的謊言。

「我跟爸爸保證過了，」他低聲說：「我跟媽媽也保證過——」

「你有履行諾言，每天都有。別拿這件事責怪你自己，札因。我沒有怪你。」

他繃緊下顎，但他再次擁抱我。感覺到他的肌肉在我的手臂底下放鬆，我吐口氣。

「妳醒了。」

我花了幾秒鐘才看到亞瑪芮；她放下了平時的辮子，黑髮從背上垂落下來。她拿著太陽石走進帳篷時，她的頭髮左右搖擺。石頭的光輝包圍著她，但我的體內沒有任何反應。

這幅景象幾乎令我崩潰。**發生了什麼事？**

我上一次拿著太陽石時，奧雅的怒火點燃了我體內每一個細胞。我感覺就像女神。但現在，我幾乎感覺不到自己活著。

雖然我不願想到薩蘭，但我的思緒還是把我帶回了地窖。

感覺就像那個混蛋從我的背上挖出了魔力。

「妳感覺如何？」

亞瑪芮的聲音把我從思緒中拉了回來，她的琥珀眼神格外犀利。我坐回小床上，爭取一點時間。

「我沒事。」

「瑟爾莉……」亞瑪芮試著對上我的目光，但我移開了視線。她不是伊南，也不是札因。她如果窺探我的想法，我就騙不了她。

卡妮離去，掀開了門簾，我看到太陽正在下山。它沉入參差不齊的山峰，從橙色的地平線上滑落。

「今天星期幾了？」我打岔：「我睡了多久？」

亞瑪芮和札因對看一眼。我感覺心沉到谷底。**難怪我感覺不到我的魔力……**

「我們錯過了至日？」

札因看著地面，亞瑪芮咬著下唇。她的聲音非常輕柔。「明天就是至日。」

我雙手掩面，感覺心臟在喉嚨裡跳動。我們要怎麼去那座島？我要怎麼進行儀式？雖然感受不到死者的寒意，但我還是在腦海中輕輕說著咒語。**「Emí àwọn tí ó ti sùn，mo ké pè yín ní oní——」**

——士兵顫抖一下，刻完了最後一個字母「A」。我吐出膽汁。我放聲尖叫。可是這個疼痛永遠不會結束——

我的手掌燃燒，我低下頭，看到我的指甲在皮膚上掐出了新月形的紅印。我鬆開拳頭，把血擦在小床上，祈禱沒人看見。

我再次嘗試咒語，但沒有魂魄從泥土裡升起。我的魔力消失了。

我不知道怎樣讓它回來。

這個認知在我內心裡再次打開一個大洞，我上一次有這種感受是在大掃蕩的時候。打從我看到爸爸在伊巴丹街頭崩潰的那一刻，我就知道日子永遠不會一樣。我回想起我在伊貝吉沙丘上第一次念咒，回想起我握著太陽石，接觸到奧雅的手。刺穿我的疼痛，比刺穿我背部的刀刃還要尖銳。

感覺就像再次失去媽媽。

亞瑪芮坐在我的床角，放下太陽石。我希望它的金光能再次對我說話。

「我們該怎麼辦？」如果我們離歐拉辛博山脈很近，意思就是扎里亞至少還有三天的路程。就算我有魔法，也沒辦法及時抵達扎里亞，更別說坐船前往聖島。

札因看著我，彷彿被我打了一巴掌。「我們逃命。我們去找爸爸，然後趕緊逃離歐瑞莎。」

「他說得對。」亞瑪芮點頭。「我不想逃，但我父親一定知道妳還活著。既然我們去不了島上，我們就需要找個安全的地方，休養生息，之後再另外找個辦法戰鬥——」

「你們在胡說些什麼？」

一個幾乎跟札因一樣魁梧的男孩快步進入帳篷時，我猛然轉頭。我雖然花了一點時間，但還是認出曾在阿格邦場地上見過的這個白髮選手。

「肯楊？」我問。

他的目光掃向我，但他的眼裡沒有懷舊之情。「很高興看到妳終於決定起床了。」

「很高興看到你還是一樣討人厭。」

他瞪我一眼，然後轉身看著亞瑪芮。「妳**說過**她會把魔法帶回來。現在你們只想落跑？」

「我們已經沒有時間了，」札因喊道：「去扎里亞就要三天——」

「但是走吉梅塔只需要半天！」

「老天，又在講這個——」

「很多人為了這件事而犧牲，」肯楊咆哮：「為了她。而你們現在就因為害怕風險而想逃跑？」

亞瑪芮的怒視幾乎能融化石頭。「你根本不知道我們冒過什麼險，所以我勸你閉嘴！」

「妳這小——」

「他說得對。」我開口，再次感到急迫。事情不可能已經結束了。我們歷經千辛萬苦，我不能再次失去魔力。「我們還有一個晚上的時間。如果我們能趕到吉梅塔，找到一艘船——」如果我能找回我的魔力……想辦法與諸神交流……

「瑟爾，不。」札因俯身看著我的眼睛，他平時就是這樣彎腰看著爸爸，因為爸爸憔悴不堪。現在的我也是。「吉梅塔太危險。我們很可能會被殺掉，而不是找到需要的幫助。妳需要休息。」

「她需要動起來。」

札因一個箭步就來到肯楊面前，氣勢強烈到我還以為這個帳篷會被掀掉。

「別吵了。」亞瑪芮擋在他們倆之間。「現在不是我們吵架的時候。如果我們沒辦法完成儀式，就必須逃去安全的地方。」

他們爆發爭吵時，我盯著觸手可及的太陽石。如果我能碰到它……只是輕輕摸一下……

求求祢，奧雅，我默默祈禱，**不要讓這件事就這麼結束了**。

我深吸一口氣，準備迎接天母的靈魂、奧雅的精神火焰帶來的衝擊。我的手指擦過光滑的石頭——

希望在我的胸中枯萎。

毫無反應。

連一絲火花也沒有。

太陽石觸感冰涼。

這種反應比我覺醒前、在我接觸卷軸之前更糟。感覺就像所有魔力都從我的身體裡流了出來，滴在地窖的地板上。

只有與天母靈魂有所聯繫的魔乩才能進行神聖儀式。雷坎的話語在我的腦海中迴盪。在雷坎死後，除非進行儀式，否則任何魔乩都無法跟天母產生連結。

沒有我，儀式就根本不會舉行。

「瑟爾莉？」

我抬頭發現每個人都盯著我，等我說出最終的答案。

結束了。我該現在就告訴他們。

但我張嘴想傳達這個消息時，並沒有說出正確的話語。事情不可能結束了。我們明明失去了那麼多。

他們付出了那麼多。

「我們走。」這三個字虛弱無力。諸神在上，我真希望我能把這三個字說得堅強。這麼做必須成功。我**拒絕**讓事情就這麼結束。

天母選了我，使用了我，把我帶離我所愛的一切。祂不可能就這樣拋棄我。

祂不可能就這麼扔掉我，讓我身上只有傷疤。

「瑟爾——」

「他們在我背上刻下『蛆蟲』這個字，」我嘶聲道：「我們要走這一趟。我不在乎要付出什麼代價。我拒絕讓他們贏。」

第七十二章

瑟爾莉

我們花了數小時穿越歐拉辛博山脈周圍的森林後，吉梅塔出現在地平線上。它的沙崖和岩石峭壁突出在洛科賈海上，就跟這裡傳說中的居民一樣鋒利帶刺。海浪拍打懸崖的底部，創造出一首我非常熟悉的歌曲。雖然洶湧的海浪像雷聲一樣轟隆作響，但能這樣再次接近水，讓我感到放鬆。

「還記得妳曾經想住在這裡嗎？」札因對我耳語，我點點頭，嘴角浮現一絲微笑。現在能有著其他感受，能想著一些其他事情，而不是一直想著我們的計畫可能怎樣失敗，我感覺相當舒服。

在大掃蕩後，我堅持我們應該遷居吉梅塔。我當時認為，這裡無法無天的邊界環境是我們唯一安全的地方。雖然我聽說過這裡的街頭到處都是傭兵和罪犯，但在我當時年輕的眼裡，跟能夠生活在一個沒有衛兵的城市相比，這種危險顯得微不足道。至少在這裡，想殺掉我們的人不會戴著歐瑞莎徽印。

我們經過坐落在高聳懸崖中的諸多小屋時，我不禁好奇，如果當初真的搬來這裡，現在的人生不知道會有多麼不同。木門和窗框從岩石中伸出來，看起來就像從石頭裡長出來。沐浴在月光下，這座罪犯之城幾乎顯得平靜。要不是因為潛伏在每個角落的傭兵，我甚至會覺得這裡很美。

我們經過一群蒙面男子時，我保持表情嚴肅，好奇這些人的特長是什麼。根據我對吉梅塔的瞭解，從我們身邊經過的任何人可能犯下的勾當從普通竊盜到收錢殺人應有盡有。有傳言說，脫離苦力團的唯一方法是找個傭兵來救你出去；只有傭兵強大而且狡猾得能對抗軍隊而且生存下來。

我們經過另一群蒙面人時，奈菈發出低吼；這些人混雜著無魔者和聖童、男人和女人、歐瑞莎人和外國人。他們的目光掃過牠的鬃毛，可能是在計算牠的價值。一名男子朝我們走近一步時，我對他齜牙咧嘴。

有膽子就試試看，我用眼神威脅他。今晚最好不要有哪個白痴敢惹我。

「是這裡嗎？」我們在懸崖底部的一個大洞穴前停步後，我問肯楊。它的洞口被黑暗籠罩，我無法窺視裡面。

他點頭。「他被稱作銀眼狐狸。我聽說他徒手殺死了貢貝的將軍。」

「而且他有船？」

「最快的船。我聽說是風力驅動。」

「好吧。」我抓住奈菈的轡繩。「我們走。」

「等一下。」肯楊伸出一隻手，在我們邁出另一步之前阻止了我們。「你們不能帶著自己的人馬直接闖進一個氏族的住所。我們當中只有一個人可以進去。」

我們都遲疑片刻。**媽的**。我沒為此做好準備。

札因握住斧頭。「我去。」

「為什麼？」肯楊問：「這整個計畫都是圍繞著瑟爾莉進行的。如果有誰該進去，那個人應該是她。」

「你瘋了嗎？我不能讓她一個人進去。」

「她並不是無力自保，」肯楊嗤之以鼻。「憑著她的魔力，她比我們任何人都強。」

「他說得對。」亞瑪芮把一手放在札因的手臂上。「他們如果看到她施展魔法，也許會更願意幫助她。」

我對這個部分感到贊同。我該告訴他們我不害怕。說服洞穴裡的戰士應該很容易。我的魔法應該比以往更強大。

真相使得我的胃袋翻攪，罪惡感啃咬著我。如果只有一個人知道我們其實根本不是依賴我，我會感覺好很多。

我們能不能重新獲得魔法，這完全取決於諸神。

「不。」札因搖頭。「這太冒險。」

「我做得到。」我把奈菈的韁繩交給札因。這麼做必須成功。不管正在發生什麼，這一切一**定**是天母的旨意。

「瑟爾——」

「他說得對。我最有可能說服他們。」

札因上前一步。「我不會讓妳一個人進去。」

「札因，我們需要他們的戰士，我們需要他們的船，而且我們無以回報。如果我們想去那座神殿，最好不要一開始就違反他們的規矩。」我把裝著三神器的包裹交給亞瑪芮，身上只帶著我的伸縮棍。我用手指撫摸棍子上的刻痕，逼自己深呼吸。

「別擔心。」我默默向奧雅傳達我的想法。「如果我需要幫助，你們會聽見我尖叫。」

我走進洞口，空氣潮溼寒冷。我來到最近的牆邊，把手貼在光滑的山脊上，用岩石來指路。每一步都緩慢又遲疑，但我高興能這樣走動，而不是重複閱讀那該死的卷軸，想著我可能無法進行的儀式。

我行走時，巨大的藍色水晶像冰柱一樣從天花板上伸展下來，低得幾乎擦過洞穴的地面。水晶發出微弱光芒，照亮了聚集在其周圍的雙尾蝙蝠。我走過洞穴時，蝙蝠似乎都看著我。牠們的齊聲尖叫是我聽到的唯一聲響，直到這種聲音被聚集在一個火堆旁的人群的說話聲淹沒。

我暫停腳步，觀察這個寬闊的空間。他們腳下的地面形成一個窪地，上面覆蓋著一層薄薄的苔蘚，傭兵們把它們當成墊子。光線從天花板的裂縫中射入，照亮了沿懸崖向下延伸的手工雕製階梯。

我又向前走了幾步，人群變得一片寂靜。

諸神啊，幫幫我。

我穿過他們這場聚會。我經過時，數十名身著黑衣的蒙面傭兵斜眼看著我，每個人都坐在一塊突出於地面的岩石結構上。有些伸手去拿武器，有些換上戰鬥姿態。其中一半看起來像想殺了我，另一半想把我活剝生吞。

我在琥珀色和棕色的諸多眼睛當中尋找灰眼，無視他們的敵意。他們的頭目從洞穴的前側出現，是這裡唯一一個沒有蒙面的傭兵。他和其他戰士一樣全身也是黑色，但脖子上纏著一條深紅色圍巾。

「是你？」我困惑地吐口氣，難掩震驚。砂岩般的膚色，令人印象深刻的風暴灰眸。**那個扒手……**曾在聖童聚落出現的竊賊。雖然只經過了很短的時間，但感覺就像上輩子的事。

羅恩拿著一根手捲菸，抽了一大口，他那雙稜角分明的眼睛打量我全身。他坐下，靠在一個讓人聯想到王座的圓形岩石上，狐狸般的微笑在他的嘴唇上張開。

「我跟妳說過我們會再見面。」他又抽口菸，慢慢吐出。「但不幸的是，現在不是正確的時機，除非妳是來加入我的陣容。」

「你的陣容？」羅恩看起來只比札因大幾歲。他雖然擁有戰士的體格，但他指揮的這些人比他魁梧一倍。

「妳覺得這很好笑？」他靠在岩石王座上，薄唇上揚起一抹詭異笑容。「妳知不知道我覺得什麼好笑？妳這個小小魔乩，手無寸鐵地走進我的洞穴。」

「誰說我手無寸鐵？」

「妳看起來不像懂得使劍。當然，如果妳來這兒是想學劍術，我非常樂意指點。」

他的粗魯態度使得他的手下們發笑，我的臉頰發燙。我在他眼裡只是個遊戲，他能輕鬆扒竊的一個目標。

我觀察洞穴，估算他的傭兵數量。想讓此行成功，我就需要贏得他的尊重。

「你真好心。」我維持臉色平靜。「但我其實是來教導你。」

羅恩發出爽朗的笑聲，沿洞穴牆壁反彈。「說下去。」

「我需要你和你的手下在一件能改變歐瑞莎的任務上幫忙。」

傭兵們又發出嘲笑，但這一次扒手沒笑，而是傾身向前。

「吉梅塔北方有一座聖島，」我說下去：「搭船要一整晚。我需要你在明天天亮前把我們送到那裡。」

他靠向岩石王座。「洛科賈海唯一一座島嶼是卡杜納。」

「那個島每一百年才出現一次。」

更多譏諷傳來，但羅恩俐落地揮個手，制止了他們。

「神祕的小小魔乩，那個島上有什麼？」

「能讓魔法永久歸來的辦法。讓歐瑞莎各地的魔乩都能恢復魔力。」

傭兵們爆發大笑和嘲諷，大喊著要我滾。一個矮胖男子走出人群，他的肌肉在黑衣底下膨脹。「別再拿這些謊話浪費我們的時間，」他咬牙道：「羅恩，把這丫頭趕出去，否則我會——」

他把一隻手放在我的背上，這個觸摸使我的傷口痙攣。疼痛彷彿把我帶回牢房裡——

——我拉扯時，生鏽的手銬撕咬我的手腕。我的尖叫聲在金屬牆上迴盪。

薩蘭從頭到尾冷靜地站著，看著他們把我撕碎——

「啊！」

我以過肩摔將男子摔倒在岩石地板上，發出砰然巨響。他掙扎時，我用棍子撞擊他的胸骨，在聽到骨頭斷裂之前鬆手。他的尖叫聲很響亮，但不比依然在我腦海中響起的聲音響亮。

我彎下身子，把棍子末端壓在傭兵的喉嚨上方，周圍的人們似乎屏住了呼吸。

「再碰我試試看。」我咬牙切齒。「後果自負。」

我鬆手時，他後退爬開。看到他這麼狼狽的模樣，人群再也沒發出笑聲。

他們明白我棍子的威力。

羅恩的灰眸閃爍，比剛剛充滿更多笑意。他熄滅了菸，向前走，在我面前一指處停步。他的菸味將我吞沒，聞起來像牛奶和蜂蜜一樣甜。

「妳不是第一個嘗試這麼做的人，親愛的。科瓦米有試過讓魔法歸來。據我所知，進展並不順利。」

科瓦米的名字讓我心頭一陣劇痛，我想起他在聖童營地跟羅恩的會面。看來他那時候就在準備，他早就知道我們必須戰鬥。

「這次不一樣。我有辦法能一次讓所有魔乩拿回天賦。」

「我們在討論什麼樣的酬勞？」

「不是錢幣，」我說：「但你們會贏得諸神的青睞。」

「哪一種？」他嗤之以鼻。「一般的那種善意？」

他需要更多。我思索更好的謊言。「諸神派我來見你。兩次。我們再次見面絕非偶然。祂們選擇你，是因為祂們想要你的幫助。」

他收起歪斜的笑容，第一次顯得嚴肅。他的眼裡既不是笑意也不是淘氣，我看不懂他的情緒。

「這對我來說也許足夠了，親愛的，但我的手下需要的不僅僅是神聖干預。」

「那就讓他們知道，如果我們成功了，你將受僱於未來的歐瑞莎女王。」我還來不及評估這番話是否屬實，已經衝口說出。札因跟我說過亞瑪芮打算爭取王位，但因為發生了太多事，我對這件事沒多想。

但現在我把這件事當成我唯一的槓桿。如果羅恩及其手下不幫我們，我們就不可能接近那座島。

「女王的傭兵，」他若有所思。「聽起來挺順口的，不是嗎？」

「的確。」我點頭。「聽起來很像金幣。」

他的嘴角勾起一抹冷笑，他的目光再次掃過我。

他終於伸出一手，我跟他握手時強忍笑意。

「我們什麼時候出發？」我問：「我們必須在天亮前抵達那座島。」

「現在。」羅恩微笑。「可是我們的船很小。妳得坐在我旁邊。」

第七十三章

瑟爾莉

我們乘坐羅恩的船穿過洛科賈海時，周圍一片寂靜，只有風聲。不同於伊貝吉競技場那些巨大船隻，羅恩這艘光滑而且稜角分明，只比奈菈長幾尺。這艘船不是使用風帆，而是利用金屬渦輪機來駕馭吹來的風。它們嗡嗚旋轉，帶我們穿過波濤洶湧的水域。

另一波大浪沖向這艘鐵船時，我把身子撐在札因和亞瑪芮身上。不同於伊洛林的瓦里海，洛科賈海是磷光色，水面下的浮游生物發出明亮藍光，使得大海像天上繁星一樣閃閃發亮。要不是我們緊緊擠在船上，這會是一個令人難以置信的奇景。船上載著肯楊的團隊和羅恩的十幾名船員，所以我們被迫跟我們無法信任的人並肩而坐。

別理他們，我命令自己望向海洋，陶醉於海鹽灑在我皮膚上的熟悉感受。我閉上眼睛，幾乎能想像自己回到伊洛林，帶著魚回家。爸爸在我身邊。回到這一切開始之前，我當時最擔心的是畢業比賽。

我盯著自己的手，想著在那之後發生的一切。我以為我會因為至日逼近而再感覺到什麼，但我的血管裡仍然沒有魔力。

奧雅，求求祢。我握緊拳頭，默默祈禱。**天母。每一位。我相信祢們**。

別讓我失望。

「妳還好嗎？」亞瑪芮輕聲說。她雖然嗓音溫柔，但那雙琥珀眸子知道我在想什麼。

「我只是覺得冷。」

亞瑪芮歪起頭，但沒追問下去。她扣起我的手指，回頭望向大海。她的觸摸很友善、寬容，彷彿她已經知道真相。

「有其他人出現了，老大。」

我環顧四周，看到海平線上出現大型三桅戰艦的輪廓，數量多得難以估算。這些木製野獸劃過水面，金屬板標記出甲板上的大砲。它們雖然被大海的薄霧遮蔽，但月光照亮了歐瑞莎徽印。感覺胸口緊繃，我閉上眼睛，希望這些輪廓消失——

——刀子劃過我的背時，灼熱感加劇了我的痛苦。不管我怎麼尖叫，黑暗就是沒有到來。我嘗到自己的血——

「瑟爾？」

亞瑪芮的臉龐在黑暗中若隱若現。我用力捏她的手，她的指關節為之劈啪作響。我張嘴想道歉，但說不出話。一聲啜泣即將爬上我的喉嚨。

亞瑪芮用另一隻手摟住我，轉向羅恩。「我們能避開他們嗎？」

羅恩從口袋裡掏出一個伸縮式望遠鏡，貼在眼睛上。「那一艘很容易避開，但它後面的艦隊就沒那麼容易了。」

他把望遠鏡遞給我，但亞瑪芮一把搶走。她觀察一番後，渾身僵硬。

「老天，」她咒罵：「是父王的戰艦。」

薩蘭冰冷的眼神閃過我的腦海，我猛然轉過身，抓住羅恩這艘船的木架，凝視海面。

我身為國王，就必須提醒妳妳是什麼身分。

「有幾艘？」我勉強開口，但這其實不是我想問的。

他有多少副手在船上？

多少人等著在我身上留下更多傷疤？

「至少十二艘。」亞瑪芮答覆。

「我們換條路線。」札因提議。

「別傻了。」羅恩的灰眸裡再次閃過淘氣的光芒。「我們對付最近的那艘。」

「不行，」亞瑪芮反對：「這樣會暴露我們的行蹤。」

「他們擋住了我們的去路。而且照這樣看來，他們也在前往那座島。我們何不把他們的戰艦搶來，坐他們的船去那裡？」

我凝視著洶湧大海中的巨大船隻。伊南在哪？如果薩蘭就在其中一艘船上，伊南是不是也跟他在一起？

我很難把這個想法說出來。我再次默默祈禱。如果天上有哪個神明關心我，我就再也不用面對伊南了。

「就這麼做。」幾十張臉轉向我，但我的目光一直盯著大海。「如果那些船都開往島上，我們就必須比他們更聰明、更有效率。」

「沒錯。」羅恩朝我點個頭。「卡托，朝最近的那艘船開去。」

船加速時，我的心臟狂跳，彷彿能跳出胸腔。我要怎樣再次面對薩蘭？沒有魔力的我能幫上什麼忙？

我用顫抖的手抓住我的棍子，伸展它。

我抬頭，看到羅恩在我旁邊。

「妳在做什麼？」

「我們需要拿下那艘戰艦。」

「親愛的，這不符合遊戲規則。妳僱了我們做一份工作。妳坐著旁觀就好，讓我們來處理。」

我和亞瑪芮面面相覷，然後望向那艘巨大的戰艦。

「你真的相信你能在沒有我們幫助的情況下拿下它？」亞瑪芮問。

「放輕鬆點。現在唯一的問題是，我們能多快做到。」

他對兩個手下做個手勢，他們拿出裝有鉤子和繩索的十字弓。羅恩舉起一拳，大概是要手下放箭，但停頓了一下，轉向我。「妳的範圍是什麼？」

「呃？」

「妳能允許我們做到什麼程度？我個人偏好乾淨俐落的割喉，但既然這裡是海上，溺斃也很有效。」

他對殺人的輕描淡寫讓我感到一陣寒意。這是一個無懼之人散發的平靜。薩蘭的眼裡也有著這種平靜。雖然我現在無法感應到死者的靈魂，但我不願想像有多少亡魂會在羅恩周圍打轉。

「不准殺人。」這個命令讓我自己感到吃驚，但我剛說出口就覺得正確。已經有太多人死。無論我們明天是輸是贏，這些士兵不需要死。

「妳很無趣。」羅恩呻吟，然後轉向手下們。「你們都聽見她了——撂倒他們，但別讓他們斷氣。」

看幾個傭兵發牢騷，我不禁感到道一陣寒意。「殺人」多常是他們的首選？我還來不及問，羅恩這時彈個響指。

十字弓放箭，鉤子穿過戰艦的木質外殼。

一個最魁梧的傭兵把繩索的末端繫在自己龐大的身軀上，確保穩固。

羅恩稱作卡托的傭兵從船的舵輪前起身，走向拉緊的繩索。

「借過。」卡托從旁經過時用歐瑞莎語咕噥。雖然面具遮住了他大部分的臉，但他的膚色和羅恩一樣，眼睛也是稜角分明。然而，羅恩表現得傲慢又囂張，卡托則是禮貌而嚴肅。

卡托來到船的另一邊，拉扯繩索，測試其支撐力，確認滿意後跳上去，用腿纏住它。他以蝠耳狐狸的速度攀爬時，我驚訝地張嘴。幾秒內，卡托消失在戰艦的欄杆上，消失在船上的黑暗中。

一個微弱的呻吟聲傳來，接著又一個；片刻後，卡托再次出現，表示其他人可以上去。最後一個手下登船後，羅恩向我招手。

「跟我說實話，我的神祕魔乩。如果我拿下這艘船，諸神會給我什麼？我能說出我感興趣的東西嗎？還是祂們已經知道答案？」

「這不符合祂們的規矩——」

「又或許我需要給祂們留下深刻印象？」羅恩打斷我，把面具拉到鼻梁上。「如果我在五分鐘內拿下這艘船，妳認為我會得到什麼？」

「你如果不閉上嘴、上船去，就什麼也得不到。」

他的眼睛在面具的孔洞後面皺起，我相信他正在露出狐狸般的笑容。他眨個眼，爬了上去，船上只剩下固定繩索的傭兵陪伴我們。

「真荒謬。」我咂舌。拿下那麼大的船只需要五分鐘？光是甲板看起來就能支撐全國的軍隊。他們得憑藉好運才能拿下這艘戰艦。

我們坐在夜色下，皺眉聽著上方傳來的微弱尖叫和呻吟聲。但最初的小規模衝突結束後，聲音逐漸消失。

「他們只有十二人，」札因咕噥：「妳真的覺得他們能拿下一整艘戰——」

一個影子從繩索上滑下時，我們停止說話。羅恩咚一聲落在船上，摘下面具，露出歪斜笑容。

「你們成功了？」我問。

「花了太多時間，」他嘆氣，向我展示沙漏計時器裡的有色水晶。「六分鐘，快七分鐘。如果妳允許我殺人，就不會超過五分鐘！」

「不可能。」札因雙臂抱胸。

「你自己去看吧，兄弟。梯子！」

一架梯子從船邊飛過，我抓住它，強忍攀爬時背部的疼痛。**他在開玩笑**。更多心理遊戲，更多謊言。

但我來到甲板時，簡直不敢相信自己的眼睛：數十名皇家衛兵昏迷不醒，從頭到腳被繩子捆著，每個都被脫掉了制服，像垃圾一樣倒在甲板上。

看到伊南和薩蘭不在這批俘虜當中，我鬆了一口氣。但也不知道為什麼，我不認為他們倆會輕易落在羅恩手上。

「甲板下層還有更多。」羅恩在我耳邊低語，連我都忍不住微笑。我翻個白眼，但羅恩對我這個小小讚許感到開心。

他聳個肩，拍掉肩上不存在的灰塵。「這種本領對天選之人來說算是預料之內吧。」

他帶著笑容走上前，就像個負責指揮的船長。

「把這些人關在船上的牢房裡。確保他們身上沒有能用於逃脫的工具。雷赫瑪，確保這艘船航線正確。卡托，你開著我們的船跟在後面。以這個速度，我們在破曉時就能抵達島上。」

第七十四章

伊南

經過了兩天。

沒有她的兩天。

她不在的時候，大海空氣依然逗留。

每一次呼吸都呢喃著她的名字。

我望向戰艦的欄杆外面，到處都看到瑟爾莉。我無法逃脫的鏡子。她的笑容透過月亮閃耀，她的精神力量隨著海風吹拂。沒有她，世界只是個鮮活的記憶。提醒著我，我永遠不會再享受的所有事物。

我閉上眼睛，在夢境的蘆葦叢中重溫瑟爾莉的感覺。我沒想到我能如此完美地融入別人的懷抱。

在那一刻——那完美的一刻——她是美麗的。**魔法**是美麗的。不是詛咒，而是恩賜。

只要有瑟爾莉，魔法永遠是恩賜。

我緊緊握住她給我的銅幣，彷彿這是她心靈的最後一個碎片。我心裡某個東西誘惑我把它扔進海裡，但我不忍心放開她的最後一部分。

如果我能永遠留在那個夢境裡，我會這麼做。放棄一切。永不回頭。

但我醒來了。

我睜開眼睛時，我知道事情再也不會一樣了。

我嚇一跳。父王在我身邊出現。他的眼睛像黑夜一樣漆黑。

「你在放哨？」

感覺冰冷。

我轉過身，彷彿這樣能隱藏我內心深處的渴望。父王雖然不是心靈師，但他如果感覺到我的決心不夠堅定，他就會迅速做出報復。

「我以為你在睡覺。」我勉強開口。

「從不。」父王搖頭。「我在戰前從不睡覺。你也不該睡。」

當然。每一秒都是機會，能做出策略性反擊的機會。如果我確信我在做正確的事，就會更願意關心這些事。

我把銅幣握得更緊，讓它的邊緣扎進我的皮膚。我已經讓瑟爾莉失望過一次，我不確定我能否忍受自己再背叛她一次。

我仰望天空，希望能看到奧瑞透過雲層窺視我。**即使在最黑暗的時期，諸神也總是在我們身邊**。瑟爾莉的嗓音在我腦海中響起。**祂們總是為我們安排了計畫**。

這是祢的計畫嗎？我很想大喊，急切地想要一個來自天神的信號。我們的承諾，我們的歐瑞莎——無論多麼遙遠，但在某一個世界裡，我們的夢想仍然在我們的掌握之中。我是不是正在犯下重大錯誤？我還有機會回頭嗎？

「你在動搖。」父王說。

這是陳述，不是疑問。他大概能聞到我皮膚上的汗水滲出的軟弱。

「對不起。」我咕噥，準備承受他的拳頭。但他只是拍拍我的背，望向大海。

「我也曾經動搖過，在我成為國王之前。我當時還只是個單純的王子，能追隨自己的天真。」

我一動不動，擔心任何動靜都會打斷讓我難得窺見父王過去的機會。我能窺見他原本能成為什麼樣的人。

「當時，國王在推行一項公投，提議將十個魔乩氏族的領袖納入我們的皇家宮廷的貴族階層。統一無魔者和魔乩，建立一個史上前所未見的歐瑞莎，這就是我父親的夢想。」

我忍不住看著父王，瞪大眼睛。

那種行動堪稱壯舉，將永遠改變我們王國的基礎。

「有受到支持嗎？」

「老天，完全沒有。」父王咯咯笑。「除了你祖父之外，所有人都反對。但他身為國王，並不需要他們的許可。他可以做出最後的決定。」

「所以你為什麼改變了心意？」

父王的嘴唇緊抿成一條線。「我的第一任妻子，」他終於回答：「阿麗卡。她心地太善良。她希望我成為能夠創造改變的人。」

阿麗卡……

我想像伴隨這個名字的臉龐。從父王對她的描述來看，她一定是個慈眉善目的善良女人。

「為了她，我支持我父親的決定。我把愛情擺在職責之上。我知道魔乩很危險，但我說服了自己，只要表達出善意，我們就能攜手合作。我以為魔乩想要統一，但他們其實只想著征服我們。」

他沒再說下去，但我在他的沉默中聽見這個故事如何結尾。試圖幫助魔乩而因此喪生的國王，父王再也無法擁抱的妻子。

這讓我想起貢貝要塞的駭人形象：金屬融化在衛兵的骷髏上，肉身因可怕疾病的蹂躪而泛黃。

那就像一片荒地。令人驚悚。全都是魔法造成的。

瑟爾莉逃走後，滿地屍體堆積如山。我們甚至看不到地板。

「你現在之所以動搖，是因為這就是成為國王的意義，」父王說：「你的職責和你的情感彼此抗爭。選擇其中一個，就表示另一個會受苦。」

父王從劍鞘裡拔出黑色的破魔石劍，用手指向我以前從沒看過的劍尖刻字：

職責高過自我。

王國高過國王。

「阿麗卡死後，我派人打造了這把劍，刻上了銘文，好讓我永遠記住我的錯誤。因為我當時選擇了我的情感，結果我再也沒辦法跟我唯一的真愛在一起。」

父王把劍遞給我，我的胃袋緊縮，無法相信他這個舉動。我這輩子從沒見過父親身邊沒有這把劍。

「為了王國而犧牲情感是高尚的，兒子。這就是一切。這就是身為國王的意義。」

我瞪著這把劍，上頭的銘文在月光下微微閃爍。這些文字簡化了我的使命，為我的痛苦創造了空間。

士兵、偉大的國王，這就是我想要的身分。職責高過自我。

歐瑞莎高過瑟爾莉。

我握住破魔石劍的劍柄，無視皮膚的灼熱感。

「父王，我知道我們怎樣能拿回那個卷軸。」

第七十五章

瑟爾莉

我在甲板下的船長宿舍安頓下來後，以為能輕鬆入睡。我的眼睛渴求睡意，我的身體更是亟需睡眠。依偎在棉質床單和滑順的豹皮草之間，我覺得我好像沒睡過這麼柔軟的床。我閉上眼睛，等著被拉進黑暗，但在即將失去知覺的那一刻，我又回到鎖鏈纏身的時候——

「我身為國王，就必須提醒妳妳是什麼身分。」

「我身為國王，就必須——」

「啊！」

我的床單被汗水溼透，簡直就像這張床泡在海裡。我雖然醒著，但感覺就像金屬牆在我周圍不斷逼近。

我立即起床，跑向門口。我來到外面的甲板時，涼爽空氣帶著一陣風向我襲來。圓月低垂在天空上，幾乎觸及大海。我吸進海風時，蒼白月光照亮了我。

呼吸，我命令自己。老天，我真渴望閉上眼睛時只需要擔心進入什麼夢境的日子。

雖然夢魘已經過去，但我還是能感覺到刀鋒劃過我的背。

「正在欣賞美景？」

我猛然轉身，發現羅恩靠在舵上，他的牙齒即使在黑暗中也閃閃發亮。「月亮今晚原本不想升起，但我說服她為妳露臉。」

「你這個人講話為什麼就是這麼不正經？」我不是有意把話說得這麼嚴厲，但羅恩只是笑得更開心。

「我也有正經的時候，」他聳個肩。「只是不正經比較有趣。」

他改變姿勢，月光灑在他染血的衣服和纏著繃帶的指關節上。

「這對我來說是家常便飯。」羅恩扭扭染血的手指。「我總得逼那些士兵吐露關於妳那座神奇島的情報。」

看到他手上的血，我覺得想吐。我強忍嘔意。**別理他**。我轉身望向大海，抓住它帶來的平靜。

我不願想著他把那些人打得鮮血淋漓。我已經看過太多血。我要留在這裡，由洶湧海浪陪伴，既柔軟又安全。在這裡，我可以想著游泳。想著爸爸。想著自由——

「妳那些疤，」羅恩的嗓音打斷我的思緒。「是新的？」

我怒瞪他，彷彿他是等著被打扁的歐瑞莎蜜蜂。「不關你的事。」

「妳如果想要一些建議，妳的疤就可能值得我過問。」羅恩拉起袖子，我原本想吐出的惡毒話語全都消失了。他的手腕布滿歪斜的計數符號，沿手臂向上延伸，消失在襯衫底下。

「二十三人，」他回答我沒說出口的疑問：「沒錯，我記得每個符號代表誰。他們每刻下一道新的傷疤，就在我面前殺死我的一個手下。」

他的手指順著一條彎曲的線滑過，因想起往事而臉色僵硬。看著他，我自己的疤痕也在發癢。「是皇家衛兵下的手？」

「不是，這些和藹可親的傢伙來自我的老家。在大海另一邊的陸地。」

我盯著海平線，想像一條不同的航路，一個遠離儀式、遠離魔法、遠離薩蘭的地方。大掃蕩未曾發生的地方。

「它叫什麼名字？」

「蘇托里。」羅恩的目光彷彿望向遠方。「妳會喜歡那裡。」

「如果你那些疤痕代表著你這種無賴，那我可以向你保證，那是一個我永遠見不到的王國。」

羅恩再次微笑，很親切的笑容，比我預料的更溫暖。但就我目前所知，他每次講笑話或割開誰的喉嚨時，就可能出現這種微笑。

「告訴我。」他走近，直視我的眼睛。「根據我卑微的經驗，惡夢和傷疤都需要時間來治癒。就現在來說，妳的傷口新鮮得令我不自在。」

「你究竟想說什麼？」

羅恩把手放在我的肩上，離我的疤痕太近，所以我本能地退縮。

「如果妳做不到妳該做的，那妳必須讓我知道。別——」他在我打岔前阻止我。「我不是小看妳。我被刻下這些疤痕後，有好幾個星期沒辦法說話，更別提戰鬥。」

他彷彿進入了我的腦海，知道我魔力枯竭。**我做不到**，我在心裡尖叫。**如果一支大軍正等著我們，我們就是航向死亡**。

但這些話留在我的嘴裡，鑽了回去。我必須相信諸神。我需要相信，既然祂們把我帶到這一步，現在就不會背棄我。

「所以？」羅恩追問。

「給了我這些疤痕的人，就在那些船上。」

「我不會為了讓妳報仇而讓我的手下置身險境。」

「我就算活剝薩蘭的皮也報不了仇。」我聳肩甩開他的手。「這件事不是關於他，甚至不是關於我。我如果明天不阻止他，他就會像毀滅我一樣毀滅我的同胞。」

自從遭受酷刑以來，我第一次稍微感覺到那曾經比我的恐懼更響亮的烈火鬥志。但這團火焰現在很微弱，一閃爍就被風吹熄。

「好吧，但如果我們明天進去那裡，妳最好保持堅強。我的手下雖然都是高手，但我們要面對的是一整支艦隊。妳到時候可不能嚇得動彈不得。」

「你幹麼在乎？」

羅恩把手貼在心口上，故作受傷。「我是專業人士，親愛的。我不喜歡讓我的客戶失望，尤其因為諸神揀選了我。」

「祂們不是**你的**諸神。」我搖頭。「祂們沒有揀選你。」

「妳確定嗎？」羅恩靠在欄杆上，笑容變得危險。「吉梅塔有超過五十個傭兵氏族，親愛的。當時有五十個洞穴等著妳走進。雖然諸神並沒有從我洞穴的天花板闖進來，但這並不表示祂們沒有揀選我。」

我在羅恩的眼睛裡尋找惡作劇的眼神，但沒找到。「你憑著這個就敢面對一支軍隊？你相信你得到了神聖干預？」

「這不是信念，親愛的，而是保障。我讀不透諸神的心思，而幹我這一行就最好別碰讀不透的東西。」他望向天空，喊道：「但我更喜歡收到金幣當酬勞！」

我忍不住發出爆笑，這種感覺很陌生——我沒想到我這輩子居然還能發出笑聲。

「我建議你最好別期待那批金幣。」

「這我就不確定了。」羅恩伸手捧起我的下巴。「祂們派了個神祕的小魔乩進入我的洞穴。我確定更多寶藏會跟著到來。」

他轉身走離，稍微停步，回頭喊道：「妳最好找個人談談。笑話沒什麼幫助，但談話有幫助。」他又露出狐狸般的笑容，在他鋼鐵色的眼睛裡閃爍著惡作劇的光芒。「妳如果感興趣，我房間就在妳隔壁。大家都說我很擅長聆聽。」

他眨個眼，轉身離去時我翻個白眼。他好像就是沒辦法忍受超過五秒鐘的認真態度。

我強迫自己轉向大海，但我越是盯著月亮，就越意識到他是對的。我不想獨自一人，尤其因為今晚可能是我的最後一晚。也許是我對諸神的盲目信仰把我帶到這一步，但如果我明天要去那個島上，我就需要更多。

我對抗心中的猶豫，穿過狹窄的走廊，經過札因的門，然後經過我自己的門。我需要找人陪。

我需要對某個人說出真相。

我來到正確的房門前，輕輕敲門，門打開時，我的心怦怦直跳。

「嘿。」我呢喃。

「嗨。」亞瑪芮微笑。

第七十六章

亞瑪芮

我梳理她頭髮的最後一部分時，瑟爾莉畏縮一下。她在我的撫摸下拚命扭動，彷彿我正在用我的劍刺她的頭皮。

「抱歉。」我第十次道歉。

「總得有人動手。」

「其實妳只要每幾天就梳一次頭——」

「亞瑪芮，妳如果哪天看到我梳頭，麻煩趕緊找個療癒師來。」

我把她的頭髮分成三等分時，我的笑聲在金屬牆上反彈。雖然很難梳理，但我開始編最後一條辮子時，感到一陣羨慕。瑟爾莉的白髮原本柔滑如絲，如今又粗又密，在她美麗的臉龐襯托下宛如雄獅鬃毛。她似乎沒注意到羅恩和他的手下經常偷瞄她。

「在魔法消失之前，我的頭髮就是這樣。」瑟爾莉比較像在自言自語。「媽媽得用靈偶按住我，才能梳理我的頭髮。」

我再次發笑，想像石頭靈偶為了梳頭這種簡單任務而追著她跑。「我母親應該會喜歡那些靈偶。在我小時候，沒有足夠的保母來阻止我在宮殿裡裸奔。」

「妳為什麼總是不穿衣服？」瑟爾莉微笑。

「我也不知道，」我咯咯笑。「在我小時候，就是覺得不穿衣服讓皮膚舒服多了。」

辮子觸及頸背時，瑟爾莉咬緊牙關。我們之間的輕鬆氣氛消失了，這種事經常一再發生。我彷彿能看到圍牆在她周圍築起，沒說出來的話語被砌成磚塊，用痛苦的回憶鞏固起來。我鬆開辮子，把下巴擱在她的頭皮上。

「不管是什麼，妳都能告訴我。」

瑟爾莉低下頭，雙手環住雙腿，將膝蓋拉到胸前。在完成最後一條辮子之前，我捏捏她的肩膀。

「我以前覺得妳很軟弱。」她呢喃。

我愣住，我沒想到她會這麼說。在瑟爾莉以前對我有過的所有看法當中，「軟弱」可能是最客氣的。

「因為我父親？」

她點頭，但我察覺到她的遲疑。「妳每次想到他，妳就會畏縮。我搞不懂妳為什麼明明劍術高強卻滿心恐懼。」

我的手指撫過她的辮子，滑過她頭皮上的線條。「現在呢？」

瑟爾莉閉上眼睛，肌肉緊繃。但我把雙手環在她身上時，彷彿能感覺到她這座水壩上的裂縫。

壓力持續累積，推擠她所有的情緒和痛苦。她再也無法忍受時，我知道她一直在強忍的啜泣聲突然爆發。

「我沒辦法讓他離開我的腦海。」滾燙的淚水掉在我的肩上時，她緊緊抓著我。

「感覺就像，我每次閉上眼睛，他都在我脖子上纏上一條鎖鏈。」

我緊緊抱住瑟爾莉，她在我懷裡抽泣，釋放了她一直試著隱藏的一切。我自己的喉嚨被她的哭聲噎住；是我的家人給她造成了這一切痛苦。這樣抱著瑟爾莉，我不禁想到賓妲可能需要這樣發洩情緒的日子。在我難過的時候，她總是在我身邊，但我從來沒有用同樣的方式陪伴她。

「對不起，」我呢喃。「我為我父親的所作所為道歉，為他的行為道歉。我很抱歉，伊南沒能阻止那件事。我很抱歉，我跟他過了這麼久才試著扭轉父王的錯誤行為。」

瑟爾莉靠向我，把我這番話聽進心裡。**對不起，賓妲**，我對她的靈魂默想。**對不起，我做的不夠多**。

「我們逃走的第一晚，我在那個森林裡怎麼努力都睡不著。」我輕聲道：「我雖然半醒著，但每次閉上眼睛，都看到父王的黑劍準備將我砍倒。」我後退，擦去她的淚水，直視她的銀眼。「我當時心想，他如果找到我，我就會崩潰。但妳知不知道我在要塞看到他的時候發生了什麼？」

瑟爾莉搖頭；回想起那一刻，我的脈搏加快。我雖然想到父王的怒火，但我記得的是我手裡那把劍的重量。

「瑟爾莉，我當時抓著我的劍。我差點去追**他**！」

她對我微笑，有那麼片刻，我看到臉色柔和的賓妲。「這完全符合我對獅王的期望。」瑟爾莉挖苦。

「我還記得獅王曾經被告知該振作起來，不要再當個害怕的小公主。」

「妳說謊。」瑟爾莉帶著淚眼發笑。「我那時候的口氣應該比這凶很多。」

「如果這麼說能讓妳感覺好些，妳確實還沒開口之前就把我推到沙子上。」

「所以這次輪到我了？」瑟爾莉問：「現在換妳推我？」

我搖頭。「我當時需要聽見妳這麼說。我當時需要**妳**。賓妲死後，妳是第一個不只把我當成蠢公主的人。我知道妳自己可能沒意識到，但妳在任何人說我是獅王之前就相信我有這麼勇敢。」我擦去她剩下的眼淚，把手貼在她的臉頰上。我雖然沒能救賓妲，但和瑟爾莉在一起的時候，我覺得我心裡的洞正在閉合。賓妲會叫我勇敢點。但跟瑟爾莉在一起的時候，我已經勇敢了。

「不管他做了什麼，不管妳看到什麼，相信我，這種狀況不會永遠持續下去，」我說：「既然妳救了我，妳也會找到辦法救妳自己。」

瑟爾莉微笑，但只持續了幾秒。她閉上眼睛，握緊拳頭，就像在練習咒語時的模樣。

「怎麼了？」我問。

「我沒辦法……」她低頭看著雙手。「我沒辦法施法了。」

我感覺心臟似乎停止跳動，在胸腔裡沉重不堪。我緊緊抓著瑟爾莉的雙臂。「妳在說什麼？」

「它消失了。」瑟爾莉抓著自己的辮子，滿臉痛苦。「我不再是招魂師。我什麼都不是了。」

瑟爾莉肩上的重擔彷彿會折斷她的背脊。我只想安慰她，但這個新的現實讓我的手臂感覺像鉛一樣沉重。

「什麼時候發生的？」

瑟爾莉閉上眼睛，聳個肩。「他們割傷我的時候，彷彿從我背上挖掉了魔法。我在那之後一直感覺不到魔力。」

「儀式怎麼辦？」

「我不知道。」她深吸一口顫抖的氣。「我做不到。沒人做得到。」

聽見她這番話，我感覺彷彿腳下沒了地板。我幾乎能感覺到自己掉進洞裡。雷坎說過，只有與天母靈魂有所聯繫的魔乩才能進行那場儀式。如今沒有聖塔洛能喚醒其他魔乩，就沒人能取代瑟爾莉。

「也許妳只是需要太陽石——」

「我試過了。」

「結果？」

「沒用，它甚至沒發出暖意。」

我咬著下脣，皺著眉，想別的辦法。如果太陽石幫不了她，卷軸應該也幫不了。

「這不是在伊貝吉也發生過？」我問：「競技場大戰之後？妳說妳的魔法感覺受阻。」

「受阻，不是消失。感覺卡住了，但還在。而現在，我什麼感覺也沒有。」

絕望在我心中滋生，使我的雙腿麻木。**我們該掉頭回去**。我們該叫醒羅恩的手下，把船開回去。

但我再次看到賓妲的臉龐，它壓過了我的恐懼和父王的怒火。我想起一個月前的那個命運之日，我站在凱雅的房間裡，拿著卷軸。我們當時的勝算很低。依據現實來看，我們應該會失敗。但我們一次又一次地戰鬥。我們堅持了下來。我們崛起了。

「妳做得到，」我呢喃，說出口就更感覺這是事實。「諸神揀選了妳。祂們從不犯錯。」

「亞瑪芮——」

「打從我們相遇以來，我就一直看著妳創造奇蹟。妳為了妳愛的人而對抗全世界。我知道妳能為了挽救魔乩而同樣這麼做。」

瑟爾莉想移開視線，但我抓住她的臉，逼她看著我。我真希望她看到我眼裡的她：一個必勝的鬥士。

「妳這麼肯定？」她問。

「我這輩子從沒這麼肯定過。更何況，看看妳——如果連妳也使不出魔法，那就沒有任何人做得到了。」

我舉起一面鏡子，向瑟爾莉展示落在她背後的六條粗辮子。她的頭髮在過去一個月裡變得如此捲曲，我甚至忘了它原本有多長。

「我看起來很堅強……」她勾轉辮子。

我微笑，放下鏡子。「等妳把魔法帶回來後，妳應該看起來就像妳一直都是的那個戰士。」

瑟爾莉捏捏我的手，她的手勁依然流露一絲哀傷。

「謝謝妳，亞瑪芮，為了一切。」

我把額頭靠在她的額頭上，我們靜靜地坐著，通過觸摸來表達對彼此的愛。公

主與戰士，我在腦海裡做出決定。後人應該這樣命名這個故事。

「妳能不能留下？」我後退，看著瑟爾莉的臉。「我不想獨處。」

「當然。」她微笑。「我總覺得我在這張床上真的能睡著。」

我翻身騰出空間，她爬上床，依偎在豹皮被褥下。我俯身要熄滅火炬，但瑟爾莉抓住我的手腕。

「妳真的認為這會成功？」

我的笑容僵住了幾秒，但我隱藏了這個反應。

「我認為我們無論如何都得試試看。」

第七十七章 瑟爾莉

隨著日出的接近，天空變亮，綻放粉紅和橘紅色。柔軟的雲朵輕鬆地穿過這些色彩，顯得平靜，儘管今天絕對不是平靜的一天。我抓住遮住我的臉的頭盔時，很慶幸能穿上海軍人員的盔甲。我戴上頭盔，把辮子塞進去的時候，羅恩帶著淘氣的笑容走近。

「很遺憾我們昨晚沒有機會聊天。」他故意噘起嘴脣。「如果妳昨晚跑去弄頭髮，我該讓妳知道，其實我也很會幫人綁頭髮。」

我瞇起眼睛，很討厭他身上的制服那麼適合他。他自信地穿著這套盔甲，看起來簡直就像它的原主人。

「很高興看到儘管死期將至也不會影響你的心情。」

羅恩笑得更開心。「妳看起來精神很好。」他繫好頭盔時低聲說：「準備好了。」

他用尖銳的口哨召集我們的船員，大夥圍成一團。亞瑪芮和札因擠到前面，後面跟著肯楊和他的四名隊員。札因對我點頭，表示鼓勵。我逼自己也對他點個頭。

「我昨晚盤問了薩蘭的士兵。」羅恩在海風干擾下提高嗓門：「其他士兵會駐紮在島嶼周邊和神殿裡頭。我們靠岸後沒辦法避開他們，但只要我們不引起注意，就應該不會引人起疑。他們期待瑟爾莉帶著魔乩軍隊衝進去，所以只要我們穿著他們的盔甲，就能掌握出其不意的要素。」

「可是我們進入神殿之後呢？」亞瑪芮問：「父王想必會命令士兵們一看到黑影就放箭。除非轉移他們的軍力，否則他們一看到我們拿著聖物就會發動攻擊。」

「我們接近神殿時，會假裝從遠方發動攻勢，來轉移他們的軍力。如此一來，瑟爾莉應該就能進行儀式。」

羅恩轉向我，做個手勢，要我發言。我後退，但被亞瑪芮往前推；我踉蹌地進入群眾中央。我用力嚥口水，雙手扣在身後，拚命想發出強而有力的嗓音。

「按計畫行事就對了。只要不引起注意，我們應該就能順利進入神殿。」

然後你們到時候會發現我做不到。諸神再次拋棄了我。薩蘭的手下到時候會攻擊。

我們到時候全都會死。

我再次嚥口水，甩掉那些讓我想逃跑的自我懷疑。**這一次必須成功。天母一定安排好了計畫**。但大夥瞪大的眼睛和焦慮的低語聲告訴我，我這番話還不夠。他們想要一場振奮人心的演講。但我自己也需要一場。

「老天……」札因咒罵。

我們轉過身，望向停泊在島嶼周圍的小型艦隊。太陽從海平線上探出頭的時候，小島在我們眼前出現，起初跟海市蜃樓一樣透明，但隨著太陽升起，小島的輪廓變得清晰，形成一大片霧氣和死樹。

一股暖流在我的胸中蔓延開來，就像阿格巴婆婆第一次施展魔法時一樣強烈，我在這一刻充滿希望。經過了這麼多年，我不再感到那麼孤單。

魔法在這裡，活生生，前所未有的接近。即使我現在感覺不到它，我也必須相信我會再次感受到。

我假裝魔法在我的血管中流動，比以往任何時候都更強大。今天的它會像我的怒火一樣灼熱。

「我知道你們很害怕。」大夥回頭看著我，我說下去：「我也很害怕。但我知道你們奮戰的理由比恐懼更強烈，因為它把你們帶到了這裡。我們每個人都被皇家衛兵還有發誓要保護我們的王權欺負過。今天，我們要為大家反擊。今天，我們要讓他們付出代價！」

表示同意的呼喊聲在空中響起，連傭兵都加入這個陣容。他們的喊聲鼓舞了我的精神，解開了被困在裡面的話語。「他們的軍隊也許有一千人，但沒一個得到諸神的支持。我們有魔法，所以保持堅強，保持自信。」

「如果到時候要跟他們大打出手？」歡呼聲平息後，羅恩問。

「奮戰，」我回答：「跟他們拚了。」

第七十八章

瑟爾莉

看到數不盡的士兵們在島嶼周邊巡邏時，我覺得口乾舌燥，感覺就像歐瑞莎所有士兵都來這裡站崗。

他們身後是一片漆黑的樹林，籠罩在薄霧和扭曲的煙霧中。森林周圍的能量扭曲了上方的空氣，這意味著樹林裡暗藏著精神力量。

我們最後一支偽裝的隊伍跳下划艇後，羅恩帶我們走向神殿。「大家振作點，」他說：「我們得出發了。」

我們踏上東海岸的那一刻，我立刻感受到靈氣的作用。即使我的骨頭裡沒有魔法的嗡鳴，我也能感覺到魔法從地面散發出來，從燒焦的樹木中流淌出來。看羅恩瞪大眼睛，我知道他也意識到了。

我們行走於諸神當中。

一想到這裡，我就感到一陣奇怪的共振，不是魔法的湧動，而是一種更強大的力量。穿過這座小島時，我在周圍的寒冷空氣中幾乎能感覺到奧雅的呼吸。如果諸神就在這裡，跟我在一起，也許我確實能相信祂們。也許我們真的有機會。

但要做到這一點，我們必須先過衛兵這一關。

我們穿過一排排的巡邏士兵時，我的心臟狂跳。我每走一步都相信他們能看穿我們的頭盔，但我們身上的歐瑞莎徽印讓他們對我們視而不見。羅恩以令人信服的自信態度帶隊，穿起指揮官的盔甲有模有樣。憑著他的砂岩皮膚和自信的步伐，即使是真正的指揮官也讓路給他。

快到了，我心想。一名士兵盯著我們太久時，我渾身僵硬。邁向森林的每一步都漫長得令人窒息。札因攜帶著骨匕首，亞瑪芮則是緊緊抓著裝有太陽石和卷軸的皮革背包，我的手則隨時準備抽出佩棍。但我們經過最後一支外圍部隊時，士兵們也幾乎沒看我們一眼。他們把注意力集中在大海上，等著永遠不會到來的魔乩軍隊。

「我的天。」離開士兵們的聽力範圍後，我喃喃自語。我勉強維持的冷靜爆發成緊張不安。我逼自己吸氣。

「我們成功了。」亞瑪芮抓住我的手臂，她頭盔下的膚色變得蒼白。我們的第一場戰鬥結束了。

接下來是另一場。

我們進入森林時，一團冷霧滾滾而來，霧氣舔過樹木。我們走了幾公里後，霧氣濃得擋住了陽光，降低了能見度。

「奇怪了，」亞瑪芮在我耳邊低語，張開雙臂以免撞到樹。「妳覺得這裡總是這樣嗎？」

「我不知道。」我總覺得這團霧是來自諸神的禮物。

祂們站在我們這一邊……

祂們希望我們贏。

我想起我演說的內容，祈禱它們是事實。諸神不會現在拋棄我們，不會在這裡辜負我。但我們接近神殿時，我的血管裡不再感覺到暖意脈動。再過不久，我們就沒辦法繼續躲在霧氣裡了。

我會暴露在全世界的視線之下。

「妳是怎麼知道的？」神殿在霧靄中若隱若現時，我低聲開口，回想在市場上相遇的那個命運之日。「在勒芶斯的時候，妳為什麼找上我？」

亞瑪芮轉身，琥珀眸子在白霧襯托下顯得明亮。「因為賓妲，」她輕聲答覆：「她也是銀色眼睛，就跟妳一樣。」

聽見她這番話，我感覺恍然大悟——我似乎明白了諸神的用意。諸神以最微妙、最隱晦的方式帶領我們來到這一刻。不管這一天將如何結束，我們都是在按照諸神的旨意行事。但祂們的目的是什麼？因為在這一刻，我的血管裡並沒有魔法流淌。

我張嘴想回應，但感覺靈氣變得濃厚。它像地心引力一樣拖住我們，阻礙我們的每一步。

「妳們感覺到了嗎？」札因輕聲問。

「不可能沒感覺到。」

「這是怎麼回事？」羅恩回頭喊道。

「唯一的可能是——」

神殿……

沒有任何文字能形容我們面前這座金字塔的壯麗。它高聳入雲，每一部分都由半透明的黃金雕刻而成。就跟尚東布雷一樣，這裡也是用錯綜複雜的聖巴符文來描述諸神的意志。符號在沒有光照的情況下依然閃耀，但我們來到這裡後，真正的戰鬥開始了。

「雷赫瑪，」羅恩下令：「帶妳的小隊去南海岸的邊緣。在海灘上大鬧一場，然後消失在霧裡。在阿莎的帶領下躲起來。」

雷赫瑪點頭，拉起頭盔，我們只看得見她那雙淡棕色的眼睛。她跟羅恩互相擊拳，然後帶兩男兩女進入霧中。

「我們要做什麼？」我問。

「等候。」羅恩回答：「他們應該會轉移軍隊的注意力，讓我們能接近神殿。」

幾分鐘拉長成幾小時，漫長得就像死亡。我每一秒都因內疚而腦子一團亂。如果他們被抓了？如果他們已經死了？我不希望更多人為此而喪生。

我不希望我的手沾染更多血。

遠處升起一縷黑煙，看來那是雷赫瑪的調虎離山之計。黑煙突破迷霧，直衝雲霄。幾秒後，一道尖銳的號角聲劃過空中。

衛兵們湧出神殿，奔往南海岸。看到這麼多人跑出來，我立刻意識到神殿的真實大小難以估計。

第一批士兵經過後，羅恩帶我們前往神殿，頂著沉重的空氣前進。我們以最快的速度爬上金色階梯，到達神殿的一樓，進入裡面之後才停步。

設計精美的鮮豔寶石裝飾著每一寸牆壁。在我們周圍，金色牆壁上是由黃寶石和藍寶石組成的葉瑪亞輪廓，每個指尖都是波光粼粼的鑽石。在我們上方，組成奧岡的明亮綠寶石綻放光芒，向祂的大地之力表示敬意。透過水晶天花板，我瞥見每一層——向諸神致敬的十層樓。

「各位……」亞瑪芮靠近地板中央的一個樓梯間，太陽石在她手中發光。

就是這裡……我握緊我汗溼的拳頭。

我們就是應該來這裡。

「妳準備好了嗎？」亞瑪芮問。

沒有。我臉上清楚寫著這個答案。但在她的輕推下，我邁出第一步，帶大家走下冰冷的樓梯間。

穿過這個狹窄的空間，我想起我們在尚東布雷的時候。跟那座神殿一樣，這裡也是由火炬照亮錐形小路，光芒在石牆上反射。這讓我想到我們還有機會的時候。

我還有魔法的時候。

我用手觸碰牆壁，向諸神發出無聲的祈禱。**求求祢們……祢們如果能幫我，我現在就需要幫助**。我們沿樓梯持續深入底下時，我耐心等候；儘管空氣變得寒冷，但汗水還是從我的背上滴下來。**求求祢**，**天母**，我再次祈禱。**如果祢能解決這個問題**，**請現在就解決**。

我等著瞥見祂銀色的眼睛，等著祂帶電的手觸摸我的骨頭。但我再次開始祈禱時，壯麗的儀式場地讓我說不出話。

十一座金色雕像排列於這個神聖的圓頂空間，每一尊都高聳入雲。它們以不可思議的高度聳立在我們頭上，宛如歐拉辛博山脈的群山。以貴金屬製成的神像雕刻精美，細節複雜；從天母皮膚上的皺紋到每一根鬈髮，每一條直線和曲線都是巧奪天工。

每一位天神的目光，都集中在下方一個閃閃發光的十角石星上。每一個角都有一根鋒利的石柱，其四面都刻有聖巴符文。

十角石星的中央豎著一根金柱，其頂端刻了一個圓圈，圓潤光滑——形狀跟太陽石一模一樣。

「我的老天爺。」我們踏入這裡的混濁空氣時，肯楊驚呼。

說得好，「我的老天爺」。

走進這裡的感覺就像走進蒼天。

在諸神的注視下，我每邁出一步都覺得充滿力量，在祂們的空靈目光下受到保護。

「妳做得到。」亞瑪芮把羊皮紙和太陽石遞給我。她從札因手中接過骨匕首，塞進我制服的腰間。

我點頭，接過這兩個聖物。**妳做得到**，我重複。**去試就對了**。

我向前邁出一步，準備給這趟旅程劃上句號。但就在這時候，一段距離外有個人移動。

「有埋伏！」我喊道。

一群人現身時，我甩出佩棍。他們像影子一樣移動，從每一尊雕像和每一根柱子後面悄然出來。在狂亂場面中，我們都亮出了自己的刀刃，匆促地尋找對手。模糊視線恢復清晰後，我看到薩蘭，他臉上帶著滿足的冷笑。然後我看到伊南，他臉上帶著痛苦，手裡拿著破魔石劍。

這幅景象令我心碎；這是比寒冰還冷的背叛。他明明承諾過。

他保證過不會擋我的路。

但在我真正崩潰之前，我看到了最糟糕的情況，令我震驚到感覺不真實。

他們把他帶出來的時候，我的心臟停止跳動。

「爸爸？」

第七十九章

瑟爾莉

他應該安全才對。

這個想法讓我無法接受事實。我在衛兵們當中尋找阿格巴婆婆皺巴巴的身子，等待她的攻擊。既然爸爸被衛兵抓了，那她在哪？他們對她做了什麼？經歷了那麼多努力，她不可能已經死了。爸爸不可能站在這裡。

但他在伊南的擒抓下顫抖……衣服破爛，嘴巴被塞住，臉上染血。他們因為我犯的錯而毆打他。現在，他們要奪走他。

就像他們奪走媽媽。

伊南的琥珀眸子讓我陷入他背叛我的這個事實，但那不是我所熟悉的目光。他是個陌生人，是個士兵，小王子的空殼。

「我認為現在的情況不言自明，但既然你們這些人很愚鈍，所以我會仔細說明。交出神器，我就把妳父親還給妳。」

光是聽見薩蘭的聲音，我就感覺手腕被金屬鎖鏈拉扯——

我身為國王，**就必須提醒妳妳是什麼身分**。

他穿著華麗的紫色長袍，滿臉鄙視。但在諸神雕像的注視下，他也顯得渺小。

「我們能對付他們，」肯楊在後面輕聲說：「我們有魔法。他們只有衛兵。」

「我們不能冒險。」札因沙啞道。

爸爸微微搖頭。他不希望我們救他。

不。

我走上前，但肯楊揪住我的手臂，轉動我的身子。「妳不能投降！」

「放開我——」

「不要只想著妳自己！不進行儀式，所有聖童都會死——」

「我們已經死了！」我尖叫。我的嗓音在圓頂空間迴盪，揭示了我希望我能改變的真相。**諸神啊，求求祢們！**我最後一次哀求，但什麼也沒發生。

祂們再次拋棄了我。

「我的魔法消失了。我原以為它會回來，但並沒有……」我的嗓門減弱，我盯著地板，強忍慚愧、憤怒和痛苦。諸神強行闖進我的人生，卻以這種方式讓我崩潰。

我再一次嘗試，尋找任何可能殘留於體內的魔導質。但諸神確實拋棄了我。

我不能再讓祂們奪走其他東西。

「對不起。」這幾個字很空虛，卻是我唯一說得出來的字。「但既然我沒辦法進行儀式，我就更不能失去我的父親。」

肯楊放開我。「恨意」這兩個字根本無法描述周圍這些人如何看著我。只有亞瑪芮的眼神帶有同情，就連羅恩看起來也震驚不已。

我上前一步，把太陽石和卷軸抱在胸前。骨匕首壓在我的肌膚上，在我走動時差點割傷我。我走到半路時，肯楊喊道：「我們救了妳！」他的尖叫聲在牆上反彈。

「人們為了這件事而死！為了**妳**而死！」

他的話語深入我的靈魂，讓我想起我丟下的每一個人。比希。雷坎。祖萊卡。也許還包括阿格巴婆婆。

他們都死了。

就因為他們鼓起勇氣相信我。

他們鼓起勇氣相信我們能贏。

我接近伊南時，爸爸顫抖得更厲害。我不能讓他瓦解我的決心。**我不想讓他們贏，爸爸**。

但我不能讓你死。

伊南走上前，輕輕引導爸爸前進時，我握緊石頭和卷軸。他的琥珀眸子裡透著歉意。這雙我再也不會相信的眼睛。

為什麼？我很想尖叫，但聲音在我的喉嚨裡枯萎。我每走一步，就想起他的吻壓著我的嘴脣，沿我的脖子滑過。我盯著他放在爸爸肩上的那雙手，我應該打碎的手。我曾發誓我寧死也不允許衛兵對我為所欲為，我卻允許他們的隊長對我為所欲為？

我知道妳我就是註定該合作。**妳我就是註定該在一起**。

他美麗的謊言在我耳邊響起，每一句都引出更多淚水。

我們將勢不可擋。**歐瑞莎從沒見過的團隊**。

沒有他，伊洛林就不會被毀滅。雷坎就會還活著。我就會在這裡拯救我的同胞，而不是給他們帶來末日。

我的眼淚燃燒時，我感覺內臟撕裂。這比薩蘭那把刀還灼熱。我居然相信了他。

候，想起伊南從沒見過它，所以我丟出札因的生鏽小刀，把真正的骨匕首藏在腰帶裡。我能留著這東西。我要留著這件神器，畢竟他現在已經從我這裡拿走了其他東西。

我讓他贏了。

爸爸最後一次搖頭，要我趕緊逃。但事情已經結束了，還沒開始就結束了。

我把爸爸從伊南手裡拉出來，羊皮紙和石頭掉在地上。我正要拿骨匕首的時

「瑟爾莉——」

在伊南能說出另一個充滿謊言的文字之前，我摘掉爸爸嘴裡的布條，帶他離開。我的腳步聲在儀式場地上迴盪時，我專注於周圍的雕像，而不是仇恨的目光。

「為什麼？」爸爸嘆氣，嗓音微弱但沙啞。「妳離目標那麼近，為什麼放棄？」

「我離目標一直很遠。」我強忍啜泣。「一直很遠，從沒近過。」

妳試過了，我安慰自己。**妳已經盡力了**。

這件事本來就不會成功。諸神選錯了。

至少事情結束了。至少妳還活著。妳可以坐那艘船離開，找個新的——

「不！」

伊南的震耳吶喊在圓頂牆上迴響時，我僵住了。爸爸把我推倒在地時，一道颼聲劃過半空中。

我想用身子護住爸爸，但為時已晚。

箭頭貫穿了我父親的胸腔。

他的血流到地上。

第八十章 瑟爾莉

他們來抓媽媽的時候，我無法呼吸。我以為我再也無法呼吸。我以為我們的人生是以細繩連結——她如果死了，我也會死。

他們把爸爸打得半死的時候，我像懦夫一樣躲起來、倚賴札因。但他們把鎖鏈纏在媽媽脖子上的時候，我腦子裡某個東西斷裂了。衛兵雖然令我害怕，但比不上他們抓走媽媽所讓我感到的恐懼。

我在伊巴丹的混亂現場追趕她，血汙和泥土濺在我瘦小的膝蓋上。我一直跟著她，直到我看到那一幕。

那一切。

她被掛在我們山村中心的一棵樹上，就像死亡的裝飾品。她和其他所有的魔乩，對王權的每一個威脅都被粉碎了。

那一天，我發誓我再也不想要有這種感覺，我向自己保證他們永遠不會再帶走我的家人。但我現在動彈不得，看著鮮血從爸爸的嘴脣上滴落下來。我明明保證過了。

而現在我晚了一步。

「爸爸？」

毫無反應。

他甚至沒眨眼。

他深褐色的眼睛茫然空洞。破碎。虛空。

「爸爸，」我再次低語。**「爸爸！」**

隨著他的血流到我的手指上，我眼前的世界變黑，我的身體加溫。我在黑暗中看到了一切——我看到他。

他在卡拉巴爾的街道上奔跑，和他的弟弟一起在泥濘中踢著一顆阿格邦球。他內心的這個孩子流露爸爸從未有過的笑容，一種對世界的痛苦一無所知的笑容。他猛然一踢，球彈開了，媽媽的年輕臉龐出現了。她真美。豔光四射。她讓他屏住呼吸。

她的臉龐淡去，接下來的畫面是他們充滿魔力的初吻，對長子的誕生感到敬畏。接著是他搖著他的小女兒入睡，他的手撫過我的白髮。

在他的血液中，我感覺到他在大掃蕩之後醒來的那一刻，那種從未平息過的心碎。

在他的血液中，我感覺到一切。

在他的血液中，我感覺到他。

爸爸的靈魂撕裂我，就像大地被撕成兩半。每一個聲音都變得更響亮，每一種顏色都變得更明亮。他的靈魂比我感受過的任何魔法都更深入我的內心，甚至比魔法更深。流過我血管的不是咒語。

而是他的血。

是他。

究極的犧牲。

我能獲得的最強大的血魔法。

「殺了她！」

最近的兩名衛兵舉劍衝向我，姿態充滿復仇慾。

這是他們這輩子能犯的最後一個錯誤。

他們接近時，爸爸的靈魂從我的身體裡猛然躍出，形成兩道尖銳扭曲的陰影。黑影掌握著死亡的力量，支配著血的力量。它們刺穿士兵的胸甲，把他們像烤肉一樣刺穿。暗影物質從他們胸口的洞裡溢出時，鮮血飛濺到半空中。

這兩人呼吸困難，眼裡充滿挫敗感。他們發出嘶喘，身體化為灰燼。

更多。

更多死亡。更多血。

我的怒火中最黑暗的部分終於得到了它一直渴望的力量，有機會為媽媽報仇。接下來是為爸爸報仇。我要用這些死靈暗影殺掉他們。

他們每一個人。

不。爸爸的聲音在我腦海中響起，穩定又有力。**報仇毫無意義，還有時間彌補**。

「怎麼做？」

在混亂中，我瞥見羅恩的人員和肯楊的隊員投入戰鬥。報仇毫無意義，我對自己重複這句話。報仇毫無意義……

話音剛落，我看到某個人逃離了戰鬥。伊南在混亂中匆忙尋找在地上滾動的太陽石，避開傭兵的刀劍。

只要我們沒有魔法，他們就永遠不會尊重我們，爸爸的靈魂隆隆道。**他們需要知道我們能反擊。既然他們燒了我們的房子——**

我也要燒掉他們的房子。

第八十一章 伊南

我在夢中抱著的那個女孩無處可尋。

取代她的是一個發狂的怪物。

牠露出死亡獠牙。

兩道黑影從瑟爾莉的手中射出，宛如毒蛇，渴求鮮血，渴求復仇。它們貫穿了兩名衛兵。然後瑟爾莉的銀眸裡出現某種眼神。

她的目光鎖定我。太陽石在我手裡發光。第一道暗影襲擊之前，我差點來不及拔劍。

尖如軍刀的暗影與我的劍相撞，在半空中震顫。第二道攻擊來得很快，快得讓我沒辦法擋住——

「伊南王子！」

一名衛兵衝來，用他的生命守護了我的生命。暗影穿透了他的身體——他發出喘息，然後化為灰燼。

蒼天在上！

我驚慌失措。她的暗影向後仰起，準備再次進擊。我逃跑的時候，她追著我。她的海鹽之魂如海嘯般肆虐。

即使我掌握著湧動的太陽石，也無法阻止她。沒人能阻止她。我死定了。

她父親倒地的那一刻，我就註定會死。

蒼天在上。我強忍淚水。瑟爾莉的心碎仍然在我的心中悸動。她的悲傷強烈得足以撼動大地。他應該活著才對。她應該得救才對。我原本要履行對她的承諾。我原本要讓歐瑞莎變得更美好——

集中精神，伊南。我用力吐出一大口氣，數到十。我不能放棄。魔法依然是威脅，只有我能終結這種威脅。

我跑向奧瑞的雕像，思索著後果。如果瑟爾進行了儀式，就會消滅我們，然後整個歐瑞莎將陷入火海。我不能讓那種事發生。無論如何，我的計畫還是一樣：拿到石頭；拿到卷軸。

奪走魔法。

我使盡全力把太陽石甩向地面。**看在蒼天的份上，拜託摔碎**。但它只是在地上滾動，毫無損傷。如果三神器當中有哪個能被破壞掉，一定就是卷軸。

我把它從口袋裡拿出來，跑向混戰場面。瑟爾莉跑向石頭。我把握所剩無幾的時間飛快思索。我想起父王說過的話。**那個卷軸只能用魔法來銷毀**。

魔法……

我的魔法行不行？

我把我的心靈能量集中在羊皮紙上，在混亂中不確定瑟爾莉在哪。一團青綠光芒包圍著風化的卷軸。鼠尾草和留蘭香的氣味充斥我的鼻腔時，一個奇怪的回憶占據我的腦海。

神殿裡的喧囂消失了。一個聖塔洛的意識閃過我的腦海：幾世代的女子，皮膚上紋了精緻的白色墨水。所有人都用我無法理解的語言吟唱。

這個回憶只持續了一瞬間，但我的嘗試沒用。我的魔法做不到。卷軸依然毫無損傷。

「救命啊！」

我在眾多呼喊聲中轉身；瑟爾莉的暗影刺穿了更多士兵。黑箭刺中他們時，他們的身子往後彈，被暗影物質吞噬。

這些士兵在倒地前已經化為灰燼。在這瞬間，所有線索都拼湊在一起——答案就在眼前。

如果我是導火師，我的烈火也許能焚化這張羊皮紙，但我的心靈魔法在這方面毫無用處。卷軸沒有我能控制的心智，沒有我的魔法能麻痺的身軀。我的魔法無法銷毀這個卷軸。

但是瑟爾莉的魔法做得到。

我從未見過她以這種方式使用她的力量。她的魔法摧毀了擋路的一切，邪惡而扭曲，像龍捲風一樣席捲這座神殿時發出呼嚎。它射出的黑箭就像凶惡長矛，刺穿了盔甲，直接撕裂肉身。任何不幸遇到它們的人都會化為灰燼。

如果我做得對，這個卷軸也會被黑箭瓦解。

我深吸一口氣。這可能是我這輩子最後一次深呼吸。瑟爾莉的致命箭頭射穿了四名士兵的內臟，在他們的核心處留下了裂縫。他們的身體在倒地時化為灰燼。瑟爾莉粉碎更多士兵時，我向前跑。

「這全是妳的錯！」我喊道。

瑟爾莉匆忙停步。這一刻的我比任何時候都痛恨自己。但我需要引出她身上這種痛苦。它不可能是關於我們。

絕對不可能。

「妳父親原本不需要死！」我喊道。這是一條我不該跨越的線，但我必須釋放她的憤怒。我需要做出致命一擊。

「不准提到他！」她的眼睛竄出怒火，充滿悲傷、仇恨和憤怒。她的痛苦使我感到羞愧，但我繼續說下去。

「妳其實不需要來這裡。我原本要送他回勒苟斯！」

暗影在她周圍旋轉，就像一陣狂風侵入一團龍捲風。

她現在離我很近。

我的生命接近尾聲。

「妳如果當初信任我，**跟我合作**，他就會還活著。他，」我嚥口水。「還有阿格巴婆婆——」

暗影以一種令我無法呼吸的速度衝向我。我使盡所有力氣，把卷軸擋在我胸前。在這一瞬間，她意識到自己犯的錯——我引誘她進入的陷阱。

她尖叫抽手，但為時已晚。

暗影撕裂了羊皮紙。

「不！」瑟爾莉的尖叫聲在神聖的圓頂空間裡迴盪。被毀壞的羊皮紙的灰燼從空中飄落。暗影逐漸消退，隨著黑暗粒子從她的手中洩漏而消失。

你做到了……

我沒能完全接受這項事實。結束了。我贏了。

歐瑞莎終於安全了。

魔法將永久消失。

「兒子！」

父王從戰場的外圍跑向我，臉上露出我從未見過的笑容。我試著回以微笑，但一名衛兵從他身後接近，舉起劍，對準父王的後背。**叛亂？**

不。

那人是傭兵。

「父王！」我吶喊。我的警告沒有及時傳進他的耳裡。

我沒多想，立刻汲取接觸太陽石後所產生的能量波動。我的手裡迸發藍色能量。就跟在尚東布雷的時候一樣，我的魔法貫穿了那名傭兵的腦袋，將他癱在原地。我將他定身時，一名衛兵趁機刺穿了他的心臟。這麼做讓父王逃過了這次攻擊。

但看到我的魔法，父王整個人僵住。

「不是你想的那樣——」我開口。

父王猛然後退，彷彿我是一個他無法信任的怪物。他反感得嘴角下垂，他這個反應令我心寒。

「這不重要。」我說得太快，字句變得模糊。「我被感染了，但這種力量正在消失。我做到了。我消滅了魔法。」

父王用腳把傭兵的屍體翻過來，伸手去抓殘留在這個人頭髮上的青綠色水晶。

他低頭看著自己的手，臉色扭曲。我看得出來他拼湊出真相，他在要塞裡也摸過這種水晶。

從凱雅的屍體上取得的水晶。

父王的眼裡竄出怒火。他握住佩劍。

「等一下——」

他的劍刺進我的身體。

父王的眼睛因憤怒而變得通紅。我的雙手緊抓著這把劍，但我虛弱得無力將它拔出。

「父王，對不起——」

他發出一聲哀號，將劍拔出。我跪倒在地，捂著湧血的傷口。

溫熱的血液從我的指縫間溢出。

父王再次舉起劍，這次是最後一擊。他的眼裡沒有任何關愛，沒有幾秒鐘前才向我表達的自豪。

凱雅瀕死前所流露的恐懼和憎恨，如今也出現在父王的眼睛裡。在他眼裡，我是陌生人。**不**。我為了當他的兒子而放棄了一切。

「父王，求求你。」我嘶聲吐息，喘著粗氣，請求他的原諒。我的視線發黑——有那麼一刻，瑟爾莉所有的痛苦都滲進我的腦海。魔乩被摧毀的命運。她父親的死。她的心痛跟我的交織在一起，提醒著我所失去的一切。

我犧牲了太多，不能讓事情以這種方式結束。我以他的名義造成了那麼多痛苦。

我向他伸出顫抖的手。我這隻手沾滿我自己的血。我付出了那麼多努力，不可能只是白費力氣。

事情不可能就這樣結束。

在我碰到他之前，父王用他的金屬鞋底踩碎了我的手。他瞇起漆黑的眼睛。

「你不是我兒子。」

第八十二章

亞瑪芮

雖然有十幾個人衝鋒而來，但他們無法與我的復仇之劍相提並論。我身邊的札因用斧頭砍倒了幾個衛兵，他戰鬥時帶著淚光。我在戰鬥時，把他的痛苦、賓妲的痛苦、被父王害死的每個可憐靈魂的痛苦當成動力。這些鮮血和死亡——每一次呼吸都是無盡的汙點。

我用劍劃開這些衛兵，以雷霆氣勢先發制人。

一名衛兵被我斬斷肌腱，應聲倒下。

另一人被我砍到大腿而倒地。

戰鬥，亞瑪芮。我鞭策自己前進，逼自己忽視他們盔甲上的歐瑞莎徽印，忽視死在我劍下的這些人的臉孔。這些士兵發誓要保護歐瑞莎及其王室，但他們背叛了他們神聖的誓言。他們想要我的項上人頭。

一名衛兵朝我揮劍。我彎腰避開，他這把劍砍進他同袍的身上。我準備向下一個人揮劍——

「不！」

我的劍刃刺穿另一名士兵時，瑟爾莉的喊聲從神殿另一頭傳來，迫使我轉身。

她跪倒在地，身子顫抖，灰燼從她的指間溢出。我跑上前想幫她，但匆忙停步，因為父王舉劍刺進一名士兵的腹部。那個男孩屈膝跪地時，頭盔掉落。他不是士兵。

伊南。

哥哥的嘴脣溢出鮮血時，我體內的一切都變得冰冷。

我感覺那把劍也貫穿了我的身子。灑出來的是**我的**血。這個哥哥曾背著我穿過宮殿走廊。媽媽拿走我的甜點時，這個哥哥從廚房裡偷了蜂蜜蛋糕給我。

這個哥哥在父王的逼迫下跟我對打。

這個哥哥劃傷了我的背脊。

不可能。我眨眼，等著這幅畫面自我糾正。**他不可能……**

不可能是那個為了達成父王所有的心願而放棄了一切的孩子。

但就在我的注視下，父王再次舉起劍，準備砍下伊南的腦袋。他要殺了他。

就像他殺了賓妲。

「父王，求求你。」伊南呼喊，垂死地伸出一手。

但父王踩在他這隻手上，將它踏碎。「你不是我兒子。」

「父王！」

我向前衝去時，我的聲音聽起來不像是我自己的。父王注意到我的時候，他的怒火爆發。

「你們這兩個孩子是諸神給我的詛咒。」他厲聲怒罵。「流著我的血的叛徒。」

「你的血才是真正的詛咒，」我回嗆：「它將在今天結束。」

第八十三章

亞瑪芮

父王的第一批孩子備受寵愛，但體弱多病。我和伊南出生後，父王拒絕重蹈覆轍。

多年來，他強迫我和伊南在他的注視下互相傷害，無論我們哭得多厲害也毫不寬容。每一次戰鬥都是讓他糾正他的錯誤，讓他的第一個家庭重獲新生的機會。如果我們變得夠強大，就沒有任何劍能擊倒我們，沒有任何魔乩能燒掉我們的肉身。我們為了他的認可而戰，為了他的愛而戰，就算我們都不可能贏得這份愛。

我們舉劍對抗彼此，因為我們都沒有勇氣舉劍對抗他。

現在，我把劍對準他憤怒的眼睛時，我看到了母后和札因。我看到我親愛的賓妲。我看到每一個試圖反擊的人，每一個死在他劍下的無辜靈魂。

「我從小就被你教導要對付怪物，」我輕聲道，舉劍上前。「我花了太多時間才明白，你才是真正的怪物。」

我箭步衝去，令他猝不及防。我在他面前絕對不能手下留情，否則我知道這場戰鬥將如何結束。

雖然他舉劍招架，但我的攻勢壓過了他，差點切到他的脖子。他拱起身子，但我再次打得他難以招架。**揮劍，亞瑪芮。戰鬥！**

我揮劍劃出一道迅捷的弧線，切過他的大腿。他痛得踉蹌後退，對我做出的這個致命一擊毫無準備。我不是他知道的那個小女孩。我是公主。女王。

我是獅王。

我向前推進，擋住父王對我心臟做出的刺擊。他不再被我打得措手不及，他的攻勢變得無情凌厲。

我們劍刃的互擊聲劃過周圍喧囂，這時更多衛兵沿樓梯下來。羅恩的手下在儀式場地上殺掉了衛兵後，擋住了新的敵軍。但就在他們廝殺的時候，札因從另一頭跑向我，離我只有幾秒。

「亞瑪芮——」

「快走！」我催促他，對父王的劍做出反擊。札因在這裡幫不了我，我為了這場決鬥而受訓了一輩子。這裡只有我和國王。我和他當中只有一個人會活下去。

父王絆了一下。這就是我的時刻，能讓我結束這場漫長共舞的機會。

趁現在！

我衝向前，舉起劍，心跳聲在耳裡隆隆作響。我能為歐瑞莎除掉最大的禍害，消除它的痛苦之源。

但在最後一秒，我猶豫了，將我的劍刃向上傾斜。我們的劍迎面互撞。

詛咒蒼天。

我不能殺掉他。如果我這麼做，我就變得跟他一樣。

歐瑞莎不能用他的戰術繼續生存下去。父王必須被擊倒，但我沒辦法用我的劍刺穿他的心臟——

父王抽回劍，慣性衝力帶我前進。

我還來不及轉身，父王揮劍，劍刃劃過我的背。

「亞瑪芮！」

我踉蹌撞向一根柱子時，札因的尖叫聲聽來遙遠。我感覺皮膚灼痛，就像伊南小時候對我施加的痛楚一樣灼熱。

父王頸部青筋暴起，他向前衝鋒，毫不猶豫地彎下身子準備做出致命一擊。要屠殺自己的女兒，自己的骨肉，他對此並不畏縮。他已經做出了決定。現在輪到我做出決定。

我扭身避開攻擊，他的劍擊中柱子，切入石頭。他還來不及反應，我已經毫不猶豫地把劍向前一刺。

父王瞪大眼睛。

溫熱的血從他的心臟流到我的手上。他嘶喘，紅血從他的嘴脣裡噴出，其餘的血流過石頭。

雖然我的手在顫抖，但我還是把劍插得更深。淚水模糊了我的視線。

「別擔心，」他嚥下最後一口氣時，我輕聲說：「我會當個遠比你好的君主。」

第八十四章

瑟爾莉

「拜託。」我把我所有的能量都灌向被毀壞的羊皮紙上。這不可能是真的。不可能發生在我們快成功的時候。

爸爸的靈魂能量湧入我的雙臂，在我的指尖化作扭曲的暗影。但是灰燼當中並沒有羊皮紙成形。結束了……

我們輸了。

驚恐情緒襲來，我幾乎無法呼吸。

我們需要的其中一樣東西被我親手毀掉。

「不不不不！」我閉上眼睛，努力回想咒語。我把那個卷軸看過了幾十遍。該死的儀式是怎樣開頭？

Ịya aẁọn orun，àwa ọmọ képè o lọni——不對。我搖頭，仔細回想記憶中的單詞片段。應該是**àwa ọmo o re képè o lọni。然後……**

我的天。

接下來是什麼？

尖銳的劈啪聲響徹周圍，轟鳴如雷。隨著這聲巨響，整個神殿都在顫抖。石塊和灰塵從天花板上傾瀉而下時，每個人都僵住了。

葉瑪亞的雕像開始發出奪目光芒。光輝從祂的赤腳開始出現，沿雕製長袍的曲線和褶皺向上傳播。它到達祂的眼睛時，祂的金色眼窩發出明亮藍光，將圓頂浸沐於柔和色彩。

接下來，奧岡的雕像閃閃發光，眼睛閃爍著深綠色；桑戈的眼睛呈火紅色，奧朱瑪雷的則是亮黃色。

「鎖鏈……」我呢喃，沿著這條線望向天母。「我的天啊……」

至日。

正在發生！

我用指尖抓著灰燼，尋找任何東西，什麼都好。這幅卷軸上繪有古老的儀式，畫下它的聖塔洛的靈魂應該也在裡頭吧？

但我等待死者的寒意包圍我時，意識到周圍躺著大量的屍體。我沒感覺到他們的亡魂從我身上穿過，我一點感覺也沒有。

我只有感覺到爸爸。

我的血液裡的魔法。

「聯繫……」我恍然大悟。我跟他之間因為血緣關係而分享的一種聯繫。卷軸的咒語應該能透過魔法讓我們跟天母產生聯繫，但如果有其他方法能聯繫到祂呢？

我拚命思索，試著計算各種可能。我能不能透過血脈跟我的祖先建立聯繫？我們能否追溯這條血脈，透過我們的靈魂跟天母及其恩賜建立新的聯繫？

亞瑪芮從旁衝過，把一名士兵擋在儀式場地之外。雖然她背部滴著血，但她攻勢凶猛，對抗衛兵時幾乎狂野。即使大批軍隊湧入，羅恩跟他的手下也毫不鬆懈。

儘管勝算不高，他們還是拚命戰鬥。

既然他們沒放棄，我也不能放棄。

我匆忙起身時，我的心臟狂跳。下一尊雕像亮起，將周圍沐浴在藍光中。天母面前只剩少數幾尊雕像還沒發光。至日的最後一刻即將到來。

我從地上抓起太陽石，被它燙到。我沒看到天母，而是看到血。我看到骨頭。我看到媽媽。

我把太陽石放在場地中央的金色柱子上的時候，就是想著這個形象。既然媽媽的血在我的血管中湧動，為什麼其他祖先的血沒出現這種反應？

我從腰間抽出真正的骨匕首，劃開我的雙掌。我把流血的雙手按在太陽石上，釋放出綁定之血，以做出最終獻祭。

「幫幫我！」我大聲尖叫，汲取諸神之力。**「求求祢們！幫我一把！」**

就像一座爆發的火山，我歷代祖先的力量在我身上流淌，無論他們是魔乩還是無魔者。每一位都抓住我們的聯繫，抓住我們血液的核心。他們的靈魂隨著我、媽媽和爸爸的靈魂而旋轉。我們輸出各自的力量，我們的靈魂努力鑽進石頭裡。

「更多！」我向他們尖叫，呼喚所有與我們血脈相連的靈魂。我追溯我們的血統，一直追查到最先收到天母恩賜的那些人。隨著每一個祖先出現，我的身體都在尖叫。我的皮膚像被扯開一樣。但我需要這麼做。

我需要他們。

他們的聲音開始共鳴，活死人發出的合唱。我等著聽見已被毀壞的卷軸上的文字，但他們吟唱著我從未讀過的咒語。他們奇怪的話語在我的腦海裡迴盪，穿過我的心靈，穿過我的靈魂。雖然我不知道這個咒語會起到什麼作用，但這些文字爭先恐後地爬到我的嘴脣上。

「**Àwa ni ọmọ rẹ nínú ẹjẹ àti egungun**！」

一條條精神通道在我體內爆炸。太陽石在我手底下嗡鳴時，我壓抑尖叫，試著把話說出來。光芒沿天母的胸口向上蔓延，越過握著號角的手。快結束了。至日即將結束。

「**A ti dé**－**Ikan ni wá**－**Dà wá po Mama**－**Kí ìtànná wa tàn pelú ebun àoníye rẹ leelkan sìí**－」

我的喉嚨緊縮，光是呼吸就很困難，更別提說話。但我強迫自己繼續下去，引導我體內僅存的所有力量。

「**Je kí agbára idán wa tàn kárí**。」光芒沿天母的鎖骨擴散時，我吶喊。

這些聲音在我的腦海裡高唱得如此響亮，我確信全世界一定都聽到了。光芒越過天母的鼻梁時，這些聲音急切地吟唱咒語最後的部分。憑藉他們的血，我可以完成這件事。

憑藉他們的血，我勢不可擋。

「**Tan Imole ayé leelkan sìí**！」

光芒進入天母的眼中，迸發白光，這時我咒語的最後部分響起。太陽石在我手中碎裂，炸出黃光，遍及四處。我不確定這是怎麼回事，我不知道自己做了什麼。但是光芒侵入我渾身每一根纖維時，整個世界都在閃耀。

創世的過程、人類的誕生、諸神的起源……這些畫面在我眼前旋轉。它們的魔力以波浪的形式衝入這個空間，就像一條由所有鮮豔色彩組成的彩虹。

魔法貫穿了每一顆心、每一個靈魂、每一個生命體。它連接我們所有人，如針線般穿過人類的外殼。

這股力量烙在我的皮膚上。它的狂喜和痛苦同時流淌，快樂和痛楚難以區分。隨著它的淡去，我看到了真相——清清楚楚，卻也一直被隱藏著。

我們都是血與骨的孩子。

都是承載著復仇和美德的器皿。

這個真理緊緊地抱著我，搖晃著我，就像母親抱著孩子。它用愛綁住我的時候，死亡把我吞入它的掌握之中。

第八十五章

瑟爾莉

我總是把死亡想像成冬風，但酷熱就像伊洛林的大海一樣圍繞著我。

恩賜，我想著阿拉菲亞的平靜與黑暗。為我的犧牲付出的酬勞。

除了無止盡的戰鬥終於結束，還有什麼獎勵？

「Mama，orisà Mama，orisà Mama，àwá un dúpe pé egbo igbe wa——」

豐厚的聲音在黑暗中響起時，諸多說話聲在我的皮膚中共振。銀光在黑暗中旋轉，讓我浸沐在它們美麗的音符中。隨著歌聲繼續，一片光之雪花落入黑暗中，發出的聲音比其他人更響亮。它帶領他們敬拜和讚美，聲音穿過層層黑暗。

「Mama，Mama，Mama——」

這道光的聲音柔滑如絲，如天鵝絨般柔軟。它包裹著我的形體，把我帶進它的暖意之中。我雖然感覺不到自己的身體，但還是在黑暗中飄向它。

我以前聽過這個聲音。

我熟悉這個嗓音。這種愛。

歌聲越來越響亮，為光芒提供了燃料。它從一片雪花演變而來，在我眼前成形。

祂的腳最先出現，黑如夜空的膚色在紅絲袍映襯下熠熠生輝，衣料在祂空靈的身軀上顯得濃郁而飄逸。金飾從祂的手腕、腳踝和脖子上垂落，都突顯了掛在祂額頭上的閃亮頭飾。

合唱響起時，我彎腰鞠躬，不敢相信自己躺在奧雅的腳下。女神抬起嵌於濃密白髮的頭飾時，祂那雙深褐眼睛讓我的心臟停止跳動。

我上一次看到這雙眼睛時，它們是空洞的，裡頭沒有我愛的那個女人。現在，它們舞動著，閃爍的淚水從眼瞼滑落。

「媽媽？」

不可能。

我母親的臉龐雖然宛如太陽，但她是人類。她是我的一部分。

但這個靈體接觸我的臉龐時，熟悉的愛在我體內擴散。淚水從她美麗的棕眸裡掉落，她輕聲道：「妳好，我的小瑟爾。」

我撲倒在她的靈體懷抱時，眼睛被滾燙的淚水刺痛。她的暖意浸透了我全身，使每一個裂縫都變得完整。我感覺到我流過的所有眼淚，我曾經發出的每一個祈禱。我想起我每次在家裡抬起頭，都希望她坐在那裡、回頭看著我。

「我以為妳消失了。」我哽咽道。

「妳是奧雅的姊妹，吾愛。妳知道我們的靈魂永遠不死。」她把我拉回來，用柔軟的長袍擦去我的眼淚。「我一直和妳在一起，一直在妳身邊。」

我緊緊抱著她，彷彿她的靈魂隨時可能從我的指縫中溜走。如果我早知道她在死後的世界等著我，我就會擁抱死亡，奔向死亡。我唯一想要的就是和她在一起，隨著她的死而消失的平靜感。和她在一起，我終於安全了。

經過了這麼久，我終於回到家了。

她用手撫過我的辮子，然後親吻我的額頭。「妳完全不知道我們為妳所做的一切感到多麼自豪。」

「我們？」

她微笑。「爸爸現在在這裡。」

「他還好嗎？」我問。

「是的，吾愛。他享有平靜。」

我急忙眨掉新的淚水。在我的認知裡，只有少數幾個人值得在死後享有平靜。他知不知道他的靈魂終究會來到他所愛的女人身邊？

「**Mama，Mama，Mama——**」

歌聲變得更響亮。媽媽再次抱住我，我呼吸著她的氣味。經過這麼多年，她聞起來依然像溫暖的香料和醬汁，她加在加羅夫米飯裡的調味料。

「妳在神殿裡所做的一切，是這些靈魂前所未見的。」

「我不認得這個咒語。」我搖頭。「我不知道自己做了什麼。」

媽媽用雙手捧起我的臉，親吻我的額頭。「妳很快就會學會的，我強大的瑟爾。而且我從頭到尾都不會離開妳的身邊。無論妳有什麼感受，妳在以為自己孤單一人時面對著什麼——」

「札因……」我意識到。先是媽媽，然後是爸爸，現在是我？「我們不能丟下他，」我驚呼。「我們要怎麼把他帶來這裡？」

「**Mama，orisà Mama，orisà Mama——**」

吟唱聲越來越大，如今幾乎震耳欲聾，媽媽施加在我身上的手勁也變得更大。

她光滑的額頭上浮現皺紋。

「他不屬於這裡，吾愛，至少現在還不是。」

「可是媽媽——」

「妳也是。」

歌聲如此響亮，我分不清這是讚美還是尖叫。明白媽媽這番話的意思時，我感覺內臟扭曲。

「媽媽，不……求求妳！」

「瑟爾——」

我再次緊緊抱著她，被恐懼掐住了喉嚨。「這是我想要的。我想留在這裡，跟妳和爸爸在一起！」

我沒辦法回去那個世界。我承受不了那種痛苦。

「瑟爾，歐瑞莎依然需要妳。」

「我不在乎。我需要**妳**！」

她的光芒開始跟著天上的合唱聲一起消退時，她的話語變得急促。我們周圍的黑暗變亮，淹沒於光波。

「媽媽，不要離開我——求求妳，媽媽！不要又丟下我！」

她的黑眸隨著淚水而閃閃發光，淚珠的暖意落在我的臉上。

「事情還沒結束，小瑟爾，而是才剛開始。」

後記

我睜開眼睛時，只想讓眼睛閉上。我想看到我的母親。我想被死亡的溫暖黑暗所包裹，而不是凝視著沾染天空的紫輝。

我上方的空氣似乎來回擺動，輕輕搖晃我的形體。這是我在任何地方都能認出來的擺動。海浪的潮起潮落。

意識到怎麼回事時，我渾身每一個細胞都感到灼傷和疼痛。痛楚極為明顯，伴隨著生命的痛楚。

我的嘴唇發出一聲呻吟，幾個沉重腳步聲逼近。

「她還活著！」

剎那間，我的視野裡塞滿了幾張臉孔：滿懷希望的亞瑪芮，一臉安心的札因。他們後退，我看到嬉皮笑臉的羅恩。

「肯楊？」我勉強開口：「卡托？雷赫瑪——」

「他們都沒事，」羅恩向我保證。「他們在船上等著。」

在他的幫助下，我坐了起來，靠在我們來到這座聖島所乘坐的划艇的冰冷木頭上。太陽已經沉入地平線，將我們遮掩在夜色中。

我突然想起神殿，我為我害怕得不敢問的問題做好心理準備。我盯著札因深褐色的眼睛；如果從他嘴裡得知我失敗了，我應該比較不會那麼難過。

「我們成功了嗎？魔法回來了嗎？」

他僵住。看他沉默不語，我的心往下沉。我們辛苦了那麼久。伊南死了。爸爸死了。

我們卻還是失敗了。

「沒成功？」我勉強開口，但亞瑪芮搖頭。她舉起一隻流血的手，在黑暗中，這隻手閃爍著活力四射的藍光。一道白紋如電光般在她的黑髮上劈啪作響。

一開始，我不知道該對這幅景象作何感想。

然後我感覺渾身血液結冰。

作者的話

在寫這本書之前，我流了很多淚。我修改它時，流下更多淚。即使它現在已經在你手上，我知道我還是會再次流淚。

儘管騎乘巨獅和進行神聖儀式也許屬於「奇幻」的領域，但本書中所有的痛苦、恐懼、悲傷和失落都是真實的。

我在撰寫《血與骨的孩子》期間，不斷在新聞上看到手無寸鐵的黑人男女和兒童遭到警察槍殺。我感到害怕、憤怒和無助，但只有這本書讓我覺得我能為此做點什麼。

我告訴自己，哪怕只有一個人閱讀這本書，並藉此改變了自己的心態或想法，那麼我就對一個讓我感到無力的龐大問題做出了一些有意義的舉動。

而現在，這本書存在著，而**你**正在閱讀它。

我打從心底感謝你。但如果這個故事以任何方式影響了你，我只要求你不要讓這種影響停留在這本書的頁面裡。

如果你有為祖萊卡和薩林哭泣，我希望你也為喬丹・愛德華斯、塔米爾・萊斯，以及艾雅娜・斯坦利瓊斯之類的無辜孩子哭泣。他們被警察開槍打死時，分別是十五歲、十二歲和七歲。

如果你為瑟爾莉對母親遇害的悲痛而感到心碎，我希望你也為所有親眼目睹親人死於警察暴行的倖存者心碎。這些倖存者包括戴蒙德・雷諾斯和她四歲的女兒；費蘭多・卡斯蒂利亞開車被警察攔下、開槍射殺時，她們倆就在車上。殺害他的警官傑羅尼莫・亞內斯被無罪釋放。

這些只是一長串無辜遇害的黑人當中的幾個悲慘名字。女兒失去了母親，兒子失去了父親，還有父母將在餘生中伴隨著任何父母都不該體會到的悲痛。

這只是困擾我們這個世界的眾多問題之一，我們經常覺得這些問題不是我們能解決的，但請讓這本書向你證明，我們總是能做些什麼來反擊。

就像瑟爾莉在儀式中說的：「**Abogbo wa ni ọmọ rẹẹ nínú ẹjẹ àti egungun。**」**我們都是血與骨的孩子**。

而正如瑟爾莉和亞瑪芮，我們有能力改變世界上的邪惡。

我們被擊倒了太久。

我們現在該站起來了。

作者鳴謝

我很幸運能認識一些世界上最棒的人並與他們一起工作，我相信這完全是因為上帝把他們放在我的人生。謝謝祢，上帝，感謝祢所做的一切，以及祢賜予我的一切。

爸爸媽媽，謝謝你們犧牲了你們所知並喜愛的一切，為我們提供了世上所有的機會。我永遠感謝你們在我開始實現這個夢想時給我的支持。爸爸，你教導我永遠不要感到自滿，而且你總是督促我做到最好。我愛你，我知道奶奶每天都在看守著我們。媽媽，我認為我安排我的角色們在年輕時失去母親，是因為妳在年輕時失去了妳的母親，而這一直是我最大的恐懼。感謝妳以眾多方式給我關愛和支持，我甚至無法將它們一一列舉出來。我也要感謝幫忙翻譯約魯巴語的叔叔阿姨們！

托比·盧，要不是你在我們成長的過程中表現得那麼不可思議，小時候那個怨天尤人的我就不會想辦法做出最好的表現。謝謝你如此不懈地追求你的夢想，讓我知道我也有可能做到。托尼，你在十五歲之前一直是我的宿敵，而且你在二〇一七年十一月二十五日那天對我真的超惡劣。（我跟你說過你會後悔！）**儘管如此**，我還是非常愛你，我為你感到驕傲，我也知道你會成為最有名的「阿德耶米」。

傑克森，我的寶貝兼我的測試版讀者。你從一開始**之前**就對我和我這本書充滿信心。謝謝你成為我的頭號粉絲和支持者，也謝謝你在我害怕得不敢相信自己的時候鼓勵我。馬克、黛比和克雷，**謝謝**你們用張開的懷抱和烤起司三明治接受我加入你們的家庭。我愛你們每一位，還有克雷，我很自豪能說你是我的小兄弟。

DJ蜜雪兒・「米希」・埃斯特雷拉，妳是個不可思議的人，也是不可思議的藝術家。謝謝妳為這本書設計的美麗符號！

布蘭達・德雷克，謝謝妳做出無私的犧牲來幫助這麼多作家實現夢想。艾希莉・赫恩，妳將妳的心血和聰明才智傾注於這份手稿，而且幫助我講述我一直想講述的故事。我愛妳，我很幸運能得到妳的指導！

希拉蕊・雅各布森和亞歷山卓・瑪辛尼斯特，妳們倆都重新定義了「夢幻經紀人」的定義，因為妳們超越了我所能夢想的一切。妳們傑出又堅強，我很幸運能與兩位合作。謝謝妳們讓不可能變得可能。

致喬西・弗里德曼，有史以來最史詩級的電影經紀人，感謝妳讓我從原本只能夢想著製作電影演變成能跟好萊塢一些最酷的人士談論**我的**電影。漢娜・莫瑞、艾莉絲・迪爾、梅里・弗里森埃斯坎德爾，以及羅克珊・愛德華，謝謝你們把我的故事推廣到全球。這對我來說真的意義重大。

瓊恩・亞格和琴・費維爾，謝謝你們以前所未有的方式對我和這個系列充滿信心。你們讓麥米倫出版公司成為一個美好的家，我很幸運能和你們一起出版這本書。

致最親愛的克里斯汀・崔莫！你就是我的阿格巴婆婆：在我最需要的時候，就是你這位酷帥、神奇、衣著無可挑剔的長者給了我茶、金屬杖和賢者智慧。謝謝你成為替我和這本書奮鬥的神奇鬥士！

致最親愛的皇后陛下蒂芬妮‧廖！妳就是我的亞瑪芮。為了救我的命，妳親自上戰場捅了競技場船長一劍，妳在船上幫我編辮子，在我不相信自己的時候說妳相信我。蒂芬，妳就是一切，我很幸運能跟妳這麼才華橫溢的神奇女人一起工作。里奇‧迪斯，你為這本書繪製的每一條線和符號都堪稱精妙絕倫。謝謝你為我這部嘔心瀝血之作畫出了最驚豔的封面。

致我在麥米倫出版公司的公關和行銷團隊，**你們太棒了！**謝謝你們為了向全世界介紹這本書而做的一切。致我神奇的公關人員莫莉‧埃利斯：我最美好的日子就是在一天之內發十封電子郵件給妳。能和妳一起工作，我真的感到很幸運。凱瑟琳‧蕾托，妳是一位才華橫溢的超酷導演，我非常喜歡跟妳互動的每一刻。瑪麗‧凡‧阿金，我每次輸入妳的名字就想著「而且妳是個酷咖！」而且忍不住笑出來。妳是出版界最頂尖的公關高手。**一輩子的好朋友。**瑪麗爾‧道森，妳是女神，妳為這本書所做的一切都跟妳一樣美麗又壯麗。阿什利‧伍德福克，妳是個美好的作家、行銷專家和朋友。我愛妳，也祝妳所著的《遺留下來的美麗》生日快樂！艾莉森‧維羅斯特，我知道如果沒有妳的指導和支持，這一系列不可思議的活動就不可能發生。特別感謝我這支出色團隊的其他成員，包括布列塔尼‧珀爾曼、特蕾莎‧費拉奧洛、露西‧德爾普里奧、凱蒂‧哈拉塔、摩根‧杜賓、羅伯特‧布朗，以及傑里米‧羅斯。

感謝麥米倫的銷售團隊對本書的喜愛和支持，特別感謝珍妮佛‧岡薩雷斯、傑西卡‧布里格曼、珍妮佛‧愛德華茲、克萊爾‧泰勒、馬克‧馮‧巴根、珍妮佛‧戈爾丁、索芙麗娜‧欣頓、傑米‧阿里扎，以及A‧J‧莫菲。感謝湯姆‧諾以及製作團隊的每一位，謝謝你們配合了我們的期限，讓這本書得以成真！感謝梅琳達‧阿克爾、瓦萊麗・希亞和文案編輯們的辛勤工作。致帕特里克・柯林斯，謝謝你讓這本書的內部和外部一樣精美。感謝麥米倫有聲書部門的勞拉・威爾遜、布里薩・羅賓遜，以及博拉納・格雷庫。還有在那棟神奇建築中為這本書付出一切的每一位，我打從心底感謝你們。

我要向將這本小說電影化的團隊表示感謝，我沒有文字能表達你們對這部電影的支持對我來說意味著什麼。謝謝你們對這個故事投入的熱情和熱忱。帕特里克・麥德利以及克萊爾・里斯，你們是有著美麗笑容的好人。謝謝你們喜歡這本書，並幫助它找到一個美好的家。伊麗莎白・高布勒、吉蓮・波勒以及陳嬌，謝謝你們給這本書找了一個美好的工作室，我的許多最喜歡的電影就是出自該工作室。我很喜歡跟你們相處的每一分鐘，我等不及一切的到來。凱倫・羅森費爾特，謝謝妳把妳的才華帶進這部電影的製作。威克・戈弗雷，感謝你為這個項目帶來你的熱愛和熱情！馬蒂・鮑文、約翰・費舍爾、美峰娛樂，謝謝你們製作我從小就喜歡的電影，並將我這本書添加到你們的工作項目中。大衛・馬吉以及盧克・杜雷特，謝謝你們創造了精采的劇本。

巴里・霍爾德曼、喬爾・肖夫、尼爾・埃里克森，謝謝你們如此努力地指導我走過這個瘋狂的過程！

羅米娜・加伯，妳是宇宙的光，是我生命中熾熱的太陽。謝謝妳給我的友誼和支持。瑪麗莎・李，妳才華橫溢，而且妳讓我成為一個更好的人，一個更好的作家。謝謝妳給我的生活帶來的愛和喜悅！克里斯汀・西卡雷利，我永遠感激妳多次幫助我完成這個故事，幫我解決我面臨的掙扎。我的人生、我的書、我的心，都因為有妳而變得更美好。克斯特・格蘭特，我可愛的作家老婆！妳從內到外都是一個美麗的人，我迫不及待地想讓世界看到妳的作品《貧民窟》（A Court of Miracles）。Hillary's Angelz，謝謝你們源源不斷的愛、支持和歡笑！

希亞・斯坦德費爾，才華洋溢的妳是我見過最富有同情心的人。阿達琳・泰勒・格蕾絲，LOLOLOMG！妳是我永遠的犯罪夥伴，妳讓我給妳發了一大堆防彈少年團和其他帥哥的照片，這讓妳成了我真正的朋友。謝謝妳總是支持我和這本書。

丹尼爾・何塞、莎芭・塔伊兒、麥可・丹特・迪馬提諾、布萊恩・康尼茲寇，謝謝你們創造了那些讓我想創作這本書的故事。多尼爾・克萊頓、佐萊達・科爾多瓦、DJO，謝謝你們幫助我把這本書變成了一個讓我引以為豪的故事。安琪・托馬斯、莉・芭度葛、尼克・史東、芮妮・阿底耶、陸希未、傑森・雷諾茲，感謝你們在我的旅程的不同階段中給我的愛、支持、指導和啟發。我很自豪能在你們這些頂尖作家發表故事的時代寫作。

摩根・夏洛克和艾莉・斯特拉蒂斯，我不知道我做了什麼而得到妳們這麼好的朋友，但我很高興我從小認識妳們，而且現在依然跟妳們兩位維持友誼。我愛妳們，我為妳們所成為的女性感到驕傲，而且我永遠不會原諒妳們讓我留瀏海。香農・賈尼科，妳一直是個不可思議的好朋友，妳也成長為一個了不起的女人。我愛妳，而且妳教導的每個孩子都是世界上最幸運的孩子。曼迪・尼亞比，妳是我認識最聰明、最熱情、最勤奮的女人。謝謝妳當我的好姊妹。我愛妳，我為妳感到驕傲，請繼續占領這個世界。雅斯敏・奧迪、伊莉絲・巴拉努斯基、茱麗葉・拜林，妳們總是愛著我，支持我，鼓勵我去實現我的夢想。我愛妳們，很幸運能在我的生活中擁有妳們，我也為妳們所做的一切以及妳即將要做的一切感到驕傲。還有，伊莉絲，妳可以用這段文字來向人證明我倆真的是麻吉。

致我在 TITLE Boxing 的朋友們以及科迪・蒙塔博，謝謝你們幫助我維持理智！林—曼努爾・米蘭達，謝謝你創作出如此鼓舞人心的音樂作品，在我熬夜的時候陪伴我。致我優秀的黑人同胞們，謝謝你們啟發和激勵我。特別致敬歐巴馬夫婦、饒舌者錢斯、薇拉・戴維絲、凱莉・華盛頓、珊達・萊梅斯、露琵塔・尼詠歐、艾娃・杜韋奈、祖萊卡・帕特爾、凱芮斯・羅傑斯、派翠西・庫爾洛斯、艾莉西亞・加爾薩，以及艾尤・托梅蒂。

致我的老師們，謝謝你們幫助我發現了我是誰以及我想說什麼。特別感謝弗里貝爾先生、科利亞尼太太、麥克勞德先生、伍茲先生、威爾伯先生、喬伊・麥克馬倫、瑪麗亞・塔塔、克里斯蒂娜・菲利普斯・馬特森、艾米・亨佩爾，以及約翰・斯托弗。

最後——但絕非最不重要的——我要感謝我的讀者們。如果沒有你們，這一切都不可能成真。謝謝你們踏上旅程，一同探索歐瑞莎。我等不及跟各位一起繼續冒險。

奇炫館

血與骨的孩子【歐瑞莎傳奇首部曲】

（原名：Children of Blood and Bone）

著　者／托米·阿德耶米（Tomi Adeyemi）
執 行 長／陳君平　譯　者／甘鎮隴　企劃宣傳／洪國瑋
榮譽發行人／黃鎮隆　美術總監／沙雲佩　國際版權／黃令歡、梁名儀
協　理／洪琇菁　美術編輯／陳聖義　文字校對／施亞蒨
總 編 輯／呂尚燁　主　編／劉銘廷　內文排版／謝青秀

出　版／城邦文化事業股份有限公司　尖端出版
台北市中山區民生東路二段一四一號十樓
電話：（〇二）二五〇〇—七六〇〇
傳真：（〇二）二五〇〇—二六八三
E-mail：7novels@mail2.spp.com.tw

發　行／英屬蓋曼群島商家庭傳媒股份有限公司城邦分公司　尖端出版
台北市中山區民生東路二段一四一號十樓
電話：（〇二）二五〇〇—七六〇〇（代表號）
傳真：（〇二）二五〇〇—一九七九

中彰投以北經銷／楨彥有限公司（含宜花東）
電話：（〇二）八九一九—三三六九
傳真：（〇二）八九一四—五五二四

雲嘉以南／智豐圖書有限公司
（嘉義公司）電話：（〇五）二三三—三八五二
傳真：（〇五）二三三—三八六三
（高雄公司）電話：（〇七）三七三—〇〇七九
傳真：（〇七）三七三—〇〇八七

香港經銷／城邦（香港）出版集團有限公司
香港灣仔駱克道一九三號東超商業中心一樓
電話：（八五二）二五〇八—六二三一
傳真：（八五二）二五七八—九三三七
E-mail：hkcite@biznetvigator.com

新馬經銷／城邦（馬新）出版集團 Cite（M）Sdn. Bhd.
E-mail：cite@cite.com.my

法律顧問／王子文律師　元禾法律事務所
台北市羅斯福路三段三十七號十五樓

二〇二二年十一月一版一刷

■中文版■

郵購注意事項：
1.填妥劃撥單資料：帳號：50003021戶名：英屬蓋曼群島商家庭傳媒(股)公司城邦分公司。2.通信欄內註明訂購書名與冊數。3.劃撥金額低於500元，請加附掛號郵資50元。如劃撥日起 10～14日，仍未收到書時，請洽劃撥組。劃撥專線TEL：(03)312-4212 ・ FAX：(03)322-4621。E-mail：marketing@spp.com.tw

國家圖書館出版品預行編目資料

血與骨的孩子：歐瑞莎傳奇首部曲 / 托米．阿德耶米(Tomi Adeyemi) 作；甘鎮隴譯. -- 1 版. -- 臺北市：城邦文化事業股份有限公司尖端出版：英屬蓋曼群島商家庭傳媒股份有限公司發行, 2022.11

面； 公分

譯自：**Children of Blood and Bone**

ISBN 978-626-338-474-3（平裝）

874.57 111013075